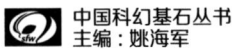
中国科幻基石丛书
主编：姚海军

达尔文陷阱

何夕科幻小说精品集

何夕 著

四川科学技术出版社

图书在版编目(CIP)数据

达尔文陷阱:何夕科幻小说精品集/何 夕 著；
－成都:四川科学技术出版社， 2011.9(2019.11重印)
(中国科幻基石丛书/姚海军 主编；10)
ISBN 978－7－5364－7178－8

Ⅰ.达… Ⅱ.①何… Ⅲ.科学幻想小说–小说集–中国–当代 Ⅳ.I247.7
中国版本图书馆CIP数据核字(2011)第062227号

中国科幻基石丛书

达尔文陷阱

何夕科幻小说精品集

出 品 人	钱丹凝
丛书主编	姚海军
著 者	何夕
责任编辑	宋 齐 杨 枫
封面设计	李 鑫
版面设计	李 鑫
责任出版	邓一羽
出版发行	四川科学技术出版社
	四川省成都市槐树街2号出版大厦　邮政编码:610031
成品尺寸	147mm×208mm
印 张	11.25
字 数	250千
插 页	2
印 刷	四川省南方印务有限公司
版 次	2011年9月成都第二版
印 次	2019年11月成都第三次印刷
定 价	28.00元

ISBN 978－7－5364－7178－8

■ 版权所有·翻印必究 ■

■本书如有缺页、破损、装订错误，请寄回印刷厂调换。
厂址:四川省眉山市彭山区彭祖大道南段135号　邮编:620860

写在"基石"之前

姚海军

"基石"是个平实的词,不够"炫",却能够准确传达我们对构建中的中国科幻繁华巨厦的情感与信心,因此,我们用它来作为这套原创丛书的名字。

最近十年,是科幻创作飞速发展的十年。王晋康、刘慈欣、何夕、韩松等一大批科幻作家发表了大量深受读者喜爱、极具开拓与探索价值的科幻佳作。科幻文学的龙头期刊更是从一本传统的《科幻世界》,发展壮大成为涵盖各个读者层的系列刊物。与此同时,科幻文学的市场环境也有了改善,省会级城市的大型书店里终于有了属于科幻的领地。

仍然有人经常问及中国科幻与美国科

幻的差距，但现在的答案已与十年前不同。在很多作品上（它们不再是那种毫无文学技巧与色彩、想象力拘谨的幼稚故事），这种比较已经变成了人家的牛排之于我们的土豆牛肉。差距是明显的——更准确地说，应该是"差别"——却已经无法再为它们排个名次。口味问题有了实际意义，这正是我们的科幻走向成熟的标志。

与美国科幻的差距，实际上是市场化程度的差距。美国科幻从期刊到图书到影视再到游戏和玩具，已经形成了一条完整的产业链，动力十足；而我们的图书出版却仍然处于这样一种局面：读者的阅读需求不能满足的同时，出版者却感叹于科幻书那区区几千册的销量。结果，我们基本上只有为热爱而创作的科幻作家，鲜有为版税而创作的科幻作家。这不是有责任心的出版人所乐于看到的现状。

科幻世界作为我国最有影响力的专业科幻出版机构，一直致力于对中国科幻的全方位推动。科幻图书出版是其中的重点之一。中国科幻需要长远眼光，需要一种务实精神，需要引入更市场化的手段，因而我们着眼于远景，而着手之处则在于一块块"基石"。

需要特别说明的是，对于基石，我们并没有什么限定。因为，要建一座大厦需要各种各样的石料。

对于那样一座大厦，我们满怀期待。

目录 Contents

六道众生 ······ 1

异　域 ······ 65

平　行 ······ 91

漏洞里的枪声 ······ 109

故乡的云 ······ 127

本　原 ······ 137

缺　陷 ······ 161

盘　古 ······ 185

一夜疯狂 ······ 205

光　恋 ······ 227

蛇发族 ······ 249

十亿年后的来客 ······ 263

达尔文陷阱 ······ 311

后记：科幻，在路上 ······ 351

六道众生

引　子

　　厨房闹鬼的说法是由何夕传出来的。
　　何夕当时才不过七八岁的样子，他们全家都住在檀木街十号的一幢老式房子里。那天他玩得有些晚，所以到半夜的时候饿醒了。他睡眼蒙眬地溜到厨房里打开冰箱想找点儿吃的东西，就在这个时候，他看见了鬼。准确来说，那是个飘在半空中的忽隐忽现的人形影子，两腿一抬一抬地朝着天花板的角上走去，就像在上楼梯。何夕当时大脑一片空白，他的第一反应并不是害怕，而是认为自己在做梦。等他用力咬了咬舌头并很真切地感到了疼痛时，那个影子已经如同穿越墙壁般消失不见了，何夕这才如梦初醒般地发出了惨叫。
　　家人们开始并不相信何夕的说法，他们认为这个孩子准是在搞什么恶作剧。但后来，何夕不断报告说看到了类似的场景，也是那种看不清面目的人形影子，仿佛厨房里真有一道看不见的楼梯，而那些影子就在那里晃动着，两腿一抬一抬地走，有时是朝上，有时是朝下，有时甚至会有不止一个影子悄无声息地出现在那道并不存在的楼梯上，它们盘桓逗留的时间一般都不长，和人们通常在楼梯上停留的时间差不多。家人们无奈地看着这个可怜的孩子越来越深地陷入到恐惧之中，整天都用那种惊恐的眼神四处观望，就像是随时准备着应对突如其来的灾难。

尽管别人从来都看不到何夕描述的怪事,但这样的日子使得家里每个人都感到难受。于是五个月后,何夕全家都搬走了,他们一路走,一路冒着被罚款的巨大危险燃放古老的鞭炮。几年过去,何夕已经是十四岁的少年,他觉得自己长大了。有一天傍晚,他出于某种无法说清的原因又回到檀木街十号,来到他以前的家。但是,他只驻足了几分钟便逃也似的离去了。

何夕看到,在厨房上方的虚空里,有一些影子正顺着一道不存在的楼梯上上下下。

1.

很普通的一天,很凉爽的天气,在这个季节里这是常有的事。大约凌晨三点钟的时候,何夕就再也睡不着了。他走到窗前打开窗帘,一股清新的空气透了进来。但是,何夕的感觉并不像天气这么好,他感到隐隐的头痛,太阳穴一跳一跳的,就像是有人用绳子在使劲地牵扯。

何夕正在努力回忆昨晚的梦境,那道奇怪的隐形楼梯,以及那些两腿一抬一抬地走动的影子。多少年了——也许有二十年了吧——那个梦,还有梦里的影子时常伴着他。经过这么多年,何夕也有些怀疑当初自己看到的东西只是幻觉,但他其实也很清晰没有什么幻觉能达到那么真实的程度。只要闭上眼睛,何夕就能清晰地看到那些影子的形态,它们奇怪的步履,以及影子与影子相遇时明显的避让,就像人们在楼梯上迎面相逢时的情形一样。一般来说,何夕并不是在梦里能意识到自己在做梦的那种人,但是与影子有关的梦除外。每当这个梦出现时,何夕就会意识到自己做梦了,而且他会在梦里焦急地想要醒来。有的时候他很快就能达到目的,但有的时候他不管用了什么方法

——比方说拼命大叫或者用力扇自己耳光——都不能从梦魇中挣脱出来。那种时候,他只好无比恐惧地一遍又一遍观赏影子们奇异的步态,并且很真切地感觉自己"咚咚"的心跳声。

但是昨天的梦有点不同,何夕看到了别的东西。当然,这肯定来自于他当年亲眼所见的情景,但可能由于极度的害怕以及当初只是一瞥而过,以至于这么多年来他都没能想起这样东西,只是到了昨夜的梦里他才又重新见到了这样东西,如同催眠能唤醒人们失去的记忆一样。当再次见到它的时候,何夕简直要大声叫出来,他立刻想到这个被他遗忘了的东西可能正是整个事件里唯一的线索。那是一个徽记,就像是T恤衫上的标记一样,印在曾经出现过的某个影子身上。徽记看上去是黑色的,内容是一串带有书法意味的中国文字:"枫叶刀市"。这无疑是一个地名,但何夕想不起有什么地方叫这个名字。

何夕立刻打开电脑,在几分钟的时间里,他对所有华语地区进行了地名检索。在做这一切的时候,何夕始终处于非常兴奋的状态,一想到一个埋藏了多年的秘密有可能即将揭开,何夕就按捺不住紧张的心情了。许多年来,由于那个事件,何夕在家人的眼里不是一个很健康的人,尽管他们并没有因此而嫌弃他,但是,他们显然把他看成与自己不一样的人,何夕至今还记得父亲弥留之际看着他的眼神。父亲已经说不出话,但他显然对这个自小便与众不同的儿子放心不下。何夕读懂了他的那种眼神,如果用语言表达出来,那就是:"你什么时候才能和别人一样正常?"正是这一点让何夕至今不能释怀。何夕从来都认为自己是正常的,但他也不明白为什么只有自己才看得到那些影子。出于可以理解的原因,家人都非常小心地保守着这个秘密,但还是有些传言从一个街区飘到另一个街区。当何夕走在大街上时,他会很真切地感到有一些手指在自己的脊梁上戳来戳去,每当这种时候,何夕的心里就会升起莫名的伤悲,他甚至会猛地回过头去大声喊道:"它们就在那儿,只是你们没看到!"一般来说,他的这个举动要么换回一片沉寂,要么换回一片嘲笑。

当然，还有琴，那个眼睛很大、额前梳着宽宽刘海儿的姑娘。想到这个名字的时候，何夕的心里涌起一阵绞痛。她离开了，何夕想，她说自己并不在乎他那些奇怪的想象，但却无法漠视旁人的那种眼光——她是这么说的吧……那天的天气好极了，秋天的树叶漫空飘扬，真是一个适合离别的日子。有一片黄叶沾在了琴穿的紫色毛衣上，看上去就像是特意做出来的一件装饰品。琴转身离去的背影真是美极了，令人一生难忘。

检索结束了，但是结果令人失望，电脑显示这个地名不存在。何夕感到自己的心脏在往低处沉落。他不死心，重新放宽条件作新的检索。这次的结果让他彻底失望了，不仅没有什么"枫叶刀市"，就连与它名称相似的城市也不存在。

何夕点燃一支烟，然后急促地把它吸完。他不明白发生什么事情了。那座城市，为什么那座城市是不存在的？它应该存在，他明明看到了它的名字。它肯定就在世界的某个地方，由于海市蜃楼或是别的什么很普通的原因，何夕看到了在这座城市里生活的人。一定是的，何夕有些生气地想，我是正常的，和别人一样正常，我会证明给所有人看。但是，那座城市，那座枫叶刀市究竟在什么地方？

就在这个午夜梦回的晚上，何夕做出了一个大胆的决定——他要去寻找一座叫做"枫叶刀"的城市。秋虫还在窗外不知疲倦地呢喃，月光把女贞树以及盆栽龟背竹的身影剪裁后贴放在窗帘上，当晚风拂过的时候，它们就会很有韵律地摇曳。何夕那时还不知道，为了这个决定，他将经历那么多常人无法想象的事件，而且将付出无比沉重的代价。

2.

天亮之后，何夕没有到他工作的报社去上班，他打电话请了假。

然后，何夕便开始在电脑上写一封信，大意是向每一位收到这封信的人询问关于枫叶刀市的任何线索，同时希望他们能够把这封信发给另外一些他们认识的人。信写好之后，何夕做了些必要的润饰以免显得过于唐突，做完这些之后，何夕便向他能找到的所有电子邮箱发出了这封邮件。本来，何夕也想在这封信里简单交代一下自己为何想要去寻找这座城市，甚至包括那些影子的事情，但是他最终没有这么做。

同时，何夕还在多处电子公告牌上发出了询问信息。做完这些事情之后，何夕有种如释重负的感觉，他坚信自己能够达到目的。几天之后，这个世界上起码有好几万人会知道这个枫叶刀市，而且随着时间的推移，知道的人会越来越多，就像是从山坡上往下滚一个雪球。何夕感到满意的还有另外一点：以前是他一个人为这件事感到苦恼，而现在苦恼的应该不只他一个人了。

快了，就快有消息了。何夕无比惬意地想，反正这个世界上是有枫叶刀这个地方的，现在通过世界各地的这么多人去打听一定能找到，这样想着的时候，何夕觉得自己真是聪明。何夕曾经设想过那封信会招致的各种后果，但他从没有想到那封信竟然会招来警察。发出信息后的第二天下午，二十名武装到牙根的警察冲进报社，以涉嫌危害公共安全的罪名带走了他。何夕当时正闲着没事，看到一群警察进屋来，根本没想到和自己有什么相干，待人家如临大敌般目标明确地冲上前来时，他还下意识地朝自己身后看去——当然，他的身后没有别的人了。

何夕没料到警察会抓走自己，同时他更想不到警察并没有把自己送往警局。当何夕双眼蒙着的黑布被除去的时候，他发现自己处在了一个完全陌生的环境之中。这是一间很大的屋子，装饰风格是那种简约的豪华，从这样的品位可以看出，此间房屋的主人必定不是常人。何夕局促地站了一会儿，一直没见有什么人进来。从窗户看出去，外面山清水秀风光迷人，从高度上判断，这是一幢建在山腰上的建筑。

何夕正想仔细探究一番的时候,门突然开了。

来人是一名四十出头的男子,衣着考究、做工精良,目光显露出只有地位尊贵者才具有的非凡气度,给人一种高高在上的感觉,他的手里拿着几张纸页。"下午好,何夕先生。"来人彬彬有礼地点了点头,"我是郝南村。"

"是你让人带我来的?"何夕小心地问道。

"虽然显得有点虚伪,但我还是要纠正一个字,不是带你来,是请你来。"郝南村不紧不慢地说,他整个人给人的感觉就是那种做事不紧不慢的人。

"就算是吧。"何夕含糊地答道,他并不想招惹眼前这个人,"可是你们请——我来有什么事?"

"是为你发布的消息。我们在互联网上的公告牌里看到了那则消息。"郝南村眯缝着的双眼给人的感觉像是两把锋利的刀,"你在找一座城市。"

何夕来了精神,他甚至忘了自己当前的处境,"难道你有那个地方的线索?快告诉我!说实话,这个问题已经困扰我很久了。"

郝南村不易察觉地皱了下眉,"你还是先说说你为什么会想到去找那个地方吧。"

何夕犹豫了一下,他在想有无必要把自己的秘密告诉对方。但是,对真相的渴望压倒了一切,何夕最终还是把整件事情的前因后果彻底交代了。说到兴头上的时候,就连那个离他而去的姑娘也抖搂了出来——他实在太想知道这一切都是为什么了。

这回,郝南村的眉头明显地皱到了一起,他一副百思不得其解的样子。他紧盯着何夕的脸,目光里有毫不掩饰的怀疑。

"从小时候……"郝南村喃喃地说,"也就是说有二十多年了。"

"唔,"何夕点头,"我看也差不多。那会儿我才七八岁,现在我都快三十了。喏,就因为这事儿,连个女朋友都找不到。人家都以为我不正常。"

"你是说只有你能看到那些影像?"郝南村问道,"你确定别人都看不见——我是说在那些影像出现的时候?"

"那些影像从来就没有消失过,它们一直在那儿,只不过别人看不到而已。"何夕说着话有些出神,"我觉得它们仿佛就生活在那里,那座叫枫叶刀的城市。"

"是吗?"郝南村笑了笑,"可是并没有那样一座城市。"

何夕一愣,他没想到对方会这样说,"这不是真话,一定有那么一个地方。你带我来也一定是因为这个原因。"

"这只是你的想法。"郝南村摇摇头,"这个世界上并不存在那样一座城市,不信的话,你可以去周游世界来求证。你的古怪念头是出于幻觉。忘了告诉你,我是一名医学博士,这里是一家顶级医院,负责治疗有精神障碍的病人。我是医院的名誉院长,我们愿意为你支付治疗费用。"

"你的意思是……"何夕倒吸一口凉气,"我是个病人?"

"而且病情相当严重。"郝南村点头,"你需要立刻治疗。我们已经通知了你的家人,他们听说有人愿意出钱给你治疗都很高兴,并且他们也认为这是有必要的。喏——"郝南村抖动着手上的纸页,"这是你家人的签名。"郝南村摁下了桌上的按钮,几秒钟后,进来了四个体形彪悍、身着白大褂的男人。

"把他带到第三病区单独病房。他属于重症病人。"郝南村指着何夕说。

何夕看着这一切,简直不知道发生什么事情了。转眼间自己成了一名精神病人,他感觉像是在做梦。直到那四个男人过来抓住胳膊把他朝外面架出去时,他才如梦初醒般地大叫道:"我没有病!我真的能看到那些影子,它们在上楼梯!它们就住在那里,住在枫叶刀市!我没有病!"

但是,何夕越是这样说,那四个男人的手就握得越紧。走廊上有另外几名医生探头看着这一幕,一副见惯不惊的模样。郝南村笑着耸耸肩,做了一个表示无奈的动作,然后,他回身进屋关上了门。几乎与此同时,他脸上的笑容消失了,代之以阴鸷的神色。

3.

牧野静出门的时候显得很慌张,她几乎是一路小跑着冲到地下停车场的。进到车里后,她立即拨通了可视电话,屏幕上欧文局长的神色相当紧张。

"第三十六街区一百四十八号,华吉士议员府邸。知道了。"牧野静大声重复着欧文的话,"我立刻赶过去。还有别的人吗?"

"这件案子暂时由你一个人负责。"欧文强调了一句,"根据情况初步判断,这桩案子可能与'自由天堂'有关。"

牧野静悚然一惊。"自由天堂",新近崛起的神秘组织,与别的一些组织不同,这个组织出世之初简直就像是警方的盟友,因为它只干一件事情,那就是铲除别的组织。在不到一年的时间里,它接连不断地颠覆了不下十个警方一直束手无策的老牌社团组织,但谁也不知道它用的是什么办法。总之在这一年里,警方的日子真是好过得很,每天都有好消息传来。但是,这样的情形并没有永远持续下去,警方很快发现,这个神秘组织的势力越来越大,那些被颠覆的组织实际上是被它吞并了,而它后来的几次行动更是让警方认识到,真正可怕的对手出现了。

应该说这些都只是警方的猜测,因为没有任何证据能够证明这个组织与近来发生的几起恐怖事件有关。警方只是发觉,凡是与"自由天堂"作对的人或组织最终都莫名其妙地遭到打击。两个月前的一个雨夜,主张对所有非法组织采取更强硬态度的刘汉威议员突然死于家中。一个月前,与刘汉威持相同观点的另一位议员也暴毙街头。而现在轮到了华吉士议员。

"那我原先负责的那些案件怎么办?"牧野静问道,"尤其是我最关心的那件。"

欧文皱了下眉,"你是说热带沙漠发生雪崩的那个谣传?"

牧野静忍不住插言道:"我不认为那是谣传。我相信那些当地人的说法,他们不像是在编故事。我已经花了近一年的时间来调查这件事情,现在可不想半途而废。"

欧文淡淡一笑,"还有比赤道沙漠雪崩更离奇的故事吗?我老早就想劝劝你了,有些事情就算是还有疑问也没必要去过多地深究,因为这是违背常识的,最终你会发现这只是早期的某些陷阱让你误入了歧途。"

"可我当初去过现场。"牧野静坚持道,"我见到了冰雪融化后留下的冲击痕迹。"

"谁能保证不是那些企图通过制造假新闻来促进旅游业的当地人撒上去的呢?"

"可是气温呢?当时那里的温度明显低于正常值,这肯定是冰雪融化造成的!"牧野静涨红了脸,几乎是在喊叫了,"而且雪崩还压死了两个当地人,那可是两条人命。我可不相信是什么假新闻,除非那些人都疯了!"

欧文脸色有些不快,"我不想争执,你已经在那件事情上耗费了太多时间。我们没有太多闲钱来做一些看起来毫无希望的事情,有些案子必要时只能挂起来。这样吧,你自己选择,要么负责调查眼下这起事件,要么继续调查神奇雪崩。"

牧野静知趣地闭上嘴,露出无奈的表情。过了一会儿,她点点头说:"那好吧,雪崩的事情以后就算是我的业余爱好。我现在就去三十六街区。"她甩甩头发,竟然有潇洒的味道,"现在这件事听起来也很有趣。"

"不是有趣,是危险。"欧文正色道。

三十六街区是一片环境优美的居住区，有不少知名人士都住在这里。整个街区都笼罩在翠绿的树影里，显得幽静而舒适。但是现在这里不再平静了，因为发生了恐怖事件。在街区的东角正围着一大群人，警笛的嘶鸣打破了这里固有的宁静。

"请让我进去。"牧野静一边举起自己的证件一边往里挤。

这时，一名体型魁梧的警察走过来，非常负责地察看过她的证件，有些迟疑地看着牧野静的脸说："好吧，你可以进来。不过里面可能有危险。"

"什么情况？"牧野静问道。

"我们接到华吉士议员家人报警，称华吉士议员被劫持了，我们立即赶了过来。现在我们正想办法和对方谈判。"

"是什么人干的？"

"不知道。"警员指着不远处的一扇门说，"那是洗手间，华吉士议员就在里面。我们已经封锁了所有出口。"

牧野静朝门的方向走去。有几名警员正用枪指着门，大声地朝里面喊话。从门缝里可以看到灯光的闪动，说明里面还有动静。同时，可以听到一些沉闷的声响不时从门里传出来，像是有人在挣扎。

"你们已经被包围了！"有一名身材高大的警员一遍接一遍地喊道，"立即放下武器出来投降，否则一切后果自负！"

这时，突然从门里传出一阵很大的响动，之后便再没有了任何动静。牧野静心里暗暗叫了一声糟糕。几乎与此同时，警员们立刻开始行动。他们开枪打掉锁冲了进去，但立刻便僵在当场。

牧野静紧跟上前，她立即明白警员们何以会呆若木鸡了——洗手间里面居然只有华吉士议员一个人。窗户紧闭着，其实就算窗户打开也不可能从那里逃逸，因为窗户上钉着钢条。华吉士议员面朝上倒在血泊中，身上只穿着睡衣，一把样式古怪的小刀贯穿了他的右胸。牧野静冷静地看了眼华吉士议员的伤势，然后摇了摇头。很显然，他的伤已经不治。这时,华吉士议员的嘴唇突然翕动了一下,牧野静急忙将头凑上前想听清楚他最后的话。

"……那个人……要我撤销提案……我不同意……"

"他人呢?"牧野静急切地追问。

"朝那儿走了……"华吉士一边说一边将目光扫过房间,牧野静知道,这就是那个人离去时的路线。但是,华吉士的目光斜向了房间的上方,最后停在了天花板的左上角。华吉士的目光渐渐迷离,"……他两腿一抬一抬地……走上去了。"

"然后呢?"牧野静大声问道,她感到自己正在止不住地冒汗。

"然后……"华吉士议员的嘴里冒出了带血的浮沫,"然后……不见了。"他的头猛地一低,声音戛然而止。

4.

"2074,来拿药!"胖乎乎的格林小姐扯着大嗓门叫道,她推着一辆装满药品的小车。躺在床上的男人立刻条件反射般地弹起,伸出瘦得像鸡爪一样的手接过格林小姐手中的小口袋。

格林满意地点点头,在她的印象里,2074还算进步得比较快,刚来时他不仅拒绝吃药,还和每一位医务人员都像是仇人一样。第一次给他喂药还是凭着几个壮汉才成功的。

"把药吃了。"格林柔声道。其实格林也并不清楚2074到底吃的是些什么药,感觉上好像和别的病人完全不同,都是些没见过的奇怪的小丸子。当然,这是院长亲自安排的,格林小姐并不打算弄明白。自从2074入院一年多以来,她每天都给他送药,但让她心里有些不解的是,一般病人的药都会随疗程不同而改换,但2074的药却一直没有什么变化。但这药无疑是有效的,因为现在的2074安静得像是一只小绵羊。

2074把药倒进嘴里,然后接过格林手上的水杯。他吞下药丸之后,以一种讨好的表情指着自己的腹部对格林小姐露出笑脸。"吃了,"他说,"都在这里了。"

格林小姐心里涌过一阵柔柔的感情,相比之下,2074算是那种比较好侍候的病人,用非专业的话来说,他是一个"文"疯子。一般说来,像这种病人都是住在集体病房的,但2074却一直享受着单间。

"乖。"格林少见地拍拍2074的手说,"吃了就好。"

2074受了表扬之后有些脸红,露出几分害羞的神色,憨憨地低下了头,一缕口涎顺着他的嘴角流到了被子上,与原先的那些污迹混在了一起。他对口涎拉出的亮线显然有了兴趣,伸手揽住那道悬在空中的黏液,一牵一牵地把玩着,两眼笑得发痴。

格林小姐看到2074一边玩儿一边念叨着什么,她注意地听了几秒钟,那好像是一个词。

"楼梯……那儿有道楼梯……"

格林小姐叹口气,楼梯,又是楼梯,从2074入院开始,他就不停地告诉每个人某处有一道楼梯。格林小姐撑起身,推着小车准备出门到下一个房间去。这时,突然有个男人拿着一页纸冲了进来,他一边走一边大声地喊:"何夕!谁是何夕?"

格林拦住来人,"马瑞大夫,你找谁?"

来人没有回答,他的目光四下搜寻着,然后,像是有大发现般地叫道:"2074,对啦,就是你!"他冲到床前,对着那个正在玩口水的干枯瘦削的男人说,"恭喜阁下,你的病全好了,可以出院啦。来,签个字吧。"

何夕一脸茫然地看着这个突然闯入的男人,有些害怕地往格林小姐身后躲去。"吃了,"他露出讨好的笑容指着腹部说,"我吃过药了。"

马瑞不耐烦地把一支笔朝何夕手里塞去,"你已经病愈了,该出院了。"他厌恶地皱了下眉,"我就知道免费治疗只会养出你们这些懒东西,好吃好喝又有人侍候,这一年多可真是过的好日子呢。别装蒜了,检验报告可是最公正的。"

何夕不知所措地看着手里的笔和面前这个嗓门粗大的男人,像是要急哭了。过了一会儿,他突然掉转笔尖朝嘴里塞去。

"这不是药。"格林小姐急忙制止了何夕,她转头对着马瑞说,"你是不是弄错了?虽然我只是一名护士,但我一直负责看护这个病人。我能够确信他还不到出院的时候。"

"那我可不管。"马瑞摆出公事公办的样子,"反正上面安排这个病人出院。如果是病人自己出钱的话,他愿意住多久就住多久,不过这可是免费治疗。现在上面让他出院,以后也不会给他拨钱了,你叫我怎么办?"

"可是他的病真的没好。"格林看着何夕,"他这个样子出去只能是一个废物。"

"这不是我管得了的。给他收拾一下吧,病人的家属还等在外边呢,以后自然由他们来管他,可没咱们什么事。"

格林小姐不再答话,马瑞说得对,这不是她管得了的事情。她摇摇头,开始给何夕换上一套干净的衣服。马瑞做了个手势,从门外走进来一个理发师模样的年轻人。然后,他便很娴熟地操着家伙给何夕理发。格林小姐沉默地看着这一切。随着何夕乱糟糟的头发逐渐理顺,格林小姐才发觉,何夕其实是一个相当英俊的男人,如果不是因为这个病的话,他一定会迷死许多女孩子的。

理完发,格林将何夕的手放到马瑞的手里说:"你跟着他去。"

何夕害怕地想要挣脱马瑞的手,但是格林小姐用严厉的目光制止了他。片刻之后,这间狭小的病房里便只剩下了格林小姐一个人。她低头理着床褥,但却静不下心来。走了,那个病人。格林有些神思恍惚地想,他还是一个病人,谁都能一眼就看出来。可我们居然让一个根本没有痊愈的病人出院,谁来告诉我这到底是怎么一回事?

5.

牧野静刚刚走进会议室就感受到了巨大的压抑。在这间足以容纳一百人的房间里只坐了不到十个人,但他们中的每一位都是令人无法轻松面对的人物。在此之前,牧野静从未想过自己有朝一日竟然可以这样面对面地见到这些大人物。同时,她立即意识到自己此来的任务绝不是上司交代的那样简单。此次,她受命将华吉士议员遇刺案向专程从国际刑警总部赶来的高级官员作汇报。

牧野静详细地叙述了华吉士议员遇刺案的经过,尤其是他最后那番奇怪的话语。牧野静注意到听众都很认真,其中大多数是她的同行,不过他们之中每个人肩上的徽章都令她不敢大口喘气。另外还有几位身着便装的老人,她看不出他们的身份,但从其他人对待他们的态度上看,他们的地位似乎更为尊贵。面对他们牧野静心里有种奇怪的感觉,怎么说呢,他们举手投足间都有种令人无法漠视的威严,就像是——法老。法老?牧野静为自己心里突然冒出的这个词愣了一下。但是,这几个人的确让她有这种感觉,只是她不知道自己为什么会这样。

"等等。"这时,一位满头银发的老人打断了牧野静的发言,"我是江哲心博士,我想确认一下那个叫华吉士的议员真是那样说的吗?他当时的神志是否清醒?"

牧野静点点头,"他的确是那样说的。至于说他是否清醒我很难判断,因为他当时就快死了。不过,"牧野静停了一下,"从我的感觉出发,我认为他的话是可信的,因为当时他简直是拼尽了全身的力气来告诉我那些话。我觉得他正是为了说出这几句话,才硬撑着没有立刻死去。所以,要说这只是濒临死亡之人的幻觉的话,我是绝不会相信的。"

会议室里的几位老人交换了一下眼色,似乎接受了牧野静的说法,但他们脸上的神色似乎也变得更加凝重了。

另一位表情严肃的老人开口道:"我是崔则元博士,我想知道华吉士议员是否提到过那个人的性别。"

牧野静想了一下,然后摇摇头,"从他的话里判断不出那个人的性别。"

"看来出现了一个奇怪的人。"江哲心小声地对旁边的几个人说,"可怕的概率数,我们有大麻烦了。"

牧野静迷惑不解地看着这群人脸色严肃地议论,她不明白发生了什么事,不过,她从直觉上感到这是一件非同小可的事情。她忍了一下,但还是开口问道:"你们可不可以告诉我这是怎么回事?"

正在讨论的人们停了下来,注视着牧野静。过了一会儿,江哲心说道:"对不起,这件事涉及政府最高机密,我们不能对你说明。现在你可以走了。"

牧野静不再说话,这里每一个人的级别都足够叫她乖乖闭嘴。她左右看了一眼,知趣地退出了会议室,不过,还是有一些低低的絮语钻进了她的耳朵:

"以前的那个人现在什么地方?"一个嘶哑的声音问道。

"让我查查……唔,就在本市。四十七街区六十一号。"

"能否联系上?"

"这……恐怕没有什么意义。"

"为什么?"

"因为当时按照五人委员会的指示已经作了常规处理。"

牧野静只听到了这些,因为她刚刚退出会议室,门就关上了。但是,这几句话已经在她的心里埋下了一个很大的结。她回到办公室,正想要稍微整理一下这个案子的最新进展,电话响了,她拿起听筒,是欧文局长打来的。

"什么?"牧野静大叫,"要我交出这件案子?那怎么行?我一直都负责'自由天堂'的案子,现在一点眉目都没有就让我交出来可不行!"

"这是命令。"欧文的口气不容商量。

"难道是怀疑我的能力?"牧野静不想退让,"你准备把案子交给谁?"

"你错怪我了。这件案子以后不归我们管了。上边另有安排。你把卷宗整理一下,准备移交。"

牧野静放下电话,咬住下唇怔怔地站立了半晌。在她五年的职业警官生涯里,这已经是第二宗被强行终止的案件,而且这种强迫行为都发生在近几天。更要命的是,这件案子又是那么吸引人,这样的案件对于一名尽忠职守并且渴望成功的警官来说,诱惑力实在太大了。

"这件案子是我先接手的,我不能就这样交出去。"牧野静突然说道,她自己也被吓了一跳。但是她的决心就在这一刻下定了。

6.

四十七街区位于这座城市比较破败的区域,里面充斥着大量低矮老旧的公寓。牧野静花了好几个小时,才找到了六十一号在什么地方。那其实是一片行将拆除的老式院落,住着大约三四户人家。牧野静打听到,这里有一个人患有精神疾病,曾经有不明身份的人出资为他治疗过,但没能治好。除此之外,这里再没有什么值得注意的人物了。凭直觉,牧野静感到自己要找的也许就是这个叫何夕的人。

牧野静推开没有上锁的门走进院子,地上到处流淌着脏水,散发出难闻的气味,几盆因疏于照料而蔫兮兮的花儿在院子的角落里瑟瑟地颤抖着。牧野静看到在院子左方的墙边坐着一个满脸络腮胡的男人,他正半眯着眼惬意地晒着太阳,一丝亮晶晶的口涎从他的嘴角直拖到显然已经很久没有洗过的衣领上,濡湿出一团深色的斑块。一些散乱的硬纸板摆在他面前的地上,旁边还有半桶糨糊和一些糊好的纸盒。

这时,一个老妇人突然从一旁的屋子里走了出来,猛地朝那个正在打瞌睡的男人肩上捶了一拳,"死东西,就知道吃饭睡觉,干一点活就偷懒!"老妇人说着话,不觉悲从心起,用力擤着鼻子,眼眶红红的,"三十多岁的人了,就像个废物。不知道上辈子造了什么孽,老天爷叫你来折磨我!"

那个男人仿佛从睡梦里惊醒,万分紧张地看着老妇人挥动的手,一旦她的手靠近自己的身体,他就会惊恐地尖叫。过了一会儿,他确信老妇人不会再打自己了,便急忙拾起地上的家什开始糊纸盒,但眼睛却一直紧盯着老妇人的手,丝毫不敢放松。

"请问……"牧野静小声地开口,"这里有没有一个叫何夕的人?"

老妇人怔了一下,这才注意到有人走进了院子,她露出疑惑的神情看着牧野静,"你找他有什么事情?"

牧野静一愣,她其实也不知道自己找到何夕又能做些什么,她甚至不知道何夕到底是个什么样的人。当天,她只是无意中听到了这个地址,并且凭直觉认为那些人提到的"另一个人"就住在这个地方,就连这个人同一位名叫何夕的精神病患者之间存在联系也是猜测的结果。除此之外,她根本不知道其中到底有什么奥秘。

"何夕。"老妇人念叨着这个名字,仿佛在咀嚼一个年代久远的事物。一些柔软的东西从她眼里泛起,她的目光投向那个被她称作"死东西"的男人,"何夕……"她轻轻地唤了一声,然后转头看着牧野静说,"他就是何夕,他是我的儿子。他本来很好的,最多算是有点小毛病……"老妇人悲伤地揉了揉眼睛,"可现在却成了这个样子。"

那个男人并不知道旁边的两个人正在谈论自己,现在他的注意力已经全部集中到了糊纸盒的工作上。蘸着糨糊的刷子飞快地挥舞着,一只形状规整的纸盒几秒钟便从他手里诞生了。不过,当老妇人眼里的泪水滴落在地浸出小块水渍的时候,他的动作会不由自主地放慢半拍,仿佛被什么东西触动了。但是,这个反应很快就消失了,一秒钟后,他便又沉浸到了那种单调而无休止的劳作之中,一丝口涎在他的嘴角与衣领之间牵扯着。

牧野静正想说些什么的时候，突然听见院外传来一片嘈杂声，像是有一大群人在朝这边走来。

"就是这里！"有人高声叫嚷着。过了一会儿，院子的门被推开了，不下二十个人一拥而进。牧野静惊奇地发现，这些人她居然认得一些，比如说江哲心，还有国际刑警总部的几名高级官员；另外一些人居然是荷枪实弹的士兵。牧野静想不到这些人怎么会突然来到这个地方，而且他们显然也是为了这个叫何夕的精神病人。

"你怎么在这儿？"江哲心意外地看着牧野静，"是你们局长派你来的？"

牧野静摇头，"这是我自己的主意。"

"你知道些什么？"江哲心脱口而出，但他立刻意识到这样问反而显得事情复杂，"我是问你来这里做什么？"

牧野静心里一动，她决心不让对方知晓自己其实什么都不知道。她有一种直觉，这件事跟"自由天堂"的案子有关。牧野静淡淡地笑笑，"我只是在同何夕聊天。"

"聊天……"江哲心狐疑地看着牧野静的脸，目光犀利得绝对不像是一个老人。过了足有几秒钟，他才又开口道："那我不得不打断你们了。现在我必须带走这个人。"

牧野静紧张地在心里打着主意，"刚才我们正谈到关键地方，这件事情可能与'自由天堂'有关。"

江哲心愣了一下，看上去有些无奈，"好吧，看来我们除了带走他以外，还必须连你也一块儿带走。"他做了个手势，那些全副武装的士兵立即围拢过来。站在一旁的老妇人这时才明白发生了什么事，她挡在儿子面前说："你们不能带走他！"士兵们不知所措地回头看着江哲心，等他下命令。

江哲心放低了声音说："我们只是带他去治疗。"

老妇人警惕地看着那些士兵，眼里是不相信的神情。她的态度影响了何夕，他站起身，不信任地看着每一个人。这时，牧野静才发现何夕的身材相当高大,如果要强行带走他,肯定会费上一番周折。

江哲心博士想了一下,然后回头拿出对讲机低声说了几句什么。过了几分钟,一个胖乎乎的妇人从门口进来,她的目光一下子就盯在了那个仍在糊纸盒的男人身上。

"2074。"她说。

何夕稍微愣了一下,然后便露出讨好的笑容并摊开了双手。

7.

这是格林小姐见过的最为漂亮的病房:超过五百平方米的面积,设施齐全,应有尽有,豪华程度绝对不亚于五星级饭店的总统套房。而整间病房只住着一个病人,一个月来,格林小姐也一直护理这一个病人,相对于她以前的工作,这真算是享福了。

何夕正在吃药,品种花色相当复杂。按照格林小姐的经验来看,这些药肯定不是用于治疗精神病人的,因为那种药通常会使服药的人表情越来越淡漠,脾气也越来越平和。而何夕现在却变得越来越烦躁,有时却又长时间地沉默着发呆,像是在思考什么问题。江哲心和另外一些格林小姐不认识但显然身份显赫的人每天都会来探望,他们注视着何夕的眼神简直就仿佛何夕是他们在这个世上唯一的亲人。格林看得出,他们的这种关心的确不是做作,因为何夕的每一个变化都能极大地左右他们的情绪。他们的内心似乎正经受着某件事情的煎熬,而何夕可能与这件事休戚相关。

现在的何夕已经与一个月前判若两人,格林小姐如果不是一直陪着他的话,肯定认不出现在这个时时眉头紧锁、眼含深意的男人,竟会是当初的那个白痴。也许他的病真的给治好了,格林想。不过,有一个念头盘桓在格林小姐的心里挥之不去,她觉得现在的何夕与当初她第一次见到他时没多大不同,也就是说,何夕当年被送进这家医院时可能是一个正常人。这个念头让格林小姐觉得可怕,因为如果承认这一点的话,就意味着正是医院给何夕吃的那些药将他变成了白痴,而格林小姐恰是亲手给他喂药的人。这个假定同时也可以解释后来为什么会匆匆忙忙地让何夕出院,因为那正是治疗的目的。每当格林意识到这一点时,后背就会浸出一层冷汗,然后,她会立刻强迫自己甩甩头扔掉这个不该有的念头。

今天,何夕并没有像往常一样在吃完药之后立刻休息,而是点起了一支烟。格林以前从不知道何夕会吸烟,但是,在大约十天前,何夕突然对香烟发生了兴趣,并且真的点起了一支烟。当时格林小姐所下的结论就是,这绝不会是何夕的第一支烟,因为他的姿势及享受的表情都老练至极。

何夕旁若无人地吐着一个个烟圈,仿佛根本不知道格林在一旁注视着自己。过了一会儿,他像是下了决心般地对着面前的空气说了句:"叫他们来。"

江哲心的内心并不像他的外表那样镇定,当他听到格林小姐传话说何夕想要见他时,内心的狂跳简直无法自已。尽管他不愿承认,但是,这个叫何夕的人对他及所有人而言都是极为重要的,从某种意义上讲,整个世界的未来可能都与这个人息息相关。

"你是说……"江哲心擦拭着额上的薄汗,现在房间里只有他和何夕两个人,他没有让别的人进来,"你完全想起来了。"

何夕冷冷地看着面前的这位老人,"是的,我想起来你们是怎样把我抓走,又是怎样宣布我是一个疯子。"他的声音渐渐变低,"当然,我后来的确成为了疯子和白痴……"

江哲心沉默着坐下,他的腿有些软,"我知道这件事伤害了你,但是你现在必须帮助我们……"

"帮助你们?"何夕打断了他的话,"我为什么要帮助你们?"他大声吼道,"是你们毁掉了我的人生,是你们把我变成了一个废物!我的天……"何夕涨红了脸,"而现在你居然说要我帮助你们?!"

江哲心尴尬地笑笑,"我只能说抱歉。我知道没有什么能够弥补你的损失,但是我们真的需要你的帮助。"

何夕平静了些,他直直地盯着江哲心的眼睛,"这样吧,你先告诉我这一切到底是为什么。如果你们对我做的一切能够说出正当的理由的话,我会考虑这个问题。"

江哲心的面部肌肉不易察觉地颤抖了一下,他像是陷入了一个极难做出决断的问题之中。过了一会儿,他迟疑地开口道:"这件事情不是我一个人能够做主的,同时这个地方也不安全。除非'五人委员会'集体同意,否则我不能告诉你真相。"

"那好吧,我跟你走。"何夕点点头,"还有件事,我希望见到那天比你们早一些找到我的那个女警官。"

"为什么?"

何夕叹口气,"因为我实在不想那么漂亮的一位女士变成白痴。"

8.

"五人委员会"是一个充满神秘色彩的机构。它的成员是五位年龄从四十几岁到八十有余的著名专家。它实行的是终身制,只有某一位委员去世了才会由另几位委员推选新的成员。谁也不知道这个机构到底是干什么事情的,只知道它的级别很高——也许是最高的,因为谁也不知道这个委员会隶属于哪个部门。本来它的成员都各有各的工作,但近来这几个人却联络频繁,这种情形已经许多年没有出现过了。

何夕一直不肯走进密室,直到他看见了江哲心带来的牧野静。那次她被带到一个荒僻的处所接受了半个多月的询问,她才意识到问题的严重性,但事情的发展已经不由她控制了。三天前,她被带到一家医院,大夫宣布她需要治疗。当时,她用尽全身的力气挣扎嘶喊,但都无济于事。而就在这个时候,江哲心来到医院带走了她。这两天她一直住在酒店里。

何夕之所以让江哲心把牧野静带到今天的会议现场,也是为了保护她,何夕想让她真正介入到这件事情中来。对秘密一无所知的人和对秘密了如指掌的人常常是安全的,而对秘密一知半解的人却多半处境危险——何夕自己的遭遇就是一个例证。尽管现在下结论还为时尚早,但何夕直觉地感到整个事件里隐藏着一个很大的秘密。

密室的门在人们身后缓缓关闭。大厅正中有一个由三维成像技术制造出来的半透明地球影像,它直径超过十米,进入密室的人第一眼便会看到,它正缓慢而静谧地转动着,如果仔细分辨的话,甚至能看到海洋巨浪掀起的波纹。淡淡的经纬线标志在球体的表面浮动着。屋子里只剩下七个人——何夕、牧野静以及"五人委员会"。在这些人里头,何夕认识两个——江哲心和郝南村。当目光落到郝南村脸上时,何夕久久没有移开目光,令郝南村有些不自在地左右顾盼。

"我知道你的感受。"江哲心用规劝的口吻对何夕说,"当年郝南村博士只是尽自己的职守,有些事我们其实也是迫不得已。"

这时,坐在左边的一位满头银色鬈发的老妇人开口道:"何夕先生,我是'五人委员会'的凯瑟琳博士。"她又指着坐在她旁边的两位身着黑色西装的瘦高个男子说,"这是蓝江水博士和崔则元博士。我想另外几位就不用介绍了,你都认识。出于安全考虑,我们五人以前虽然经常联系,但还从未像今天这样同时出现在同一个地方,所以,请你一定要相信我们的诚意。现在由我来解答你的问题。当然,如果你愿意的话,也可以向别的委员提问。"

何夕想也没想就开口说:"我想知道枫叶刀市在什么地方。你们谁来答都行,喏,"他指着蓝江水说,"就是你吧。"

"何夕先生，你的历史学得怎么样？"蓝江水没有立即回答，而是反问道，"我是说近代史。"

何夕不知道蓝江水为何有此一问，他想起了自己羞于见人的考分，"老实说不太好。我对历史缺乏兴趣。"

蓝江水微微一笑，"你还算诚实，你的回答和我们调查的结果一样。当初你在中学读书时历史成绩没有一次及格。"

"为什么调查这个？这有什么关系？"

"你如果处在我们的境地说不定比我们还要小心，我们有必要知道你过去的一切。好了，暂时不说这个。我想问你知不知道'新蓝星大移民'。"

"是这个呀？"何夕有点小小的得意，因为这事他正好知道，"那是一百五十年前发生的事件，当时，人类已经发现了宇宙中有众多适宜生命存在的行星。于是，他们挑选了一颗和地球情况差不多的，让许多人接受了冷冻，出发移民到那颗新行星上去了。我记得那颗行星同地球的距离是四十光年，以光子飞船的速度来算，第一批上路的人已经到达很久了。而且我知道，在一百三十年前，还有一些人移民到了另外一颗行星。"

蓝江水博士看着侃侃而谈的何夕，不禁摇头苦笑道："我不得不佩服政府高超的保密手段，这么多年过去了，居然还能让人不起一点疑心。天知道我们哪里来的什么光子飞船。而且就算是有什么新蓝星，又有谁能保证上面没被其他智慧生物占据，难道准备去打星球大战吗？"

何夕一下子愣住了，他不明白蓝江水这句话是什么意思，"你说什么？你不会是在告诉我那只是一次骗局吧？这可是载入了史册的伟大事件，正是这件事彻底缓解了地球的生态与发展危机。"

凯瑟琳插话道："如果说那是一次骗局的话，它也不是出于恶意，最多算是一种手段而已。政府花了大力气把某颗蛮荒星球描绘成一片充满生机的新大陆，以此来吸引人们自愿移民。说实话，当时的地球确实已经相当糟糕了,超过两百亿人居住在这颗最多只适宜居住一百亿人的星球上。"

"如果这是骗局的话,那么那些人都到哪里去了?"何夕倒吸一口气,"总不会是被消灭了……"何夕的脸色变得有些发白,"我记得前后加起来超过一百五十亿人。"

江哲心博士在一旁摆摆手说:"你的想象力未免过于丰富了。'新蓝星大移民'计划虽然是场骗局,但并不至于那么恐怖。至于说那些人……"他的目光投向了面前地球上深黄的一隅,"他们就生活在类似于枫叶刀市的城市里,和我们生活的城市并没什么不同。"

"枫叶刀市。"何夕念叨着这个名字,这个城市已经与他有着千丝万缕的联系,甚至于改变了他的人生。但是,他又的的确确对这个地方一无所知。

"他们生活在许多像枫叶刀市那样的城市里。"蓝江水的语气像是在宣读着什么,"他们一样地呼吸空气,一样地新陈代谢,一样地出生并且死亡,和我们没有任何不同——只除了一点,"蓝江水直视着何夕的脸,不放过他的任何一丝情绪变化,"组成他们世界的砖和我们不同。"

9.

何夕觉得自己越听越糊涂,他打断蓝江水的话:"你还是没告诉我枫叶刀市到底是个什么地方。"

凯瑟琳博士笑了笑,"我来告诉你吧。枫叶刀市是海滨的一座中型城市,人口约九十万,大部分是华人。"

何夕有些恼怒地补充道:"我是问它的地理位置。"

凯瑟琳的神色变得严肃起来,"它大约位于东经105度,北纬30度。"

"等等,"何夕打断她的话,他看着那个三维地球,"这不可能,那个地方是内陆,而且,"他倒吸一口气,"就在我老家附近。"

"不对,"凯瑟琳执著地说,"枫叶刀市位于枫叶半岛南端,面临枫叶海湾。"

何夕有些头晕地看着凯瑟琳博士一张一合的嘴,有气无力地说:"我们两个要么是你疯了,要么是我疯了。"

"你们都很正常。"是郝南村的声音,"凯瑟琳博士说那里是海滨,这是对的;你说那里是内陆丘陵,这也是对的;你甚至还可以说那里是雪山或是负海拔盆地——这些都是对的,因为那里的确有雪山和盆地。"

"你……你说什么?"何夕扶住自己的额头,他看不出郝南村有开玩笑的意思,"你知道自己在说什么吗?"与他同样吃惊的还有牧野静。

"我当然知道自己在说什么。"郝南村毫不迟疑地点头,"你们只要听完其中的原因,就会明白我为什么这样讲了。"

"知道什么是普朗克恒量吗?"凯瑟琳博士轻声问道。

何夕在自己的脑海里搜寻着,那个东西大约位于大学阶段。他点点头,"我以前学过,那大概是一个常数,所有物体具备的能量都是它的整倍数。"

凯瑟琳颔首,"你说得不算离谱。那的确是一个常数,具体数值是 6.626×10^{-34},单位是焦耳·秒。按照量子力学的基本观点,世界并不是连续存在的,而是以这个值为间隔断续存在。间隔之间的能量值都没有意义,并且也不可能存在。这个世界上所有物质的能量和质量——你应该知道按照质能方程这两者其实是一回事——都是这个值的整倍数。如果我们把这个常数看成整数1,那么这个世界上任何物体所具备的能量值都是一个很大的整数。比方说是 15000,或者 940000076,这些都可以。但是,绝没有一件物体会具有诸如 8.54 这种能量值。从这个意义上讲,我们不妨把普朗克量子数看作一块最基本的砖,整个世界正是由无数块这种砖堆砌而成的。"

何夕很认真地听着,他的嘴微微翕开,样子有些傻。应该说凯瑟琳讲得很明白,但何夕不明白的是她为何要讲这些,何夕看不出这些高深莫测的理论和自己会扯上什么关系。

"等等,"何夕终于忍不住打断了凯瑟琳博士的话,"我只想知道枫叶刀市在什么地方。你不用绕那么多圈子,我对无关的事情不感兴趣。"

凯瑟琳博士叹了口气,"我说这些,正是为了告诉你枫叶刀市在什么地方。"她的目光环视着其他几位委员,似乎在作最后的确认,"枫叶刀市的确就位于我说的那个位置。"

"这不可能。"何夕与牧野静几乎同时叫出声。

"这是真的。"江哲心博士肯定地回答。

"你是说它是一座建在地底的城市?你们在地底又造了一座城市,甚至——还造出了地下海洋?"何夕有些迟疑地问,也许连他自己都觉得这个推测过于荒谬,他的声音很低。

凯瑟琳摇头,"我说了那么多,你应该想得到了。我看得出你的智商不低。"

何夕心中一颤,凯瑟琳的话让他想起了一件事。是的,还有一种可能……但那实在是——太疯狂了。

"不可能的。"何夕喃喃地道,他的额上沁出了汗水。

凯瑟琳的表情变得有些幽微,她的心绪像是已经飞到了很远的地方,银白的须发在她的额头上颤巍巍地飘动。她的目光停在了地球上的某处,那里是一片深黄色,"枫叶刀市就在那里,一座很平常的城市。但是……"凯瑟琳顿了一下,"它是由另一种砖砌成的。"

10.

"量子力学的基本原理给了我们一个强烈的暗示,那就是我们并不像自己通常认为的那样占满了全部空间。实际上,即使这个星球上已经看不到一丝缝隙了,它仍然是极度空旷的,因为在普朗克恒量的间隙里还可以有无数的取值,就好比在'1'到'2'之间还有无数的小数一样。"凯瑟琳博士露出神秘的微笑,"你明白我的意思吗?"

"在枫叶刀市所在的那个世界里,普朗克常数有另外的起点。如果把我们的普朗克常数看作整数1的话,枫叶刀市的普朗克常数起点大约是1.16。"江哲心语气艰难地开口道,看得出他每说出一个字都费了不少劲,"这就是答案。"

"另外的……值,"何夕仍然如坠迷雾,"这意味着什么?"

"你不妨想象一下一队奇数和一队偶数相遇会发生什么事情。"江哲心像是在启发,他注视着何夕的表情变化,"你应该想到,那其实不会发生任何事情,因为它们都将毫无察觉地穿过对方的队伍。而我们与枫叶刀市之间正好相当于这种关系。

"也许我的表述会引起误会。"江哲心补充道,"枫叶刀市的物质与能量仍然是按普朗克常量的值呈现出量子化的分布,但却与我们的世界之间有一个确定的偏移量。如果把构成你身体的物质看作1,2,3,4,5……的一个整数等差数列的话,那么在枫叶刀市生活的某个人的身躯则是由1.16,2.16,3.16,4.16,5.16……构成的一个非整数等差数列。如果你和这样的一个人相遇了的话……"江哲心停顿了一下,"你认为会发生什么事情?"

何夕的表情有些发愣,"发生……什么事情……"他用力思索着,"我是不是会看到他身上有很多小洞?"

江哲心博士缓缓摇头,"答案是你根本就感知不到他。他在你面前只是一团虚空。"

"可是他总会反射光线吧。"何夕插话道。

"问题是,他所在世界的所有物质都和他具有同样的普朗克常数偏移量,光也不会例外。"江哲心指指头上的灯光,"我举个例子。红色光的波长大约是0.0000006米。一个光子具有的能量值是:普朗克恒量乘以光速再除以光的波长。在我们的世界里,一个红色光光子的能量大约是3.31乘以10^{-19},由这样的光子组成的光束能够被你的感官所感知,只是因为你的身体处于与之相同的能量序列之内。而来自枫叶刀市的光线则不然,它们具有完全不同的能量序列,同样波长的一个光子能量将是3.86乘以10^{-19},而这个能量值对我们这个世界来说根本是不可能存在的。包括光线在内的那个世界中的所有物体都可以毫无阻碍地穿越你的身躯,对它们来说,你也只是一团虚空。你们之间的关系就像是数学里的平行线,永远延伸但却永远不能相交。"

"你的意思是想告诉我,就在我身体的周围还生活着另外一些奇怪的东西,"何夕神经质地伸手在空中抓挠着,"它们可以任意穿过我的身体,就像是我并不存在?"何夕突然哈哈大笑,他盯着自己的手,"这太荒唐了,你们不会是在告诉我,现在我手里可能正好托着某个妙龄少女的芳心吧?"

"理论上的确有此可能。"江哲心博士严肃地说,"我们现在的这间密室在枫叶刀所在的世界里是另一座中型城市的市区,你的手此时刚好放在某位少女的胸腔里也未可知。"

汗水自何夕的额头上沁出来,他颓然地撑着桌子,防止自己倒下去。牧野静的情形也不比他好到哪儿去。何夕呼出口气,"好吧,我相信你们了,虽然从理智上讲我难以接受这一切。"他转头环视着屋子里的其他人,"我想你们花这么多工夫告诉我这些,并不是为了让我长见识吧?说实话,你们要我做什么?"

江哲心博士没有直接回答这个问题,而是自顾自地往下说:"有件事情我还要告诉你,记得郝南村博士说过在枫叶刀市所在的位置上还有高山和盆地吗?"他停下来,"你明白我的意思吗?"

何夕想了一下,"难道说还有另外的世界存在?"

"在两百多年前的那个动荡不安的年代里,由于人口问题以及对自然的过度开发,我们的地球已经不堪重负。"江哲心的语气变得沉重,"不知道在你心中是怎样看待我们这些以科学为职业的人,不过,我倒是觉得我们之中的大多数人都是良知的奴隶。当我们目睹人类的苦难时,内心里总会感到极大的不安——哪怕这种处境完全是咎由自取。就在这时候,我们的一位伟大同行出现了,他是一个名叫金夕的华裔物理学家。金夕博士找到了一种被他称作'非法跃迁'的方法,可以将物质跃迁到另一层本来不可能的能级上。在他的方程式里,总共找到了六个可能的稳定解,我们原有的世界只是其中的一个解罢了。"

"那另外的五个解岂不是对应着五个不同的世界?"何夕插话道。

"可以这样理解。当时的世界已经无法承受人类的重负,金夕博士唯一的选择是立即把所有的解都用上了,尽管连他自己也不知道这样的做法到底是福是祸。也许你不明白这一点,但我理解他的心情。作为一位严谨的科学家,当面对这种重大问题时,总是希望万无一失。但是,他没有时间作进一步的验证了,人类的现状迫使他不得不尽快做出决定。政府全力支持了这项计划。从某种意义上讲,我们现在的世界其实是由六重世界构成的。"

"六重……"何夕喃喃而语,似乎有所触动。

"的确有点巧合。"江哲心仿佛看透了何夕的心思,他的目光停在虚空中。那个孤独的地球开始闪烁起来。浩瀚的太平洋的腹心突然涌现出深黄的陆地。北美洲眨眼间消失得无影无踪,就像是被一场灾难吞没了。而北冰洋成为了北极洲,南极大陆则成为了一片汪洋。

这是一个全新的地球!但这一新的版图并未保持太久,十几秒钟后,另一幕完全不同的地球景象出现了……如此循环往复。

江哲心理解地望着何夕,他尽量使自己的声音显得平稳:"当年佛陀把欲世界分成包括地狱道、饿鬼道、畜生道、阿修罗道、人道、天道在内的六道,它们在业力的果报下永无止境地流转轮回。"他稍停一下,语气变得像是宣判,"此所谓六道众生。"

11.

"众生门"国家实验室位于南太平洋的一座孤岛上。从外表来看,这只是一座普通的热带岛屿,但附近的渔民都知道这里是不能随便靠近的。而每天都有一些行踪不定的神秘船只和直升机从岛上驶向外界。

一号实验室位于小岛东部约二十米深的地底。里面有几十个人正在忙碌着,他们中除了少数几个人外,何夕都不认识。

"我们已经很久没有启用过'众生门'了。"江哲心走到何夕的身后,他的思绪显然已经飞到了往昔的年代,"我的前辈们设置了这个装置,用来将当时过多的人口发送到另外五个新创的世界去。"

"恕我直言。"何夕半开玩笑地说,"从感觉上讲,我觉得你们的方法有点像做'千层饼'。"他看了眼江哲心博士,"你是华裔,应该知道什么叫做'千层饼'吧。实际上还是那么多面粉,不过是人们凭借高超的手艺把它做成了一层一层的。赏心悦目倒是不假,但对于肠胃而言,它仍然和'一层饼'毫无区别。也就是说,它骗得了眼睛可骗不了肚子。"

但何夕没料到,江哲心竟然发了火,他涨红了脸说:"我不喜欢把严肃的科学研究同一些无关的事物相类比。况且这也不是你应该关心的问题。"

何夕感到意外,他不知道自己的这个比喻怎么就冒犯了江哲心。从内心讲,何夕觉得江哲心是一个可亲近的人,至少他对江哲心的印象比对郝南村要好得多。

江哲心平静下来,"请原谅,我不该发火。我可能是有些紧张。"他转头看着不远处高大的"众生门"说,"这套装置还从未有过失败记录。它的原理并不复杂,你应该知道,如果一个电子吸收了光子的话,它就会跃迁到某个新的能级轨道上去。在'众生门'里,有一种具备特殊能级的粒子将会辐射你的躯体,其能级不到普朗克常量的十分之一,在自然界中是不存在这种能级的。通过控制其强度,我们可以让你到达其余五个新创的世界。实际上,我们之所以知道另外五个世界的大致情形,也是通过这种粒子传递信息,比方说,我们知道在其中一个世界上存在着一座叫做枫叶刀的城市。"

"如果失败会怎样?"何夕急切地问。

江哲心笑了,"我知道你最关心这个。如果失败的话,你会被送往非预期的某个世界,但肯定是另五个世界中的一个。放心吧,我们能够让你回来。"说完,江哲心转身急匆匆地朝忙碌的人群走去。

一旁的牧野静若有所思地看着江哲心的背影,"我觉得有地方不对。"

"你说什么?"何夕吃了一惊。

牧野静小心地看了眼四周,同时压低了声音:"你不觉得这里有些事情不能解释吗?"

"解释? 解释什么?"

"你知道我是个警员,我是因为调查'自由天堂'的案子才牵涉到这件事情里来的。"牧野静说得很认真,"如果把这些事情同那件案子联系起来的话……"

何夕愣了一下,那件案子他是知道的,这段时间他和牧野静几乎无话不谈,这也难怪,同是天涯沦落人嘛。当牧野静知道自己险些面临当年何夕的命运时,吓得直吐舌头。而何夕也从牧野静口中知道了整个案子的详情。当他听到华吉士议员死前描述的场景时,很自然地想到了自己以前目睹的怪事,但他并未从中悟出什么来。现在牧野静突然提到这一层,让他心中一动。

"我甚至还有个更大胆的想法。"牧野静兴奋得满脸发红,"大约一年前,我调查过一件发生在热带沙漠的离奇雪崩事件。你想想看,这里边会不会有联系?"

"你不会是在说……"何夕欲言又止,他觉得这个想法太荒唐了。

牧野静却点头道："也许那就是真相。"

"我还没说呢，你怎么知道我要说什么？"何夕禁不住笑了。

"这就叫身无彩凤双飞翼，心有灵犀一点通嘛。"牧野静得意地跟着笑，以何夕的眼光来看，她这副自鸣得意的笑靥真是动人极了。"哎哟。"她突然轻叫一声，双颊泛起红晕。

"怎么啦？"何夕问，但他立刻知道是怎么回事了，因为他想起了牧野静刚才的那句话里包含的另一种意思。这样想着，何夕也不禁有些讪讪然，"你别多心嘛，说错了就说错了，我们，我们之间什么事也没有嘛。"话一出口，他就知道自己又错了，遇上这种场面，只能装糊涂，哪能有意卖弄明白呢？

"谁说错了？"果不其然，牧野静当即白了何夕一眼，"要你多事。"

"还是说正事吧。"何夕换了话题，"如果把雪崩看做是位于另一层世界的物质由于某种原因突然进入了我们这层世界的话，也就好解释了。同样的，如果把那个人的突然消失解释为进入了另外一层世界，也就没有什么奇怪的了。"何夕的眼中放着光，"可是，那个人根本没有凭借什么'众生门'之类的装置，难道——"何夕的脸色有些变了，"他能够在六个世界里自由往来？"

牧野静的声音有些发抖："而这个人居然还是个——杀人凶手！"

何夕倒是很平静，他重复着牧野静的话，觉得这一切简直令人发疯，"是的，他是个凶手，来无影去无踪执掌六道众生生杀大权的凶手。"

12.

江哲心博士颓然坐倒，他本来就是个老人，但现在看上去仿佛又老了几岁。过了好半天，他才回过神来幽幽开口："原来你们叫我过来就是说这个。你们终于还是想到了。不错，这就是我们眼下的处境。"

何夕注视着面前这张苍老的脸庞，他知道这个老人还有许多话要讲。

"我们刚刚听到'自由天堂'的案子时就知道是怎么回事了，因为除此之外没有别的解释。'五人委员会'本来就是一个管理层叠空间的组织。"江哲心注意到了听众的茫然，"层叠空间就是指包括我们这个世界在内的六层空间。'五人委员会'成立于两百年前，当时的世界刚刚凭借人类智慧的伟大力量分化为六层平行的物质空间，其后，他们又花了几十年的时间使得另外五层世界变得适宜人类居住。我想强调一点，我们说到空间分层的时候，其实是指物质与能量分层。站在我的观点上看，空间和时间都是并不存在的抽象概念，空间只是对应着物质的存在，而时间则对应着物质的运动。当物质世界分层的时候，空间和时间也就自然分层了。我们现在这个世界看上去并无变化，而另外五个世界则是全新的。整个空间范围以地球为中心，包着整个地球生物圈。如果区域之外的物质进入该区域的话，也将被分层。比如说，太阳光照射进这个区域时将被分为六层，并分别被每一层世界所感知。在这个空间范围内的原有物质元素都被分出了新的五层。新的物质元素层次在新的空间里组合出另一层世界。从理论上讲，在那一刻，它们甚至可以组成生命，但是这种概率实在太小。那些世界和我们这层世界十分相像，它们在初创之时拥有除生命之外的一切，比如水和空气、适宜的温度以及土壤——虽然相当贫瘠。不过这已经足够了，因为它们是行星，是和地球同样规模的气势磅礴的超巨系统。对于一个行星级别的系统来说，这些条件已经足以承载宇宙间无与伦比的奇迹，那便是生命。由于出自同一原始物质，所以，这六层世界在位置上始终是大致重合的，但效果上却是我们仿佛有了六个地球。"

"那'五人委员会'又是做什么的？"何夕插入一句。

"当时成立'五人委员会'是为了应付可能出现的异常情况。应该说，在这两百年来，这个组织虽然地位崇高，但却无事可干，因为没有出现过任何异常情况。不过,金夕博士倒是预言,由于按照量子力学的观点,这个世界本质上是按几率存在的,因而任何事情都可能发生,不过是几率大小不同。所以,不排除可能存在某些可以穿梭于不同能级空间的特殊物体,比如说某一个质子或是某一个光子,其几率按方程式解出的值都小于千亿分之一。"

何夕心念一动,"如果是一个大的物体呢,比如某个人?"

江哲心的身体颤抖了一下,"以人这样大小的物体来说,出现某个可以自由穿梭层叠空间的人的概率数不到百万亿分之一。这种概率可以认为是不可能的。"

"你撒谎!"何夕突然说道,声音之大令他自己都有些吃惊,"我们这个世界上大约有一百亿人,我想另外几个世界也差不多,加起来不到七百亿。但居然出现了可以自由穿梭层叠空间的人,这和概率数相比,反差也太大了吧!"

江哲心的脸色立刻变得惨白,汗水从他的额头淌下来,他的眼里充满复杂的神情。过了半晌,他才叹了口气说:"看来我必须告诉你们另外一些事情。当初我告诉你金夕博士的方程式有六个稳定解并非实话,真正的稳定解只有五个,这也是自由物质出现概率数足够小的解。当年的世界只是分成了五层,这样的情形保持了近两百年。但是——"江哲心再次叹了口气,"在现在的委员会里,我算是资格最老的一名委员,我是在五十年前进入'五人委员会'的,当时,我把这看作至高无上的荣誉,我从内心里真诚地希望能在这个位置上为人类做出自己的贡献,当时的我可说是雄心万丈。"江哲心突然露出惨淡的笑容,"如果我能知道事情后来的发展的话,我倒宁愿自己是个胸无大志的人。"

"后来到底发生了什么事?"牧野静小声问道。

"我不知道金夕博士遇到这种情形会怎么办。"江哲心陷入了往事的回忆之中,"也许他也会和我们一样。大约在五十年前,五重世界的人口增长到了六百亿,几乎是'新蓝星大移民'之前的三倍。自从'新蓝星大移民'之后,人们认为宇宙间自然而然地应该为人类准备下舒适的居所,只等着人类去发现罢了。在日趋强大的压力面前,我们屈从了,于是有了第六层空间。"

"我明白了。"何夕扶住自己的额头,心里升起一股寒意,"那是一个不稳定的解。"

"当时,'五人委员会'以三比二的表决结果通过了这个决议。"江哲心的目光看着高处,"我投的是赞成票。现在,第六重世界正处于生态改造的最后阶段,第一批移民计划将在三年后进行。本来一切都好好的,没有什么事情发生。从理论上讲,这个举动使得自由物质出现的概率增大了,对人而言大约是两千亿分之一。"

"两千亿分之一。"何夕喃喃而语,"也就是说从理论上讲还不到一个人。"

江哲心苦笑一声,"那是理论上的几率,但是我们中彩了。实际上不仅出现了这样的人,而且是两个——当然,我想也不会再多了。其中一个是那个可怕的凶手,而另一个人就是——"江哲心的声音颤抖了一下,"你。"

13.

"我?"何夕惊奇地反问,尽管他心有预感,但还是受到了巨大的触动,"你是说,我就是那种可以自由穿梭层叠空间的人?"

江哲心郑重地点点头,"两千亿分之一的概率让你遇上了。"他沉吟了一下,补充道,"相当于连中几千个六合彩。你可以将自己连同周围小范围的空间一起跃迁到另一层世界去,比方说你自己连同身上的衣服或是一些小玩意儿——当然,也不会更多了。"

何夕回头看了眼忙碌的人群,江哲心的比喻让他觉得好笑但却笑不出来,"不会吧?如果我是那种人,你们又何必花这么大精力来启用'众生门'?"

"我们是为了帮你。通过'众生门',你可以尽快发现自己的全部潜力,'众生门'只是起一个引导作用,过不了多久,你就能够凭自己的力量自由来往于层叠空间了。"

何夕若有所思,"但另外那个人是怎么做到这一点的?你们总没有帮助过他吧?"

江哲心博士蹙紧了眉头,像是在思考一件令他费解的事情,过了好半天才说:"关于这一点,我们也不清楚。他并不一定来自我们这一层世界。"

这时,凯瑟琳博士在不远处招手道:"可以开始了。"随着她的话音,大厅中响起一阵奇异的声音,半分钟之后,一个深不可测的巨大黑色圆洞突兀地浮现在了大厅正中。四周安静下来,所有人都目不转睛地注视着黑洞。它是人类智慧最伟大的发现,它是奇迹,它通向宇宙中原本不存在的物质区域。

江哲心博士满脸虔诚地注视着这一切,一种近于神圣的光芒在他的眉宇间浮动着,"这个装置比较小,当年用来传送大批人的'众生门'比这大得多。"

何夕突然露出一个奇怪的笑容,他对江哲心说:"你们很自信嘛,凭什么就认为我会愿意做这个实验呢?"

江哲心吃了一惊,他看着何夕的目光就像是在看一个陌生人,"这是什么意思?我们不是有约定吗?"

何夕脸上仍然是那种奇怪的笑容,"你不妨回忆一下,从头到尾我何曾说过一句同意的话?我只是保持沉默罢了。"

江哲心沉不住气了,他看上去就像是一个因为棋错一着而面临满盘皆输局面的人,"你、你不说话就是默认。"

何夕倒是气定神闲,"我只不过是想知道整件事情的来龙去脉,现在,我的目的达到了。至于别的事情嘛,与我无关。"

江哲心涨红了脸，他指着何夕想说什么，但却只是引起了一阵剧烈的咳嗽。不远处，有几个人想过来看看发生了什么事，但是江哲心摆手制止了他们。

何夕有些怜悯地看着这个老人，但是他的语气却冷得像冰："你也许认为我是一个反复无常的小人，抑或是一个疯子，这些都不重要。你知道吗？因为你和你那些同行的开创性研究，我从小就被认为是一个怪人，一个神经病。我失去了正常人应有的生活，失去了一切。当我想要弄明白这是为什么的时候，你们甚至真的让我变成了一个白痴。"何夕的脸变得扭曲了，看上去有些狰狞，"我看过自己病中的照片，我像是一块面团似的靠在肮脏的床头，嘴角牵出几尺长的口水，脸上却在满足地笑。我的天——"何夕闭上眼睛，"那是什么样的笑容啊，就像是一头喝饱了泔水的猪！可那就是我，的的确确就是我啊。如果不是因为现在你们有了麻烦需要我帮助的话，我的一生都将那样度过。这就是你们对我所做的一切，而你们全部都心安理得。"这时，何夕的目光落到牧野静的脸上，她的眼里有莹莹的泪光闪动，"还有她，你们当初是不是也打算让她变成那样的白痴？"

江哲心的声音变得很低："我只能说抱歉，为了保守秘密，我们没有别的办法。"

何夕粗暴地打断他："那是你们的事！自始至终我有什么过错吗？我根本是无辜的！我不知道你们在研究些什么，也从不想知道，但是你们却不放过我。两千亿分之一的概率，相当几千个六合彩，这是你说的，可对我来说这根本不是什么六合彩，而是一场厄运。如果现在要我选择的话，我宁愿去做另外那个人。"

江哲心又是一惊，"你说什么？另外那个人？"

何夕嘲弄地看着江哲心，就像是一只猫看着一只老鼠，"你不觉得那个人比我聪明得多吗？他没有像我一样傻乎乎地到处去寻找答案，也没有寄希望于别人。现在他能够自由往来于六道众生之间，在每一层世界里，他都是一个不受约束的人，而这在实际上就相当于

——神。"何夕注意观察着江哲心的脸，对方的表情让他的心里涌起阵阵快意，"他掌握了对六道众生生杀予夺的无上权力，他可以随心所欲地主宰这个世界——而这一切都是你们造成的。"何夕大笑起来，"如果说他是魔鬼的话，那么你们就是造就并且放出魔鬼的人。"

何夕咧咧嘴，"还有件事。我想清楚了，发生在撒哈拉沙漠的离奇雪崩也是你们造成的，来自另一层世界的冰雪——对了，你们管这叫自由物质吧——压死了两个人。"他残酷地笑了笑，"那次算运气好，如果雪崩发生在某个拥有上千万人的大城市的话，比如说纽约——不知道你们有没有胆量欣赏自由女神像手中的火炬从无边的雪原下伸出来的画面。"何夕凝视着江哲心的眼睛，"是的，这种几率很小，可是别忘了，你说的概率里没有考虑时间。随着时间推移，这种机会将越来越多，直到成为一种必然。就好比某地在某时发生地震的几率很小，但只要时间够长，任何地方都可能会发生地震。"

江哲心的脸已经变得苍白如纸，何夕说的每一个字都像是一把锋利的刀割在他的心上。何夕说的每一句话都是实情。帮凶，你是帮凶。一个声音在他耳边萦绕着，是你放出了魔鬼。江哲心博士再也没法站稳了，他缓缓地瘫倒在地。而与他的身躯同时倒塌的，还有他自己的世界。

14.

花香扑鼻的林荫道，风中飘落的树叶，执手并肩的英俊男子和漂亮女孩。一幅很协调的画面，但是还有——荷枪实弹的士兵，目光如鹰隼般警惕扫视四周的警卫，吐着红舌、挂着口涎的警犬。

"好啦，别送了。"牧野静放开何夕的手，"你看那些人一个个都紧张死了，生怕你有什么意外。你跟他们回去吧。"

何夕体味着手掌里的余温,"让他们等着,反正我是不会配合他们的。这段时间,那个郝南村看着我的眼神就像是要吃人一样。"

"当然了,江哲心因为你的那番话心脏病突发,这里恨你的人肯定不少。"

"我才不管。只是这段时间连累了你。"何夕带着歉意说。

"哪儿的话。"牧野静伸手拂去何夕肩上的一片落叶,"我只是想回去干老本行。我在这里闲得都要生病了。你回去吧。"

"好吧。"何夕转身,但走了几步又回过头说,"有件事得问清楚。"

"说吧。"牧野静笑嘻嘻地看着何夕。

"我们都老大不小啦,凑合着就行。我是说——"何夕甩甩头,"当我女朋友你没什么意见吧?"

还没等牧野静做出表示,何夕已经回头大步走开了,他一边走一边嚷嚷,声音之大,恐怕所有人都听得清清楚楚:"你不吭声我就当你是愿意了,可不许反悔啊!以后没事可不能随便和男同事搭腔。"

牧野静突然也大声说:"我要是吭声呢?"

何夕一愣,他的脚步停了下来。

牧野静接着说:"我现在就要吭声了。"她的声音变得很低,但何夕每个字都听得非常清楚。"我愿意。"她柔声道。

郝南村反手关上了门,然后,他转过头来有些恼怒地瞪着何夕的脸,他的语气冷得像冰,"按照章程,现在由我接替江哲心博士执行委员的职务。他是我的老师,没有他的提携就没我今天的一切。如果他有什么不测的话,我绝对不会放过你。我说到做到。"

何夕满不在乎地看着面前这个面色阴沉的中年人,"我是不会合作的。"

"也许你对我有成见。"郝南村不紧不慢地开口道,"老实说,我并不想为自己辩解,谁让我当年是一个执行者的角色呢。你要是恨我,就尽管恨好了,但是我不希望你因此而违背自己的意愿。"

"违背自己的意愿?"何夕重复着这句话,"我不知道你在说什么。"

郝南村洞若观火地笑笑,"何苦强撑?我知道你的性格。你和江哲心博士其实是同一种人。"他稍稍停顿了一下,"你们对世界和他人的苦难绝对不可能置之不理的。我知道你会同意的,只是时间早晚的问题。"

何夕有些愣住了,郝南村的话让他生出异样的感觉,就像是被人击中了要害。

"这次反复是你内心不满的表现,你只是怨恨当年我们那样对你。"郝南村悠然开口,"实际上你早就已经妥协了。不过,我觉得与其说是向我们妥协,倒不如说是向你自己内心深处潜藏的某些东西妥协了。我说得对不对你自己知道。"

何夕有些惊恐地看着郝南村,在这个人面前,他感觉像是被人剥光了衣服。妥协,他回味着这个词,然后,他极不情愿地发现郝南村说的居然是对的,这个人的目光竟然完全看透了他的内心世界。

郝南村递给何夕一支烟,自己也点上一支,袅袅上升的烟雾中,他棱角分明的脸庞柔和了许多,"和我的老师不同,我从不认为科学家们应该为这个事件负什么责任。"郝南村用目光制止了何夕想要反驳的举动,"你先听我说完。我知道你想说这是我在为自己开脱,但这是我内心真实的想法。人类缺乏能源,于是我们找到了原子能;人类缺乏粮食,于是我们找到了转基因生物;人类缺乏生存空间,于是我们找到了层叠空间。我们许身科学以求造福人类,难道能对人类的苦难不予理睬?不错,我们同时给人类带来了核爆炸,带来了新变异的可怕物种,带来了自由物质和'自由天堂',可是,这难道是我们愿意的吗?我们其实就像是一头在麦田里拉磨的驴,为了给人们磨麦而转着永无止境的圆圈;同时,因为踩坏了脚下的麦苗,还必须不时停下来想办法扶正它们。这就是我们的处境。"

何夕叹口气,"好吧,我承认被你说服了。实验可以继续了。"

"众生门"再次开启,如同一头怪兽大张的嘴。何夕朝黑洞走去,他突然觉得一阵心慌,仿佛有什么地方让他觉得不放心。别紧张。他安慰自己说,这个玩意儿传送过上百亿人呢。但那种感觉越来越强烈,他觉得浑身都开始不舒服,就像是一把很钝的锯子在他的耳边锯钢条,让他起鸡皮疙瘩。

何夕突然逃也似的退回来,脚步踉跄着,险些摔倒。

直到面对凯瑟琳博士的眼睛时,何夕才醒悟到这件事多么难以交代,他讪讪地笑着说:"可能是有点热。"

郝南村倒是没有说什么,他看着何夕,只是摇了摇头,然后对其他人摆手示意行动取消。

"等等,"何夕突然说,"可能是因为我没有经验,心里有点儿不踏实。"何夕脱下身上的外套扔进黑洞,它立即消失在了那片神秘区域中,"不如先拿它做个实验。"何夕说。

郝南村轻蔑地哼了一声,不知道是针对这个想法还是针对何夕刚才的举动,"你知不知道做一次跃迁要花多少精力和费用?请不要总是用实验这个词,在两百年前可以这么说,但现在已经不是实验而是实用了。"他转头对着另外几个人下命令,"关闭能源。"

何夕拦住他,"我只是一个俗人,不敢相信自己没见过的东西。就当是给我点信心。"

"我看就依他吧。"蓝江水没好气地说,"否则他是不肯合作的。"

黑洞的方向传出低沉的声音,控制台上的提示灯开始急促地闪烁。十几秒钟之后,一切静止下来,黑洞消失了。何夕第一个冲上前去,身后传来凯瑟琳平静的话语:"那里什么都不会有的,你的衣服已经不在这个世界上了。"

但是何夕转过身来,他的手里拿着一样东西——是他的外套,只不过上面已经千疮百孔。那些孔洞都有一个特点,它们的边缘相当整齐,这个世界上绝没有任何一把裁衣刀能切出这样整齐的孔来。

"看来——"何夕古怪地笑笑,"实验是部分成功。"

所有人都面面相觑。"我的上帝,有人破坏了'众生门'!"凯瑟琳博士低声惊叹。郝南村警惕地环视着四周,他的目光停在了大厅左角,那里堆放着一些很大的仪器,在灯光的照射下,地上留下大片的阴影。这时,从那里突然传来一声响动,郝南村立刻冲了过去,蓝江水紧随其后。

两声枪响。

人们这才反应过来,急匆匆地朝那边赶去。但是一个奇景出现了,有一个影子正凌空朝着大厅的天花板走去,两脚一抬一抬地就像是在上楼梯。等到警卫们冲过来朝影子开枪射击时,那个影子突然消失在了天花板的一隅。

人们呆呆地站着,枪声还在回响。这时,何夕才猛地想到郝南村和蓝江水。他急步朝前走去。

郝南村倒在一台仪器的背后,他的肩上中了一枪,人已经昏迷。蓝江水的情况更糟,子弹穿过了他的头颅。

15.

清晨的太阳从东方升起,慷慨地将喷薄万丈的光芒倾泻在大地上。云彩被阳光染成了火红的颜色,幻化出无尽的形貌。

何夕走在一条已经废弃的道路上,周围没有什么人,道路两旁是一望无际的原野与低矮的山丘,四周分布着浓密的植被。微风轻起,送来一股潮湿中带着咸味的气息。何夕走得很卖力,他已经出汗了。在他的正前方,已经可以隐隐看到一些高大建筑的身影,这使他备受鼓舞。

这时,旁边的一块路牌吸引了何夕的目光,他停下来注视着这块朽烂不堪的牌子,点燃了一支烟。何夕一直等到这支烟燃完使他两指间产生剧烈的灼烧感时,才如梦初醒般地把它扔掉。他重新把手揣进裤包里,朝前走去。

何夕的身影渐行渐远,只留下一块朽烂的路牌在风中颤抖。这时,一阵风将路牌吹得变换了方向,阳光照在上面,显出一行已经不太清晰的字迹:

七公里,枫叶刀市。

"实验对象没有按期返回。"凯瑟琳博士注视着"众生门",时间显示何夕离应该返回的时间已经超出了近六个小时。她没来由地感到一阵阵担心,如果何夕不愿意回来的话,他们是一点办法都没有的。问题还不止于此,这个何夕实际上可以做他愿意做的任何事情。因为他是超出六道众生之外的另一类人,从某种意义上讲,他就是想扮演上帝也不是不可能。

牧野静坐在旁边的椅子上,她咬着下唇一言不发,但眼睛里的焦急却是人人都看在眼里的。

江哲心博士坐在轮椅上,才短短几天,他看上去苍老多了。那天与何夕的争论引发了他的心脏病,如果不是因为郝南村博士正在接受治疗人手不足的话,他本是不用来的。

"有没有重点观测枫叶刀市所在地区?"江哲心博士轻声问道,他当然明白凯瑟琳博士的心思,于是补充道,"凭我的直觉,何夕是可以信赖的,他的晚归一定是因为到那座城市里去了,如果换成我也可能这样做。"

凯瑟琳明白了他的意思,对身边的人说:"继续观测。"

但是,何夕突然出现在了"众生门"里。"我回来啦。"他颇有深意地看了一眼轮椅上的江哲心,显然他听到了他们的对话。

凯瑟琳博士指挥众人围着何夕进行一些数据测量,"对一般人来说,穿梭一次层叠空间就如同脱胎换骨一样,最起码也像是大病一场。而且，他们体内残留的辐射会持续很长一段时间。而你就没有那么多麻烦，那些特殊能级的粒子可以被你的身体包容，不产生一点辐射。你可真算是有运气。"

何夕反驳道："我可从来没碰到过什么好运气，有的只是被人当成疯子和白痴的坏运气。"

凯瑟琳一时无话，她沉默地做自己的事。江哲心直视着何夕的脸说："你感觉怎么样？现在如果没有'众生门'，你能不能穿梭层叠空间？"

何夕迟疑了一下说："还没那么快。我想起码还需要两三次实验吧。"

出乎何夕意料的是，江哲心竟然笑了起来，"你不要想骗我，我是相信理论的人，通过'众生门'获取经验，一次就足够了。"

何夕有些尴尬地点点头，"看来瞒不过你。我只是不愿意看着你们高兴的样子。"

江哲心叹了口气，"如果我是你的话，也不愿意看着我们这些人高兴，甚至我还巴不得这些人撞得头破血流、整天哭丧着脸才好。"

何夕也学着叹口气说："你比我想象得要聪明很多。"

江哲心笑笑，这使得他脸上的皱纹越发地沟壑纵横，"这不关聪明的事，而是近不近人情的问题。我站在你的立场上，自然就能够猜度到你的心思。"

何夕愣了一下，过了一会儿，他幽幽地说："你真的是一个好人。"他环视了一眼四周，"有件事情我想单独跟你谈谈。"

何夕推着轮椅走进密室，从这个角度看过去，江哲心脑后的头发已经所剩无几。何夕关上门，绕到江哲心博士面前。他看上去情绪有些激动。

"可以说了吧？"江哲心探询地望着何夕。

"我……"何夕给自己倒上一杯水，"我这次实际上去了两层空间。"

"为什么?"

"因为我在枫叶刀市看到了很不寻常的事情。你知道'自由天堂'吧?在我们这里,它还是一个没有被正式承认的非法组织,但是在枫叶刀市的那个世界里,它已经合法化。"

江哲心的脸色阴沉下来,他望着墙角一语不发。

何夕继续说道:"在那一层世界里,'自由天堂'已经是第一大组织,有近百分之三十的人口成为会众,而且人数还在急速增长之中。我同其中的一些人谈过,据他们说,'圣主'是受命拯救世界,力量无边,可以操纵世间众生的生死祸福。他们中的一些人还亲眼目睹过'圣主'显灵。"何夕叹了口气,"你不知道他们有多么虔诚,我觉得即使'圣主'要他们马上去死,他们也肯定不会有丝毫的犹豫,因为他们相信'圣主'将令他们永生。我觉得'自由天堂'主宰那一层世界只是迟早的事情。"

"你不是说你还去过另一层世界吗?"江哲心插话道。

何夕艰难地笑笑,"情况更糟。'自由天堂'在那个世界里的影响更大,几乎所有人都陷于狂热了,站在教堂的神坛上接受礼拜的已经不是上帝,而是一个影子一般的雕像,他们说那是自由天堂的'圣主'。"何夕回想着他目睹的情形,"我觉得并不是那些人愚昧,因为他们目睹的的确是超出了想象的事物,由不得他们不陷入狂热。"

江哲心摇摇头,脸上的肌肉不住地抽搐着,他想说什么但终究没有开口。过了一会儿,他稍稍平静了些,"还有别的事情吗?这次你到枫叶刀市去还有没有别的收获?"

何夕的身体颤动了一下,江哲心的问询触动了他。这次他违反计划私自到枫叶刀市,只是顺应了内心里的一个声音。当何夕面对着枫叶刀市那宏伟壮观的城市风景时,当他看到巨大的玻璃幕墙反射出万丈阳光时,当他的手真切地在粗糙的建筑物表面划过时,当他的眼睛被滚滚红尘带起的喧嚣所灼痛时,他清楚地听到自己内心里有一个声音在大声地说：我看到枫叶刀市了，我亲眼看到枫叶刀市了，我不是疯子。他的心飞回了檀木街十号那幢老式的建筑，耳边回响着母亲的叹息，眼前划过漫天黄叶和黄叶里大眼睛姑娘离去的背影。两行滚烫的泪水顺着何夕的脸庞滑下来，滴落在异域的土地上，发出清越的声音……

"你怎么了？"江哲心关心的询问惊醒了何夕。

何夕摆摆手说："没什么。我只是想起了一些事情。"他喝口水，平静了一下心绪，"我想说的是另一件事。你有没有发觉事情不对——我是说关于上次'众生门'被人破坏那件事？"

"我知道的，看来'自由天堂'的确势力庞大，我觉得那个影子——他们是这样告诉我的——就是我们要找的人。"

"问题是他怎么会进来？"何夕焦急地问。

江哲心不以为然地笑笑，"你这样问反倒让我奇怪。对能够穿梭层叠空间的人来说，整个世界都是透明的，他可以信马由缰往来无碍。如果别人这样问还情有可原，但你本身就是具备这种力量的人啊。"

"你没听懂我的意思。"何夕强迫自己冷静下来，"他自然是想上哪儿就上哪儿，问题是，他怎么知道我们那天刚好要进行跃迁实验？事先知道这件事情的只有几个人，他还不至于能跑到别人的脑子里去吧？"

江哲心的表情有些迷茫，他喃喃地道："是啊，除了'五人委员会'之外，只有你和那位叫牧野静的女士之前知道这件事。会不会是牧野静？"

何夕大大咧咧地打断他："我可不这么想，那女孩虽然有些莽撞，但是心地好着呢。"

"那你是认为问题出在我们这边了？"江哲心低声说。

"我也不是武断的人。现在我只是提出这种怀疑，毕竟事情过于巧合了一点。"何夕稍稍停顿了一下，"我不知道该怎么说。"

"你就直说怀疑谁吧!"

何夕迟疑了一下,"跃迁实验那天,崔则元博士为什么没有来?"

江哲心悚然一惊,"你怀疑他?"

16.

送走客人之后,崔则元博士独自走进书房,他的神情显得很疲惫,自从三年前过了七十岁生日之后,他自感精力已经大不如前。是应该退下来的时候了,他想,同时,他在脑海里搜索着一些后学之辈的面孔。他根本没有注意到有一个人已经站在他的身后很久了。

"你好。"来人大方地打着招呼,他整个人都站在大书架的阴影里,看不出面容。

崔则元只是稍微表示了一点奇怪,几十年来他见过的东西太多了。

"如果不介意的话请将门反锁上。"来人不紧不慢地吩咐道。等到崔则元从命之后,他低头拖过一张椅子坐下来,竟是一副打算长谈的架势。

"你是怎么进来的?"崔则元决定把每一个问题都搞清楚,他知道自己作为"五人委员会"的成员,一向受到最高级别的保护,如果一个人想要混进来,即使从理论上讲也几乎是不可能的。

来人笑了,从笑声里崔则元听不出恶意,"我是大摇大摆走进来的,没有人能够阻拦我。"来人说着话走出了那片阴影,崔则元立刻知道来人的话并不是夸口了,因为那个人是何夕。

但是,崔则元的惊讶之情反而胜过了刚才,"你来做什么?"

何夕似有深意地沉默了几秒钟,"我想弄清楚一件事。现在我怀疑'五人委员会'里有'自由天堂'的人。"

崔则元博士想了想,"这么说你怀疑我?"他环顾四周,"这儿没别人了,你直说吧。"

何夕没料到崔则元竟会这么直接,他反而有些被动地嗫嚅道:"我也不是这个意思。我只是觉得只有作这个假设才能解释一些事情——实验出事那天只有你不在场。"

崔则元博士叹了口气,"原来你是因为这件事。"他摇摇头,指着桌上一摞厚厚的文件说,"两个月前,我正式因为身体原因提出退出'五人委员会'。你知道以前我们一直是终身制,所以这次的变化应该算是很大的。这段时间我一直忙于这件事情,不想反而引起你怀疑了。"

何夕愣住了,凭他的眼睛看不出崔则元博士有丝毫的隐瞒之处。

崔则元接着说:"江哲心博士是知道这事的,他没有告诉你吗?"

"江哲心博士?他没有对我说过。"何夕苦恼地回忆着,他不明白自己那天向江哲心提出对崔则元博士的怀疑时,他为什么没有说出个中缘由。这时,何夕脑子里突然闪过一个念头,一时间他的两腿几乎站立不稳了。

"我必须走了。"何夕匆匆转身,"如果冒犯了你的话,请多原谅。"

崔则元刚想要表示自己并不介意的时候,何夕已经突然消失了,就像他根本没有来过。尽管知晓其中的技术原理,但崔则元还是立刻僵在了原地。

17.

何夕驾着车一路狂奔,窗外的景物飞一样地朝后逝去。走过两个街区后,突然道路被阻断了,一支拉着横幅的游行队伍鱼贯而过。所有的横幅上都写满了"自由天堂"几个字,横幅边是无数表情狂热的人。他们喊着口号喧嚣而过，更多的路人不时加入其中。何夕知道，近段时间以来，"自由天堂"的活动已经日趋公开，在政府里也有不少人支持。这个日益庞大的组织取得合法地位只是迟早的事情。

游行队伍好不容易才过去了，何夕急不可耐地踩下油门。刚才崔则元博士的话提醒了他，现在他终于想清楚了事情的前因后果。"五人委员会"里肯定有"自由天堂"的人，这是何夕早就认定的。因为在另五个新创空间里根本没有"众生门"，而如果没有"众生门"作引导的话，没有人能够达到自由穿梭层叠空间的境界，所以这个人一定来自这一层世界。更为关键的一点是，如果有这么一个人，那么他一定也会同何夕一样，从小就目睹到一些奇怪的现象，从人之常情出发，他也一定会产生疑问，想要找到答案。但是他却没有这么做，而是采取了另外一种完全不同的利用这种能力的方式。这就说明他是一个知道内情的人，而且很可能知道何夕的悲惨遭遇。除了"五人委员会"之外，还有谁能具备这些条件？

何夕一分神，车头擦上了前面一辆车的尾部。镇定。他在心里对自己说，同时不无歉疚地看着后视镜中那位已被自己超出犹自在后边骂不绝口的司机。如果撞车的话，你不会有事，但别人会死，要珍惜生命。他对自己说。自从知道自己的特殊能力之后，何夕曾经恶作剧地突然冲上公路，惹得那些惊出一身冷汗的司机一顿臭骂，他觉得这就像是一场游戏。

五人之中，蓝江水已经不用怀疑了，而何夕是怎么也想不到江哲心头上去的。凯瑟琳在实验出事时一直没有走出过何夕的视线。现在如果崔则元没有嫌疑，那么就只剩下了一个人。当天在实验室，他第一个朝大厅左角跑去，他和蓝江水到底看到了什么事情已是死无对证。那天人们很容易会想到"众生门"被破坏是内部出了问题，他那样做便可以引开人们的视线。他可以先开枪打死蓝江水，之后再故意显出一个影子来吸引人们的注意力，然后，他从另一层空间里快速返回原地，再给自己补上一枪。当时，警卫们一直在远处开枪，枪声是根本无法区分的。何夕感到一阵阵的心悸,郝南村阴鸷的脸在他眼前晃呀晃的。

　　何夕没有从正门进入基地,他点起一支烟,望着门口戒备森严的守卫。过了一会儿,他转身钻进了小车。又过了一会儿,一名警卫踱着方步过来,他拍着小车的边窗大声嚷嚷道:"快开走,这里不能停车!"他埋下头,"咦,人呢?我明明见到有人进去的。妈的,大白天见鬼了!"

18.

　　江哲心微微喘息着,他感到心脏一阵阵紧缩。自从何夕同他谈过对"五人委员会"内部的怀疑之后,他就知道什么事情发生了,他几乎是直觉地想到了郝南村。但是要他如何正视这一点呢?郝南村是他最得意也最心爱的学生和助手。

　　"这么说你承认了?"江哲心低声问,他脸上的肌肉止不住地抽搐。

　　郝南村面无表情地看着自己的脚,江哲心的询问让他心烦意乱。什么地方出了差错,他仔细地回想着。他并不怕江哲心发现这个秘密,实际上这只是迟早的事,在他的计划里,他迟早会露面的,因为他将主宰六道众生——谁会愿意当一个不能见人的主宰呢?那还有什么意义!问题是,他不想这么快就和江哲心摊牌,毕竟他是对自己恩重如山的老师。

　　"我在问你。"江哲心提高了声音。

　　"我没什么好说的,"郝南村开口道,"你不会明白的。"

　　江哲心气得浑身发颤,"你说什么?!我有什么不明白的?"

　　郝南村突然站起身,他有种一吐为快的欲望,"你不会明白的。

一个人从小就被迫目睹无数说不清来处的奇怪影子，它们无时无刻不在你的眼前飞舞。我不敢对任何人讲自己亲眼看到的东西，如果那样做的话，我就会被当成疯子。你知道吗？我从几岁起就天天陷入这种无法解脱的恐惧之中，我怕他们把我关进疯人院，我听大人们说里面关的全是疯子，如果疯子的病治不好的话，人们还会烧死他！我怕极了。"郝南村抱住了头，他的眼睛里充满痛苦，"你不会明白的。"

江哲心的神色平静了些，他轻抚着郝南村的肩头，"我知道你受过很多苦。在整件事情里，我们都是有责任的。只要你解散'自由天堂'，放弃那些荒唐的做法，以后你就还是我的好学生，还是我的合作者。你的前程是不可限量的。"

"前程？"郝南村仿佛有所触动，他直愣愣地望着墙，目光像是痴了。叫他怎么给江哲心说清楚——江哲心知道站在神坛之上享受亿万人的顶礼膜拜是什么滋味吗？知道自己脚下的尘土被人亲吻的滋味吗？可他知道，那种感觉真是令人永生难忘。如今在六道众生的世界里已经建起了无数"自由天堂"的神龛，当他降临其上的时候，四周狂热的欢呼声响彻云霄。他的一笑一颦一喜一怒都可以左右亿万人，他们愿意为他生为他死，无数人愿意为他奉献金钱，无数少女愿意为他奉献贞操。在"自由天堂"的世界里，他的话就是圣典，就是金科玉律，那个时刻他就是世界的中心，就是亿万人的主宰——而现在江哲心居然要他放弃这一切。

江哲心的神思有些恍惚，"这些日子以来我一直在想，也许我们和金夕博士都大错特错，我们实在是过于迁就人类的意愿，总是想尽一切办法满足他们。六道众生，"江哲心悲叹一声，"佛陀本来就只给人类准备了'人道'这一层世界，我们挖空心思做的这一切完全是逆天而行，只能是饮鸩止渴。何夕说得对，随着时间的推移，自由物质出现的总体可能性将越来越大，如果那次雪崩或某一次火山爆发发生在某座大城市的话，后果真是不堪设想。"江哲心闭上双眼，显出痛苦的神情,"倘若如此,我们的灵魂将永堕地狱的底层。所以,我决定了一件事。"

"什么事?"郝南村有些紧张地问。

"我决定由我们这一届委员会来终止'众生门'计划。"江哲心睁开眼,"我已经跟凯瑟琳和崔则元谈过,他们已经同意了。"江哲心凝视着郝南村,"现在,就差你的一票。"

"如果我不同意呢?"郝南村幽幽地说。

江哲心的脸上现出决绝的神色,他明白了郝南村的意思。这个时候,他看上去不再像是一位风烛残年的老人,而更像是一名斗士。一丝痛苦在他苍老的眼睛里浮动着,但他的语气里不再有丝毫的感情,"那我们只能恩断义绝。"他拿起桌上的电话。

但是江哲心立刻捂住了胸口,一柄样式古怪的刀子贯穿了他的右胸。他看着向下滴落的殷红鲜血,脸上的表情像是在面对一件不可想象的事情。

"不——"何夕突然从墙角现身出来,刚好目睹了弑师的一幕。郝南村的脸一下子变得惨白,他惊恐地朝后退去。

何夕看了眼江哲心的伤势,愤怒地瞪着郝南村,"你还算是人吗?"他悲愤地问,"他是你的老师,你说过他对你恩重如山!"

郝南村镇定了一些,他神经质地叫喊着:"他要阻止我!无论谁要阻止我都是死路一条!我是神,是至高无上的神——"

"你是魔鬼!"何夕狂怒地打断他,与此同时,他的手里多出了一把枪,"你该下地狱。"

郝南村突然笑了,他满不在乎地盯着何夕手里的枪,"你应该知道这没有用。我们两人都是上天凭借概率之手选中的人。世界上没有什么东西能够伤害我们。等你的子弹打过来时,我早就跃迁到另一层空间里去了。"

"我相信报应,报应啊——"何夕虔诚地大喊,似乎想借助上天的力量除去眼前这个恶魔,几乎与此同时,他手里的枪喷出了长长的火舌,震耳欲聋的枪声充斥了整间密室。

硝烟散尽,对面的墙上布满了弹孔,但是郝南村不见了。没有报应,也没有上天的力量,什么都没有。何夕扔掉枪,绝望地跪倒在地,掩面长泣。

"你是……谁?"是江哲心的声音。他苏醒过来,迷茫地看着何夕。

何夕急忙迎上去,"是我,何夕。"他握住江哲心的手,感觉生命正一点点地从这个老人身上消失。"我该怎么办?"何夕痛苦地呻吟,"他是超出六道众生的恶魔,任何力量都奈何不了他。告诉我,我该怎么做?还有什么能阻止他?还有什么?告诉我——"

一丝近于彻悟的淡然神色自江哲心苍老的脸上漾开,他低垂着眼睛一字一顿地说:"天、网、恢、恢、疏、而、不、漏……"他的头猛地一垂。

何夕一动不动地跪在原地,他的心中麻木得没有一丝感觉。没有人知道这里发生的事情,密室向外隔绝了刚才的一切。不知过了多久,一阵急促的电话铃声突然响起,何夕一把抓起听筒。

"江哲心博士,"听筒里是一个焦急的声音,"几分钟前,凯瑟琳博士和崔则元博士在实验室里遇刺身亡。据郝南村博士分析,这是一名叫做何夕的恐怖分子所为,政府已经发出了通缉令……"

何夕不禁哈哈大笑。这太荒唐了,自己居然成了通缉犯,而真正的恶魔却依然正人君子般高高在上。他大笑着对着听筒说:"我就是何夕,江哲心博士就在我旁边,他已经死了,快来抓我吧。哈哈哈……"

何夕扔掉听筒,继续放声大笑。密室的门打开了,荷枪实弹的警卫冲了进来,但何夕的身躯渐渐变淡变空,最终消失不见,只有绝望到极点的凄厉笑声还在四处回荡……

19.

牧野静穿过拥挤的人群，她的目光须臾都不敢从前方那个身影上滑落。四周充满了男人的汗臭与女人的香水混合而成的刺鼻气味，让人呼吸不畅。天知道怎么会有这么多人突然聚拢过来，看上去也许超过十万。这里本来是一片荒原，现在却变得像是在开交易会。不同的是，这里没有什么货物，只有狂热的人群。所有人的精神都亢奋至极，他们的脸上充满兴奋，一个个红光满面就像是过足了瘾的吸毒者。四下里的火堆照亮了天空，噼噼啪啪的木头爆裂声清晰入耳。松枝燃烧析出的油脂"滋滋"地往下淌，恰如人们高到极点的情绪。在广场的前方搭有一座几米高的平台，台子正中是一只巨大的十字架。在十字架的中心处，悬挂着一张精美的座椅。在平台的四周都挂着条幅，上面书写着血红的大字——"自由天堂"。

牧野静不知道何夕为何一到晚上就要到这里来，自从十多天前他突然失魂落魄地找到自己之后，每天都要到这里来。当时，何夕的样子就像是刚刚走了几十里路似的，人一倒在床上便人事不省了。那一觉足足睡了将近二十个小时，醒来后便像是换了个人一样，脸上是一种大彻大悟的神情。牧野静问他到底发生了什么事，为什么政府现在要通缉他，他是不是真的杀了人。对于这些问题，何夕的回答只是一个，那就是一语不发。不过，他每天都会消失一段不算短的时间，回来的时候总是面色苍白，疲倦得像是散了架，有时身上还带着青紫色的伤痕。牧野静问他到底在干什么，但他只是摇头，然后便是蒙头大睡，醒来之后又是一副大彻大悟仿佛看透了一切的神情。

人群中突然爆发出一阵巨大的欢呼声，牧野静知道准是快到那个时刻了。往日里也是每到这个时候，人群就会像炸锅一般地掀起震耳欲聋的狂喊，直到那个什么"神"突然出现在高台的椅子上时，四下里立刻静得连一根针掉在地上的声音都能听见，而接下来便是更加狂热的声嘶力竭的呼喊和掌声。那时的人群就像是疯了一般且歌且舞,无数人朝那座高台冲过去,口里嘶吼着:"带我走吧!""你与我同在!""我愿意为你死!"片刻之后,"神"却悄然逝去,就如同他的出现一样神秘。牧野静感觉这里的人一天比一天多,她记得十多天前只有几百人而已。听别人说,以前这里的"神"是极少现身的,但是近段时间以来却从未让人失望。

牧野静心里有一个猜想,虽然她实在不愿相信那是真的。每当"神"现身的时候,她就会发现何夕不知上哪儿去了,而每当"神"离去之后,何夕又会悄无声息地突然出现,脸上是一种极度满足的神情。那种神情让牧野静没来由地感到恐惧,她疑心那个"神"就是何夕自己。她甚至想,如果何夕真的决定去当一个"神"的话,自己应该怎么办。她知道何夕不是常人,甚至他本身就可以说是一个神。这样想着的时候,牧野静觉得何夕就像是一个令人不安的陌生人。

牧野静咬咬牙,她决定今晚一定要一眼不眨地看住何夕。她快步向前几步,拽住了何夕的手。何夕悚然回头,见是她立刻轻松地呼出口气,脸上露出明朗的笑容。牧野静看着他的笑容,心里想,为什么有着这样明朗笑容的人会想到去做一个"神"。她轻声叹口气说:"你今晚一直陪着我好吗?"

何夕怔了一下,笑容消失了,他低头看看表,"等一会儿吧。我办完事就回来陪你。"

牧野静盯着何夕的眼睛,"什么事情?是不是比我重要?"

一丝亮光自何夕的眼睛里闪过,但立即就变暗了,他缓缓地将手从牧野静手里挣脱,"比什么都重要,"他停了一下,眼里滑过一丝无奈,"包括你。"

说完这句话,何夕就无声无息地从牧野静面前消失了。周围的人群都狂热地盯着高台的方向,没有人注意到这奇怪的一幕。

但是,人群突然安静下来了,所有人都拼命伸长着脖子,朝高台的方向望去。牧野静擦干顺着脸庞流下的泪水,她的心已经碎了,她终于知道一个女人的柔情在男人的所谓理想面前是多么的渺小可笑。她真想一走了之,离开这个伤心的地方。但她还是本能地望向了高台的方向,她知道"神"就在那里,不,应该说是何夕就在那里,享受着万众的膜拜。

但事情变得有些古怪了,因为高台上突然凭空出现了两个身影——两个"神"?! 他们居然还在说着什么,只是无人能够听清他们的话。其实就算听得见,也没有人听得懂他们在说些什么,因为那是神与神的对话。

20.

"怎么你会在这儿?"郝南村坐在高台的椅子上,一件长长的披风斜拖在身后。他居然化过妆,使得他的面容看上去更加威严和神圣,如果不仔细看的话,几乎认不出他是郝南村。

"我为什么不能在这儿?"何夕惬意地伸了个懒腰,环视着疯狂的人群,"这里很不错嘛。"

郝南村突然笑了,"我听说这里每天都有'神'在这个盛大的聚会上现身,原来是你在这里。"他理解地看着何夕,"你终于想通了。其实你何必冒我之名来偷偷享受这种无上之福呢? 凭你的实力你可以另起炉灶,我保证和你井水不犯河水。不过也好,像今天这种规模的盛会并不多见,说起来我还应当谢谢你才对,毕竟你帮我扩大了'自由天堂'的影响。"郝南村陶醉地聆听着震耳欲聋的欢呼声,"想想看,造物主待你我不薄。世界就在我们的掌中,六道众生也在我们的掌中。这真是妙不可言的感觉。"

"我不大懂你的意思。"何夕淡淡地说。

"这有什么难懂的?"郝南村轻慢地指着黑压压的人群,"我知道你迟早会想通的。我和你属于另类,相对于这些人来说,我们是神。人生短促如朝露,何不利用上苍的恩赐享受?"他志得意满地大笑起来,"我和你都将有精彩的人生。这些人心甘情愿地供我们驱使,这个世界上的一切都将属于我们。"

"可你想过没有,这样的世界是不稳定的。"何夕插话道,"随着时间的推移,六层空间的世界将面临越来越多的问题,也许在下一个时刻,灾难就会降临。"何夕指着狂热的人群,"这里有十万人,如果地下突然冒出火热的岩浆,会是怎样一番情形?"何夕紧盯着郝南村的眼睛,"就算是炼狱也不过如此吧!"

郝南村稍稍愣了一下,也许何夕描述的情形让他有些害怕,但只一瞬间之后,他就恢复了常态,"这对你我都是没有影响的,我们可以马上穿梭到另一层安全的世界去。"

"可他们呢?这里有十万人,你就看着十万人在火海里挣扎着死去吗?"何夕激动地大叫,他的脸涨得通红。过了几秒钟后,他平静了下来,用同样平静的口吻说:"不过,我倒是很满意你的回答,简直可说是满意透顶。"他的脸上露出奇怪的笑容。

"满意?为什么?"郝南村问道,他隐隐觉得什么地方有些不妥。

"因为这使我永远都不必为自己下面要做的事情感到后悔。"何夕的手指微微一动,一道亮闪闪的金属圈从椅子上弹出来,箍住了郝南村的身体。

"你这是什么意思?"郝南村迷惑不解地看着何夕,"你要做什么?"

何夕的手上多出了两样东西,那是一根足有两尺长的锈迹斑斑的铁钉和一把同样锈迹斑斑的铁锤。

"这根钉子是我特意委托一位牧师替我找的,据说曾经钉在魔鬼的胸口。"何夕认真地说。

郝南村哑然失笑,他觉得何夕大概是受刺激过度神经有点不正常了,"不要玩这些噱头了,你知道这不会有用的。这个世界上没有任何东西能够伤害到我,子弹不能,你手里的玩意儿更不能。"

何夕没有理睬郝南村的话，他一脸虔诚地朝前逼近，"你没有试过怎么知道不行？等铁钉的尖锋刺进你的胸膛里，你就不会这么说了。记得我说过一句话吗？"何夕的眼神迷蒙了，"我说过我相信报应。我知道你是不信报应的，这正是你我之间最大的不同。不过快了，你马上就会知道什么是报应了。"

郝南村有些惊慌地盯着何夕，就像是看着一个疯子，"你准是疯了！我不想和你纠缠。我奈何不了你，可你也同样奈何不了我。你慢慢玩儿吧！"说着，郝南村的身体开始变淡，轮廓也开始消失。只一瞬间的工夫，何夕的面前便只剩下了一团虚空。

但何夕的姿势没有变化，他依旧一手执锤一手执钉，一脸虔诚地望着苍穹，目光里有闪现着希冀的光芒，他的口里念叨着什么，就像是在祈祷。

大约只几秒钟的时间，郝南村突然又出现在何夕面前的金属圈里，他的脸由于极度的惊恐已经扭曲变形，看上去令人害怕。

"你做了些什么？"郝南村挣扎着大叫。

何夕低低叹口气，"你终于知道害怕了。你知道你的老师江哲心博士临死前对我说了句什么吗？他说'天网恢恢疏而不漏'，"何夕指着那个金属圈说，"我给它起的名字就是天网。它并不是单一的，而是在六层世界的同一位置都有这样的一个圈，所以，无论你逃到哪一层世界，都会发现自己仍然被它牢牢地箍着。这就是天网。"

"天网……"郝南村面无血色地重复着这个词。

"你以为我每天到这里来就是为了享受这种令人作呕的狂热崇拜吗？"何夕鄙夷地看着郝南村，"我承认那种滋味的确让人飘飘欲仙，但是它不值得我留恋。你想主宰这个世界，可我不这么想，我从不认为哪个人有权那样做，而且我说过，我相信报应。我每天来这里只是为了等你。如果你想避开我的话，我是毫无办法的，所以我设计了这一切，我知道这样的盛会对你的诱惑力是不可抗拒的。你不是喜欢万众的膜拜吗？你不是喜欢坐在宝座里高高在上的感觉吗？这些我全给你——当然,还有天网。为了布置好这些,我在每一层世界里都费尽周折。"何夕撩开衣袖露出伤痕,"这个位置在其中一层世界里甚至是火山口。"何夕扫视着台下激动无比的人群,"这些人都是你的信徒,你是他们心中至高无上的'神'。不过——"何夕露出冷酷的表情,"他们将亲眼看着你死。"

"还有这根取自魔鬼身上的铁钉。"何夕将手里的器物高高举起,"它也不是单一的,在六层世界里都安置有一根这样的铁钉。你无处可逃了。"

郝南村彻底瘫软了,他的身体剧烈地哆嗦着,汗水从他的脸上大滴大滴地滚落下来。"你放过我吧。"他呻吟着哀求,"我不是人,你不要杀我!"

何夕用更高的声音打断了他的话:"到现在才说这些已经太迟了!"他的眼里有隐隐的泪光闪动,他的眼前晃过一张张故人的面孔。"想想为你而死的那些人吧,想想你将把世界引向的去处吧。这就是你的报应!"何夕突然举起了铁锤,"纳命吧——恶魔!"他高声喊道。

全场哗然。

"以圣灵的名义——"何夕击打着铁钉。

血光飞溅。郝南村在惨叫。座椅跌落在地,摔得粉碎。人群发出惊呼。

"以圣子的名义——"何夕睁大了双眼,污血溅得他满脸都是。

郝南村喉咙里发出咕咕的响声,他已经说不出话了。

"以死难者的名义——"何夕继续挥动铁锤。

郝南村的身躯忽隐忽现地扭曲着,他在六层世界里左奔右突,但却无路可逃。他的眼睛瞪得很大,就像是要暴突出来。污黑的血顺着铁钉往下淌。

"以正义的名义——"何夕的神色已经极度亢奋,他的心里升起一阵嗜血的快感。

郝南村抽搐着,口里吐出血沫。

何夕停下来,但是立刻又补上一句:"以我的名义——"

铁钉贯穿了郝南村的身体,直达背后的十字架,他的身体已经以铁钉为支撑悬挂在了上面,有如某种象征。

何夕朝郝南村的尸体上啐上一口,他已经精疲力竭。但他还是强打精神转向已经惊呆了的人群。一时间,何夕有些茫然,他不知道应该如何向人们解释发生的一切。是该让所有人知道真相的时候了,尽管这个真相并不美好,里面浸透了人类的贪婪与疯狂。但是,它是真实的。

"这就是你们的'神'!"何夕走到麦克风前,他指着郝南村的尸身大声说,"但是他死了,和所有人一样,他也会死,所以他也不再是'神'了。"何夕扔下手里的铁锤,掉在地上发出巨大的声音,"我来告诉你们这一切究竟是怎样发生的吧。这个故事实在太长了,它从两百多年以前发生至今,而几乎所有人都对它一无所知……"

四下里的火堆已经燃尽,收敛了曾经喧嚣直上的妖冶火光,有气无力地冒着烟。而东方的天空已经现出了淡淡的天光,预示着真正的光明就要来临。

何夕还在讲述着。

周围安静极了,所有人都静静地站立着,就像是一座座雕像。

"后来的事你们都看到了。"何夕轻声叹口气,他像是要虚脱了一般,"这就是真相。也许你们现在还不愿意相信我,但迟早你们会明白的。"何夕龇牙笑了一下,目光惨淡,"有时我会忍不住想,人类真是伟大,能够凭借智慧发现那么多自然的秘密用以造福自己。而有时我又会想,如果大自然是一位母亲的话,那么人类就是她最聪明但也是最可怕的一个孩子。这个小家伙顽劣不堪却又自以为是,他总是不断地向母亲要这要那。母亲疼爱自己的孩子,但她并不想纵容他。可这个孩子实在是太聪明了,他总能够变着花样从母亲那里得到自己想要的东西,而有些东西是母亲本不愿意给、不能给、同时也给不起的东西。但是因为孩子的聪明,他总是如愿以偿。他每一次背着母亲偷偷地从火中取栗都有惊无险,每次都自以为是地享受着自己的聪明,却不知母亲一直都站在他的身后,默默地为他将来的命运垂泪。"

何夕说不下去了,他的眼中淌出了泪水。泪光中,他见到一个人走上高台,轻轻地依偎在他的胸前——那是一个姑娘。这就是结局了,何夕想。

尾 声

微风扫过无人的城市,蓝色天幕上巨大的云影缓缓移动着。

一百三十四岁的何夕已是白发苍苍,他站在宽大的街道上,环视着雄伟壮观的枫叶刀市。一座高大而荒凉的过街天桥横亘在他的面前,昔日人流来回穿梭的景象已是苍狗浮云。周围没有一个人,也没有人的迹象,就像是一座死城。死城,何夕回味着这个词,是的,这里是一座死城。"重归"计划是从一百年前启动的,也就是郝南村死后不久。何夕想着这个时间,他在心里惊叹自己居然活了这么久,也许是因为他的身体异于常人,但他知道自己确实老了,他已经能够看到死亡的身影。在这个计划里,人们用了一百年的时间返回故里——谁能想到回家的路竟然有那么长。

牧野静已经离开这个世界很久了,在不太遥远的未来某一天,何夕自己也终将离开这个世界。但是,这个世界将继续存在下去,连同他们的子孙。何夕想到这一点时,内心充满宁静。

阳光还在,反射万丈光芒的玻璃幕墙还在,但人们已经归去了。这片异域的土地本来就是不存在的,它也不应该存在。它只是空中楼阁,如同镜子的反光。但是它毕竟存在过,并且在那么长的时间里承载过无数人,连同他们的爱与悲。只是,现在不需要它了。

何夕看了下时间,再有几分钟,当"重归"计划结束之时,位于另一个世界的一些人将启动巨大的机器湮灭五个新创的世界。何夕周围的一切将消逝无痕,仿佛它们根本就不曾存在过。这个时刻,何夕想了许多,无数思绪在他的脑子里匆匆而过。他仿佛看到了百余年前那个惊梦的童稚少年,仿佛看到了许多故人向他微笑着走来。

何夕抬起手,做了个道别的动作——向往昔的一切,也向这座令他永世难忘但终将在繁华落尽之后归于虚幻的城市。微风吹过,掀动着他的白发。当何夕的手还停在空中的时候,他的眼前突然闪过一阵亮到极致的白光,他不由自主地闭上了双眼,他知道,那件事情发生了。

等何夕重新睁开眼睛的时候,刚才的一切都已消逝不见,他发现自己身处一间亮着灯光的屋子,脚下是真正坚实的大地。何夕跺跺脚,享受着沉闷踏实的声音。不会有雪崩了,也不会再有离奇的大灾难,这很好——他想。

这时,房门突然"窸窸窣窣"地被推开了,一个小脑袋小心翼翼地钻了进来,那是一个七八岁的长得胖乎乎的小男孩。

男孩见到有人,先是一惊,但是立刻问道:"你在我家厨房做什么?"

"厨房?"何夕一怔,他环视了一圈,这里果然是个厨房,"我……路过这里。"他来了兴趣,"那你到这里又是做什么?"

小男孩不好意思地笑笑,指着肚子说:"我饿了,想找东西吃。妈妈只要过了吃饭时间就不准我吃东西。"

何夕心念一动,他这才发觉周围的景物是那样熟悉。时光的流逝终止了,窗外小园子里花草的身影随风摇曳。"告诉我,这是什么地方?"他轻声问道。

小男孩打开冰箱,食物的香气扑面而来,他的脸上写满了幸福。"檀木街,十号。"男孩咽了口唾沫,嘟哝着说。

后　记

　　向来没有写后记的习惯，主要因为我一直以为作者想说的话应该通过作品反映出来，除此之外不必多言。不过，写完《异域之六道众生》之后倒是有写点东西的想法。这篇小说可以看作发表于《科幻世界》1999年第8期《异域》的姊妹篇。《异域》发表后，我常觉得还有些话想说，因为自己比较喜欢《异域》表达的主题，而此次的作品应该说对这个主题有所深化。这两篇作品都是反映人类对自然的过度索取带来的后果，《异域》里的"异域"是在时间上的，而《异域之六道众生》里的"异域"则是在空间上，能够在时空两个方面写出自己心里假想的"异域"，我个人是感到愉快的。

　　顺带在这里和读者诸君讨论一下文中的科幻成分。《异域之六道众生》的幻想比较大胆，一眼看去有点神怪的味道。不过，我只想申明一点，就是我没有打算写怪力乱神的东西，因为我不愿意给读者讲述自己也不相信的东西，这是我给自己定下的几条原则之一。关于物质空间可否分层这个思想在我脑中存在已久。当代科技面临的难题之一就是物质的连续与断续。相对论作为一种场论，所描述的世界是连续存在的。而与它同样伟大的量子力学却认为，世界是按照普朗克恒量断续存在的。这也是两者至今无法统一的根本分歧之一。问题的关键在于两者都是正确的，它们在各自适用的领域内都可以得到无数现象的证明。像这样富有挑战意味并带有某种"终极"特性的谜题永远都能给人以激情和灵感,而我也一直认为,正是因为宇宙间有这些伟大谜题的存在,所以才有科幻的存在,而科幻的魅力也如同这些谜题的魅力一样永恒。

顺便以此文纪念三天后即将到来的"世界六十亿人口日"。

1999.10.9

(本文获2002年中国科幻银河奖)

异　域

1.

　　我跨了进去,而后便觉得大脑中嗡嗡地乱响一通,开初眼前那种微微闪烁的白亮忽然间就变成了黄昏。四周长满了高大得给人以压迫感的植物,有种莫名的慌乱掠过我的心中,我不自觉地回头看了眼蓝月,她似乎没有什么不适,于是我又觉得有一丝惭愧。戈尔在我身后不远处整理设备,仪器已经开始工作,当前的坐标显示我们正好处于预定区域。身后二十米开外有一团橄榄形的紫色区域,那里是我们完成任务后撤离的密码门。

　　我始终认为这次行动是不折不扣的小题大做,从全球范围紧急调集几百名尖端人才来完成一个低级任务,这无论如何都显得有些过分。我看了眼手中最新式的M-42型激光枪,它那乌黑发亮的外壳让所有见到的人都不由得生出一丝敬畏。但一想到如此先进的武器竟会被用作宰牛刀,我心里就有股说不出的滑稽感。

　　"2号,你跟在我身后,千万不要落下。"蓝月在叫我,说实话,她的声音不是我喜欢的那种,也就是说不够温柔,尤其是当她用这种口气对我下命令的时候。

　　"我叫何夕,不叫2号,我也不想叫你1号。"我不满地看了她一眼。老实说,我的语气里多少有点酸溜溜的味道。在演习时输给她的确让一向心高气傲的我有些沮丧，我本以为凭自己的能力是不会遇到什么对手的。

蓝月有些意外地看着我，微风把她额前的短发吹得有几分凌乱，而不知怎么，她那双黑白分明的眸子竟然让我感到一丝慌张。如果站在客观的立场上来评价的话（当然我现在根本做不到这一点），蓝月的确可算是具有东方气质的美人儿，就连我们身上这种怪模怪样的特警服到了她的身上似乎也成了今秋最流行的时装，让人很难相信她竟会是那个又黑又瘦的蓝江水教授的女儿。从基地出发的时候，蓝江水特意赶来给蓝月送行，一副猥猥琐琐的样子。在这个人才济济的全球最大的科研基地里，蓝江水是个没有出过成果的名不见经传的人物，我听说只是因为他曾经是基地最高执行主席西麦博士的老师，所以才勉强担任了一个次要部门的负责人。蓝江水显然对女儿的远行不甚放心，一直牵着蓝月的手依依不舍。我想他应该知道我们此去的任务是什么，别说是危险了，恐怕连小刺激也说不上。当然，做父母的心情我多少也能体谅一点。

之后，西麦博士开始谈笑风生地给我们第一批出发的特警交代此去应注意的一些问题，他的话不时被掌声打断。在此之前，我从未这样面对面地接触过西麦博士，他看上去比平时我们在媒体上见到的要亲切得多，言谈举止间都显现出大科学家特有的令人折服的风采。我知道西麦博士是我们时代的传奇人物，正是他从根本上解决了全球的粮食问题，现在的世界能养活三百亿人跟他的研究成果密不可分。像我这样的外行并不清楚那是些什么成果，但我和这个世界上的所有人都知道，正是从西麦农场源源不断运出的产品给予了我们富足的生活。西麦农场是这个世界上唯一的农场，像我这样年龄的人几乎从生下来起就蒙受恩泽。西麦农场最初规模并不大，但如今的面积已经超过了澳大利亚。多年以来，位于基地附近的西麦农场几乎已成为了人类心中的圣地。当然与此同时，西麦博士的声望也如日中天，他现在是地球联邦的副总统，不过，普遍的观点是他将在下届选举中毫无疑义地当选为总统。在西麦博士讲话的时候,我无意中瞟了蓝江水一眼,发现他眉宇间的皱纹变得很深,目光有些飘忽地看着远处,仿佛那里有一些令他感到很不安的东西。这个场景并没有激起我任何探究的念头,我只是名警察,对与己无关的事情没有太大的兴趣。

这时,戈尔叼着一支雪茄走了过来,他是我们这个小组里的3号。戈尔是令我讨厌的那种人,尽管现在世界上多数人都和他一样:好烟酒,爱吃肥肉和减肥药,不到五十岁的人居然已经有了九个孩子,而且听说其中有三个还是特意用药物产生的三胞胎。当初分组的时候,我就不太情愿跟他在一组。戈尔是我们这个小组之中体格最壮的一个,背的装备也最多,就这一点还算让我对他有那么一丝好感。戈尔是我们小组中唯一真正参加过战争的人,那是二十多前的事了,当时,几个国家为了粮食以及能源之类的问题打得不可开交。有意思的是后来西麦博士出现了,一场战争在快要决出胜负的时候失去了意义。于是,戈尔从军人变成了警察,他时时流露出没能成为将军的遗憾,不过我觉得他没有一点将军相。我记得从被选中参加这项任务时起,戈尔的脸上就一直笼罩着一团红晕,兴奋得像头猎豹,他甚至还宣布戒了酒。在这一点上,我有些瞧不上他,不就是打猎嘛,何必那么紧张。西麦博士说,我们的任务就是到西麦农场去把那些逃跑的家畜赶进圈栏,必要时可以就地消灭。不过说实话,我到现在仍然没看出这个地方有哪一点像是农场,在我看来,这里树高林茂活脱脱是片森林。远处浓密的植被间不时跳出几只牛羊来,看见我们就惊慌地跑开。我叹口气,连最后一丝抓枪把的欲望也失去了。

"4号、5号、6号以及第5小组在我们附近,他们暂时未发现目标。"戈尔很熟练地浏览着便携式通信仪上的信息,他的声音突然高起来,"等等,6号发出紧急求援信号,他们遭到攻击。好像有什么东西……"

"我们快赶过去。"蓝月说着话已经冲了出去。我抽出激光枪紧随其后。

……

眼前一片狼藉，三名队员倒在血泊中。我不用细看便知道他们都已不治，因为那实际上是三具血糊糊的彼此粘连的残躯。遍地是血，肌肉以及内脏组织的碎末飞溅得四处都是，骨骼在断裂的地方白森森地支棱着。我下意识地看了眼蓝月，她正掉头看着相反的方向，我看出她是强忍着没有当场吐出来。周围立时就安静下来了，我从未想过西麦农场安静下来的时候会这样可怕。我清楚地听到了自己的心跳声，空气中弥漫着强烈的死亡气息。尽管我不愿相信，但眼前的情形明白无误地告诉我，他们是被——吃掉的。我检查了一下，有一位队员的激光枪曾经使用过，但现场没什么东西有被激光灼烧过的痕迹。

戈尔的嘴唇微微发抖，他满脸惊惧地望着四周，手里的枪把捏得紧紧的，与几分钟前已判若两人——其实我又何尝不是这样。事情发生得太过突然，从我们接到报警至赶到现场绝不超过十分钟，但居然有种东西能在这样短的时间里袭击并吞吃掉三名全副武装的特警战士，世界上难道真有所谓的鬼魅？

差不多在一刹那间，我们三个人已经背靠背地紧紧挨在了一起，周围的风吹草动也突然变得让人心惊肉跳。我这时才发现周围的景物是那样陌生而怪异，那些树！天哪，那都是些什么大树啊？几乎在同一时刻，蓝月和戈尔也都转过头来，我们三人面面相觑。良久之后，还是蓝月打破了沉默，她有些艰难地笑了笑，"这里果然是个农场。"

蓝月说的是对的，这儿的确是个农场，而我们正好就在农场的某块田地里。那些先前我们以为是树的植物竟然都是——玉米。

2.

戈尔在前面探路，他故意发出很大的声音，我想这是他原先就设计好的,因为这是猎人驱赶野兽时常用的一招。只是我不知道现在这招是否仍然管用,三名特警的死状让我甚至怀疑自己到底是猎人还是猎物。我们这一批特警的任务是到七公里外的管理中心检修设备,那里是西麦农场的中枢所在。本来每隔几分钟西麦农场就会向外界输出一批产品,但一天前这个惯例突然中断了。也许我们心中所有的谜团都要在那里才能找到答案。行动之前,我们给其他四个小组发出了通知,但一直没有收到任何回音。当然,我们谁也不愿去深想这一点意味着什么。

蓝月一路上都显得心事重重的,她的嘴一直紧紧抿着,似乎还没从刚才那可怖的一幕中挣脱出来。她这副模样让我的心中不由得生出一些软软的东西,我走上前从她肩上取下补给袋放到自己的背包里。她看我一眼,似乎想推辞,但我坚持了自己的意思。蓝月看了看前面咋咋呼呼一路吆喝的戈尔,脸上的心事显得更重了。

"别太紧张了,"我用满不在乎的口气说,"刚才我给基地发了信号,援助人员就快到了。"

"援助?"蓝月突然用一种很奇怪的声音重复我的话道,"你真认为会有援助人员?"

我意外地看着她,"当然会有。出发时西麦博士不是说过,遇到危险时我们可以发求援信号吗,你忘了?"

蓝月深深地看了我一眼,她没有搭腔,而是低下头去,似乎在思考什么问题。过了一会儿,她抬起头来,仿佛下了很大决心般地说:"不会有什么援助部队的,那是根本不可能的事情。"

我大吃一惊,"你的话我不太明白。包括我们在内,这次只派出了五个小分队,大部分特警都在基地待命,怎么会派不出援兵?"

蓝月没有回答,她拿出张纸条递给我,"这是临出发前我父亲偷偷给我的,你看看吧。"

我接过纸条,上面的字迹很潦草,看得出是匆匆而就:"西麦农场里很可能发生了超出人类想象的可怕事件,万望小心从事。如遇危险速逃,绝对不可抵抗。切记,切记。"

"这是什么意思?"我问道,"科学家的话好难懂。"

"说实话我也不太明白。"蓝月若有所思地说,"也许是有什么难言之隐再加上当时的时间实在太紧,他才会写下这么几句莫名其妙的话。不过有一点我可以肯定,基地是不会派遣援兵的。"

"为什么?"

"虽然我所知不多,但我能确定基地不可能收到我们的求救信号,无线电波无法在基地和西麦农场之间穿越。"蓝月很肯定地说。

我如坠迷雾,"可我们就在基地附近呀,要是没记错的话,我觉得基地和西麦农场中间好像只隔了一堵墙而已。"

"可你知道这堵墙之间隔着什么东西吗?这些奇怪的玉米树,还有那种在十分钟里吃掉三个人的……"蓝月语气一顿,看来她也不知该用什么词汇来描述那个东西,"你不觉得这一切太不正常了吗?"

"你是说……"

"是的,我要说的就是,这根本不是常理中的地方,"蓝月的语气越来越怪,"或者说,这根本不是我们的那个世界。"

"可这会是哪儿?"我差点要大叫起来,蓝月的话语中暗示的东西让我感到一种莫名的恐惧,"我们到底在什么地方?"

戈尔突然在前面喊道:"你们快跟上来,我们到达中心了!"

3.

周遭安静得过分,中心的大门敞开着,安全系统显然早已失去了作用。我们径直由大门进入,里面也是死一般地寂静。我以前从来不曾见过如此宏大的建筑,感觉上,天花板的高度超过三十米,简直就像室内大平原。很多硕大无朋的机械四处堆放着,如同一块块蛰伏的岩石，一时间看不出它们的用途。

"大家小心！"蓝月突然喊道，她手里的激光枪立即发射了。差不多在同一时刻，我也发现了危险所在，在我倒地的瞬间，我手里的武器也开火了。一时间烟尘飞扬，一股焦臭的味道弥漫开来。

激战的时候时间过得很慢，等到我们重又站立时，才发现我们以为的敌人其实是一种足有两米高的造型像怪兽的机械。它长有六只脚和两只手，口的部位安有锯齿般的高压放电器。刚才我们击中了它的头部，一些散乱的集成电路块暴露了出来，显然，它是个机器人。

"快来看！"是戈尔在惊呼，我和蓝月奔上前去，然后我们立刻明白他为何惊呼了。在那个怪兽的脚爪和口齿间残留着许多破碎的动物骨骸，配合它那副狰狞可怖的模样，真让人胆战心惊。我倒吸一口气，转头看着蓝月。她一语不发地环顾四周，脸上写满疑虑。

"是它干的？"我喃喃地说。有关机器人失去控制进而酿成大祸的事情近年来时有发生，西麦农场的变故也许就是因为这个。

"准是这种东西干的。"戈尔恨恨地说，他似乎不解气，又用激光枪打掉了怪兽的一只爪子，"干吗要造出这种武器来？"

"我还是觉得不对。"蓝月说，"你们注意到没有，这个家伙的标牌上写着'采集者294型'，从名字看它不像是武器，倒像是一种农用机械。它会不会是用来捕捉牲畜的？而且你们看，别的那些巨大的机械像不像收割机——正好用来收割玉米树？"

我点头，"这样讲比较合理。可是这些东西好像都失灵了。"

"它们自身的元件都完好无损，失灵的原因肯定是中心的计算机中枢被破坏后，它们再也接收不到行动指令了。我们先搜索下周围，看看有没有别的线索。"蓝月沉着地指挥着。

我们三人一字排开在杂乱无章的机械群中搜寻，如同穿行在丛林中。由于电力供应中断，大厅的绝大多数地方都是漆黑一团，我们的工作进行得很慢。除了偶尔传来的金属碰撞声外，这里静得就像一座坟场，我能很清楚地听见每个人的喘息声。虽然一路上的机器还是那些样子,但不知为何,我的心中却渐渐生出一种异样的感觉。有几次我都忍不住停下脚步想找出这种感觉的来处,但我什么也没能发现。

差不多过了十五分钟,我们才到达管理中心的计算机机房,里面所有的设备都死气沉沉的。我打开背包,取出高能电池接驳到机房的电源板上,一阵乱糟糟的闪光之后机器启动了。

蓝月娴熟地操控着,她的眉头紧蹙。我的电脑水平比戈尔高一小截,但比蓝月低一大截,于是,我很自觉地和戈尔一起担任警卫工作。

"怎么会这样?"蓝月抬起头喃喃低语,"整个系统是因为能源供应受到破坏而中断运行的。系统最后一次工作的时间是……917402年的7月4日。"

"等等,你是说哪一年?"我大吃一惊地问。

蓝月急促地看我一眼说:"我弄错了,对不起。"

我狐疑地看着重又低头操作的蓝月,她刚才的这句话分明是在掩饰,她肯定对我隐瞒了什么。可是917402年又是什么意思,这个时间难道会有什么意义吗?如果有意义又意味着什么呢?我越发觉得这次的任务不那么简单,而是透着股邪气。看来蓝月似乎知道某些秘密,她本该对我讲出来的,但她显然顾虑着什么。

戈尔在一旁焦急地来回走动,并不时催促着蓝月。他看来已经没有了当初的雄心。不过,我这时反而没有了一点轻看他的念头,我知道像他这样经过残酷战争洗礼的人都不是胆小鬼,他们并不害怕危险,但我们现在面对的却仿佛是某种超自然的东西,而这正是像戈尔这样的人的弱点。

"你们能快点吗?"戈尔大声说道,"这里我是一分钟都不想待下去了。"

蓝月从沉思中惊醒过来,她对戈尔说:"我正在拷贝系统瘫痪前的数据记录以便带回基地作技术分析。现在我跟何夕要到机房背后的区域察看一下,等拷贝完成后,你带上磁盘与我们会合。"

机房背后和中心别的地方一样,也堆满了收割机之类的机械。不知怎的,先前那种奇怪的感觉又来了。我不由得放慢了脚步。

蓝月幽幽地看我一眼,"你也感觉到了?"

我一愣,"感觉?什么感觉?"

蓝月指着那种似乎叫什么"采集者"的机械说:"你看它跟我们最初见到的那一台有什么不一样?"

我立刻就明白是什么东西让我一直感到不安了。眼前的这台"采集者"在外形上和最初的那台没有什么不同的地方,但在体积上却大得多了,足有六米多高。我这才回想一路走来见到的"采集者"的确是越来越高大,那种让我感到异样的感觉正是因为这一点。我走近这台庞然大物,它的标牌上写着"采集者4107型",从型号序列上看,它是比294型更新型的产品。我有些不解地望着蓝月,她对此却是一副仿佛有所预料的样子。我想开口问她这是怎么回事,但她那副拒人于千里之外的神情让我打消了这个念头。

蓝月突然停下来,她像是被什么东西击中一般僵立不动了。

"怎么了?你……"我开口问道,但我立刻就知道是怎么回事了,因为我也看见了那个耸入云天的东西——"采集者27999型"。如果说世界上真有什么东西能称得上巨无霸的话,我看就是它了。相形之下,"采集者4107型"只能算是小不点儿了。尽管我一再提醒自己这个足有二十米高的大家伙其实根本动不了,但我仍然不由自主地颤抖。按蓝月的分析,它应该是一种捕捉牲畜的机械,可那会是种什么样的牲畜啊!一时间,我的背上冷汗涔涔。

这时,我们听到了戈尔的呼喊声,他已经拷贝完了数据。蓝月拉了一下仍在发呆的我说:"走吧,我们先返回基地再说。"

4.

返程的路在我的感觉中比实际上要长得多,我想,在蓝月和戈尔的心中一定也有这样的体会。有几次我们都听到一些奇怪的响声从周围的农作物丛林中传来,以至于我们三人都曾开枪射击——当然,除了在玉米树的茎干上穿出几个洞来之外没有任何收获——开始,我们还保持着合适的速度,到后来,尽管我不愿承认,但我们已的确是在狂奔。就在我感觉自己快要崩溃的时候,我们终于远远地看到了密码门。

"别忙。"蓝月阻住就要进入出口的我和戈尔,"我们应该再和另外四个组联系一下,一旦我们出去就和他们再也联系不上了。大家是队友,说不定他们需要帮助。"

戈尔呼哧呼哧地喘着气,他看上去累坏了,"那可不成,这个鬼地方我一秒钟也不想待了。我只想早点出去。"

蓝月咬住下唇,用漆黑的眸子看着我。我有些慌张地低下了头。说实话,戈尔的话正是我的意思,也许我比他还急着出去。

戈尔大声对蓝月说:"这是关系我们三个人的事情。现在我们两个打平,就看何夕的那一票。"

我沉默了几秒钟,感觉快要虚脱了。但我终于还是说:"就等一会儿吧。"

蓝月感激地看了我一眼,没有说什么。她发出了联络信号,并把重复发送时间间隔定为四十秒,"我们等三十分钟,看看有没有回应。"

我在蓝月的旁边坐下,默默地看着她。过了一会儿,她不自在地回过头来问道:"你干吗这样看我?"

"为什么不把你知道的事情告诉我们? 这不公平。"我尽量使自己语气平静。

蓝月的脸上微微一红,"你在说什么? 我不明白。"

她的态度激怒了我,我有些失控地大声吼道:"你一开始就瞒了我们很多事。你完全知道这是个什么地方,你也知道这里发生了什么事,你为什么不对我们讲明呢? 难道我们出生入死却无权知道一点点真相吗?"

戈尔走过来,他无疑站在我这一边。我们两个人直勾勾地瞪着蓝月。

蓝月怔怔地盯着远方,似乎对我的话充耳不闻。良久之后,她才轻轻地叹出一口气说:"我并不是存心欺骗你们,从西麦农场开始运转以来从没有人进来过。我也是到了这里之后才终于明白了许多事情的;而在此之前,我并不像你们认为的那样知道所有事情的前因后果。既然你们那么想知道真相,那我就把我知道的全说出来吧。反正一旦回到基地,你们马上就会想清楚是怎么回事的。这件事情的源头要从三十二年前说起,当时,我父亲取得了他毕生最大的研究成果。就在那一年,他发现了'时间尺度守恒原理'。这个名字听起来复杂,其实意思很简单。根据这个原理,只要不违背守恒性原则,人们可以改变某个指定区间内的时间快慢程度。举例来说,人们可以使包含一定数量物质的某个区间的时间进度变为原先的两倍,与此同时,减慢包含同样数量物质的另一个区间的时间进度为原先的二分之一。"

我倒吸一口凉气,"你是说西麦农场正是一块被改变了的时区?"

"准确地说是一块被加快了的时区。"蓝月纠正道,"我们从进入西麦农场算起已经过了五个小时,可等到我们返回基地时,你会发现时间停留在了五个小时之前。送别的人群还在那里,在他们看来,我们只是刚走进传送门就立刻出来了。这五个小时只是对我们才有意义。就算我们在西麦农场过上几十年甚至老死在这里,对他们来说也不过才过去了十多个小时。还记得在机房里我念到的那个'917402年'的时间吗?对人类来说,西麦农场是在二十几年前修建的,但在西麦农场里却已经春播秋收过去了九十多万年,也就是说西麦农场的时间进度是正常世界的四万多倍。西麦农场里的一年差不多只相当于正常时区里的十来分钟,所以,在我们的世界里会感到西麦农场总是按这个时间周期循环输出产品。你们无法体会当我见到这个时间时的那种惊心动魄的感觉。正是西麦农场九十多万年的生产才供给了地球上三百亿人这二十年来富足的生活。"蓝月说着话转头看着戈尔,

"你好像说过,你有九个孩子。"

戈尔一愣,"是啊,我带有他们的照片,你想不想看?"

"等等,"我打断了戈尔的话,"有一点我不太明白,既然是你父亲发现了这个原理,那为什么却是由西麦博士创建的农场?"

"这件事正是我父亲心中的一个结。当年他刚一发现这个原理,便立刻意识到了它在解决食物能源等问题上的应用前景,但几乎就在同时,他意识到了另外一个问题,一个称得上可怕的问题。想想看,我们人类其实也是从低等生物逐步进化而来的,如果我们把那些暂时比人类低等的生物放进一个比我们快了许多倍的时区……"蓝月不再往下说,或许她也知道根本不用再说了,因为我们已经见到了后果。

"所以,我父亲忍痛放弃了他毕生为之奋斗的成果,对整个世界秘而不宣。但他没想到的是,他最得意的学生和助手却背叛了他。"

"你是说西麦博士?"

"就是西麦。"蓝月苦笑道,"他创建了与外界隔绝的西麦农场,用高度聚集的太阳光束作为农场的能源。老实说,西麦也是少有的天才。从'时间尺度守恒原理'到西麦农场之间其实还有不短的距离,就好比从爱因斯坦的质能方程到核聚变发电站之间还有莫大的距离一样。等到我父亲发现时一切都来不及了,西麦已经成为了人类的英雄。我父亲唯一能做的事就是尽可能地避免他所担心的事情发生。可是这一切还是发生了。"

"为什么没有早一点发现问题?"我有些多余地问道。

"刚开始时,西麦农场的时间只是比正常时间快两倍左右,但是人们很快就不满足了,他们不断提出要过更高水平生活的要求,于是西麦加快了农场的时间。但人类的欲求越来越高,以至于后来成了以需定产,人们只管对西麦农场下达产出计划,由农场的计算机自行安排时间速度,最终使得一切失去了控制。没有谁愿意到西麦农场里去工作,因为这实际上意味着和亲人的永别,所以,人们将一切都交给计算机来管理。你们也看到那些机械了,它们都是农场的计算机根据需要自行设计的,单凭机械的升级换代速度,你们就能想象农场里的生物进化得有多快了。如果有一种办法能站在正常的时区观察西麦农场,你将会看到怎样一幅图景呢？"

蓝月没有再往下说,她的目光有些迷离了。其实用不着她来描述,因为我想象得出那是怎样一幕可怕的情景:白天黑夜飞快更替以至于天空像是灰色的;人造太阳在空中飞快地划出道道连续不断的亮线;风雨雷电、云来雾去等自然景观走马灯似的频繁出现,永无终结;植物像是慢录快放的电影般疯长和枯黄,看起来就像是动物一样,而那些真正的动物则如同跳蚤一样地来来去去,所有的生物都在以比人类快成千上万倍的速度生长、繁殖、遗传、变异;死亡以不可想象的速度追逐着生命,同时又被新的生命追逐,造物主在这片加速了的实验室里孜孜不倦地验证着生命最大限度的可能性……

良久都没有人说话,我只感到阵阵头晕。蓝月描绘的图景让我不寒而栗。戈尔的情况也不比我好多少,他无力地瘫坐在地,身体仿佛虚脱了一样。

蓝月看了下时间说:"三十分钟已经到了,我们回基地吧。不过,我们今天的谈话内容一定要保密。"

就在蓝月低头去取通信仪的时候,戈尔突然跳了起来,他的目光"钉"在了我身后。与此同时,我也看到自己脚下出现了一片巨大的阴影。我马上就明白发生什么事了。几乎是在本能的驱使下,我立刻把蓝月扑倒在地并一同向旁边滚去,手中也已多出了一把激光枪。但戈尔先开火了,我听到了一声令人肝胆俱裂的号叫,就像是千万只野兽一起发出的声音。等我回过头去时,却只看到一片犹自摇摆不定并被践踏得狼藉不堪的玉米林,而我和蓝月刚才所在的地方留下了几道深达一尺的爪痕。

戈尔的眼睛瞪得很大,仿佛要从眼眶里掉落出来,他的腰部以下都不见了,地上血迹斑斑。我默默地走过去把耳朵贴近他仍在嚅动的嘴唇,想听清他在说些什么。许久之后,我抬起头用手合上了戈尔那双不肯闭上的眼睛。

"他说什么?"蓝月脸色苍白地问我,"他看到了什么?"

"他一直在重复着两个字,"我低低地说,"妖兽。"

5.

我有两天没有见到蓝月了,作为此次行动仅有的两名生还者,我们一回到基地就被分开了,然后便是无休止的情况汇报。我的头上被接上了各式各样的仪器设备以帮助我回忆那段经历,由此整理出的一切材料直接报送西麦博士本人审阅。我当然不会违背我和蓝月的约定,谁也不能从我嘴里套出我们之间的那段谈话。这两天,蓝月的样子总在我眼前晃来晃去,她的眉宇和长发,她的声音,还有她若有所思的神情。尽管我不愿承认,但我内心中有一个快乐的细小声音在执著地追问,你是不是喜欢上她了?有时候,这句话甚至通过我的口突然冒出来吓自己一跳。

今天看起来比较清静,都过十点了还没有什么人来烦我。我当然不会让时间白白流逝,和往常一样,我无论如何都要干些有意义的事情,也就是说接着想蓝月。想她现在在干吗,吃了没有呀,吃的什么呀,还想象她如果穿上普通女孩的衣服会是什么样。如果没人打搅的话,我可以这么神乎乎地想上一整天,我到现在才发现男人婆婆妈妈起来也是蛮了得的。不过今天我刚神游了几分钟就被拉回了现实,蓝月一身戎装地出现在了我的面前。我唯一得出的结论就是她不是按正规渠道进来的,因为随后我便看到负责看管我的几个人全都很无奈地躺在外面房间的地板上。

"等等,"我用力挣脱拉着我一路狂奔的蓝月,"我不能就这样不明不白地跟着你逃走。"

蓝月也停下脚步,她的脸因为奔跑而泛起了红晕,"你太天真了。西麦是因为西麦农场而成为人类英雄的,难道他会让你揭露其中的隐情?你还不知道,为了巩固自己的地位,西麦正在筹划再建一个农场。"

"那原先那个农场怎么办?尽管有密码门暂时把农场和我们的世界隔开,但如果那种……东西……再进化下去,密码门迟早会被突破的。现在西麦博士去创建的新农场,几十年后岂不又和今天的西麦农场一样?"

蓝月含有深意地笑了笑,"如果西麦还是一名科学家的话,他肯定也会这么想,可他现在已经是一位政治家了。西麦农场是他全部的资本,他如果放弃,马上就会一文不名。"

"那他至少应该先把西麦农场的时间恢复正常,否则这样下去的结果太可怕了。"

"如果能够做到这一点,我父亲当年就不用保守秘密了。"蓝月冷冷地说,"我们还是快走吧,车就在前面。我父亲在一个安全的地方等我们。"

蓝江水教授比我上回见到时仿佛又瘦了些,一见面他就握住了我的手,"听蓝月说你救过她一命,真谢谢你。"

蓝月飞快地看了我一眼,脸上微微一红,"谁说的?当时我自己已经发现危险了,他只是看起来像是救我一命而已。"

蓝江水正色道:"受人之恩不可忘,还不过来谢谢人家。"

我自然连声推辞,同时把话题转到我向蓝月提的那个问题上去。

蓝江水一怔,他没有立即回答我,而是点起了一支烟。我注意到他的手有些发抖,"我年轻的时候和现在相比,对许多问题的看法都很不一样,简单点说,我那时在对待科学的态度上是非常乐观的,我相信科学最终能解决人类面临的所有问题。同时我还认为,就算科学的发展带来了一些负面影响,也只不过是暂时的,而且随着科学的进一步发展，这些负面问题都会由科学自身来圆满解决。可是在几十年后的今天，我却再也无法这么乐观了。"

"为什么？"

"到现在我仍然认为，所谓科学研究，其实就是不断揭示自然的谜底。我常常在想，造物主为何要把它的谜底深深地埋藏起来？核聚变为何必须要在几百万度的高温下才能发生？微观粒子为何必须要在几千万亿电子伏特的能量撞击下才向人类展现其内部结构？反物质又为何要在极其苛刻的条件下才能产生？不过我现在已经想清楚了，或者说我认为自己已经想清楚了这个问题。你可以设想一下，如果上述这些反应能在很'常规'的条件下发生，那么在石器时代或是青铜时代的人类，甚至远古的一只玩火的猿猴都可能已经把这个世界毁灭了。即便是现在，又有谁敢保证人类有绝对的把握可以万无一失地操控一切呢？"

我有点明白他的意思了，但还是问道："那个'时间尺度守恒原理'也是这样的谜底之一？"

"好久没听到这个名词了，是蓝月对你讲的吧？世界上知道这一原理的人不超过十个，而真正掌握其核心内容的就只有我和西麦。西麦农场里发生的事情是无法逆转的，它的时间可以继续被加快，但却再也无法被减慢，而与之对应的那块时区的情形则正好相反。"蓝江水的脸不自觉地抽搐了一下，他猛吸一口烟，在氤氲的烟雾中，他的脸变得模糊不清，"对一个从事科学研究的人来说，如果一生都没有成果是一件很痛苦的事，但最痛苦的事情却不止于此。就好像一个农艺师辛苦一生才培养出新的作物品种，然而却发现它的果实虽然芬芳可口，但却包含剧毒。我当时就是那种心情。后来的事你都知道了。直到今天，我有时仍然忍不住问自己在这个问题上到底后不后悔，让我感到欣慰的是，在多数情况下我都发自内心地回答：不。"

"那我们现在应该怎么办？"

蓝江水灭掉烟头说："我要去和西麦谈一谈。"

蓝月叫起来："不行，西麦是不会回心转意的，他已经不是科学家了，他是搞政治的人！"

蓝江水笑了笑，脸上的皱纹使他看上去比实际年龄要老得多，"要是我说在这个世界上我其实是最理解西麦的人，你们一定不会相信。"

"我当然不相信。"我大声说道，"你和他一点也不一样。"

"可事实上我的确理解他。"蓝江水幽幽地说，"因为我知道自己只是差一点点就成为了西麦。放心吧，我不会有事的。这件事已经拖了二十多年，是必须解决的时候了。"

"那我们该做些什么？"我追问道。

"你们唯一能做也必须去做的一件事就是——回西麦农场。"蓝江水无比肯定地说。

6.

我做梦也想不到在两天后，自己居然有胆回到西麦农场。说实话，我不能算是有英雄气概的人，但正如蓝江水教授所言，除此之外我们别无选择。

来之前，蓝江水对我和蓝月说："西麦农场里的某种生物显然已经进化到了惊人的地步，根据上次从'采集者'上提取的部分组织标本作的分析来看，这种生物的智慧水平已和人类不相上下，更不用说它还有着那样强大的自然力量。如果现在不把问题解决掉的话，那么过不了多久，恐怕人类的末日就会来临。"

现在我们又置身于西麦农场了。正常时区里的两天在西麦农场相当于差不多两百年。看着四周那片我们曾在两百年前出没过的丛林地带，我的胸间涌起一种无法言说的感觉。沧海桑田这个词在这里找到了最好的注释。由于缺乏管理，当年的农作物大部分都已消失，把土地让位给了生命力更为强大的高达数米的野草,物竞天择的原理在这片土地上充分显示了自己的力量。

我们这次的目的很简单。蓝月对上次拷贝的系统进行了分析,证实了西麦农场计算机系统的能源供给部分曾经遭到了某种生物的恶意破坏,很可能就是那种妖兽。仅凭这一点,就足以证明它们已经具有了多么发达的智慧。我们这次计划修复系统,以便利用西麦农场里的这些超级机械来对付那些我们至今都不知道长成什么样的可怕东西。由于经历过惨痛的教训,这次我和蓝月的装备及防护措施要严密很多。但即便如此,我的心里仍是忐忑不安,不知道蓝月的感觉会不会比我好点。

到中心的这段路上虽然有过几场虚惊,但总算没出什么事,我们见到不少已经变得有点不一样了的牛羊之类的牲畜,经过两百多年的放任生长之后,它们显然应该算是野兽了。这些家伙不时急匆匆地在我们附近掠过,一副警惕性很高的样子。在任何一个生态系统里,位于食物链顶端的只会有一种生物,看来它们也不过是妖兽的美食而已。

现在蓝月已经坐在中心电脑前开始修复系统。一切都还比较顺利,太阳能电站首先开始工作,中心的照明紧接着也恢复了。从外面不断传来机器启动的声音,大屏幕红外遥感监视器上显出了西麦农场的全图,上面一个个移动的黄色亮点表示机器都动起来了。蓝月得意地冲我一笑,竟然美得让人眩晕。

这时突然传来一阵嚎叫——正是那种让我一想起来就发抖的声音,蓝月的脸色也陡然一变。从声音判断,妖兽离我们不会超过一百米。

"快,下达采集命令!"我大声喊道。

"我正在寻找命令菜单项。正在找……"蓝月急速地操作着。

大地开始剧烈地震动,让人几乎站立不稳。在这样的情况下,电脑很容易损坏,如果在此之前不把采集命令发出去的话就来不及了。我大声催促着蓝月,由于过度紧张,我的声音已有些变调。

"我正在找。"蓝月艰难地回应,她的语气像是在哭,"……找到了,我……"

一阵巨大的震动袭来,我和蓝月双双被掀翻在地。与此同时,机房的顶盖被揭掉了,然后我们就看见了那种足有十五米高的东西,我想那就是妖兽了。我看不出它是由哪种生物进化而来的,只看出它拥有四肢,后肢用于行走。后足有六米多长,肌肉发达粗壮,前肢显得很灵活,五指上长着黑色的利爪。它的脖子长度超过一米,上面支撑着一颗硕大无朋的头颅,龇开的嘴缝里露出尖利的牙齿,看得出来这是它强大的武器。黏糊糊的涎水从它口中滴落下来,散发出腐臭难闻的气味。这时候我看到了它的眼睛;在我看到它巨大的头颅时,我仍不敢相信它是一种高级智慧生物,但当我看到它的眼睛时我相信了这一点。我和它对视着,我看到了它眼睛里有着藐视的意味,是那种洞悉对手全部心思的居高临下的眼光。这是唯有智慧生物才具有的眼光。巨大的震撼之下,我无法准确描述自己此时的感受。我想我第一个也是唯一的感觉就是它太强大了,在它面前我们简直弱小得可笑,就像是两只蚂蚁。我甚至没有一丝拔枪的念头,因为我知道那根本不会有什么用处。

蓝月突然转身抱住了我,将她的脸与我紧贴在一起,我感到她的脸上满是泪水。她的这个表明心迹的举动让我感动不已,巨大的幸福充斥了我的胸膛。一时间,我几乎忘记了死神就在眼前,或者说我的眼中已经看不到死神了。不过,我仍旧无法抑止地流出了眼泪,并不是因为我就要死去,而是因为我的族类将要面临的灾难。我从来都不认为自己是一个高尚的人,但我相信任何一个人处于我现在的境地都会流出这样的泪水。相形于整个物种,个体的命运其实是微不足道的。这时候,妖兽缓缓举起了右前肢,然后以无法用语言形容的速度向我们劈了下来。风声凄厉。

但奇迹出现了,一台"采集者27999型"冲了过来,看来蓝月在最后的时刻点中了命令。它显然不是妖兽的对手,只两三个回合就变成了一堆废铁。不过,这点时间足以让我和蓝月脱离险境了。我们一路飞奔,四周传来阵阵令人毛骨悚然的嚎叫。

西麦农场变成了战场和屠场,这是无生命的"采集者"和有生命的妖兽之间的战争。机器的爆炸声和妖兽的嚎叫声交织在一起,火光与血光纠缠在一起。妖兽张开巨口撕扯着"采集者"的合金身躯,如同撕扯着一张薄纸。除了"采集者27999型"外,它显然没有任何对手。

"采集者27999型"的轰鸣声震耳欲聋,而当它的锯齿间突然拉出一道蓝白色的弧光时,天空中就会响起让大地也战栗不已的霹雳,与之同时传来的血肉烧焦的气味令人恨不得把胆汁也吐个干净。相形之下,采集者比妖兽要残酷得多,因为它是一种收获并加工肉类食品的联合机器。每当一头妖兽被击倒后,采集者就会启动整套加工程序,将妖兽的尸体开膛破肚剔骨剜肉,那种血肉横飞的场面让人一见之下如同置身阿鼻地狱①。

我和蓝月一路奔跑着朝密码门的方向逃去,随身带的与中心无线联网的便携式电脑不断显示着这场战争的进程。代表采集者的黄色亮点和代表妖兽的红色亮点都在急速地减少。我焦急地关注着力量的对比变化。有几次采集者明显占据了优势,但很快又被压倒。我在心里为采集者加油。我不敢想象如果采集者输掉了这场战争会是什么样的结果,我也不敢想象那些嗜血的妖兽会怎样对待我们的世界。红色的亮点逐渐占据了优势,黄色的亮点一个个地熄灭,我的心向着深渊沉落。最后,有六个红色的亮点留了下来,那是六头妖兽。

我下意识地回头看着蓝月,她的眸子一片死灰。我有些歇斯底里地说:"它们都是雄性,要不就都是雌性。一定是这样的,一定是的。上帝会保佑人类的。"我无法自制地重复着这几句话,就像在念一种维系着唯一希望的咒语。

---

① 阿鼻地狱:梵语,指八大地狱中的第八狱。

蓝月苦笑,"妖兽也有它们自己的上帝。六头妖兽全为同一性别的概率实在太小,但愿我们能活着逃出去报信,除了原子武器,恐怕没有什么能消灭它们了。"

我绝望地摇头,"人类准备好核进攻起码要相当长一段时间,要知道,正常世界的一天在西麦农场就是一百年,到时候妖兽的数量还不知道会有多么庞大。而且对西麦农场这么广大的地方使用核武器,就算能消灭妖兽,接下来持续数年的核冬天也会让人类付出无比惨重的代价。"

蓝月沉默半晌,"那我还是和你一起祈求上帝吧,这是我们唯一能做的事。"她做了个祈祷的姿势。这时她好像突然想起什么,指着屏幕说:"这六个红点一直待在原地不动,会不会是受了伤?"

我观察了一下,然后抽出激光枪说:"走吧,不管怎样先去看看再说。"

当我们穿过荒园来到南部的一片开阔地带时,眼前的景象不禁让我们大吃一惊。很明显,我们已经置身于某个初具雏形的城市中。整齐的洞穴,完备的供水系统,储备了大量食物的仓库,以及用于聚会的广场。看来,妖兽们已经具备了自己的社会系统,它们和人类社会已经没有质的差距而只有量的差距了。

在城市角落的一个洞穴里,我们发现了要找的东西。直到现在我才明白,为什么在红外显影图像里它们会待在原地不动,因为它们是六头幼兽。一头身躯庞大的妖兽倒毙在不远处,嘴里犹自撕扯着一台"采集者27999"型的躯壳,看得出它是为了保护这几头幼兽而流尽了最后一滴血。六头幼兽显然不明白发生了什么事情,它们也许只是感到很久没有得到父母的哺喂了,一个个都焦急地在洞穴里嘶叫着。看到我和蓝月,它们并不害怕,相反还很卖力地围拢来,把头往我们身上蹭,讨好而焦急地发出索取食物的声音。

"四雌两雄。"蓝月简单地说道,然后她回过头来看着我,一语不发。

我知道蓝月的意思,实际上,我也正陷于一种不得不做出决断的矛盾中。说实话,我现在很难把眼前这六只嗷嗷待哺的幼崽与那些嗜血的妖兽联系起来,尤其当它们把毛茸茸的头蹭到我的脚踝时。这种感觉很奇特,即使是狮虎等猛兽的幼崽也是惹人爱怜的。但我的内心有一个清晰的声音在大声说,它们是妖兽!它们是人类的死敌!它们必须死!尽管它们的产生完全是由人类一手造成的。

"让我来吧,如果你不想看的话就去看看风景。"我轻声对蓝月说,然后我抽出枪依次对准每头幼兽的额头扣下了扳机。它们到死都以为我是同它们逗着玩儿。

枪声悦耳。

一切终于都结束了。现在我站在山坡上有些后怕地环视着四周,仍不敢相信我们居然完成了这个几乎不可能完成的任务。空气中的血腥味正在消散,黄昏的原野上拂过阵阵清风,人造太阳正朝着地平线上连绵的草浪滑落,那些无害的小兽出没其间。我仿佛第一次意识到西麦农场也具有同普通农场一样的田园风光。想到我和蓝月即将离开这里永不再来,我心中居然有些不舍。我转头望着蓝月,她也同我一样眺望着四周,目光中若有所思。

"你在想什么?"我低声问道,"是你父亲的事?"

蓝月没有回答我,她转过身去,"走吧,回我们的世界去,感谢上帝,我们再也不用来这个地方了。"

不久以后,我便发现蓝月和我都错了,西麦农场其实是一个幽灵,从一开始它就用无比强大的力量给我们织了一张密密的网,我们生生世世都注定无法逃脱了。

7.

我们在西麦农场的这十多个小时的历险只不过是正常世界里的

一秒钟,这样的反差总让人感觉是在做梦。当然,如果梦中总是有蓝月的话,我倒是无所谓要不要醒来。想到这一点,我不禁朝蓝月咧嘴一笑,却发现她的眼光里也闪现着同样的意思——这就是所谓的心有灵犀吧,我喜欢这样的感觉。

"我们去哪儿?"我问蓝月,这段时间以来我已经习惯了由她拿主意。

"去找西麦。"蓝月似乎早有安排,她的语气中有隐隐的担心,"不知道我父亲和他谈得怎么样了。"

西麦在基地里的官邸守备森严,即使我和蓝月这样优秀的特警也费了不小的劲儿才潜进去。幸好只要过了门口的几关,里边就没有什么障碍了——谁愿意像在牢笼里一样地生活呢?

"快过来。"是蓝月的声音。我飞奔过去,在会客室的角落里,我看到了倒在血泊中的蓝江水和西麦。蓝江水的手中拿着一支老式的枪,显然他是在射杀了西麦之后自杀的。

在蓝月连声的呼唤中,蓝江水的眼睛缓缓睁开,他嗫嚅着问道:"他死了吗?"

我过去察看了一下西麦的情况,他的瞳孔已经散大,使得平日里充满睿智的眼睛看上去有些吓人。然后,我退回来对蓝江水说:"他死了。"

一丝很复杂的表情在蓝江水脸上浮现出来,他足足沉默了有一分多钟。但他最后还是露出高兴的神色说道:"这就好,这个世界上掌握'时间尺度守恒原理'的两个人终于都要死了。我本来只是想劝他放弃重建西麦农场的念头,可是他不同意,我没有办法只好这样做。我了解西麦,他并不是一个坏人,在这件事情里,他并没有多少错。要说有错,也只是因为他顺从了人类的需求。实际上,在我所有的学生里,他是让我最得意的一个。西麦只小我五岁,更多的时候我都只当他是我的助手而不是学生。"蓝江水说着话,伸出手去拽住西麦已经冰凉的手,有些痛惜地摩挲着,"现在我们俩一同死去倒也是不错的归宿,也许在九泉之下我们还能续上师生的缘分,还能……在一起做实验……"

蓝月痛哭出声,"你不会死的,我们想办法救你!"

蓝江水的目光渐渐涣散,"我自少年时便许身科学以求造福人类,没想到我这辈子对人类最后的馈赠竟是亲手毁掉自己的成果。其实我到现在也不知道自己做对了没有,我只能说,我也许避免了更大的浩劫发生。没有了西麦农场,地球上三百亿人中的大多数都会在几个月里以最悲惨的方式死去,面对他们,我的灵魂看来是永远都得不到安宁了……"

蓝江水的声音越来越低,终至渺不可闻,两滴浑浊的泪水自他苍老的眼角缓缓滑下,最后融入了脚下这片他深爱的曾经掩埋过无数像他一样的籍籍无名者的土地。

死者已矣。

只几天的时间,我便意识到蓝江水临死前所预见的是一幕多么可怕的场景。储备的食物很快告急,这颗星球上自从人类诞生以来最可怕的饥荒开始了。三百亿张嘴大张着,就像是无数个黑洞。政府下令大规模地退耕还田,但这对大多数人来说肯定是来不及了。养尊处优的人们在灾难到来时尤其脆弱,大规模的死亡场面就要出现了。过不了多久,这颗星球的每个角落都将堆满人类的尸体,那是一个何等可怖的场面啊!不过,我毫不怀疑我和蓝月能挺过这场灾难,因为我们是训练有素的特警,生存能力远胜于常人。随着人口的减少,粮食的压力将得到逐渐缓解。只要熬过最困难的时期,一切就会好转的。世界一片混乱,我和蓝月在这颗饥饿的星球上四处流浪。

"我快要疯了。"蓝月痛苦地伏在我的肩头,由于营养不良和精神上所承受的巨大压力,她瘦了许多,"这一切真是我父亲造成的吗?"

我安慰地拍着她的背,"这不是他的错。这是人类向自然界索取所付出的代价。这样的索取自古以来就没有停止过,而到了创建西麦农场这一步,更是在向自然界的未来索取,人们索取的是大自然根本就给不起的东西。如果没有西麦农场,世界上根本就不会有这么多人。现在死于饥荒和将来死于妖兽是两枚滋味相同的苦果,人类必须咽下其中的一枚。"

说到这儿,我突然愣住了,我朝远方大张着嘴但却说不出话。蓝月用了很大劲儿才让我回过神来,她快被吓哭了。

"你怎么啦?"蓝月有些害怕地抚着我的脸。

我艰难地笑了笑,"我想起一件事。看来才过了十来天,我们又要旧地重游了。"

8.

一千年过去了,西麦农场里一片蛮荒景象。"采集者"不锈的身躯依然伟岸地耸立天宇,妖兽的残骸都已荡然无存,而当年埋骨于此的队友们却依稀音容宛在。想到差不多一千两百年前我和蓝月在这片诡异的土地上由相识而相知,以及一千年前那场决定人类命运的惨烈绝伦的大战役,我不禁有种恍如隔世的感觉。我甚至怀疑那些都只是一场梦中的场景,但此刻掌中所握的蓝月的纤纤小手又肯定地告诉我,这一切都是真实发生过的故事。

是的,我们又回来了,而且这一次我们将不再离去。我和蓝月正在写一封信,再过一会儿,等我们将这封信通过密码门发出去之后,我们将永久性地毁掉这个唯一的出口。在这封信里,我们把关于西麦农场的所有事情都向世人作了说明,而蓝江水和西麦这两位天才之间的是非恩怨恐怕也只能任由世人去评说了。

……我们并不清楚会有多少人能看到这封信,更不知道会有多少人能理解我们的行为。今天我们回到西麦农场其实是迫不得已的事情，妖兽虽然不存在了，但这只是暂时的。在一个比人类世界的时间快了四万多倍的时区里，任何事情都可能发生。按照严肃的进化观点，现在在西麦农场里的这些无害的动物甚至植物中，最终肯定会产生出比人类高级得多的生物，人类将永远不会是它们的对手。不要试图让我相信不同智慧生物之间能和睦相处的神话，就算可能也不过是其中高一级生物的施舍罢了，就好比我们人类也为别的生物建造国家公园一样。而最大的可能性却是西麦农场里的这些生物会在将来的某个时候冲出西麦农场，给人类带来真正的灭顶之灾。如果这一切成为现实，先父蓝江水先生的灵魂将永堕地狱的底层。

所以我们决定回到西麦农场，最起码我们现在还是西麦农场里最高级的生物。我们将活在这个时区里，与这里所有的生物按同样的节拍进化。如果不出现大的意外，我们和我们的子孙将继续——或者说一直——保持进化上的优势（但愿我们的这种乐观估计是正确的）。凭借这种优势，我们就能为人类守护西麦农场这块脱缰的土地。我们多灾多难的家园是那样的美丽，让人留恋万分，想到就要与之永别，我们不禁潸然泪下。

现在我们最想问的一句话就是：这一切到底为何要发生？难道人类对自然的索求真的是永无止境？

也许过不了多久（相对于你们的时间观来说），我们这一族将进化成某种和人类大相径庭的生物，甚至于当有朝一日相逢时，你们根本就认不出我们曾经是人，谁知道造物主会怎样安排呢？但无论如何请相信，我们的心是永远和人类一起跳动的。而且我们要把这颗心代代传给后人，要让他们和我们一样永远记住自己的根。

何夕，蓝月
绝笔于西麦农场
时历918653年12月7日
（本文获1999年中国科幻银河奖）

平　行

1.

"所谓奇点,通常是指函数中的某些变量取值,正是在这些点上产生了无穷。"

当托尼教授指着黑板上的这句话摇头晃脑时,教室里的其他人都拿手帕捂住鼻子躲避漫天飞舞的粉笔灰。没人弄得清为何托尼教授总喜欢拿着从古董店里买来的粉笔乱挥一气,而对液晶黑板熟视无睹,大家只能暗自庆幸全校只有这么一个老学究。

"……我举个最基本的例子。"教授舔舔嘴唇,这使得他的脸更显得红白分明,"对于五除以 X 这样一个函数,当 X 等于零时,也就是说,五除以零等于多少? 嗯?"

"无穷大,教授!"

话一出口,我便发现自己似乎做了件傻事。后来才有人告诉我,托尼教授在课堂上提问从来都无人搭理,因而他早就习惯了自问自答。那一刻,我恨不得拿把刀把这个人干掉——他怎么不早点告诉我?

当时,我的声音又大又清脆,我想这可能是托尼教授在教学生涯中受到的最热烈的一次回应,所以他大大地激动了,不久,他便极不民主地把我从考古系生拉活扯到了他的门下。应该说,此后一段时光我是全校精神最愉快的一个学生,每天托尼教授不请三趟我不出被窝;而在课堂上,我的嗓门永远都比托尼教授要高得多——谁让我是他唯一的正式门生呢?不过,等到快毕业的时候,我才发现自己学的东西跟任何一家公司都沾不上边,难怪教授原来的几个学生跑了个一干二净。于是,我后来常向人说,我这辈子倒霉的一件事就是,出于好奇去听了托尼教授的那堂课。

记得在我回答了那个问题之后,托尼教授激动了半晌,而后便对我说:"照我说你不是答错了,而是没答全。应该说等于任何数都可以,任何数都可说是无穷大或无穷小,因为数字本身是无限的。"

顺便交代一句,托尼教授研究的课题是"时间本质",这个伟大的问题不问的话谁都知道,而一问谁都不知道。但多少年来,人们不明不白却也过得舒舒服服毫无不便,而我在知道那么一点点之后反倒不知道该上哪儿去找个饭碗了。当然出路还是有,就是继承托尼教授的衣钵,然后在几十年后找一个会做"五除以零等于几"的倒霉蛋把衣钵传下去。这条路能让托尼教授满意但却不能让我满意,所以,我又回过头去捞了个考古学的博士头衔。

到考古研究院后的第三年,我有了一项惊人的发现:我在云南元谋地区的一次单独考察中找到了一些令人瞠目结舌的东西,确切点说,是一些刻在黑石上的古怪文字。几天后,经巨型电脑处理的结果交到了我手里,那些文字是一些知识,诸如"大地是圆的""一年三百六十五天""太阳是一颗星球"……同时,另一份资料也送达了,上面记录着同位素年代检测的结果:这些黑石是一万两千年前——即公元前一万年——的东西。虽然大部分文字都还未能破译出来,但仅有的这些已足以令我震惊了。最令人难以置信的是,在黑石的许多地方竟写着这样一句话:"伟大的科学。"

就在我回到研究院并开始犯一种叫做头疼的毛病时,托尼教授找到了我,他只说了一句话,他说:"我造了一台机器。"

2.

教授拉开了门。然后,我听到了一声轻柔如同咏叹的低喊,同时,我看到一个苗条的身影活泼地跳开,一些大而艳丽的野花在这个身影上摇曳着。

"何夕,快来。"教授叫我。

其实我已经自己跑出来了,虽然黄昏时的太阳稍微有点刺眼,但我还是立刻看到了浅坡上无涯的芳草和静立于芳草间的她。瀑布般的黑发从她的额上倾泻而下,在小巧的脸庞上留下了线条柔和的阴影,她的眼睛就藏在这片阴影里看着我们,带着些许胆怯和好奇,她肯定不知道,在我们眼里她就是历史。

夜幕降临了,银盘一样的月亮从远方的群山之中探出脸来,她像一头灵巧的山鹿般领着我们朝森林的方向走去,如瀑的黑发混合了无名野花的芬芳在我眼前翩跹地飞扬。恍然间,我突然有了一种梦幻般的感觉,我觉得她就是女神——月亮女神。

这是一座森林中的城市。

连绵不绝的木质房屋排列成整齐的街道,凿空的石槽从高山之上引来泉水,滋润着每一个角落,归来的农人与猎户熙熙攘攘地穿行着,大声的喧哗混合着城市上空缭绕的炊烟,散发出令人陶醉的气息。

他们自称轩人,这里是他们最重要的一座城市,他们的头人威普也住在这里。轩人慷慨地收留了我们,想到竟然生活在公元前一万年的城市里,我不禁恍若梦中。

托尼教授的确是个天才,到现在我才总算有些明白了"五除以零"这个问题有着何等深奥的内涵。托尼教授说:"无穷这个概念只是数学和哲学上的一种表达形式,其本身是极不准确的。例如,从牛顿的理论出发可以证明宇宙是无穷大的,但这个表述本身就说明该理论是有缺陷的。后来,果然就由爱因斯坦的理论证明了宇宙是一个有限大小的弯曲空间,但是爱氏的理论中也有奇点,比如当物质以光速运动时产生了无穷大的质量和捉摸不定的时间。实际上,爱因斯坦也认识到了这是局限所在,他承认在奇点上会有一套新的理论,不过他一直都没能找到。"

托尼教授说这番话时充满感伤,我也明白,在寂寞中前行几十年后才有所收获,感伤在所难免。我们谈话的时候,有一只公元前一万年的大鸟在屋外的大树上不停地嘎嘎乱叫。

对托尼教授来说,此行的目的已全部达到,我们已测出并完全确定了此时的年代,这证明他建立的那一套用来描述奇点时空的方程是正确的。的确,从旧理论出发,五除以零既等于一亿也等于一万亿,就像旧理论认为光速物体的每一瞬既等于两千年又等于一万年,托尼教授所做的就是把答案定在了唯一的值上。在他的机器里,我们曾在失去时间的那一瞬间由物质到能量又由能量到物质地走了一个来回;而也正是在这轻灵无质的一瞬,我们才得以在光速里回到了一万两千年以前。现在一切都很顺利,所以托尼教授提出返回了。

我当然不答应,我说:"还有历史问题!你没听见他们在说大地是一个球体吗?"

看来,托尼教授虽然是个科学天才,但无疑是个语言白痴,他怔怔地看着我说:"难道这有什么不对吗?这是事实嘛。"

我差点没气晕,"可这是在公元前一万年!"

托尼教授接下来的一句话真的让我晕过去了,他起劲地嚷嚷,脸上是捍卫真理何惧杀头的神情,"公元前一万年的时候,地球也是一个球体嘛。"

3.

我到来不久便知道了"月亮女神"的名字,人们叫她"莎莎",同时,人们也这样称呼一种多汁的红色浆果。她是头人威普的女儿。

没人刨根问底地询问我们,只有一个表情严肃的青年人不时来教导我们学习语言,他的眼中有种淡淡的掩藏不住的优越。相比之下,我学得比托尼教授快得多——他老人家的确是个语言白痴。

莎莎那天突然到来时,我正在暮色里津津有味地吃着一枚莎莎果,她在花影里轻快地奔跑,月光把她幻化成飞动的风景。

她叫我们去看大神照镜。

大火猛烈地燃烧着,那么多人聚集在广场之上,跳着一种姿态狂放的舞蹈。他们的脸被火焰映得通红,激动、敬畏、崇拜等各种神情在无数张脸上浮动着。在这样的时刻,森林的巨大暗影退去了,森林的潮湿、恐怖和阴冷也被眼前这冲天的大火赶得很远很远,兽与鸟的嚎叫虽然还不时传来,但却显得那样渺小和无奈,仿佛也被这森林中的神秘之火震慑住了。

火!先人们点燃的最初之火啊!虽然此时还只是森林里的一隅之光,但却充满了无比强韧的生机,而且我知道,在遥远的将来,这束火焰会彻底照亮这颗蓝色的星球。这时,一股说不清是感动还是别的什么情绪立刻包围了我,令我几乎掉下泪来。

突然,一切都安静下来,只听得见大火的喷吐声和硕大的树枝在火中发出爆响。我这才注意到广场中央高耸的圆台上站立着两个人,一个是头人威普,另一个我不认识,旁边有人告诉我那是威普的副手米高。威普披散着头发,手中拿着一把石剑直刺天空,而米高则在……则在……

我看不见米高了,同时我也看不见火、看不见人群,因为我看见了莎莎。没想到她离我这么近,竟然就在我触手可及的地方。她站立着,不时踮起脚来,急切地看着圆台,小巧的唇被一排洁白的牙齿咬住,她的眼睛被希望的光灼烧着,但我又分明看到一丝仿佛来自灵魂深处的忧郁在那希望之下显露。火光勾勒出她窈窕娇好的身姿,火光的跳荡使得她的脸庞及身影都忽明忽暗地变幻着,如同夜色中的精灵。这一刻,我清楚地感到自己被灼痛了,因为她的忧郁。可这是因为什么呢?

想到这里,我急忙顺着她的目光把注意力又转回到了圆台上。威普正在激烈地宣讲着什么,他的话音急促古怪如同咒语,我费了很大劲儿才听清楚。他似乎在说,当月亮升到两棵树高的时候大神就会降临,并把月亮拿走,因为月亮是大神沐浴时用的镜子。他还说,大神用完后会把月亮归还给人们。

我陡然间觉得头有些晕。我是不是听错了?威普,公元前一万年的一个部落头人,竟然在——预测月食!他凭的是什么?他知道牛顿定律吗?他有电子计算机吗?我的头快裂开了,我真想去问问托尼教授到底有没有弄错时间。

火渐渐熄灭了,月亮缓缓地爬升着。广场上安静得似乎能听见月亮升起的声音。一棵树……两棵树……

三棵树。

月亮还是月亮,大神没有来。

4.

我听见一声痛楚的低喊,然后我便感到自己的左手被捏得发痛,是莎莎!她深埋下头,眼睛里充满悲伤,我的手可能被她当做自己的衣角了。她的手小而柔软,也许是因为过度的紧张已沁出了汗水。高台上,面色苍白的威普痴立着,没有人知道此时他在想些什么。米高一语不发。人群已开始骚动不安。必须帮帮他。我对自己说。倒不是因为他是莎莎的父亲,而是因为他在公元前一万年的时候试图预测月食。

可是,我又能做什么呢?我哪里知道今天有没有月食?

对了,托尼教授!说不定他知道。于是,我赶紧问他今晚有没有月食。

老家伙两眼一瞪,"没有现在的天文资料我根本不知道月球的方位,叫我怎么告诉你?"

我感到内心深处涌起一阵凉意,虽然我不清楚今夜的失败会给莎莎带来什么,但仅凭她脸上那种超乎寻常的悲伤,我也知道后果一定很糟。

但是老家伙又接着说道:"除非……你能将某次月食的准确情形告诉我。"

他一说,我便想起过二十六岁生日那晚发生过一次月全食,我还记了日记的。

"……没有,真没有。"老家伙听完我的叙述,一句话就把我打进了冰窖。人群的喧哗渐渐失去控制,有几个人已经冲上圆台,推搡着头人威普。莎莎绝望地啜泣着,晶亮的泪水滴在了我的手上,让我感到一阵阵心痛,但是,我又的的确确帮不了她!

"你急什么?有你什么事呀?"托尼教授似笑非笑地看着我,慢吞吞地接着说道,"现在是晚上十一点半,我算出再过四十分钟月食就会开始。但那已不是今晚,而是明天凌晨了。"

我一下子乐得跳起三尺高,这个老家伙居然在耍我!不过,我顾不得和他理论,拉起莎莎就往圆台奔去。莎莎显然不明白发生了什么事,她惊讶地看了我一眼,然后便温顺地任由我拉着她狂奔。

终于登上圆台了,我用力推开正在纠缠威普的人群,大声说道:"头人没说错!大神是要来拿镜子的,但大神昨天托梦给我说今晚有事耽搁,要迟一点再来拿,等到十二点……啊不,"我手往天空中一指,

"等到月亮升到那里的时候大神才会来!"

莎莎静静地看着我,她的双眼如同暗夜里幽远的星星。

人群只愣了一下,便看出我不过是被收留的一个小人物,他们根本不相信我。在这样的时刻,我和威普都像是大海里的孤舟。

一股热血冲上了头顶,我一把撕开衣襟露出胸膛,一字一顿地说:"如果等一下证明我说谎了,我愿意死在这里!"

四周霎时便安静下来。我缓缓走到台上的石柱旁,递给莎莎一根绳子,然后把手反背在石柱上,说:"捆住我,莎莎。"

在莎莎动手捆我的时候,我悄悄地捏住了她的手。她惊惶起来,局促不安地看了眼四周求饶地看着我,我稍稍地又加了一把力才放开。

托尼教授的确是当之无愧的科学天才,他穿越一万两千年的时间阻隔,居然一分不差地预测出了这次月食。当月亮缓缓滑到我手指的那个方位时,月食开始出现了。

狂欢。

大火又重新燃起,照亮暂时没有月亮的一片世界。那么多人,那么多人!先人们吟咏着无字的歌谣,呕哑而激昂。即便歌谣无字,即便时光阻隔一万两千年,但我还是听懂了,那是对神秘自然和无穷宇宙的无尽向往。这就是我们的先人啊!这就是我们先人的歌啊!

狂欢使人们彻底忘记了我,于是我被稀里糊涂地捆了一整夜。

5.

一切便顺理成章地开始了。

现在我已成了威普的助手,得以正大光明地进入他的生活领地。我这才发现威普有着极高的智商,不比托尼教授差多少,一万两千年后我们发掘的那些黑石上的真理,除了自上代人传留下来的之外,很大部分都是由他发现的。他用水晶石磨成镜片观测星空,他建立了一套足以与欧氏几何原理相媲美的几何学,他甚至用木头造了一架完全符合空气动力学原理的能飞的滑翔机,而上次他对月食的预测仅仅误差了几个小时。这个公元前一万两千年的头人竟然超越了几十个世纪!

看得出威普对我很满意,他并未深究大神是如何给我托梦的。白天他忙于安排轩人的生活,晚上,他总是独自坐在凄冷的夜色里向永恒的宇宙倾注智慧。他那孤独而庄严的身影常常令我产生一种神圣的感动,在人类漫长的历史中,不知有多少像威普这样的天才曾经忍受孤独并在孤独中探求真理,而他们中的大多数人最终都湮没无闻,比如我知道的——威普的名字便没有流传下去,而实际上,他具有进入任何一本史书的资格。可惜时间的黄沙太厚重了,人们看到的只是坦露出来的一小块表面。

我唯一的不安是米高,这个面色阴沉的中年汉子对我似乎特别在意。时不时,我的后颈会感觉到一道森冷的目光,那就是米高在看我了。但这点不安根本不算什么,它怎能和每天与莎莎见面的快乐相比呢?

莎莎有双乌黑的眼睛,莎莎的肌肤像琥珀一样柔滑,莎莎在草地里穿行的时候就像是一只鸟。我们在笼着薄雾的丛林里奔跑,在散落着红色果实的溪流旁嬉戏,在高山之巅目送太阳一点一点地落下并把世间万物沉入苍茫……

莎莎的眼睛里充满快乐,十九岁的莎莎快乐起来的样子真是动人极了。

我们经常都会碰到莎莎树,今天更是发现了一大片,娇艳的果实如同宝石般坠满枝头。莎莎欢呼着跳起,摘取一颗又一颗莎莎果。

"何夕,这颗最大的给你。"莎莎递给我一颗,许是因为用了力,她的脸灿若云霞。

我接过来,感觉浆果上还带着她的体温,一股奇妙的情绪驱使我把莎莎果送到嘴边,然后,我轻轻地在上面吻了一下。

莎莎立时脸红了,她紧张不安地埋下头,"你怎么……不吃?"

我伸出手扶住她的肩膀，这一刻，我感到她明显地颤抖了一下，但并没有挣开，这鼓舞了我，我几乎是冲口而出："莎莎，我喜欢你。"

她低着头没出声，但我的手指却突然感到了两颗垂落的泪珠。我吓坏了，"怎么了，莎莎？为什么哭啊？是不是我说错了？"

她抬起头，一种近于幻灭的悲伤从她的眸子里投向我，我从未见过谁的眼睛会悲伤若此。

莎莎就这样看着我，对我说："以后不要再来找我了，好吗？"

6.

"你不仅有语言天赋，同时还有舞蹈天赋。"托尼教授不无揶揄地叼着烟斗评价道。

此时，我正浑身无力地躺在床上。随着托尼教授的讲述，我才知道那天我和莎莎分手后，便钻进果园吃了一大堆发过酵的果子，然后便像模像样地跳了一通迪斯科。而极具欣赏水平的轩人们也受到感染迅速加盟，结果引发了一场不大不小的风波。

"而且，有人已经把这些动作加到壁画上，有朝一日被发掘出来还不知会闹出什么乱子。"托尼教授微笑着说。

"莎莎离开我了。"我轻声说了一句。

"我已经猜到是这么回事了。"托尼教授内行地点点头，"其实很简单，莎莎是轩人的神女。轩人每年都从初生婴儿中根据一定规则选出一名神女，等她们长大成人的时候奉献给大神。神女是不准与常人结合的，这个风俗从古沿袭至今，只是到莎莎这一代有了一些变化。"

"这些我怎么都不知道？"

"只怪你太粗心了，这些本不是秘密。你也知道轩人的婚俗吧，女孩十五六岁就出嫁了，而莎莎都十九岁了。好了，还是说正题吧。你肯定也感觉到了,头人威普有着极高的智慧,同时,此地近千年来气候宜人、物产丰富,轩人并没有经历大的自然灾害,因而他们对自然力量的产物——神——的信奉也不如祖先强烈,威普以及上几代人中的一些智者正是在这样的情况下研究出了很多了不起的成果。这倒是同我以前的某些想法相吻合。"托尼教授稍停片刻后接着说,"其实人的生物智力在几千年中是几乎没有多大变化的,比方说将微积分讲给轩人听他们也是能够理解的。所以,我对轩人们现在取得的这些认识丝毫都不感到奇怪。"

"可这和莎莎做神女有什么关系?"

"用神女敬神的前提是,轩人一直相信大神主宰着人世间的一切,但你想想,当威普已经发现大地是一颗星球、月亮也只是一颗星球,而人也可以预测出大神何时来沐浴照镜的时候,他对神还会笃信无疑吗?实际上,正是由于威普的怀疑与反抗才使得莎莎活到了今天,否则,她早在五年前就被送上祭坛了。"

我想我听明白了,我终于明白了莎莎眼中那种能穿透一切的忧伤从何而来,只因为她从降临人世的第一天起,就被死神的阴影笼罩着,她是在何等巨大的压抑下追寻并热恋着生命啊!她发自内心地珍爱着每一棵树、每一茎草、每一颗果实,而现在我才知道,她其实是在热爱生命本身。她是想让自己短暂的生命在世间留下开朗与美丽,她把那些即便是男人也不可能承受的悲伤都埋在了心底,而愚妄的我竟然那么蛮横地去触动她最怕人提起的心事!

必须帮助她!我暗暗发誓。

7.

威普正对着地上的一堆石头发呆。我大声叫他,过了好一阵他才长长地吁出一口气。

"什么事?"他似问非问,眼睛仍盯着那堆石头。看来我得先解决他的问题了,"头人,您在想什么?"我问道。

"这问题我都想了几年了,不知为什么,我这样摆出来的星图总跟观察到的不大一样。"

我凑过去,那堆石头正中的一块上写着"地",而写着"日"以及显然是太阳系行星名字的石头则分别摆在四周的几个同心圆上。我微微笑了,轻轻地把"地"和"日"交换了一下。

威普一愣,然后他微闭双眼像是在作推证,等他重新睁开眼的时候,我看见他的脸上欣喜若狂,"对啊!是这样的!我怎么就没想到呢?我太笨了,哈哈哈……"

然后他转头向我,"何夕,想不到你这么聪明。好,今天你任意提个要求,我都答应你。"

我鼓足勇气道:"我想,请您废除神女敬神的规矩。"

威普全身明显地颤抖了一下,他的眉毛紧紧拧在了一起,脸上的肌肉也不由自主地抽动着。

我盯着他,急促地追问:"您知道是没有大神的,对吧?大神照镜——应该叫做月食,是你测算出来的,对吧?"

"大神?有?没有?"威普的神思恍惚了,"阿妈说过,阿妈的阿妈也说过,米高也在说,很多人都在说,我们轩人是大神之子,大神给我们火,给我们森林,给我们……我们……"

威普突然站起身来,跌跌撞撞地冲出了门。

我怅然地退出来,没想到与米高碰个正着,他看我的眼神冷如刀锋……

"……生人之初,天地陷落,生灵涂炭,大神慈悲,飞舟临世,灾难方遏……"

我读着轩人"祖碑"上的这段文字。这段时间我一直在考证轩人更早的历史,结果我发现,轩人的"大神"是个非常扑朔迷离的概念。

它没有形状,没有性别,似乎仅仅只是一个音节,但这个音节却具有非凡的震撼力,在轩人生活的每个角落都留下了痕迹。

不过,这种影响近几百年来又似乎在减退,比如像我这样的一个外人在以前是断然无法见到"祖碑"的。这段时间里,我差不多找到了一万两千年后出土的全部文字,但奇怪的是,我自始至终未能发现那句"伟大的科学",我带着一种近乎狂热的感情搜寻这句话,但一无所获。那句话不知道在什么地方,但是我不能放弃,因为那是我的希望所在。

这几天我做这些事的时候,总觉得有人在盯着我,肯定是米高。管他呢!

"……最高之山震怒……流火之石从天而降……"

这段文字也被记在"祖碑"上,凭我的知识我已断定,轩人祖先经历的这场大灾难是火山喷发,至于大神为此做过什么却语焉不详。我正这样想着,突然又感到有人在看着我,我吸口气冷不丁地回过头去,竟然是——莎莎!她想躲已来不及了,我冲过去一把握住了她的手。

"莎莎,为什么我到处都找不到你?为什么你总是躲着我?"

莎莎惊慌地看着我,想挣脱我的手。我这才发现她瘦得厉害,脸庞也更显小了,皮肤苍白得有些透明。

我的心中泛起一阵绞痛,更用力地抓住她,"你说话呀!因为什么?就因为——你是神女?"

莎莎悚然一震,她痛苦地闭上双眼,泪水止不住地流下,她的声音微弱极了:"你都知道了?"

我点点头,"而且,我还找过你父亲想请他废除这个风俗。"

"你失望了,对吧?"莎莎睁开眼,"你不能怪他,他也曾打算这样做,但是不行。我爸爸每天都绞尽脑汁争取想出新的东西来证明轩人不用神女敬神也能生活得很好。他是那样爱我,他是在拼命啊。你知道吗?如果上次大神照镜的时候不是你帮助我爸爸,说不定现在你已经见不到我了。"

我伸出手把她紧紧拥住,这一刻,我感觉有什么东西在我们之间发出了一计沉闷的破裂声,我想那就是一万两千年的时间。

8.

"我要带莎莎走。"我一字一顿地对托尼说,同时我也打定主意,要是他胆敢反对的话,我就用高八度的声音再重复一遍。

老家伙吃了一惊,"这个嘛,从理论上讲是办得到的,但是有必要吗?我们的研究已经很有收益了,并不需要再带什么活体回去。"

老天!这个迂夫子居然认为我是把莎莎当成采集的标本了。不过我没精神同他争论,同托尼教授这样的老光棍儿探讨这个问题肯定是对牛弹琴。

"我说有必要就有必要。而且,我的考察也差不多了。"

"那我想听听你对轩人的看法。"

"那好,我认为轩人目前的文明程度已接近牛顿时代的水平,而从牛顿时代到我们的时代只有几百年。根据地质分析,轩人遭受毁灭性大灾难的几率几乎为零。所以,我认为轩人会一直这样发展下去,而且,他们在不久之后创造的文明便是我们一直猜测的史前高级文明。你想想那句'伟大的科学',他们的认识已经到了这种程度,难道还不能说明问题吗?"

"我说嘛,原来你跟我想的一样!"托尼教授兴奋地叫起来,"那你再说说,你怎么解释后代史书中只有一部文明史呢?"

"很简单。从现在到我们的历史元年之间还有一万多年的时间,想想看,在牛顿时代之后几百年,人类就已经可以走出地球了,所以,轩人作为一个族群很可能也在适当的时候为了开拓更广阔的生存空间而走向宇宙了嘛!就这么简单。"

"又是不谋而合,真是英雄所见略同。"托尼教授得意洋洋地摇头晃脑。

这时我又想起了那个问题,那句"伟大的科学"究竟在哪儿呢?

我正琢磨着,却看见莎莎走进来了,于是,我忙拉住她的手问道:"莎莎,如果我要你跟我走,你会不会答应?"

莎莎飞快地瞟了眼托尼教授,声音小得几乎听不见:"你干吗问这个,我怎样你还不知道?总之,你到哪儿我就到哪儿……"

我有些发急,我知道她没明白我真正的意思,"我是要你离开轩人到……另一个地方去。"

"为什么?没有人要我们走啊,你不可以留下吗?"

的确,我留下不也一样吗?但是,我的内心有一个声音清楚地告诉自己,我不属于这个时代,就好比让一个少年来到成人的圈子里,最多只是让要发生的事早一些发生,但是让一个成年人来到少年人的世界却永远都不会习惯。

这时,屋外突然传来一阵喧哗。

出什么事了?我第一个冲了出去。

天上有十个太阳!十个太阳凄厉而耀人眼目地在天空中飘荡着,君临芸芸众生,一些更加明亮的冒着火焰的流光飞泻而来。

轩人们惊乱地哀号着,所有人都"刷"地跪下了,高举双手,向着妖异的天空倾吐无声的词句。虽然听不见,但我从口型上看出他们念的只是两个字——大神!

大神!大神!大神……

不!不是大神!我知道,十个太阳只是大气折光形成的一种罕见天文现象,那些亮迹则是碰巧发生的陨石雨。这都是自然现象啊,轩人们!

我看见头人威普也伏下了他那伟岸高贵的身躯,他的脸上不再有平日那种智者的光芒,而代之以无可形容的惊惧与无奈。米高在另一个山坡上跪着,愠怒地瞪着威普。

我知道眼前的现象不会持续多久，过一会儿就会消失，但可以肯定的是，那个"大神"会因此在轩人的生活里留下更多印迹。对威普来说，消除这次的影响可能意味着许多年的时间。

为了应付可能出现的各种情况，我和托尼教授差不多搬来了21世纪的各种物品，从最尖端的导弹到最滑稽的电动玩具，现在是我和大神较量一番的时候了。

当我脚踏反引力飞盘、手持灭火导弹来到人群上空的时候，四周一下变得静得吓人。我噼里啪啦地朝起火的地方乱射一气，飘散开来的灭火剂上下翻飞，如同五色祥云。

火灭了，而天空中的奇异现象也恰在此时消失了，我真想大声感谢老天爷的配合。我环视全场，一种自豪感溢满胸臆。

"这是科学！"我大声宣讲道，"没有大神！只有科学才能带来一切，你们不要信奉大神。"

我激情满怀地宣讲着，我看见轩人蒙昧的脸在科学的洗礼下泛出明亮的光泽。我听见他们在高声地喊叫："没有大神！只有科学！"

轩人们拥向祭台，掀掉了大神的祀碑。而大火已被点燃，轩人们拿起木棍击打起高昂的节奏，火光映红了每一张欢乐、激动得仿佛获得新生的脸。

啊！啊！科学！

节奏越发地狂烈了，风与火缠绕着，这时我看见——莎莎一步一步地从人群中走出来，她看着我，眼中是晶莹的泪水，脸上是幸福的微笑。人群极有序极小心地簇拥着她，在她所经之处，每个人都伏下身躯，亲吻她踏过的尘土……

莎莎跨进了火的领地！

我一下子痴了、傻了！我不能动，我不能想，我只听见风把莎莎轻柔的诉说送到我的耳边：

"……我不知道你就是……如果我知道，五年前我就会跳进火里了，阿妈说过，是你赐给我们火，你在火里与神女结合……我来了……

亲我爱我吧,我的……"

大火翻飞着,掩去了莎莎幸福的微笑和带泪的容颜。

我昏厥了。

9.

托尼教授看着我,目光如同看着一个死人。

现在又是我们的时代了,我刚一苏醒便想清楚了发生的一切事情。现在我才明白,其实轩人根本没能形成什么史前高级文明,他们只是我们平庸的祖先,他们在后来的时光里被一种叫做"科学"的图腾耗尽了一切。而正是我把他们推上这条路的,是我亲手摧毁了一个优秀的头人所做的一切,也是我亲手为他们树立了一个让他们顶礼膜拜的幻影,更可怕的是,我竟然亲手害死了我最爱的莎莎。如果说我是罪魁祸首,那我其实是世界上最可怜最伤心的罪魁祸首。我发疯似的要求托尼教授重新送我回去,但托尼教授说,我们回到过去这件事情本身就是历史的一部分,而历史上发生过的事情是无法更改的,即使再送我回到一万两千年前,我也只能因为种种原因眼睁睁地看着历史重演。

"不要伤心了。"托尼教授拉着我的手安慰道。

我缓缓撑起身,机械地向屋外走去。那里是一个平台,从这五十层楼高的地方看出去,天空瓦蓝。我朝着无垠的蓝色走去,我看见蓝天之上有一张带泪的容颜。

"站住!"托尼教授跟了出来。

我听见了,但我没停步,我想他能料想到我的坚决,同时他也该知道没有人能拦住我。

蓝色越来越近。

"有件事我要告诉你,我的一位朋友刚刚告诉我,有一批科学家研究出了一种发射后不衰减的信息波,而且可作超光速传输。信息波已经发出去了。"

我不知道教授干吗说这些,我只知道那带泪的容颜在等待着我。近了,近了。

"这意味着在极短时间内,全宇宙都可能知道地球的存在。按照概率,宇宙中会有数量巨大的高级智能生命,他们就快来了!经过这么多事你应该明白,当不同级别的文明相撞击时会发生什么事情,这意味着什么,你应该比我清楚,我们有很多事情要做。想想看吧,如果他们坐着莲台或是驾着祥云到来……"

我顿了一下,蓝色在诱惑着我。

(本文获1994年中国科幻银河奖)

漏洞里的枪声

1. 线索太多了

局长一进屋就扔给我一摞资料,他几乎是在咆哮:"记住,你是第四个!那三位都被抬到医院去了!知道病因吗?全都一样——用脑过度导致的轻度精神分裂。我可是把底牌全告诉你了,以后别来怪我。"

我不做声,似笑非笑地看着这个小老头像耗子一样在我的办公室里乱窜一气。我知道他不想我接这件案子。他和我爸是多年的老朋友。

过了一会儿,小老头停下来压低了声音说道:"我说何夕,咱们把这案子搁着算了。估计再过一百年来破可能才会有希望。"

我还是不做声。

小老头总算看出我是下定决心了,他安静下来,脸上的五官很庄重地凝固了。一看这表情,我便知道老家伙怕是要用最后一招了。

果然,他开口了:"我是你上司,对吧?"

我点点头。

"上司之所以称之为上司,总得有点理由吧?"

我一下子想到了一个现成的马屁,它已经递到我嘴边了,让人不说出来心里还真是怪难受的,"理由就是您老破过的案子比我打出生起犯的错误还多。"

看来没拍到蹄子上去,小老头笑了,"所以听我的话没错。"

"我觉得一定有些被我们忽略的地方,我们只要……"

"你是说线索不够?"小老头打断我,"告诉你,这案子最让人头痛的地方就是线索太多了!"

2. 上帝的错

小老头说得没错。

按理说,这应该是件很简单的案子:第一,案发现场有众多目击证人,而且都在极严格的方式下录了证词;第二,整个过程都被拍摄下来了——这一点在很多时候是极难实现的。

卷宗上写着,地球格林尼治时间4月16日上午10点,在太空隧道冥王星站附近发生了一起杀人案件,两名当事人均受轻伤。由于技术性原因,两人均以原告和被告的双重身份被收押。

"技术性原因!什么鬼东西?"我嘟哝着打开了放影仪。画面很清晰,还配有旁白。

看上去应该是在太空列车的车厢里,人们悠闲地坐着。旁白:"现在调用当事人的记录。"

画面分为左右两部分,左边是一个清瘦的年轻人,右边是一个若有所思的中年男子。旁白:"年轻人是陈文斌,中年人是杨棱,均为生物学教授。两人不在同一节车厢,杨在前陈在后,相距有三百公里左右。将二人置于同一画面是为了便于比较。好,请注意——"

陈文斌的身体突然剧烈地抽搐了一下,瘫倒了。而几乎与此同时,同样的变化在杨棱身上发生了。旁白:"虽然肉眼难以觉察,但是据测定,杨棱中弹时间比陈文斌晚0.2秒。据医院鉴定,陈、杨二人均受到一种微型基因弹袭击,而整列太空列车上只有他们两人携带有这种私制的尖端武器。以上画面是由列车上的摄像机记录的。同时,由于基因武器在发射时会产生特殊的辐射波,车上的辐射监控仪器也表明杨棱所携带武器的发射时间更早。"

"这不结了吗?"我喃喃自语,按法律,先开火的人就是凶手,后开火的人视为还击。

旁白还在继续:"在太空隧道内也安装有监控器,对列车内的一切现象也同样加以记录。由于列车和隧道的速差太大,无法得到图像信息,但辐射监控不容置疑地表明陈文斌所携带武器的发射时间更早。两种记录完全相反。"

我惊呆了。

旁白还在聒噪:"二十年前开通这种速度高达0.99倍光速、长度达数百公里的巨型太空列车时,著名学者刘未博士就曾指出其中潜在的隐患,现在这件案子可说是被不幸言中了。"

刘未?该向这位先生请教一下。

看来刘未是被我的前三位同事纠缠得冒火了,他根本不和我通话,而是给我放了段录音。理论当然深奥无比,好在我还算聪明,听懂了十之八九,不过,我倒宁愿自己不要懂,因为在这个问题上绝对是不懂不糊涂,越懂越糊涂。

这么讲吧,这里头有三个关键的地方,也是三个很难凑拢的条件,否则也弄不出这么桩奇案来。第一,两人都是生物学家,他们这次用来互相攻击的是具有识别基因功能的专用武器,所以他们才能相距三百公里相互射击;第二,太空列车速度达0.99倍光速;第三,两人开火的时间差在0.2秒之内,微型基因弹在这段时间内跑不了三百公里。实际上,科学的漏洞已经注定这种案子早晚会发生,只是由于条件苛刻，才恰好让我这个倒霉蛋撞上。

相对论的诸多推论中有这么一个公式：运动物体前后两点的时差 = 两点距离／(光速的平方 − 物体速度的平方)。也就是说，条件适宜时，地面上的人会认为运动物体前端的时间落后于后端一个恒定的时差值。将本案里的各种数据代入这个公式，会得出这个时差约为 0.4 秒。正好，列车上记录陈文斌先于杨棱 0.2 秒中弹；而隧道记录则相反，是杨棱先于陈文斌 0.2 秒中弹。两个数据之和也就是 0.4 秒左右，另外有一点更为重要：后开火的是在自己发射之后才中弹的，也就是说，他不是因为受到攻击而还击的，按照爱因斯坦的观点，两件事之间存在因果关系的前提在于，二者能被种种速度小于或等于光的信息联系起来。在本案里，两人之间隔有不透光的种种屏障，所以他们之间的因果联系不能通过光而只能通过用来攻击的基因子弹实现。而要是某一方在中弹之后还击，即因为感知受到攻击而还击的话，我们绝不会记录下两种结果。因为虽然相对论认为时间的先后是相对的，但这种相对性不会违背因果律，即结果不会出现在原因之前，除此便无限制了。所以，完全可以证明：本案无解，选择不同的参照系将有不同的结果。

我大叫起来："这太荒谬了！这么讲还有什么正义和真理可言？"

话筒另一端半天都没声音，然后我听见一声咳嗽，"我把录音机关了，现在跟你通话的是刘未本人。其实我一直在旁边听着，本来我不想和你谈的，但我看你在这件案子里已经陷得太深了，我想拉你一把。这么说吧，这件案子很容易毁掉像你这种认定世界上只有一种公理而又富于正义感的人。你的前三位同事也是这种人，他们都进了医院，而我什么事也没有，因为我相信科学是至高无上的，我也承认一点，这案子里必定有一个人是真正的凶手，但科学已证明是查不出来的，我们何不就这么让它不了了之呢？这不是我们的错，这是上帝的错。"

3. 漫天迷雾

……先开枪,后开枪,先开枪的后开枪,后开枪的先开枪……

瞧瞧,我此刻正进行着多么严密的推理啊。我咬牙切齿,我上蹿下跳,我揪掉了一根又一根胡须。

一般说来,当我正云遮雾罩地琢磨问题时,如果不使劲拍桌子"制造"五级地震,是绝不可能将我召回这个世界的。不过也有例外,比如现在——小梅推门进来了。这么说可一点儿也不矛盾,因为一看见她那让人心旌摇荡的俏模样,我那颗二十九岁的男人心啊,就仿佛地震般上上下下东摇西晃。

小梅看着(上帝,你把这么漂亮的眼睛给了小梅,难道是存心想要害死我?)我说:"告诉你,本来我是不来你这儿的,也不知我爸为什么非要我到你这儿来'学点东西'——学什么呀?我这个医生要是学了你那些专门送人上绞架的本事,不出医疗事故才怪!"

啊,我真想大声感谢可爱的局长大人,小老头比我想象的要聪明百倍,前三名警员都是独行其是,那是个教训,现在这个才是小老头的最后一招呢。想想看,有这么一个让人心律不齐的漂亮小姐做伴,就算是封我做疯人国的国王,我也不会得什么精神分裂。

"你在做什么?"小梅走到桌前拿起卷宗。

我陡然警醒到这是绝密的,忙伸手按住,"哎,别动。"

小梅受惊般地抬起双眼,我一下子觉得自己快融化掉了,话到了嘴边也变了样:"这……案卷有点脏,我先拍拍灰你再看。"

小梅浅浅地笑了。

我突然想扇自己一个耳光,太没骨气了!可又想这也不能怪我,有二十来号人都明确表态要追小梅呢,一个人在只有二十分之一的机会时还能有我这么多骨气也够不容易了。

"这案子很难吧?"

我狡黠地看她一眼,"只比……追你要容易一丁点儿。"

小梅脸红了,我立刻感觉大脑一片空白。我最受不了的就是小梅这副羞涩的样儿,想当初我是一个何等洒脱的人物,也就是有次不留神看见她正脸红,结果便坠入无边苦海至今不得超脱。不过她很快就恢复过来,没事般地问道:"那你为什么要接着干呢?"

我对她这种顾左右而言他的态度有点恼恨,脱口便道:"你要是指案子呢,我的回答是因为好奇,我想知道世上究竟有没有破不了的案子;你要是指我追你这件事呢,我的回答还是因为好奇,我想知道世上究竟有没有追不上的女孩。"

"你——"小梅显然是真生气了,她咬住下唇,我看出她在强忍着不哭。然后她夺门而去。

啪!我扇了自己一记耳光,我这是犯的哪门子倔啊!这么好的姑娘硬是被我气跑了,看来这辈子是没戏唱喽。

不过,小梅一走了之后,我倒是不敢回到那种折磨人的思考中去了。说实话,有种名叫"害怕"的小东西已经伴随着对案子的深入而渐渐缠住了我的心灵。

既然不能乱想,我能做的只能是见见当事人了。

陈文斌看上去要比照片上老一些,可能是由于几天没刮胡子了吧,但也正因如此,他显得更成熟,加之那种仿佛与生俱来的书卷气,实在是俊气非凡令人心折。

"我是何夕,现在你的案子归我管,叫我何警官就行了。"我自我介绍道。

他冷漠地看我一眼,似乎对这种频繁的人事更替已见惯不惊。

我决定给他一个下马威,"前几次的口供中你说自己是防卫,但你为什么事先在你的那把'基因枪'里存入了杨棱的基因信息?"

我料想这个问题一定会把他逼得手忙脚乱,起码也会露出点蛛丝马迹,哪知他想也没想便答道:"我手里只有那么几个人的基因图信息,包括我自己的信息也在里面,只是没在第一发射位而已。当时我根本没有开枪,我想是因为走火才发生的意外。"

"那可以说说你和杨棱的关系吗?"我不得已换了话题。

陈文斌想了想,"你应该知道他是我的老师,现在我仍在他指导下工作。"

"那么,可以谈谈你们用的武器吗?"

"怎么说呢?"陈文斌沉吟一下,"大家都知道,世界上第一代电脑病毒其实是由当时的电脑专家编制的,并没有恶意,仅仅是一种工作之余的精神调剂。我和杨棱教授一直从事着自20世纪90年代初开始的'人体阿波罗计划',即将人类的基因组合序列全部排列出来,总数达三十亿之多。成功之后,人类便可以征服已知的绝大部分疾病。而基因枪,仅仅是种副产品罢了。"

"好吧,就问这些。"我站起身盯着他的眼睛,"有一点我必须强调,你们两人中总有一个人是先开枪的。根据法律,这个人就是凶手。但严格说来,你们两人中没有一个人是因为受攻击而还击的防卫者。不过我是警官,无权修正法律,我只认定先开枪的人是凶手,后开枪的人算防卫。如果是你先开枪,我只能说抱歉,如果是杨棱,你可算走运。"。

陈文斌低声说:"这我理解。不过现在,我觉得已没必要和他计较了。"

走出收容所的时候,我看见了漫天迷雾。

4. 这个人快死了

我再次陷入混乱的思考之中。

不过要说一无所获,那也是很不确切的,因为我发现了一个有趣的地方——陈文斌撒了个很不起眼的谎。

翻开近年的科技刊物,可以看到杨棱和陈文斌的名字总是并列出现在学术论文的署名处。问题就在这儿。杨棱有许多学生,如果是他在指导研究工作,那么他应该有独立署名或是和其他学生联合署名的成果问世——还不清楚吗?我几乎可以肯定这些成果的真正创建者是陈文斌,至少大部分功劳是他的,但他却说"我仍在他指导下工作"。

不要小看这些细节,实际上,我破的案件大都做得天衣无缝,从大处是无法着手的,只有在一些极微小的细节上才能撕开一道口子。比如这次吧,如果陈文斌坦然相告那些论文的实情,我的推测便会是三个:一,陈由于这种不公正的待遇而起杀心;二,杨由于嫉恨而起杀心;三,杨、陈两位联合起来给世界出道难题以满足科学家常有的童心。但现在陈文斌如此强加掩饰,我的怀疑重点便集中到了第一个推测上。而且,我越想越觉得这点最可信。

但是,缺乏证据!千头万绪最终还得归结到一个问题上来,那就是"到底是谁先开枪的"。不解决这个关键问题,我的一切行动、一切思考、一切心机都是可笑又无用的。而我恰恰对此一无所知,甚至可能永远都不会知道了。

线索、疑点、未知,都化成了一个个形状古怪的符号在我的脑子里回旋飘荡,它们甚至跑到了我的身体之外,围着我发出叽叽喳喳的声音。它们在讥讽我,它们冲着我大笑……

很难说如果不是小梅恰好在此刻推门进来,我会不会像几位前任那样在思考中失去理智。事后当我回想起这一幕时,心中还充满后怕。

"你怎么啦?"小梅使劲摇着我的肩。

我一把抓住她的手,"陪着我,小梅。"我的声音近乎央求。

有了上次的教训,我只好俯首帖耳地围着小梅转了,看来我是越来越没骨气啦。不过古人都说嘛……哎,想不起原话了……反正,那意思是像咱这种人是绝对难过美人关的。

现在该和杨棱打交道了。

我和小梅走进收容所时,杨棱正和一个年轻的女人聊天。经他介绍,我才知道那是他的妻子林茹,虽然他们年龄相差有十多岁,但看得出关系是很融洽的。

"我想这件事里头有很大的误会。"杨棱说话的神态很"专业",如果把他和一百个人混在一起让你选一个科学家出来,你一定会选他的。虽然不知为什么他显得比照片瘦了许多,但那股儒雅温和的前辈风范仍然使人如沐春风。他说话很快:"太空列车上的事我想是走火了,我没有任何理由杀他。"

"你有理由杀他,因为他已经超过了你。"我冷不防冒出一句。

出乎我意料的是杨棱似乎被刺伤了,他的脸涨得通红,"你是不是因为那些论文的署名而做出这个判断的?我告诉你,那些论文的确是我指导陈文斌写的,你可以去查底稿和原始数据记录。我不过是有些偏袒他,但没想到你会拿这个来诋毁我的人格。你、你必须收回这句话!"

他真的愤怒了,反正,凭那双眼睛我找不到一丝掺假的地方。难道我的猜想是错误的?

"别这样,注意身体。"林茹站起来扶住杨棱,我这才注意到林茹身上有种叫人说不出但却能清楚感受到的韵致,她显然能称得上美丽,但却又不止于美丽,有一些说不上忧郁也说不上开朗的东西在她的美丽之外飞舞着,令她看起来有些幽邈,仿佛高山上的一支百合花。

杨棱看着林茹,爱意浓得几乎要从他眼中淌出来。他平静了。

"我想说声对不起。"我说,"请相信我只是出于职业习惯才有此一问。我没有恶意。"

"算了。"杨棱摆摆手,"老实讲我根本不想接受这些调查。可惜我不能算作原告,否则我会撤诉的。我妻子也是这个意思。我相信陈文斌不会害我的,这里头准有什么地方弄错了。你们应该查查。"

这真是叫我哭笑不得,他竟会猜疑我们搞错了,那些记录都在那儿放着呢。不过我不打算和他争,我告辞了,小梅自然跟着我。

我觉得自己一无所获,不过小梅倒是说出一条与案子没什么关系但却很重要的信息。她在走出收容所后对我说:"凭我刚才对杨棱的观察,我敢肯定他已经病入膏肓了。"

半小时后,我便以警官的特殊身份从医院里查到了一份资料。在此次案件发生前夕,杨棱曾做过一次体检,他的确已身患绝症。换言之,这个人快死了!

5. 我有的是时间

我敢说如果警员考察科的人突然闯进我的办公室,一定会当场赏我一副手铐,因为此刻小梅正像读言情小说一样捧着那些绝密的材料乱翻一气。我对她算是没辙了。

"干脆就判杨棱有罪算了,本来这件案子就破不了,少损失一个人才总是好的,对吧?"小梅突然抬起头发了一通"妙论"。

看着她那认真又调皮的样儿,我真想一口答应她。不过,我还是板着脸说道:"这可不行,法律是要讲公正的。"

"我不就是想少点牺牲嘛,这么凶!"小梅边说边低下头看"言情小说","想想杨棱也很让人同情,除了我们还没人知道他的情况呢。"

"是挺可怜的。"

"哎,等等!"小梅突然叫起来,"刚才我说什么啦?"

"刚才?你不是说没人知道杨棱生病了吗?"

"不对,你看这儿记录着,陈斌说'……我觉得已没必要和他计较了'。想想看,这句话不就在无意中表明陈文斌可能已经知道杨棱的病情了吗?"

太对了！应该是这样，稍微懂点语言心理学的人都能看出这层意思。他怎么会知道？即便是杨棱本人也还蒙在鼓里啊。

但凭经验我已知道，这个最新的发现救不了我，它反倒使得形势更复杂了。窗外的黑暗已渐渐成形，而我却没有方向，所剩的只有直觉，实际上我也只能靠直觉了。我并不认为直觉是什么肤浅的东西，相反，我认为直觉其实是人从万千繁复的事物、起伏跌宕的成败以及时间和经验中磨炼出来的一种能力，它往往指引人们超越过程直达真相本身。

当然，直觉也有搞错的时候。而在这件案子里我有着很强的直觉，我完全不相信"走火"之类的原因，我认定存在一个谋划了整个事件的凶手。但我却不知道他到底是谁，他又为什么要这么做，在涉及动机和根源时，我的直觉只告诉我一片空白。

不过我不着急，局长不是说这案子要一百年后才能破吗？我有的是时间。

6. 好像可以了

一个人的确不能过于乐观，尤其当你的搭档是一个女人时。

推开办公室的门时，我吓了一大跳，几十支话筒像是几十把争抢烤肉的叉子一样伸到了我面前：

"请问……"

"请谈谈……"

"请说一下……"

……

"小——梅——"我大吼一声，全场为之一静。

"你……叫我？"小梅一脸得意地从记者堆里钻了出来。

"是你干的？你给他们说了些什么？"

"我是想帮你扬名嘛！我也就稍稍透露了一点儿这件案子的奇怪之处，这样记者才有兴趣呀。"

老天！这个小梅把我害惨了！这件案子之所以被列为绝密，就因为它可能是有史以来第一件能让凶手正大光明地逃脱制裁的案子，现在这么一股脑儿宣扬出去而我最终又无法破案的话，不知会诱发多少起类似的案例。

"滚！统统滚出去！"我暴跳如雷。

记者们个个面有愠色地走了，我敢打赌明天就会有传票召我去法院接受"妨碍新闻自由"的控告。

小梅走到我身边，仰起脸怯生生地问道："你没包括我吧？"

我陡然感到男人的骨气都回到了身上，我用更高的声调吼道："你也滚！"

但小梅没"滚"，她慢慢伏到我肩上，低声说："对不起。"

压力增大了。消息泄露出去后，民众的反应极为强烈，他们对一向视为护身符的法律产生了怀疑，很多人已不敢出门。

此刻，我一筹莫展地傻坐在办公室里，两把基因枪摆在我面前的桌上，旁边是从枪内存储器中提取出来的基因图，分别是陈文斌和杨棱的。这些就是我所取得的全部证据了，可我根本就不知道它们能证明什么。

该怎么办？眼看就快天下大乱了。局长一天会打十通电话来询问进展，他也一定被逼得焦头烂额，可我又能做什么呢？我只能坐在比我还高一个头的案卷中间傻乎乎地看着天书一样的基因图发呆。

大脑中是糨糊般的一团，我奋力使用这团糨糊进行着所谓的思考。所有的记录闪烁着划过脑海……我感觉到了一个亮点，亮点在扩大，然后……

我猛然站起身，对小梅说："好像可以了。"

7. 他一下子捂住了脸

几天不见,陈文斌憔悴了许多,他不动声色地看着我、小梅以及林茹。本来杨棱该来的,但他说身体很不适。

"我不妨直说吧。"我先开口,"陈文斌,我有理由指控你犯有谋杀罪。"

"你不用吓我,虽说我是搞基因工程的,但像相对论这种基础理论我自认不比你懂得少。"

我没说话,只递给他两张叠合在一起的胶片,"这是你和杨棱的基因图,这里还有一台功能强大的显微镜,你自己看吧。"

他低头看了一会儿,脸上显出惊异的神色。

"奇怪吗?其实想想就很平常,你告诉我人类基因的组合有三十亿种之多,但我想你该知道,现在世界人口超过六十亿,从概率上讲,两个人的部分基因排列极其相似是有可能的。很巧,你和杨棱恰好就是这样的两个人。"

"可这并不能说明什么。"

"别忘了,你用的是基因枪,是根据基因来确定并攻击目标的。不错,由于你在时间上的安排使得太空列车和隧道里的记录产生了矛盾,但矛盾的前提是我们认为你们两个人都开了枪。然而,从你们具有极其相似的基因排列来看,你们当中只有一个人开了枪,发出的基因子弹分别击中自己和对方,另一个人的基因枪则因故未能发射。如果两人都开枪,则必然每人会中两枪,这与实际情况是不符的,而在只有一人开枪的情况下一切就简单多了,不必再考虑隧道里的记录。这时那个开枪的人必定先中枪,因为他离枪近。列车上的记录表明,你,就是这个开枪的人!"

陈文斌完全呆住了,他的嘴唇颤动着,汗珠从他白皙的额头上淌下来，他恐怕怎么也没想到自己会败在这样一条"天然"的线索上。他的眼中一片无助，我从来没见过哪个男人会有这种眼神，那完全是一种崩溃。

我紧盯着他，"还有几个问题我看倒值得一问。你之所以没能杀死杨棱，是因为输入的基因信息中有错误，当然，如果没这错误，你们俩多半都死了，但你是专家不该出错。还有，我很想知道是谁告诉你杨棱的病情的？"

"不要废话了。"陈文斌粗暴地打断我，他的眼中恨意毕现，"反正我失败了，我认命。我只恨自己没能除掉杨棱这个老家伙，他总以前辈自居，压制我的才能，只要有他在，我就永远也出不了头。我早就想杀他了……"

陈文斌滔滔不绝地说着话，一种悲哀而激昂的神色在他脸上浮动。我知道这时应该再告诉他一句话，但我不知道也不敢猜想他听了这句话后会有怎样的反应。

但是我必须说，我说："你不必再帮别人了。"

他一下子捂住了脸。

8. 她仿佛睡着了

"早在我发现基因枪中的基因信息存在错误时，我就开始怀疑是否存在一个被我们忽略了的人，而当我见到杨棱对待你的特殊态度时，我更猜想到这个人必定与你和他都有着某种关系。我想你也感觉到了，杨棱对你有种由嫉恨、内疚、赎罪等等混合而成的复杂情感，他对你过分的提携和偏袒正是这种情感的表露。他的地位崇高，经济富有，又指导着你的工作，要说欠情也该是你欠他的。于是，我只能想到感情了。"

"不,你是在胡说!"陈文斌叫起来,面白如纸,"你们不是已经找到凶手了吗?就是我呀,我都承认!是我,是我啊!"

"别说了,文斌。"林茹的声音如风铃般悦耳,她看着我,"一切都是我安排的,枪里的基因信息也是我输入的,我是真正的凶手。"

"不是的,你不是的!"陈文斌一把握住她的手使劲晃动,"我不都承认了吗?不关你的事,你别傻了。"

泪水从林茹的眼中漫了出来,她无声地摇着头,满头秀发飘扬,"你不是,你只是被我利用了,依照法律你的罪很轻。本来,我以为从此可以陪伴你了,可是……"

林茹把手伸给我,我给她戴上了手铐。她的目光一片迷茫,"我失败了。不过,我想讲一个故事给你们听……"

这是一个关于爱情的故事。

一个少年和一个少女在百合花盛开的季节里不期而遇,之后,他们平静地相爱了,花海里撒下了他们无数幸福的痴语。然而后来有一天,他们看到了他们自己的基因结构图,那是个非常残酷的现实——他们俩各自带有一种导致可怕疾病的隐性遗传基因,换言之,他们如果结合,必将导致后代夭亡。正如20世纪的人们禁止近亲结合一样,现在的法律也禁止这种不健康的婚姻。这对可怜的有情人除了在抱头痛哭之后分手以外,又能有什么选择?

我呆呆地站立着,这个故事让我感到深深地难过。命运之神啊,你为什么总喜欢破坏人世间的完美?

小梅的眼睛已经湿润了。

"如果一切真是命运的安排,我也没什么可说的。"林茹接着讲道,"可是,几年后我才在一次很偶然的情况下发现我和文斌的基因根本就没有冲突,以前我们看到的全是假的。但这时我已为人妻,而我的丈夫就是欺骗了我们的人。"

我一切都明白了。

"从小我就听人说我很美,那时我最喜欢听这个。可是,要是我那时能知道我的不幸正是因为我的美丽,我情愿老天给我一副平庸的容貌,那样,我就可以和自己心爱的人不被打扰地度过一生……"

"啊,她晕过去了。"小梅惊呼道。

林茹脸上恬静如水,她仿佛睡着了。

9. 夕阳醉了

是交差的时候了,调查记录以及口供就在我手中这张小小的磁盘上。

"刚才有个电话打过来,说杨棱病故了。"小梅很恭敬地向我报告。

我叹口气,"要是他的病早些查出来,可能就不会有这件案子了。"

小梅想了一下,突然抬头问道:"有件事我一直想问你,如果这件案子真像原先认为的那样是两个人互相射击,你能破得了吗?"

"你的眼睛真好看。"我笑嘻嘻地说。

小梅脸红了,"我在问你呢,不许乱说。"

"好吧,我回答你。我想我能破。"

小梅睁大了双眼,"能破?别吹牛了,不是说从理论讲是破不了的吗?"

"我告诉你两件事:第一,陈文斌和杨棱的基因枪都曾经发射过;第二,我给陈文斌看的两张基因图其实都是他自己的,只在其中一张上做了很小的改动。"

"原来你是用的计啊!但这本来就是一件从理论上讲破不了的案子。"

"我用的是智慧。"我郑重其事地纠正道,"我觉得无论科技发展到哪一步,人的智慧始终是最可贵的,也是不可战胜的。不过话说回来,单凭智慧也还不够,因为我们的世界是人的世界,了解人的情感也是不可少的。比如我就用了一个险招。不知你想到没有,其实陈文斌只要多想想就不会中计了,你看,如果当时真的只有一把基因枪发射的话,那么太空隧道的辐射监控绝对不会记录下相反的结果。当时,陈文斌一定也快要想到这点了,所以我赶紧抛出几个微妙的问题暗示林茹即将被牵扯进来,于是,陈文斌便毫无选择地承认了一切,我这么做似乎不太光明正大,但为了破案也是不得已。"

小梅似乎也有所感触地点点头,过了一会儿,她突然用一种神秘兮兮的口气说道:"可你不觉得自己这次有点智慧得过头了吗?"

我愕然了。

"如果你不是挖空心思来破这件案子,那么过不了多久,陈文斌和林茹就能开始一种新的生活,真正该受到惩罚的杨棱也死了。你不认为自己完全是破了一个不该破的案子吗?"

小梅的话其实恰好说到了我的心坎上,老实说,我现在也有点后悔自己聪明过头了,而且我敢说天底下也不会有人愿意我破这件案子。

"但这个怎么办?"我晃晃手中的磁盘。

小梅一把夺过去,再一扬手,磁盘晃晃悠悠地坠入了窗外的小河里,转眼便无影无踪了。是的,就应该这样,让这个不美好的真相在美好的大自然中消亡吧。

"只能对外宣布说本案因为技术性问题而无法破获了。只要严守基因枪的秘密,没人能再用这种手段来犯罪。不过,这样一来,我在人们心中就成为一个无能的警官了,那……你还要我吗?"

小梅"嗯"的一声,早已偎入我的怀中,声音轻得几乎听不见:"反正,在我心中你是最棒的。"

"最棒的什么?"我不放过她,"警官还是恋人?"

小梅不说话,却忽地在我的腮帮上亲了一下。

夕阳醉了。

故乡的云

1.

航程比何夕预想的要长。

窗外是明媚的天空,嫩蓝嫩蓝的颜色穿过雕花的窗棂透射进来,让人禁不住有股想要融进去的冲动。但这一切都是显示屏幕给人开的一个玩笑,在屏幕的背后只有广漠无垠的虚空。何夕像以往一样伫立在窗前,右手支在下颌上,眼睛里流露出难以言述的神情。何夕一直沉默地注视着前方,大约过了一千个心跳的时间后,他突然开口说道:"红毛,出来吧,我知道你在后面。"

帷幕后传来响动,红毛慢腾腾地挪了出来。他有些尴尬地耸耸肩,这个动作使得本来就长得有点过分的脖子变成了S形。"别介意,"他辩解道,"我只是关心你。猫也在旁边呢。"红毛朝另一个角落里努了下嘴。

"这可不好,自己暴露了就把别人也扯出来。"猫嘟哝着现身,手里照例拿着他那把片刻不离的手枪。不过,谁都知道里面是没有子弹的,猫这样做只是习惯性动作。整艘飞船上只有他们三个人,若在武器里装上子弹,万一走火只会给自己带来麻烦。

"你们找到我们现在的方位了吗?"何夕慵懒地问,目光只看着红毛一人。三个人中红毛是专家,猫是骁勇无敌的战士,他的任务主要是护卫。

"在最近一次跳跃式飞行中,我们跨越了十五个宏围的距离。"红毛稍停一下,"大约相当于你们的三十光年。系统测定的方位与计划相符。现在飞船正在收集游离氢,准备作下一次跳飞。"

何夕淡淡地说:"也就是说,我们还要找下去。"

红毛点点头,"外面那颗恒星只有十亿岁,它太年轻了,周围不可能存在有生命的行星。"

"说话别太绝对,说不定会有病毒。"猫在一旁嘀咕。

"你这是在抬杠。"红毛恼恨地瞪着猫,"你知道我们的目标不可能在这里。"

何夕没有马上开口,出发已经六年多了,类似的场面他早就见惯不惊。这并不表示红毛和猫之间有什么大不了的过节,只是长期孤独的环境下的一种发泄而已。但是,这算得上是孤独吗?何夕的嘴角向下扯动了一下,眼里泛起一股死灰色的光芒。三十年,一个人,只有黑色天幕上沉默的群星,只有仿佛自洪荒时便已开始的死寂……

"还需要两天时间才能收集到足够的游离氢,下一次跳飞的目标星系在九十光年以外。"红毛说起专业的时候恢复了平静的表情。

"最好不要又是一个什么也找不到的鬼地方。"猫毫不掩饰自己的讥讽,"别的我早不敢指望了,只希望你老人家还记得回去的路。"猫说到这里的时候,流露出想念的表情。

何夕不想理会他们无聊的争吵,目光又转回到窗户的方向。这时,他突然发现一缕棉絮样的白色东西飘荡着从左上角掠过。

红毛注意到了何夕的诧异,"我发现这个房间里原来的天空显示程序漏掉了一样东西,刚刚才加上去的。只有你会用到这套程序,我和猫通常只在屏幕上看娱乐节目。没有云的天空虽然也是天空,但显得不那么真实。"

"你是说——云?"何夕低声道。

红毛稍愣,立刻就释然了,"我忘了,你不认识云。是的,这就是云。大气中水汽比例一般在万分之一到百分之四之间,云就是由水汽形成的。"

何夕注视着那缕纤弱的云,感觉它轻薄得像是随时都会被周围的蓝色融化,"云……"何夕伸出手去,但冰冷的屏幕挡住了他。

2.

公元2204年,统一的地球联邦建立。联邦的最高管理机构是地球议会,首任议长是一位名叫何纵极的华人,他超凡的工作效率及能力为他赢得了崇高的威望。刚刚建立的联邦并不稳定,议会时时都会面对各种难题。其中最大的一个难题是分裂势力,这种势力来自各个方面。议会竭尽全力对抗这种势力,并且力图避免战争的出现。

但战争还是爆发了,议会能够明断很多事情,而战争除外。人类的历史早已证明,战争中充满了偶然。在几个月的时间里,联邦军队节节败退,坏消息不断传来。叛军攻占联邦首都是在一个晚上,何纵极命令那些最坚定的议员撤退,但是他自己却选择了留下来。何纵极忠诚的助手威廉姆试图强迫他逃离,但是何纵极挣脱了他的手,以一种淡然的口吻说:"我的确已经尽力,也许在你看来,现在留下来是愚不可及的行为。但是很遗憾,东方人的成败观早已主宰我的心灵。统一的大同世界是我毕生的梦想,我很愿意在这个梦中死去。"何纵极回头凝视着自己的妻子——一个美貌的斯拉夫族金发女子,她象牙般洁白高贵的面庞上清楚地显示出追随丈夫的决心。

一声啼哭打断了他们的对话,何纵极像遭到电击般低头朝妻子怀中看去,那是一个尚未足月的婴儿。一丝痛楚的神情浮现在何纵极的脸上，但只是一刹那而已，他低声絮语道："何夕，除了这个名字之外，我什么都还没来得及给你，如果来生我们还能成为父子，我保证做一名好父亲。"他抬起头惨然一笑，"他还什么都不懂，还不知道害怕死亡，这倒是让我心里好过一点。"何纵极挥挥手说，"你们走吧。"

威廉姆挥泪退下，心中已知此去便是永诀。何纵极挥动的手停在空中，久久不能放下。就在此时，一件意料之外的事情发生了，美貌的斯拉夫妇人突然奔上前去，将褪褓中的婴儿一把塞到威廉姆的怀中。"带他走！"妇人凄怆地嘶喊道，然后她迅速退到何纵极身边，扯住了他的衣袖。何纵极试图上前夺回婴儿，但居然无法挣脱，末了，他仰头叹口气说："覆巢之下岂有完卵，他又能到哪里去呢？"

威廉姆不久便意识到何纵极预见的正确性。叛军攻占首都后，何纵极夫妇双双从容就死，但是叛军发现，何纵极的死反而扩大了他的影响，世人都知道何纵极的儿子尚在人间，有人开始借着他的名义组织力量对抗叛军。谁都明白，消灭这种影响的最简捷的办法便是找到这个婴儿并且杀死他，于是大搜捕开始了。威廉姆很快发现，世界虽大却已经无处容身，他和最后的追随者们带着何夕四处躲藏，但只坚持了几个月，他便知道自己面前只剩下最后的一条路。

以核聚变反应为能源的飞船的飞行寿命几乎是无限的，同时，只要能源足够，水和氧气都可以循环使用，能源还可以支持模拟生态圈中的作物生长。一句话，从某种意义上讲，能源足够的飞船类似于鲁滨逊漂流记中的孤岛。威廉姆怀抱孤儿，仰头注视着眼前高耸入云的飞船，禁不住潸然泪下。与鲁滨孙漂流记中不同的是，现在就连这座孤岛本身也将是漂流的。它面临的不是风暴，而是宇宙间永无止境的幽暗空间以及无数潜藏的危险。

……

何夕将目光从电脑屏幕上收回，对他来说，每一次重温威廉姆留存的日记都是难言的痛苦。何夕曾试图不这么做，但他很快发现这将导致另外一种痛苦。因为这些日记记录着他的根，如果离开这些文字,何夕便无法知道自己来自何方,又将去向何处。在何夕生命中的前三十年,除了照顾他生活的电脑之外,他不曾与任何人交流,有时他甚至觉得自己就像是宇宙中一粒无根的灰尘。何夕曾经不止一次地试图结束自己的生命,有一两次若不是电脑及时发觉,他就成功了。聪明的电脑后来自行总结了一个规律:那些日记虽然每次都令何夕痛苦不堪,但却能很意外地令他挣脱死亡的诱惑。于是,电脑便不定期地自动播放那些日记的片段。从某种意义上讲,正是电脑的这个举动才使何夕活到了今天,但是这个举动也结出了另一个果实,那便是仇恨。世上有无数的仇恨,但如果仔细分辨,便会发现其实只有两种:一种仇恨使人蔑视生命,另一种仇恨则使人顽强地活下去。

3.

跳飞的原理在本质上是能量的瞬间转化。

空间与时间的关系是宇宙最后的底牌之一,古往今来无数的智者为了翻开这张底牌而殚精竭虑。但是某一天,当某一位智者最后一次回首那些折磨了他一生的无数线索时,他突然发现这张底牌消失了。于是,他顿悟到时间与空间只是两个概念中的幻象,它们从来就没有真正存在过。真正存在的只有一样东西,那便是能量以及能量的流动。宇宙可以没有空间与时间(比如它诞生的时候),但能量却万古长存。

"宏围"是菲星人的能源尺度,在他们眼中,宇宙间的距离是以能量来计算的。如果一个宏围的能量能够将某件物体送到二十光年之外,那么两个宏围的能量则可以将同质量的物体送到四十光年之外,但两者所花的时间都是零。这便是跳飞。

"跳飞刚刚结束,一切正常。探测器已经出发。"红毛简洁地说道,他尽量不去看猫满脸的讥讽表情。

"银河系直径超过八万光年,恒星数超过一千五百亿颗,你是不是准备全部都探测一遍?"猫促狭地开口,"好在我的寿命还至少有两千年,只是不知道我们的王子殿下有没有福气验证你的判断。"

何夕没有搭腔,他当然知道猫所说的王子指的是自己。当年,威廉姆将他送入太空并没有设定任何目的地,按照威廉姆的想法,如果何夕能够终老太空便是最好的结果了。但在二十多年的漂流之后,飞船误入某处类似虫洞的引力旋涡之中,结果被抛到银河系里一个完全不可知的地方。正是在这里,何夕与菲星人的远征飞船相遇。菲星人很快查清了事情的缘由,从母星赶到的使节告诉何夕,菲星人愿意帮助何夕回到地球,并且帮助他成为领袖,条件是地球从此划入菲星帝国的版图。由于跳飞技术的出现,菲星帝国的版图不再保持传统的空间连续性,而是由若干散落在广袤银河系中的适于生命存在的小点组成。宇宙如此之大,而生命又是如此罕见,即使以菲星强大的能力,在这么长的时间里也只找到了不多的几颗适宜的行星。而现在,菲星帝国伟大的女王已经发誓要将那颗还不知存在于何处的星球镶嵌在她的权杖之上。

王子。何夕回味着这个词。是的,我是王子,浑身燃烧着复仇的烈火。何夕禁不住想起莎士比亚笔下的那个人——另一个复仇的王子,那是他在漫长的流浪生涯里读到的故事。王子的选择是正确的,何夕想,仇恨之火必须找到它的去处。何夕只在电脑里见过他叫做父亲的那个人,何夕金色的头发和棱角分明的面庞更像是他的母亲,但不知什么原因,何夕总觉得照片里那个黑头发黄皮肤的人与自己的心灵更为接近。何夕流浪生活的大部分时间都花在了学习上,令他最为着迷的便是有关古老东方的一切。少年何夕第一次从日记里看到父亲宁愿死去也拒绝逃亡时,内心充满了迷惑,但后来他才发现,这不过是无数东方故事中的一个而已。

人杰或者鬼雄,对有些人来说,这是世上仅有的两项选择。

明亮的恒星光线被过滤掉紫外光部分后从弦窗外照射进来,室内的温度开始升高。看上去,这应该是一颗中年恒星。探测资料已经传回,在这颗恒星系里没有生命存在的迹象。

"这种方法的确很慢,不过何夕带来的资料里只记载着太阳系位于银河系的旋臂区,距离银河系中心约三万光年。要知道,银河系里符合这个条件的恒星数量至少有几十亿颗。不过,根据我们设计的优化寻找方案,在可行的时间里一定能够找到。"红毛依然保持着神情的倨傲。

"等我们找到了地球又该怎么做?"何夕问。

"当然是建立宇宙航标。"红毛解释道,"跳飞是有一定危险性的,因为我们对目的地的情况知道很少,一旦误入类星体或黑洞等强引力物体的附近,就等于踏入了地狱之门。像我们这样的小目标飞船的情况要好得多,而对于大型舰队来说,盲目的跳飞无异于自杀。"红毛显出少有的害怕表情,"只有建立了航标,帝国军队才能安全到达。"

"可要是我们一直找不到地球怎么办?"

红毛犹豫了一下,似乎在决定要不要往下说,但是猫已经开口了:"告诉你也好。我们接受的命令是同你一道寻找地球,一天找不到就会一直找下去,直到你的生命结束。"猫伸出舌头舔舔鼻子,"不过,你的生命只有区区几十年,对我们而言实在太短了,我现在都有些担心任务会无法完成。但愿别让我们伟大的女王陛下失望。"

4.

探测器又一次出动了。

何夕的两鬓已是一片斑白,深长的皱纹从他的额上划过。猫在打瞌睡,何夕知道经过这么多年之后,猫在内心里早就放弃了,猫现在等待的不过是何夕哪一天寿终正寝之后早日返航。红毛躲在房间里看已经重复看了很多次的菲星肥皂剧,自从他将何夕培养成半个专家之后,他也清闲了许多,实际上从几年前开始,像这种例行的探测工作就已经是何夕一个人的事情了。

恒星资料首先传回。年龄:五十亿年。半径:约七十万千米。中心温度:一千五百万度……从舷窗看出去它很普通,但不知什么原因,何夕觉得它非常明亮,而且很……温暖,是的,温暖,就是这样的。恍惚间,何夕突然觉得面前这颗光球让他有种似曾相识的感觉。

何夕的目光停在四号探测器传回的数据和图像上。他的嘴角开始抖动,眼睛里有清澈的液体聚集并且成行,喉咙里发出野兽受伤时的呜咽声。何夕伸手捂往脸,但泪水还是不可遏止地从指缝间涌出,在人造重力的作用下滴落在地,发出清脆的声音。

赤道半径:6378千米。质量:5.9亿亿亿千克。表面29%为陆地,71%为海洋……资料向何夕扑面而来,这些数字是那样熟悉,何夕曾在无数个孤独的日子里咀嚼过它们,并且清楚地感觉到它们在自己内心中激起的撕裂般的痛楚。

深远的群星背景映衬出一颗孤独的淡蓝色星球,缓慢而静谧地转动着,黄色的陆地浅浅地凸显出来,仿佛一块块粗糙的浮雕。亚欧大陆,苏伊士地峡,然后是冈瓦纳古陆的核心非洲大陆……西格陵兰岛——地球最古老的地壳正缓缓进入视野,它地底的岩石寿命已经超过三十七亿年。壮丽的海洋波澜不惊,如同一位柔情初露的少女。而在整个蓝色星球的表面,那比大地更高远、比海洋更宽广的则是云,洁白,轻灵,挣脱世间万物的束缚而上升,连绵、轻柔地缠绕在大地的四周,如同一位细心照看着自己孩子的母亲。

云,故乡的云。何夕的眼睛再一次湿润了。

旁边的另一块屏幕突然亮了,红毛的声音传来:"探测结果该回来了吧,我一分钟后过来。"屏幕上,红毛正准备起身。

"是的。"何夕的口吻平静得令他自己都不敢相信,"结果已经出来了。"

红毛站在何夕的身后,面对屏幕,脖子扭成了S形。一颗火红色的行星充斥了整个画面,巨大的尘暴激起的涡流遍布星球的表面。光线照射到的地方亮得刺眼,而阴影处却一片酷寒。整个星球没有一丝水的迹象。

"我不认为这会是我们想去的地方。"红毛转身离去,"我现在更关心的是这个区域游离氢的丰度。"

5.

垂垂老矣的何夕独自躺在房间里,弥留之际的目光痴痴地望着窗户的方向。窗外是明媚的天空,嫩蓝嫩蓝的颜色穿过雕花的窗棂透射进来,让人禁不住有股想要融进去的冲动。但这一切都是显示屏幕给人开的一个玩笑,在屏幕的背后只有广漠无垠的虚空。

一团团洁白的云不断从窗户的各个方向游过来,飘荡着又游出窗户的范围。何夕的目光被那些飘逸的云左右着,它们真是漂亮,令人着迷。在云的下面就是那个地方了,那些浮雕般的陆地山冈,那些柔媚如同少女的海洋。也许威廉姆已经实现了他的理想,也许还是叛军统治着一切。但是,这真的重要吗?

何夕常常回想起当年那一分钟里发生的事情。时间太仓促了,他根本来不及思考,但内心里的声音引导他做出了自己的选择。父亲母亲给了他鲜明的地球脸庞以及古老东方的心灵,他庆幸自己的选择。赤子从远游中归来只是为了看一眼魂牵梦萦的故乡,他怎么忍心祭献那些美丽的山冈与海洋?而现在,漂流一生(人的一生是多么多么的长啊)的游子已经疲惫了,他只想带着累累的伤痕在母亲温暖的怀抱里长眠。

……

"就这么把他抛出去?"猫低头俯视着安详地躺在宇航服里的何夕。

"只能这样,难道将尸体带回菲星吗?那样做对于他有什么意义呢?他又不是菲星人。再说,他的一生都在漂流……"红毛说到这里突然顿住,这句话让他一千岁的心灵也禁不住颤抖了一下。红毛发出输送命令,何夕无声地滑向隔离舱。几秒钟后,舷窗外广漠的宇宙空间里多出了一件物体。

"我们该返航了。"红毛表情复杂地叹口气,"这次任务的时间也的确长了点儿。"

"可那是怎么回事?"猫突然指着窗外发出惊叫,"不该是这样的!"

"怎么啦?"

"我发誓他是平躺着出去的。可现在,他站立起来了!"

"可能是发送的时候受到扰力的原因,这很正常。"红毛有些不屑地说。

"可要是那样的话,他应该继续旋转下去,而不是像现在这样停住。"菲星最勇敢的战士——猫——的脸上显出红毛从未见过的惊惧之色。

红毛望向舷窗,然后他也愣住了。在他的专业生涯里,从未见过这样的事情。

背景是天鹅绒般繁星闪烁的宇宙,相对于飞船,何夕以一种奇特的站立姿态稳稳地停在了虚空中。他背对着星辰密布的银河中心,面向斜上方某条银河旋臂展开的方向。猫说得没错,何夕是平躺着出去的,无论如何都不可能停留在现在这个姿态上。但是,出于无法解释的原因,他朝向了现在的方向,在无扰动的宇宙空间里,这个方向将近乎永远地保持下去。

红毛和猫顺着那个方向望过去,印入他们眼帘的是无数颗燃烧着的谜一般美丽的太阳。

(本文获2001年中国科幻银河奖读者提名奖)

本　原

1.

我是在一连串不堪承受的震惊中认识欧阳严肃的。

那天,我们一帮工友正在那个扔满烟头与空啤酒瓶的小酒吧里享受周末的放浪时,他一个人悄无声息地走了进来。他个子很高,服饰整洁得有点过分,至少在我们这帮穿一点式的男人和穿三点式的女人之中显得不伦不类。我当时忍不住笑了,我这人就这毛病,灌了点黄汤之后见什么都想乐。我的笑声显然惊动了他,透过已经有些发红的眼睛,我看见他皱了下眉,但他立刻又极其优雅地冲我友好地点头示意。我笑得更厉害了。

"你不能再喝了。"阿咪突然冲过来抓住我的酒瓶。我看着她的身躯白晃晃地乱颤,心头涌起一股恶作剧的念头。我伸出手一把拧住她滑腻腻的手臂,把酒瓶直捅到她胸前的那道深沟里,"好,我不喝了,你帮我存着,我想喝了再来拿。"

"你干什么?放开我!"阿咪尖叫起来,但她的声音在周围的哄笑中几不可闻。

这时,我突然感到有人把手搭在了我的肩上,我回头一看,是那个陌生人。

"放开她吧,你要喝,我来陪你。"

我挑衅地看他一眼说:"我们喝酒是要赌的。划拳或是猜单双都可以。"

"我正有此意。"他随手从柜台上拿起四个玻璃瓶塞,"这瓶塞两个是黑色的两个是白色的,要是你从中拿两个,会有几种可能?"

看来他真以为我醉了,其实我才来一会儿,脑袋清醒着呢,"三种呗,要么一白一黑,要么两白,要么两黑。"

"那好,我一赔四赌你闭上眼从中间拿出两个黑的来,也就是说,你拿错了只喝一瓶啤酒,拿对了我喝四瓶。"

天下竟有这么蠢的人,看来他是想英雄救美人想疯了,按这种赌法,应该是一赔二才正合适啊。我也斜着看他一眼说:"这样,我不要你喝酒,要是我拿对了我要你……脱四件衣服,怎么样?"

我这样说的时候,心里真觉得自己聪明透顶,这人身上里里外外也就五件衣服,只要他输一次也就和咱们这些码头工一样了。要是再输一次,嘿,那他就非认输不可了。

他踌躇了一秒钟,说:"好吧,就依你。"

很久之后,我都没能想清楚那天我究竟冲撞了哪路神仙,论赌运之好我一向是出了名的,但那天我真的就那么倒霉。我先摸出一黑一白,然后是两白,接着是三次一黑一白—— 一连五次我都没能同时摸出那两个该死的黑瓶塞来,而五瓶酒下肚,我倒真是两眼发黑了。我实在想不通,照理说我最多喝两瓶就该他输一次啊。

"没问题吧?"他似笑非笑地拍了下我的肩,"接着来吗?"

周围的人哄笑起来,"当然啦,我们夕哥什么时候输过阵啊!对吧,夕哥?"

我的舌头已经有点大了,但耳朵还行,特别是听到这么顺耳的话时,"那是……自然。"

阿咪突然奔过去拉住那人的臂弯,声音里已带着哭腔,"别赌了,先生,你放过何夕吧,你不放手他是不会退的……他不能再喝了。"

啪!我猛地扇了阿咪一巴掌,我看见泪水倾刻间便涌出了她的眼眶,"你……少管,走开!"

陌生人沉默了半晌,然后转头看着我,声音冷得像冰:"好吧,既然你这么想赌我就奉陪到底。我们不妨换个花样。你看这儿大概有多少人?"

"四十多个吧。"我有气无力地说。

"我还拿身上的四件衣服作赌注,我赌这里有两个人的生日是同月同日。如果我赢了,我要你今晚喝完这店里所有的葡萄酒。"

一年有三百六十五天我是知道的,三百六十五天可以让三百六十五个人一人过一天生日,而这里只有四十多个人,哪有那么巧?而且我敢打赌这人肯定没注意到,柜架上只剩下半瓶葡萄酒了,这不是包赚不赔吗?

"好,我奉陪。"我扭过头,"各位,想看节目就赶快报上生日。"

"七月二十。""四月十七。""九月二号。"……

没有重的,没有!我忍不住笑起来,我看见那人的眉毛拧成了一条线,仿佛面对一件不可思议的怪事。这有什么可奇怪的?要真有相同的那才奇怪呢!

我清清嗓子道:"好,都听见了,对了,刚才好像还没人是十二月上旬的吧,所以我也不会跟大家重合的,我的生日是十二月七号。"

说完这句话,我便盯着那人不再开口,我想他再糊涂也应该知道我的意思了。很简单,那就是——该你了!

燥热的小酒吧里空气火烫火烫的。

这时,突然从门口冲进一位似风一样轻盈的姑娘,如果说那个男人在这里是显得不协调的话,那么这个姑娘的出现却是让人初见之下都不由得生出一丝仰望。那一瞬间,我觉得似乎有什么东西在胸腔里刺了一下,有点痛,有点麻,又仿佛有点甜。

她看见我们这群布料节约模范时,脸"刷"地便红了,她急匆匆走到那个男人的身旁说:"你在这儿呀,叫我好找。怎么没听完音乐会就出来了?"

她那种好听的娇嗔激怒了我,我大声嚷起来:"好啊,又多了个观众!"

他转头看着我,目光犀利如刀。然后,他慢腾腾地从衣兜里掏出张卡片递过来,我满心疑惑地接过。那是张身份证。欧阳严肃,出生日期……十二月七日!

我的天哪!今天我一定是撞鬼了,要不就是鬼撞上我了!我跌跌撞撞地扑到柜台边,拿起那瓶葡萄酒准备自斟自饮,趁现在还剩下点儿酒量,我必须捍卫我一向有口皆碑的"赌品"。我恶狠狠但又满不在乎地瞪着欧阳严肃,大口大口地干着。我是在告诉他,虽然我输了,但也只不过是喝半瓶酒而已,他冒着对他来说不算小的风险其实并没有赢来相称的结果,所以我应该算是捡了大大的便宜。

"别喝那么急,今晚还长着呢。"他突然没头没脑地说了一句,然后便和那姑娘一起走出了门。

过了一会儿,门外传来一阵汽车喇叭声,然后,酒吧老板便领着几个人汗流浃背地进来了。他们扛着整整四桶葡萄酒。

我叫都没来得及叫一声便晕过去了。

2.

我完全不知道那天我是怎么出的小酒吧(反正不会是我自己走出去的),不过,我却知道这件事给我留下了两个后遗症,即我从此见不得两样东西:赌具和酒杯。只要一见到赌具,我的两眼就发黑;而一见到酒杯,我的眼前就高高耸起四只硕大无朋的酒桶。一帮工友闲来没事便缠着我打趣,他们不再敬畏我的"赌品"(因为我那天实在没法解决那四大桶酒)。我简直想不通,打赌时还可说是因为欧阳严肃运气太好,但后来运到的四桶酒又是怎么回事?他难道能未卜先知?最高兴的要数阿咪了,她说真好啊,你现在又不沾酒又不沾赌,你现在身上除了男人的汗味再没别的气味,欧阳严肃实在是个大好人。

"去你的!"我被她幸福的话语弄烦了,"是啊,我不喝不赌,我是好男人。可是一个男人不喝不赌又活在世上干吗?"

在阿咪面前我一向比较随便,大家都知道是她来贴我的。虽说这有时也让我觉得挺神气,毕竟阿咪蛮漂亮,是我们的码头之花,但我总觉得自己对她没有那种感觉,我也不知道这是为什么,我想也许因为我曾经是个哲学硕士,而她从来都没有走出过这片码头。那时,我正是一个阿咪所说的那种好男人,第一次听见老教授说"我们为人类而思考"时,我甚至感动得流下了眼泪。那时候,我在心里还纯真而虚幻地勾画出了一个白衣长发、站在高处的女孩,并莫名其妙地爱着她。后来,当满脑子的辩证法都无法证明我有权吃饱饭的时候,我便来到了码头开吊车,我安排脑子里的辩证法去见鬼,安排"为人类思考"去见上帝(这事本来就归他管),安排胃去喝酒,安排手去玩牌。但是,我竟然安排不了那个虚幻的她。我试过很多次,我诅咒她云一样的衣衫,诅咒她云一样的长发,我推她,搡她,打她,但她还是站在那里,默默地含泪看着我,令我无从逃遁。那种时候除了去喝去赌之外,我根本别无选择,可现在,我仅有的两样乐趣都被剥夺了,而且还失去了"赌品",这个该下地狱的欧阳严肃!我决定了,我要找上门去教训教训他。

"欧阳严肃,你给我出来!"我双手叉腰威风八面地站在欧阳家的那幢洋房前大吼。阿咪站在我身旁,一副死党的模样。

"我本来就在外面,怎么出来?"

我悚然回头,原来他就在我们身后。他说:"我刚回来。怎么?是来教训我还是有问题想不通来向我请教?"

我脸一红，避开他充满洞悉意味的眼光，"当然是……教训！"

"我又没做坏事。如果你想教训我就请回，你那个块头打赢我也不算光彩，如果想问点东西就跟我来。"说完，他径自走向房门。

我一愣，阿咪推一下我的肩，"怎么办？"

我硬着头皮说："先进去，再……教训他。"这次我没脸红，反正我说什么阿咪都信。

早听说欧阳家族是物理学世家，出过好几位诺贝尔奖得主，进得房来，方知盛名之下果然不虚。宽敞的客厅里摆放着古典风格的家具，许多国家元首、宫廷皇室赠送的纪念品以及各式科学奖章庄严地搁置在厅柜上。最引人注目的是一尊放置在透明密封罩里的真人大小的纯金塑像，我知道这是欧阳洪荒——欧阳严肃的父亲。这是全球科学界的最高奖，最初是为征服癌症的人设立的，至今获此殊荣的不过六七个人，而又只有欧阳洪荒是在活着的时候得到这种奖励的。塑像上的欧阳洪荒正襟危坐，目光中透着一股家族的荣耀与自豪。

"如果我没记错，大家都叫你夕哥对吧？"欧阳严肃开口道。

"叫我何夕就行了。"

"那好，何夕，我知道你肯定会来找我的，没有人会真的认为自己在一天之内连撞几次鬼。你想知道那天究竟是怎么回事，对不对？"

我知道自己再掩饰就太虚伪了，"就算是吧。"

他笑了，露出一口雪白的牙齿，"其实那天你完全落进了我的圈套，照那些赌法你包输不赢。"

"不会吧？我觉得都是对我有利的呀！"

他高深莫测地摇摇头，"我说详细一点。第一次我叫你从两黑两白四个瓶塞中摸出两个黑的，初想是有三分之一的把握，应该是一赔二才公平。但这只是错觉，这个过程的真实情况是分两步。首先你必须摸出其中的一个黑色瓶盖，这是二分之一的把握，然后，你必须从剩下的两白一黑中再摸出一个黑的，这是三分之一的把握，两者相乘，总的把握只有六分之一，应该一赔五才是公平的，所以你自然会输了。

再说第二次打赌,假设当时在场人数为四十七,我赌这些人当中有两人生日相同。这个计算要麻烦点,首先从第一个人说起,如果不考虑闰年之类的因素,他与另外四十六个人中的一个人生日相同的可能性便是46/365,换句话说,他与其他人生日都不相同的可能性则是1−46/365=319/365。同理,第二个人与其他人(除第一个人外)生日都不相同的可能性则是320/365。第三个人是321/365,最后一人则是364/365。我们将这一串数字相乘,最终将得出在现场有四十七个人的情况下,所有人与其他人的生日都不相同的可能性只有百分之四左右,也就是说,其中某两个人生日相同的概率竟然高达百分之九十六。想想看,这么大的可能性你能不输吗?"

虽说我的脑袋正逐渐变大,但总算是听明白了,可我还有个问题,"就算是这样吧,但是,后来的四桶葡萄酒又是怎么回事?"

"什么四桶酒?"他愕然了。

我这才想起酒运来的时候他已经走了,于是我简要说了下情况,只略去了我晕倒的事。

他哈哈大笑起来,过了半天才缓过气,"这个嘛,也可以称得上是计算出来的概率。"

"这怎么可能?"

"你当然不信。但如果你像我一样从小就和量子力学结缘,同时再注意一下小酒吧的规模、客人数量、酒的种类及储备量,你也可以估算出那晚老板购进葡萄酒的可能性在百分之八十以上。不过,"他忍不住又笑了,"我实在没想到会有那么多,要不我也不会打这么整人的赌了,真对不起。"

他的歉意很真诚,我陡然有种面对老朋友的感觉,于是我也笑了,说:"没关系。"

我刚说完便觉眼前一亮,是她,那个像风一样的姑娘进屋来了。看见我们后,她有些吃惊,我觉得她吃惊的样子真是柔媚极了。

我站起身,"你有客人,那我们先走了。"

欧阳严肃对那姑娘说:"白玫,你先坐着,我送送客人。"

在大门外道别的时候,欧阳严肃突然想起什么似的仰头大笑起来,然后他狡黠地对我眨着眼说:"我又计算出一件事情的概率了。"

"什么事?"我疑惑地问。

欧阳严肃强忍住笑说:"我现在能够百分之百地肯定,你那天一见到酒桶就晕过去了。

3.

那天之后我便再也没去过欧阳家了,他倒是邀请过我几次,但我总推说有事。我想他也应该清楚我的心思。其实一切都是明摆着的,我和他完全是不同环境里的人,虽然不知为什么他一直没能取得像他父辈那样瞩目的成就,但我想这只是时间问题。我凭什么和他做朋友?

就这样,半年时间一晃就过去了,我现在已经习惯了不喝不赌的日子,有时我还真觉得这样挺不错,只有一点,我闲来无事的时候还会不由自主地想起小酒吧里的那个夜晚。这时,我的心中便会掠过一丝惆怅的温暖,同时忍不住对欧阳严肃以及那个像风一样的叫作白玫的姑娘心怀挂念。不过,我想这样的情形并不会持续很久,他们偶然地闯进我的生活,自然也会在将来的某一天走出去,直至消逝无痕。

但我万万没有想到的是,我居然又见到了欧阳严肃,而且是在那家小酒吧里。当时我去找人,我一直没认出那个蓬头垢面、一杯接一杯喝啤酒的人就是他,直到他偶然做了个极其优雅的举杯动作时,我才发现这一点。我走过去拍拍他的肩,他稍愣,仿佛认出了我,湿湿的嘴在乱糟糟的胡子里咧了一下,然后便一头栽倒在我的肩上。

如果说见到欧阳严肃的模样让我大感困惑的话,那他手中的报纸就是让我大吃一惊了,上面登载着一则欧阳家族的寻人启事,要求知情者提供欧阳严肃的下落。让我吃惊的是这样一段话:欧阳严肃系精神分裂症患者,发病于六个月前。

六个月前?可那时我还见过他啊。要说在那场比赛智商的赌博中我竟然输给了一个疯子,就算杀了我,我也不信。

"起来,起来!"我猛推正呼呼大睡的欧阳严肃。

他醒了,"何夕?你到我家来有什么事情?"

"哎,看清楚了,这是我的家!"我大声纠正,同时心中滚过一股暖流——他居然还记得我。

"我怎么会在这儿?"

"这种小事等会儿再问。你先说说看,为什么报纸上说你是精神病病人?"说着话,我把报纸递给他。

他看了一眼,嘴角牵动了一下,"报纸上没说错,我的确有病。"

"不对!"我大吼起来,"你撒谎!"

他苦笑,"你看我现在还正常对吧?可我是间歇性发作的。你们没见过我发作的时候,那时我会乱踢乱打,我会把舌头也吐出来。"

欧阳严肃说话的时候神情怪异,一旁的阿咪有些害怕地瑟缩着身体。

"不要说了,我不相信。"我粗暴地打断他,然后,我紧紧握住他的手,感到他的手一片冰凉,凸现的关节硬邦邦地支棱着,"知道为什么吗?并不是因为你曾经很聪明地赢过我,而是因为我当你是朋友!我不相信一个让我忘不了的朋友会是疯子,哪怕全世界的人都说他是。"

欧阳严肃呆呆地看着我,低声说:"朋友……"然后,便有薄雾样的液体在他眼中聚集成行缓缓淌下,在灯光的折射下映照出华彩非凡的光芒。这才是欧阳严肃啊,尽管他此刻衣冠落拓容颜憔悴,但这不平凡的目光却证明了一切。

这时,身旁传来阿咪的啜泣声,我一下就来气了,"号什么?死人了?"

阿咪忙不迭地擦泪,喃喃地道:"对不起。"

"好啦好啦,我们先出去,让欧阳严肃再多睡一会儿。"

阿咪先出去了,欧阳严肃却突然拉住了我的手,"我看她对你很好,你可不可以不要这么凶呢?说实话,阿咪人很不错,你该好好珍惜。"

我一窘,从来没有人对我说过这些。我第一个念头是想反驳,但刚要张嘴却发现我竟没有反驳的理由。如果是和阿咪争执当然很容易取胜,因为我一开口她就不说话了,但对方是欧阳严肃。

"我们先不谈这个。"我避开话头,"我问你,白玫还好吧?"

欧阳严肃全身一震,脸上浮现出一种极其复杂的表情,但他的口气却很平静:"她很好。她在读眼科博士,快毕业了。"

我没有再问什么,轻轻走出房门。这时,我看见阿咪孤零零地一个人站在海边的礁石上,风把她的衣袂高高扬起。也许是因为欧阳严肃的那番话吧,我心中不由得生出一丝内疚。我慢腾腾地走到她身旁,把外衣脱下来披在她身上。

她回头,"我不冷。他睡了?"

我点点头,然后斟酌着开口:"我有时对你是不是太凶了?"

"没有啊。"她低下头看着地上的沙砾,"我知道你人其实很好,否则你也不会那样对欧阳严肃了。真的,你很好。"

听见阿咪这样说,我更觉内疚,而且我看得出此刻她并不开心。突然间,一种近乎痛楚的感觉攫住了我的心。

"来,我们比赛谁先跑到对面那块大石头,你赢了我就去做晚饭。"我大声提议。

"好啊。"阿咪一路欢呼着跑了出去,海风把她的身影拉得很长很长。一时间我竟有些恍惚了。待我回过神来才发觉大势不妙,忙吸口气追过去。无奈差得太多,终是回天乏术。

"要兑现哦。"阿咪侧着头边想边说,"要你做点什么菜呢?"

"有没有搞错?"我打断她,"该你去做饭呀。"

阿咪一愣,"你说什么?你输了就该做饭的。"

我一脸正气道:"我们说好的,你赢了我,就去做晚饭。现在你赢了,当然该去做饭。"

阿咪恍然大悟,"好啊,你耍诈!"

我自知理亏忙夺路而逃,阿咪不依不饶地追过来,我听见她的笑声像珠子一样撒落在金色的沙滩上。这时,我发现阿咪的脸上有着我从未见过的快乐,明媚得如同夏日的阳光。

但忽然她不笑了,抚着心口说:"糟了,你送给我的项链不见了。"

我一愣,在印象中我根本没有送过她任何东西啊。我忙拉住她,"什么项链?"

她抬起头,声音很轻:"看来你真的都不记得了。那时你刚刚来到我们这里,有一次我们在海边散步,你捡起一只小海螺说,多么完美的螺旋,这是唯一可以让自然界的一切自由演化而不会丧失协调的形状,从生命到银河,螺旋是至高无上的存在。那一刻,我觉得你说得真好,觉得你简直就是一个诗人。后来我说,把它送给我做项链坠子好吗?你说喜欢就拿去吧。你难道真的都不记得了?"

有这回事吗?我想了想,但我的确想不起来。不过我知道,一定是有这回事的。霎时间我不知该说什么,我一把抓起她的手,感觉她的手又小又凉。

"我去找,我一定要把它找回来交给你。"我语无伦次地说。

阿咪看着沙滩轻声说道:"已经找不到了。"

我顺着她的目光看去,然后我明白她为什么这样说了。沙滩上散布着无数的海螺,没有谁能知道我们失去的是其中的哪一只。

"不,会找到的。"我轻声说道,然后慢慢地拥住了她。

4.

欧阳严肃颈系餐巾手握叉勺正襟危坐,隔一会儿便绅士风度十足地向我和阿咪举一下手中的大瓷碗,实在令人疑心桌上的咸鱼干和高粱酒到他嘴里是不是就变成了烤乳猪和拿破仑XO。经过一夜好睡和一番梳洗,欧阳严肃显得精神很好。我们默不作声地吃着东西,不过我想这种沉默很快就会被打破。

果然,他开口了:"我肯定你们有三个问题要问我。"

他又说中了。不过我已习惯保持冷静,只淡淡点头,"你说说看。"

"首先你们想知道我为什么出走,其次你们想知道我怎么成了疯子,最后——你们想知道我现在究竟是怎样的处境。"

我又点点头,同时把一碟醋当作酒倒进了喉咙。

欧阳严肃已经有了醉意,看来他很少喝烈性酒,"其实都是因为我想清楚了一个问题。"

我感到自己的心仿佛被一只手死死捏住了,有一种透不过气来的感觉。一个问题?这会是一个什么问题?

他继续缓缓陈述:"何夕,你以前是哲学硕士,应该知道给哲学带来巨大影响的量子力学吧。你们也清楚我的家世,可以说我从生下来的那一天起,就和这门诞生于20世纪初的伟大学科结下了不解之缘。这门学科研究的对象是概率,上次我和你打赌就是靠概率取胜的。量子力学已经证明只能用概率这个概念来描述物质世界的一切,换言之,物质世界里没有任何精确而绝对的现象,从物质存在到物质运动,莫不如此。如今我们说氢原子半径为0.53×10^{-10}m的时候,实际上只是表明这是氢原子最可能的一个值,其实际值可能大点也可能小点。这是因为在量子力学看来,物质本质上是一道波,波长与其质量成反比,同时这种波的振幅便代表概率。如果形象点说,这有点像一串中间高两边低的山峰,物体可能在这些山峰绵延所至区域中的任何一点存在,同时,某处山峰的高度便指明了在此处发现该物体的可能性大小,其数值总是在0和1之间。"

"等等!"我打断他,"我不大明白,你是不是说一只猫可以分成几段,一部分在院子里,一部分在屋子里?"

"看来你的确没有弄明白。就这个例子而言,猫始终是个整体,但假如你闭上眼睛,那么你对猫的行踪便只能有一个估计,比方说估计它有百分之三十的概率在屋子里,有百分之四十的概率在院子里,还有百分之三十的可能性是猫已经跑出院子了。"

"但我可以睁开眼啊!我一看不就全清楚了。"

欧阳严肃微微一笑,"这只因为猫是一个大东西——简直是太大了。你看见猫是因为猫反射的光子射到了你眼里,光子对猫的存在状态其实已经产生了扰动,但由于过于微弱所以不能被察觉,而在微观世界里,这种扰动却不容忽视。在量子力学里有一个著名的测不准原理告诉我们,我们永远不能精确测出物质的存在状态。不过有一点要申明,虽然刚才我说光子对猫的扰动导致结果不精确,但只是种为了帮助人们理解而采取的简明说法,真正让人们无法精确描述物体状态的原因其实是物质的波动本质,因为物质本身就存在于概率之中。比方说,我们想知道一个物体的位置与速度,在我们先前提到的那道山脉中,山峰绵延的全部宽度与位置相关,而山峰上一个完整起伏的长度即波长则与速度相关。如果这道山脉包含着许多山头并且绵延了几公里,那我们就可以相当准确地测出波长,进而知道物体的速度,但这时物体的位置就很不准确了,因为它可能在这几公里中的任何一处。如果情况反过来也是类似的,我们这时可以相当精确地知道物体的位置,但这时的不确定量变成了速度。"

"那不是很糟吗?"阿咪吃惊地张开嘴,"那还有什么事能说得准?"比如说,她看我一眼,"会不会我眨了下眼睛之后何夕就突然不见了?"

欧阳严肃沉默了半响,然后他摇摇头,再摇摇头,"不会,你的何夕太重了,有七十多公斤呢。如果我们把一个电子关在一毫米宽的盒子里,根据公式可以算出,这时它的速度不确定量高达115毫米/秒!也就是说,当我们测得这个电子在一秒钟里移动了200毫米时,那么它实际上却可能移动了315毫米或是85毫米,这时,我们的所谓测量结果显然毫无意义。但如果这个电子有你的夕哥这么重的话,那么这个速度不确定量便只有0.0……15毫米/秒——在小数点后有二十九个零。只有这么一点不确定量,所以咱们的阿咪小姐自然可以对何夕的一举一动了如指掌了,对吧?"

阿咪脸红了,"不跟你们说了,尽拿人家开心。"说着话,她站起身朝门口走去,"我上街去了。"

我笑了笑,目送阿咪离去,然后又问道:"你说你想清楚了一个问题,这是怎么回事?"

欧阳严肃一震,目光中浮现起含义复杂的光芒,像是痴了,"我想清楚了一个问题……我想清楚了那个问题……阿咪、何夕……电子……七十公斤……你有七十公斤吗……"

我吃了一惊,慌忙摇摇他的肩膀。他猛然惊醒,脸上流出汗来,"我累了,我想安静一下。"

我满腹狐疑地走出屋子,天空阴晦,仿佛风雨将至。他似乎打算告诉我那个问题的,可为什么又变主意了呢?难道是我和阿咪说错了什么?可基本上都是他一个人在讲话啊。

天色更深了,深得像一个谜。

5.

阿咪是和白玫一起回来的。阿咪显然害怕我责怪她自作主张,所以她一见面就递给我一张报纸,同时用手帕擦着眼睛。

报纸上登着一封信,在这封信里,白玫用一个女人所能公开表露的全部深情呼唤欧阳严肃。看着这封信的时候,我真想不通欧阳严肃究竟还有什么不称心的事,而看到白玫憔悴的容颜时,我简直想冲到欧阳严肃面前质问他的良心是不是被狗吃了。

"他好吗?"白玫急切地问我。

"他没死。"我淡淡地说,"到底发生了什么事?"

她垂下眼睑,睫毛在脸颊上投下优美的阴影,"几个月前,欧阳家族的几位长辈突然告诉我欧阳严肃精神失常,从那以后我就没有见到过他了。"

"不过欧阳严肃一直都了解你的情况,他说你快获得博士学位了。"

白玫淡淡一笑,"其实他弄错了,我的博士生资格被取消了。"

"为什么?"

"因为……几个月前,我的兴趣转到了精神病方面,就瞒着导师考取了精神病学硕士生资格,眼科那边便放弃了。"

我刚想说点什么,却听见屋子里传出一声闷响,仿佛什么东西倒在地上了。我奔过去,却发现门推不开。在一阵急死人的沉默之后,我听到了欧阳严肃的声音,他说:"你叫她走吧。"

白玫跑过来扑到门上,"欧阳!你好吗?到底出了什么事啊?"

欧阳严肃的声音隔着门板传来,他说得很慢,仿佛每个字都耗费了全部的力气,"你走吧白玫,我已经不是原来的欧阳严肃了,忘掉我,白玫!"

"别说了欧阳,你开门呀……"白玫徒劳地捶打着房门,回答她的只是一片沉默。终于,她累了,无力地瘫坐在门前。过了一会儿,她似乎想起了什么,平静地问道:"那好吧,我马上就走。不过你要告诉我这都是为什么,也好让我对自己有一个交待。"

欧阳严肃在门里大声地喘息着,然后他开口了:"是你逼我说的,我本不想告诉任何人。在我家背后的那家医院里有我的病历表,医生说我……我其实算不上一个男人!听清楚了吗?要不要我再说一次……哈哈……还要不要听?啊哈哈哈……"

我惊呆了,我没料到他竟会这样说,他难道不知道这无异于彻底毁灭一个女人的全部痴情吗?而且这个女人是那样深爱着他。刹那间,我忍不住想大声打断他的话,但我最终没有开口。在不知道欧阳严肃所说的那个问题之前我只能沉默。

白玫终究还是离去了,她的背影在无垠大海的衬托下柔弱得令人心悸。

"别告诉别人我在这里。"这就是欧阳严肃对她说的告别辞。

"出来!你给我出来!"我再也忍受不住了,我冲到门前使劲敲打着,"你不出来我就把门拆了!"

意外的是,门很容易就被我推开了,欧阳严肃脸色惨白地蜷缩在地板上。原来他并没有闩住门,刚才他只是用自己的身体把门顶住了。我冲上去一把揪住他的衣领,用一种已经高得变调的声音大吼道:"如果你不想让我真的认为你是个疯子的话,就把全部真相告诉我!那个问题,那个你想清楚的问题究竟是什么?"

6.

"你知不知道'薛定谔的猫'?"

"什么猫?新品种吗?"

"不是,薛定谔是量子力学的创始人之一,也是波动方程的发现者,'薛定谔的猫'是他提出的一个假想实验。这个实验第一次表明微观世界里的量子现象可以在宏观的尺度上表现出来。"

"我不大明白。"

"其实并不难懂。量子力学指出我们无法精确描述粒子的存在状态,更准确地说,粒子本身就没有确定的存在状态,它的位置、能级等等都只是一个概率,而粒子就存在于由概率描绘的混合态中。在双缝干涉的实验里,我们可以控制一束光的强度,让光子一个一个地照射到开了两条缝的隔板上。经过一段时间之后,隔板后的感光纸上会出现明暗相间的干涉子纹。你肯定知道必须有两列光才能形成干涉吧。所以这个实验表明,每一个光子都同时穿过了两条缝并自己同自己发生了干涉!"

"这怎么可能?!"

"这是真的,这个实验很容易做。有人曾经在隔板上设置仪器来追踪每个光子究竟是穿过了哪条缝,结果倒是查明每个光子只穿过了一条缝,但这时却观察不到干涉条纹了。从测不准原理可以解释这个结果,即这种观测破坏了光子所处的混合态,这样的观测是没有意义的。好比一枚在桌上旋转的硬币本来是处于'正面'与'反面'的混合态中,待用手一把将它按住再揭开,便只会看到一面了。"

"你是不是说——我们永远也无法知道一个粒子的真正状态,它的运动全凭它自己的意志?"

欧阳严肃沉默了几秒钟,然后从桌子上拿起一个茶盅递给我,"可以给我倒一升水吗?我想喝。记住,是一升。"

我满腹狐疑地接过杯子走到厨房,这是个圆柱形的杯子。幸好我还勉强记得圆柱的体积公式,靠着一把尺子总算量出了一升水。欧阳严肃不动声色地看我忙碌,眼中有一种妖异的光芒。我把水递给他,他突然苦笑一声,把水泼在了地上说:"别怪我,是你没达到我的要求,这不是一升水,用这个杯子你永远量不出一升水。"

我猛地拍了一下他的肩,"我算过的,是一升。就算不太准,也只是尺子和我眼睛的误差,你不能拿这个来刁难我,至少理论上我是正确的。"

"你误会了,我如果因为具体操作而责怪你就太没水平了。我要说的恰恰是你在理论上已经失真了。你要算杯子的体积肯定会用到圆周率,而这个数就像一匹脱缰的野马永无止境地在小数点之后狂奔。你刚才也不过是截取了它很短的部分,那么你凭什么相信结果是可靠的?不要以为一杯水差一点没有什么,如果你用这个杯子舀了几千升水之后,你的工作将会因为误差而变得毫无意义。上帝用他的潘多拉之盒为我们送来了无数没有谜底的谜语,人类永远都不会知道圆周率到底是多少,同时也永远不会知道一个单独的电子正在怎样地漫步。有一点我必须指出,刚才我的说法也还仅仅是个比喻,人们毕竟还能不断提高圆周率的精度,但对于电子的运动状态,甚至连其精度的提高都是有严格限制的。"

我盯着他,"我想你这是在告诉我,一个电子的跳跃时刻和跳跃方向都由它自己选择。站在普通人的立场,我倒希望你是骗我的,老百姓一般不喜欢天下大乱。"

欧阳严肃微微一笑,"并不只是普通人才像你那样想。在《爱因斯坦文集》第1卷第193页上,爱因斯坦说了一句几乎和你一模一样的话,并且他还发牢骚说,'在那种情况下,我宁愿做一个补鞋匠,或者甚至做一个赌场里的雇员,而不愿意做一个物理学家。'当然,爱因斯坦的成就是无可置疑的,但他对量子力学的反对的确在他的光辉一生中留下了阴影。当然,粒子是无意志可言的,但这个拟人化的说法却非常恰当地描述了粒子的这个特征。当我们用波动方程来求解一个在两堵墙之间来回弹跳的电子位置时,我们只能求出它的位置概率。很有趣,结果表明电子有些地方出现的概率很高,有的地方则很低,有的地方概率为零,即便并没有任何障碍阻止粒子在此处出现。甚至,在两堵墙外侧的概率也不为零,哪怕这个电子的能量根本不足以冲破墙。这个实验已经做过,结果就跟理论预言的一样。"

"真的?"

"真的,我们日常生活中所见到的一切都只是一种假象,或者说是一种近似状况,因为我们身边的物体太大了,包含了无可计数的量子,这些量子在时空上的不确定量彼此干扰湮灭,最后表现出来的是一个稳定的宏观物体。就好比我们以前用玻璃塞打赌,虽然在实际上你可能连续几次几十次地成功,也可能连续几次几十次地失败,但我敢肯定地说,如果重复几千次几万次,那么那个六分之一的概率就会异常精确地表现出来,说不定能精确到小数点后几十位。这种情况下,我们自然认为宏观现象精确无疑了。"

"你的意思是说宏观只是微观的统计效应?"

"太对了,我真遗憾你没做我的同行。实际上,统计从来都是联系宏观与微观的桥梁,比如温度就是一个统计效应,单个分子是无所谓温度的,而大量分子的热运动就表现为温度。这不是很说明问题吗?"

"但是,你说的'薛定谔的猫'又是怎么回事?"

"这个实验是把一只猫和一块放射性物质放在一个密闭的黑匣子里。猫受了辐射会死,但辐射是由粒子衰变造成的,而粒子衰变纯粹是一个微观的量子现象。如果我们不打开匣子观察,我们便只知道辐射是否发生的概率,这也就是猫的死活概率。这时,猫也就存在于一种死与活之间的混合态中。当然,如果我们打开匣子自然就知道结果,但这只是因为我们的观测破坏了猫的混合态,这个结果是无意义的。在这个实验里,微观与宏观已经不再是不可逾越的,而假如……"

"假如什么?"

"其实已经不能称作假如了,我不是说我想清楚了一个问题吗?这个问题很简单,我说过宏观物体可以准确描述,只是因为海量量子的不确定量彼此干扰湮灭,但假如有一种方法可以协调这些量子,使它们的集合也像它们的单独状态一样,那么……"

7.

在滴酒不沾六个月后,我终于又酩酊大醉,本来我以为自己再也不会喝酒的,但我现在才知道任何事情都只是概率,我最多只能说自己有多大概率戒酒而已。阳光下的沙滩一片金黄,我深一脚浅一脚地乱走,沙滩上情侣们的嬉戏声此起彼伏。我忍不住笑起来,我觉得一切都好笑极了,我一边笑一边喊叫,我听见自己的声音仿佛是从很远之外传来的。

"你们玩得倒是高兴啊,你们知不知道说不定马上就有一颗彗星掉下来砸死你们?你们还乐,你们还不跑?什么?不可能?外行了吧,量子力学说没有不可能的事,任何事情的发生都是有概率的。哈哈……概率……"

我又灌了一口酒,这时,我听见身旁一个男孩握住一个女孩的手说:"我永远爱你。"阳光下,他们的脸庞明净得有些透明。我更乐了,我跳到他们中间猛地扯开他的手,"又说外行话了不是,应该说你又爱她又不爱她,你们现在既是活的又是死的,你们都是结过婚的正在初恋的丧偶的独身主义者。这才准确嘛!世界本来就是混合的!哈哈哈……"

我没说完便被一拳打倒了,然后便有很多人围过来,我看见他们的拳头像暴风雨一样袭来,但我一点都不觉得痛,之后我便听见了阿咪由远而近的嘶喊,我觉得她的声音飘摇隐约,如同断线的风筝。

突然间,一阵透体的冰凉让我清醒了,清醒之后我才发现,自己被阿咪拖到了海里,她一边哭泣一边朝我身上泼洒着海水。我怔怔地和她对视了几秒钟,然后她一头扑进我怀里,带着哭腔对我说:"快去看看欧阳严肃!"

直到很久以后,我都无法原谅自己犯下的错误——为了喝酒买醉,我竟把欧阳严肃置之一旁。其实我应该有所觉察的,他宁愿忍受痛苦也不把真相告诉白玫却轻易就告诉了我,而且几天以来他采购了许多奇怪的元件,这明显是反常的,而我却大大咧咧地跑出来撒酒疯。阿咪说我走后不久便来了一个人,就是我们在欧阳家见过的那尊金像上的人,欧阳严肃一见到他就反锁了门,之后不久,墙上的电表便开始疯了似的飞转。

"你先回去,我去找白玫。"我抹了下额上的汗,"除了她,我想没有任何人能起作用了。"

在医学院的精神病理系找不到白玫,我像一枚火箭一般在楼宇间横冲直撞。过了半天,我才想起应该问问别人,于是,我拦住几个一路闲聊的女主,问她们知不知道白玫的行踪。她们立刻讪笑起来,其中一个说:"她呀?已经脱离精神病理系了,现在她感兴趣的是,嘻嘻,男性生理。没准儿这会儿正在男性生理实验室里搞解剖呢。"

我拼尽全力才忍住没把拳头打到她漂亮的脸蛋上去。我已没有时间了。

在充斥着刺鼻的福尔马林气味的解剖室里,我终于找到了白玫,她安静地工作着,脸色苍白如纸。看着她的样子,我的鼻子忍不住一阵发酸。

"何夕,"她看见我了,"什么事?是欧阳要你来的吗?他出事了?"

我费力地想故作轻松地笑一下,但我实在笑不出来,末了,我终于像一道不堪重负的闸门一样拉起,对她讲述了全部的真相。白玫先是诧异,继而惊骇,末了她突然说了一句"我全明白了",便摇晃着向外奔去。我怕她摔倒,忙跟上去想搀住她,但我拼尽全力也追不上她。

刚赶到海边我便愣住了,我看见一团紫光从屋子里透出,而后一个被光晕笼住的人形缓缓地从屋子里移了出来,但屋子的墙壁却又丝毫无损。我陡然记起欧阳严肃说过,两堵墙之间的量子在理论上是可以越墙而出的,即便它并无足够的能量。

欧阳严肃的身躯停了下来,如同一个奔放的"大"字,他的手脚上缠满了导线,光晕使得他的脸庞有些模糊。

白玫嘶哑地呼喊起来,我想不到这么凄厉的声音会出自白玫,这个时候,她就像一个来自黑森林的巫女。

"欧阳!你别做傻事,快停止吧!我全明白了!"

欧阳严肃突然开口了:"你不明白,没有人会明白的。"

"本来我是不明白,但当何夕把一切告诉我之后,我就全明白了。你从生下来的那天起就注定要走上研究量子力学的道路,你热爱这个事业,并且在几个月前取得了重大的突破。你将微观的量子现象带到了常规的世上,你让人们真正看到了什么才是世界的本原。但很快,你就发现你的成果将摧毁这个世界上的全部秩序,将嘲笑世界上一切的所谓规律——会使一个人既在这里又在那里,既是天使又是恶魔,会使人们无法肯定地评价任何一件事,从而使得这个世界上既无是非也无善恶。你因此陷入万分矛盾的境地,而此时欧阳家族为了家族的荣誉又逼迫你宣布它,所以你才离家出走。对吧?我说的都对吧?"

欧阳严肃紧紧闭住双眼,两行泪水潸然滚落。欧阳洪荒像幽灵一样守在不远处,纹丝不动地站立着,面无表情,恰如他的那尊金身塑像。

"你为什么那样傻呢,欧阳?你早该告诉我实情啊,我会支持你的。"白玫热切地呼喊,"快停下来,别再继续了,欧阳!"

四野寂静,只听得见海潮拍打礁石的声音。欧阳严肃沉默着,全身的光晕耀人眼目。过了好一会儿,他叹出一口气,"白玫,其实你都说对了,只不过有一点你没有说到。我真正无法战胜的是我自己,我耗尽心血才找到我要的东西,这是我取得的第一项成就,可以说我几乎是为此而生的,但现在理智却要求我毁灭它。这段时间我一直在不断地挣扎,直到刚才我才最后下了决心——我已经毁掉了全部资料。"

随着"啊"的一声,欧阳洪荒的身躯开始抑制不住地颤抖,他的眼中一片绝望。

"爸爸,"欧阳严肃接着说道,"我想我是不会获得您那样的荣誉了,请您原谅儿子不孝。我不知道我的成果会不会在未来的世界里结善果,但我知道现在是不行的,所以我毁了它。不过,为了对得起欧阳家族的荣誉,以及我刚才对白玫说过的那个原因,我决定完成一个实验。正如您现在看到的,我准备用我的身体来证明我的成果,这也是欧阳家族的传统。我计算过了,首次实验成功的概率是……十亿分之一。"

欧阳洪荒还是一语不发,但面颊上已是老泪纵横。他挺直着腰板儿,没有一丝劝阻的表示,也许他知道这世上已经没有人能阻止欧阳严肃了。

光晕暴涨,仿佛一团火焰熊熊燃起,亮丽的光芒飞溅开来,使得万物透明。大地沉默了,天穹沉默了,古往今来四方上下的宇宙沉默了,仿佛都眩迷于这人类文明中异端的火。

我突然有了种预感,在预感的驱使下我望向白玫。我看见她也缓缓转过头望着我们,长发在空中划过极其优美的弧线。然后她似乎笑了一下,在后来很长的日子里,我始终没能弄懂这一笑究竟表达了什么,于是,我便想这笑容或许不是留给我们而是留给未来的人们的,但我转念又想到,不知那时她的笑容是否已被时光蚀刻并且蒙尘。

异火高炽,而白玫开始朝着异火的方向奔去,在夺人心魄的光明中,她的身影飘飞跳荡如同一只蛾子。

大火以及赴火的飞蛾成了我脑中最鲜明的印记,并盖过了其他的一切。我依稀看见欧阳洪荒仰天长叹一声后佝偻着身躯融进夜色,而这时,阿咪的手很温顺地任由我握着,使我感到在世上做一个凡人是多么幸福。

我一直不知道那次实验是否成功了,我只知道成功的概率是十亿分之一。不过这已经够了,因为我已经知道了概率。按照量子力学的观点,我对这件事的了解已经达到了极限,所以在后来的日子里,我从不去寻找更准确的结果,只偶尔在思绪袭来时,会忍不住对有十亿分之一的概率留在人世的欧阳严肃和白玫寄上祝福。

有一次,我远远地看见一对情侣在辽阔的海面上漫步,他们依偎着,看上去很亲密很幸福,像极了欧阳严肃和白玫。但当我欢呼着奔过去却发现空空如也,眼前只是一片平庸的、充满秩序的世界。

缺　陷

1.

苏枫循着声音望过去，他立刻就见到了那个头发稀松发黄、身体瑟缩的男孩。

"你找我有事？"他小声地问，因为还没有下课，苏枫的脸上掠过一丝不快。男孩的脸有些发白，声音变得更加细弱，但他显然不想放弃，"我来是想告诉您，我预知您会卷入一场谋杀事件中。"

苏枫还来不及出声，课堂上便爆发出一阵不可抑止的哄笑，以至于连地板都仿佛震颤起来。男孩的脸色更白了，他的健康状况显然应该归入差的一类。他局促不安地深埋下头，似乎想找条地缝钻进去。苏枫的目光扫过液晶黑板——论时间的一维性——那正是本堂课的主题，他摆了摆手，这是他宣布下课的习惯性动作。于是，快乐的口哨声和欢呼声响了起来，几分钟后，偌大的教室里便只剩下他和那个男孩。

"说吧，是谁让你来开这个玩笑的？"苏枫饶有兴致地问道。

"请相信我的话，苏教授。"男孩有些着急，"我的预知从来都是准确的，您在两个小时后，也就是上午十一点左右很可能会卷入一场谋杀。"

苏枫看了看自己瘦长白皙的手臂,不禁哑然失笑,"你的预知既然很准,为什么你又用了'可能'这个词?"

"我能准确详尽地预知600秒钟内即将发生的任何事件,但如果超出这个时间范围,就只能预知事件的部分轮廓了,而且时间越长,事件的轮廓就越模糊。所以,我现在只能说在两小时后会发生谋杀事件,至于别的情况暂时就无法知道了。"

苏枫探究地看着那个男孩,他发现自己好像已经无法对这个少年的话漠然置之。男孩身上似乎有些与他的年龄极不相称的东西,让人不能漠视他的存在。尤其是他说话时的神态,几乎有种宣读神谕的意味。神谕!为什么会想到这个词? 突然间,苏枫的心里竟然隐隐有些不安。

"那么,你为什么要告诉我这些话,我又为什么要相信你?"苏枫尽量让自己的语气显得平静些。一时间,他有种很奇怪的感觉,自己似乎曾经在哪儿见过这个男孩。理智告诉他这是不可能的事,但他忍不住要这么想。

"我告诉你这些是因为我的老师,他叫林欣,你还记得吧? 他曾经对我说过你是他最好的朋友。"

刹那间,苏枫的胸口仿佛被什么东西撞了一下,林欣?! 一个久远得如同前生的名字。那个白皙清秀又开朗、仿佛整个人都被某种优雅气蕴笼罩着的年轻人,那个喜欢与人争辩不休的年轻人,那个——林欣!

"是他?"苏枫幽幽地开口,"他还好吗?"

"他死了。"男孩的口气很平和,平和得不像一个小孩子。

苏枫一惊,"怎么会?! 不过,你好像并不怎么在乎他的死? 我是说,他是你的老师啊。"

"在他死前差不多十分钟,我的脑海里就预演了他死亡的全过程,所以当他真正死去时,我反而像看一部重放的影片一样。我这样说你一定不会明白,要是你也有过这种经验的话,就对'突如其来'的任何事情都不会感到意外了。"

"那么,能告诉我他是怎么死的吗?"

"长期的忧郁症几乎损害了他的整个身心,他患有很多病。当然,还有一个直接的死因,他死于自杀。"

苏枫悚然一惊,"自杀?!可是你说你预知了他的死亡,如果是自杀为何不阻止他?"

男孩有些纳闷地抬起头来,"老师曾经告诉我,可以改变的预知只是巫师们的骗术,而他的预知研究是纯粹科学的东西。难道他没有告诉过你?"

"告诉过我?"苏枫喃喃地重复着这句话,神情变得有些恍惚。我是他最好的朋友(他是这么说的吧?),他当然告诉过我,但那是多久以前的事情了?十五年?也许十七年?那时候,这校园里的景色似乎比现在要美,空气中时时弥漫着青草的味道。当然,更重要的,那时的苏枫还很年轻,他有两个最好的朋友,林欣和韦洁如。

……

2.

"你的意思我当然明白,你不就是想从一个事件的初态推导出它的后续状态吗?可这已经被证明是不可能的了。"苏枫很潇洒地挥着手,"当年,拉普拉斯期望在某种全知智慧的基础上建立预知模型,但现代量子力学的发展成果已经推翻了他的理论基础。以前很多次我都辩不过你,可这次你输定啦,不信我们一块儿去问导师。"

"你误会我的意思了,我说的恰恰是考虑量子效应的影响——也就是说,在建立预知模型的时候加入量子效应。"

"等等，"苏枫插入一句，"你的话让我有点迷惑，量子效应最重要的一条就是测不准原理，按照这个原理，不仅无法预知事件未来的发展，就连事件的初始态也是无法准确描述的，那么你又从何来建立模型呢？"

林欣意味深长地笑了一下，"也许我们并不需要知道事件的初态。"

苏枫忍不住大笑，他觉得林欣今天一定是有些发烧，"你是说你不用知道韦洁如现在在哪儿，就能告诉我半个小时后能在什么地方找到她？那好吧，你要是能做到这一点，我就信你。"

"你们两个在找我？是不是又要我作评判？"韦洁如突然从教学楼的拐角后钻了出来，苏枫和林欣都被吓了一跳。韦洁如比他们俩要小五六岁，刚升上大学四年级。

苏枫仿佛见了救星，他几乎要跳起来了，"林欣想当预言家，我说他荒谬，这次你该站在我这一边了吧。"

韦洁如抿嘴一笑，"根据以往的经验，我如果支持你就一定会输。"

苏枫大急，"这次不一样，你要是支持林欣就太没理智了。你爸爸一定反对他。"

韦洁如饶有兴致地看着她父亲的两位高足争论不休，心中却很奇怪地有种幸福的感觉。苏枫和林欣像这样争来争去的有差不多六七年了，他们俩都是那种仿佛长不大的学生型的人，不过，谁也不能否认他们都是那样优秀。

相比之下林欣却很低调，"你还是支持苏枫吧，我对自己这次的想法没有多大信心。"

韦洁如有些调皮地笑笑，"你们要我这样我偏要那样，我就支持林欣。"不知为何，韦洁如这样说的时候有些脸红，不过她的语气倒是出奇地坚定。

苏枫的神色有些黯然，声音也变得低了些："我们请导师作评判吧。"他顿了一下，"还是算了吧，这不是什么有意义的问题。对吧，林欣?"

林欣赞同地点点头。他们两人差不多每天都会为某个新冒出来的想法争论一阵,其中的大部分实际上都不会对他们的研究有任何影响,充其量只能算是一种头脑体操。当然,如果这次的争论也就此结束的话,以后的事情恐怕会是另外一番情形,可惜这个世界上根本没有一件事可以用"如果"来说明。

事情的起因是脸色微红的韦洁如这次例外地有些较真,她一定要到林欣和苏枫的导师面前去论证这个问题,当然,他们的导师也就是她的父亲韦一江。

3.

男孩有点困惑地看着神思恍惚的苏枫,他想出声但却忍住了,看得出,他比同龄人要老成不少。

苏枫意识到了自己的失态,他掩饰性地咳嗽了一下,"那你们这些年都住在什么地方?"

"我们的家其实就在这座城市,老师有好几次说准备搬家,但都在最后一刻下不了决心。他的话我不是很懂,大概是说他舍不得这座城市。我忘了告诉你,我其实早就认识你和你的夫人。"

苏枫来了兴致,"你怎么认识的?"

"老师和我跟踪过你们很多次,我也不知道他为什么这么做,但我看得出来他很关心你们。不过,他一直都避免跟你们碰面。"

苏枫的眼眶有些湿润,"那他跟你说过些什么?"

"他只说你们是他这一生中最好的朋友,他还说这辈子感到最快乐和最让他留恋的日子就是当年和你们一起度过的时光。"

苏枫沉默了半晌,"还是说说你的预知吧。你说我会卷入一场谋杀事件到底是怎么回事，是我被杀还是我杀了别人？或者我会是一个目击者？如果是我杀人的话，会不会是一次误杀？"

"现在还不知道，不过快了，肯定会比那件事情真正发生的时间提前一些时候知道。"男孩认真地回答着问题，"不过，无论我的预知结果是怎样的都无可更改，因为必须是某件事情在后来的某个时间真的发生了，我才有可能在此之前预知到这件事情的发生，请务必记住这一点，这很重要。"

虽然男孩的话有点像绕口令，但苏枫还是听懂了，他若有所思地看着男孩，"你和林欣是什么关系？我是说，你们两人长得很像。"

男孩犹豫了几秒钟后说："老师曾经告诉过我，从基因的角度来讲我们是同一个人，我具有他全部的个体性状。他没有妻子。"

"克隆？"苏枫并不是太意外，从他见到男孩时起，他就仿佛有种面对故人的感觉。男孩的回答只不过是证实了他的猜想而已。不过，让苏枫感到不解的是，林欣为何要采用复杂的克隆技术来产生后代。对一位严肃的科学家来说，克隆技术虽然具有诸如完全保持父代性状等优点，却并不适用于繁殖人类后代，因为这样做将丧失在生物进化中起最重要作用的变异性。林欣不可能不知道这一点，那他为何还要这样做，难道过去了这么多年他还是没有忘记以前的事情……

"我想是吧。"男孩这次并没有注意到苏枫走神了，他依然很关切地把问题又扯到预知上来，"现在关于这次谋杀事件我又得到了一些新的信息，你应该是……在某种情况下杀了一个人。是的，就是这样。"

"是吗？"苏枫心中一惊，从听到林欣的名字起，他就再也不能漠视男孩的话了，尽管他在的理智上很难接受这样的事情，但这是林欣的观点，只不过通过男孩的嘴说出来。在苏枫的记忆里，和林欣无数次的争论中他总是处于下风——只除了那唯一的一次，但那一次他真的就站在了真理的一边吗……

4.

午餐后,韦一江教授正在给园子里的盆景浇水,这是他多年的老习惯了。韦宅是一幢很别致的小楼,掩隐在绿树成荫的半山腰上。韦一江浇完水后就径直回到书房开始工作,这同样是雷打不动的老规矩。作为当代知名的物理学家,韦一江现在已是硕果累累、著述等身,而最令他欣慰的却是他门下的学生都格外出色,尤其是林欣和苏枫。说实话,现在韦一江很难把他们两人归为自己的学生,更多的时候他是把他们当做自己的助手和朋友一般看待。因为他们实在是太优秀了,在韦一江的成果之中,有不少奇妙的思想都和他们密不可分。在将于第二年初召开的世界物理学年会上,韦一江准备在一篇注定要引起轰动的论文上署上他们的名字,这本来就是他们应得的荣誉。到时候,整个世界都将为两颗新星的诞生而震惊。韦一江清楚地知道自己在心里是何等溺爱他们,以至于每当韦洁如说他偏心时,他总是心甘情愿地默认。想到韦洁如生气的样子,韦一江的脸上便不由得隐隐浮现出笑容,这个宝贝女儿是他在科学研究之外所能得到的最大乐趣了。其实,韦一江运用他缜密严谨的科学思维已经预料到自己的女婿会是林欣和苏枫中的一个,他在闲暇时甚至给未来的孙子或孙女起了个叫"小昭"的名字,只是不知道会姓林还是姓苏。不过从近段时间的状况来看,韦一江觉得他的外孙多半会是"林小昭"了。有一次他拿这个问题去难为韦洁如,结果是意料中的一句"人家不知道啦"。

现在门外突然热闹起来,韦一江不用看也知道准是韦洁如回来了,当然还少不了见面就争的林欣和苏枫。韦一江不明白他们俩怎么会有那么多争论的东西,有时甚至是一些常人根本不屑一顾的问题。但韦一江知道,这也许就是他们与众不同的地方。爱因斯坦曾说过一段话:"正常人都是在童年时就认为自己已经掌握了什么是时间、空间等很常识的问题,因而再也不会为这样的问题花费心思。而我恰恰是到差不多成年以后才开始思考这个问题,结果我发现了不一样的东西。"现在林欣和苏枫争论的那些问题又何尝不是这样?从最后的结果来看,似乎林欣总是要略胜一筹,以韦一江的眼光来评价的话,苏枫无疑是优秀的——但肯定逊于林欣,因为苏枫只是出色的科学家,而林欣却是天才。在韦一江的字典里,其实很少用到"天才"这个词,他一向认为天才是一种夸大其辞的说法,每个人身上都背负着数十亿年时间的造化,谁又能比其他人高出多少呢?但当他见到林欣后,这种观点有了变化。韦一江这一生取得了远胜于常人的成就,但他并不认为自己是天才,只认为自己是个和苏枫一样称得上优秀的人,他们和常人之间的差别只在"勤"与"专"两个字上。但林欣就不同了,他是属于另一类人。他并不比苏枫用心,但对问题的看法却总是深入得多,有时他在一瞬间的直觉竟和韦一江经过深思熟虑反复求证后得出的结论完全一致。韦一江有时想,也许这就是天才。不过,如果韦一江发现他们俩争论的东西过于不切实际或陷入文字游戏的话,也会以导师的身份站出来制止的,他毕竟是严肃的物理学家,绝不能容忍违背基本科学理论的行为——即使只是口头上的争论。

果然不出意料,三个好朋友这次全聚齐了,韦洁如一见面就嚷嚷道:"爸爸你快来做评判吧,他们俩又争起来了,这回苏枫说林欣一定错!"韦洁如停下来微微一笑,"可我根据以往的经验,还是决定投林欣一票。"

"到底怎么回事?"韦一江故意蹙了下眉,放下了手边的工作,"说来听听看。只要不是什么原则问题,我准备支持苏枫,大家打个平手。"

"林欣说他有一种预知未来的方法。"苏枫简要地把他们先前的争执重复了一遍,他说话的声音很低,似乎并未因为导师说要支持自己而感到高兴。

"是这样?"韦一江有些意外,虽然这两个学生常常令他吃惊,但他从没想到他们会因为古老的预知问题而发生争论。应该说这个问题和永动机一样,都是一个不该再被提起的问题了,但这是林欣提出的,他便转头对林欣说:"说说你的理论依据是什么。"

林欣的脸有些红了,"其实我只是偶然想到这个问题的,并没有太成熟的想法。"

韦一江又是一惊,他注意到林欣的语气表明他认为自己是正确的,只不过不太"成熟"而已。韦一江意识到,自己不能不对这个问题发表看法了,不过在此之前他还是想听听林欣的想法。

"你不要有顾虑,说出来听听。"

林欣点点头,"其实我是在上周无意中重新看到一则经典物理实验的介绍时想到这个问题的。"

"什么实验?"韦一江有点紧张地问,在他的印象中,似乎没有什么用于证明预知现象的经典实验。

"那是当年用来说明微观粒子波粒二象性的理想实验。大概意思是让光子一粒粒地被发射出去并穿过有着两条缝的挡板。假设在某一时刻光子已经穿过了挡板,那么它可能穿过了其中一条缝(如果它此次表现为粒子性),也可能同时穿过了两条缝(如果它此次表现为波),不管怎么说,必定是二者之一;同时,这个事情已经发生了,不可改变了。现在到了关键问题,如果我们这时在挡板后加上一张感光底片,那么我们将看到底片上最终出现了干涉条纹,说明光子同时穿过了两条缝,也就是说它表现为波。而如果我们此时在挡板后正对着两条缝的地方分别安上一台计数器,那么我们这回则只能看到一台计数器上出现读数,也就是说光子只穿过了其中的一条缝,因而表现为粒子性。当然,在这里我只是简单说明实验的构思,在具体操作中,实际上是通过一个可以感光的百叶窗帘来实现整个过程的,但结果和以上描述的完全一样。这就说明了一个问题,光子到底穿过了一条缝或两条缝本来是已经发生了的事情,但却反而需要由后面发生的事情来决定。我觉得这个实验隐隐暗示了在某些情况下原因和结果并不是截然划分的,甚至不是由谁决定谁的关系,它们之间可能会互相影响。"

"等等,"苏枫插上一句,"这个实验我知道,可是当初好像并没有得出你说的这种结论。"

韦一江在旁边叹了口气,心想如果当初就有人得出那样的结论,林欣又如何称得上是天才。不过,他并不赞同林欣的观点,"但那只是微观世界的现象,宏观世界里不存在你所说的情况。"

林欣突然提高了音量道:"微观和宏观又何尝能够截然分开?微观才是起决定作用的因素,宏观不过是微观的统计效应罢了。如果在微观的范畴里证明了原因和结果可以互换的话,那么宏观世界也必定适用于同样的理论。"

韦一江的脸色变得凝重起来,他下意识地瞟了眼桌上的论文稿,上面的标题是《现代物理学完备性论证》,这正是他准备在世界物理学年会上宣读的论文。在这篇论文里,他站在哲学和科学的双重高度上建立了一个迄今为止最为庞大而完备的物理学体系,那可说就是他一生心血的结晶。本来再过几天就能完成初稿,不过现在看来,他的处境有点像当年瑞士数学家费雷格在就要完成"从逻辑推出算术系统"时的情形,费雷格在著作附言里说:"使一个科学家最难堪的事,莫过于在即将大功告成时才发现自己的理论基础突然瓦解了。在本书就要付印的时候,罗素先生的一封涉及悖论的来信使我陷入了这样的境地。现在,整座数学大厦的基础动摇了。"

韦洁如显然不是很清楚到底发生了什么事,她只是有些朦胧地感到在这场争论中林欣占据了上风,就连父亲似乎也被难住了,在此之前,她从未见过父亲的脸色如此严峻。从女孩子的心思出发,她真想蹦起来,因为她这次又站对了立场,不过她还是忍住了——气氛不对。韦洁如露出一个狡黠的笑容,她想让大家轻松一下,"我给大家出道题吧。有一个人到商店里去购物,突然发现柜台上居然在卖人的大脑。于是,他走到一个标有'爱因斯坦'字样的大脑前问是多少钱,柜员告诉他要五千块。他又走到一个标有'普通人'字样的大脑前问是多少钱,柜员说要一万块。他觉得很奇怪,又走到一个标有'苏枫'字样的大脑前问要多少钱,柜员说要十万块。你们说,这是怎么回事?答对有奖。"

苏枫有些茫然地看着韦洁如,他搔搔头,"怎么我的大脑会比爱因斯坦的贵,而且贵那么多?你是在表扬我吗?"他转过头求助地望了眼林欣,林欣含有深意地笑了笑,但没有开口。

韦洁如得意地叫起来:"不知道是怎么回事了吧?本小姐公布答案——人家爱因斯坦的大脑是充分利用过的,而咱们苏枫的脑子却是从来没用过的,崭新的东西自然要贵得多啦!"

苏枫的脸一下子涨得通红,他想说什么但却张不开嘴。

出人意料的是,韦一江突然发了火,他用力拍了下桌子,"小如,不要胡闹!"屋子里立时安静下来,半天都没有人说话。过了一会儿,韦一江挥挥手,有些疲倦地扶住了额头,"你们先出去吧,我想一个人静一静。"

5.

男孩很知趣地缄默不语,他不太明白为何苏枫总是一阵阵地出神。每次他都等苏枫问到他时才开口回答。说实话,他不太喜欢这种气氛,他现在有些想回家了。家,想到这个词的时候,男孩的心中有种温暖的感觉,尽管那里已是面目全非。他从小在那里长大,熟悉那里的每一寸空间。记忆中,他从两三岁起每隔几个月便要接受一次脑部手术,开始他感到害怕,但次数多了之后也就无所谓了。他不知道每次手术都在他的脑子里加入或是取走了些什么,不过随着手术次数的增多,他越来越明显地感觉自己的脑海里不时传来奇异的声音,眼前也经常晃动着不明来由的景象，就连他的语言表达方式也与他人有了不同。有一次，他和一群小孩子在田野上玩耍时看到满天鱼鳞样的云彩，其中一个孩子说："天上钩钩云地上雨淋淋，要下雨啦。"他却站出来纠正道："你弄反了，是因为要下雨了，所以天上才会有钩钩云。"当时，男孩看到站在一旁的林欣脸上突然露出惊喜的目光。男孩直到现在也不理解为何林欣临死前要毁掉家中几乎所有的东西，包括那些大部分由他亲自设计的仪器。当时，林欣就像是疯了一样，脸色白得吓人，许久没有刮过的胡须乱糟糟地支棱着，眼睛里露出狂乱的光芒。

"你快死了。"男孩怯生生地说，他害怕地躲在书柜的后面。

林欣一愣，他缓缓地转过头来，"你预知到我就要死去？我怎么死的？"

"你死于自杀。"男孩低声回答。

"我是想自杀，不过我并不知道会在什么时候。现在你已经预感到了，也就是说我最多还能活十分钟。"林欣反而平静下来了，他点上一支烟，氤氲的烟雾中，他与几分钟之前判若两人。现在看上去，他又有些像多年前的那个林欣了。他咧开嘴做了个笑的表情，"也好，我活在这个世上的确已没有多少意义。每天都要忍受病痛的折磨，而且……"林欣没有往下说，他怜爱地伸出手想抚摸男孩的头，但男孩惊慌地躲开了。

林欣马上就明白过来了，"你的确让我骄傲。不错，你的预知又正确了，刚才我有一丝想杀死你的念头。"

"你不可能杀死我的，我的预知表明在你死后我还活着。我躲开你只是本能的反应。对不起。"男孩很老实地说。

林欣叹口气，"是啊，我怎么会杀死你呢？你是我一辈子的心血，也是我一生对与错的证明。对与错，这个世界上有什么对与错值得用一生的幸福去证明呢？如果仁慈的上帝能让我拥有健康的话，我将耗尽余生去研究时间机器，我多么想回到从前，把当初摆错了的姿势再重摆一次。"

男孩懂事地点点头，"我了解你的心情。"

"不,你不会了解的!"林欣大声叫道,"因为那个问题,我失去了曾经拥有的一切。老师,朋友,所有最美好的东西都离我而去,还有她。"林欣的脸因为巨大的痛苦而扭曲了,他的眼中流出了泪水,"也许事实证明我对了,可我宁愿自己错了,那样我就可以回到老师的面前请求他原谅我的年少无知,他一定会像以前很多次那样拍着我的肩膀说:'年轻人错了怕什么?年轻人最大的优势就是有改过的机会。'可是,"林欣直勾勾地瞪着男孩,"你居然证明我是对的。"

男孩不由自主地退后两步,"你无法杀死我的,那是不会发生的事。"

"是的,你的预知中没有的事是不可能发生的。可为什么会发生这种事情?上帝让我把你带到这个世界上来究竟是什么意思?"林欣打了个冷战,神志清醒了一些,"让我想想,到目前为止你的预知还没有过失败的先例吧。那你有没有预知到我是如何自杀的?"

男孩的眼光瞟了眼阳台边上一把做工精致的剃须刀,一抹淡蓝色的光芒在刀锋上闪动,"你拿着那把剃须刀……"

林欣大笑起来,直至笑出了眼泪,"上帝,你真是仁慈,让我取得了这么辉煌的成果!这个孩子竟然一点不差地说出了我心中的想法。"

林欣止住笑,目光有些散乱地瞪着男孩,"你是我的杰作,你的能力是我赋予的。不行,我要证明你错了,你必须错,那样我就可以回到老师那里去,我就可以见到洁如和苏枫了。我要对他们说我错了,请他们原谅我。他们会原谅我的,一定会的,那样我们就又可以在一起了。看着吧,我会证明你是错的。哪怕只是一次,只要一次就够了,我就可以回去了。等等,你是说剃须刀是吧,我要扔了它,扔了它。"

林欣陷入了极度亢奋的状态中,一股狂热的光芒从他的眼中放射出来,他整个人都仿佛被某种幸福感包裹住了。"剃须刀,剃须刀……"林欣念叨着,像一头猎豹般冲向阳台,速度之快根本不像是一个久病的人。他极度厌恶地抓住剃须刀,用尽全身力气想把它扔出去,但他忘记了一件事,奔跑带来的巨大惯性还未减除,再加上扔出剃须刀的动作更是让他失去了全部重心,于是,男孩眼中的林欣就如同一只试图学习飞翔但却羽翼未丰的雏鸟般,从离地面三十多米高的阳台上重重地坠落下去了。

男孩没有跟过去看林欣的伤势,因为在他的预知里林欣正是死于这一时刻,他仍然停留在原地,口中低声道:"我是说你拿着那把剃须刀跳下了楼……"

6.

苏枫叹了口气,把目光停留在了男孩身上。他柔声问道:"关于我们,林欣还对你说过些什么?"

男孩想了想,"他说宁愿自己是错的,这样他就可以回到你们中间了。我觉得直到死,他的心中都是这么想的。"

"宁愿是他的错?"苏枫心中一凛,任谁也能听出这句话意味着什么。难道林欣真的找到了预知未来的方法?说实话,即使再过一段时间自己真的会涉及一宗谋杀案,苏枫也未必敢于相信这一点,因为这是与现行的一切理论相悖的。在差不多十五年前的那次世界物理学年会上,韦一江宣读了他和苏枫共同署名的划时代论文《现代物理学完备性论证》,这是迄今为止人类对于物质世界做出的最系统最完美的解释。它完全符合人类对所有物质现象的观测,并且成功预见了许多当时还没有发现的物质特性,使得人类对世界的认识提升到了一个新的高度。关于物质的本原、运动、因果性以及时间空间与物质的关系等等重大问题,它都做出了超出前人并可称为经典的解释,迄今为止尚没有任何一件事实与之不相吻合。

对苏枫来说,那真是激动人心的一年,论文在这一年顺利发表,恩师韦一江达到了他一生成就的巅峰,苏枫自己也崭露头角成为了新生代物理学家中的佼佼者。而更重要的是,在这一年的秋天,也就是林欣失踪一年之后,韦洁如成为了他的新娘。婚礼的那天,苏枫真觉得自己是这个世界上最幸福的人了,直到多年后的今天,他仍能清楚地记起当时的每一个场景。

"他是这么说的。"男孩认真地补充着,他无法漠视苏枫怀疑的语气,"不过我觉得他的确是正确的。我的预知说明了这一点。"

"可是你知不知道,如果你正确的话,我们就全错了。"苏枫语气平静地说。

"我不太懂你的意思。你们的对错与否不应该由我的对或错来判断,而应该由事件本身的结果来认定。"男孩眼中露出天真的神情,"我的预知是否正确也遵照同样的标准。你说对吗?"

苏枫一噎,竟不知该怎样回答男孩的反诘。他笑了笑,不想在这个问题上与男孩纠缠下去,他握住男孩的一只手,"还是说说你们这些年的生活吧。过得好吗?"

男孩的神色黯淡下来,声音也变得低了许多,"我不觉得自己过得好,我想老师也是一样。他的身体一直不太好,过多的研究工作彻底摧毁了他的健康。我们在经济上也有困难,有时候老师需要兼职做几份工作才能应付日常的开支。在我小时候,老师的脾气还好一点,后来就越来越坏,他的酒量也越来越大。"

"他学会了喝酒?"苏枫惊诧不已,印象中林欣最痛恨的就是酒精之类会损伤大脑的东西,他甚至拒绝喝任何种类的茶。

"他后来几乎每天都要喝差不多四百毫升的烈酒,醉了就说些让人听不懂的话。他还念着你们的名字。"男孩的脸上露出害怕的神情,瘦弱的身子有些瑟缩。

苏枫一阵心酸,他猛地把男孩拥进自己的怀中,从基因的角度上讲,他此刻拥着的其实就是林欣,"不要怕,以后你就跟着我们,这里就是你的家。大家都会喜欢你的。"

男孩有些茫然地看了眼苏枫,但旋即就释然了,苏枫温暖的怀抱让他不忍挣脱,"老师没有说错,他说你们是这个世界上最好的人。"

"孩子,不管你的预知是否正确,我都会好好待你的。过一会儿,你就和我一起回家去,那里比别的任何地方都要温暖。"苏枫有些动情地说,在他心中其实已经把这个小男孩当成了林欣。

"那里真的很温暖吗?"男孩流露出憧憬的神情,但他立刻想起了一件事情,"可是当年我的老师为什么要离开呢?"

苏枫怔了一下,仿佛没有想到男孩会提出这个问题。他的目光变得有些涣散,口中喃喃地说道:"是啊,你的老师离开了我们。那已经是很多年前的事情了,可一切就像是昨天才发生……"

7.

"我不能同意您的说法。"林欣已经有点激动了,他不理解为何老师会那么武断地认定他是错的,"微观和宏观之间并没有无法逾越的鸿沟,实际的情形应该是由微观决定宏观,这是不容置疑的。"

韦一江的脸色有些阴晴不定,印象中林欣从未像这次这样直接顶撞过他。自上次的争论之后,他用了近半个月的时间来研究林欣提出的观点,想把它并入"现代物理学完备性论证"的体系中去。但随着研究的深入,他发现这是不可能的事情,因为两者在根本上是互相排斥的。"现代物理学完备性论证"体系要求承认物质世界或者说至少宏观世界必须是由原因来决定结果的,而林欣所描绘的显然是一种因果虚无主义的世界。在那个世界里,原因根本不能决定结果,而只能说它们之间是平行的关系;就如同他在那个实验里描述的情形一样,结果也能反过来影响原因。韦一江清楚地知道这一点意味着什么,最起码它给"现代物理学完备性论证"体系制造了一个反例,而几乎倾尽他一生心血的这个体系仅仅从名字上看就是容不得任何反例的。在科学史上,因为一两个反例而颠覆了整个理论体系的情形是很多的,最有名的一个例子就是20世纪初因为"以太运动"和"能量均分学说"两朵乌云而更改了几乎全部牛顿力学体系。不过从内心而言,韦一江坚信林欣的假设是错误的,他只是一时间还没能找到驳倒它的办法而已。

韦一江沉默了几秒钟之后,缓缓开口道:"就你说的那个实验而言,按照经典的量子力学解释,微观粒子的行为是抗拒作因果性分析的。在该实验的条件下,粒子到底穿过了几条缝是一个没有意义的问题。"

"可您说的是'经典'解释,我觉得这种解释并没有真正解决问题,倒像是在逃避问题。我们现在起码可以说,至少在某些情况下结果可以反过来作用于原因,而这正是我提出预知理论的基础。按照这个理论,当一个事件可能导致不同结果时,每一个不同结果都会对事件发展早期发生影响因而产生不同的征兆,从这一点出发我们不难得到预知。"

苏枫有点不知所措地看着争论的双方,他有插不上话的感觉。苏枫没有想到一个偶然提出的问题会带来这么大的麻烦,他现在根本不知道应该站在哪一边。从本意上来说,他倾向于导师的观点,但很显然,韦一江并没有成功地说服林欣。如果从客观的角度上看,苏枫觉得林欣甚至处于上风。林欣的每次发言几乎都让韦一江陷入沉思,看得出韦一江正经历着艰苦的思想斗争。

"可你知道预知意味着什么吗?"韦一江很罕见地脸红了,"在一个结果可以反作用于原因的系统里,一切都是不稳定的,就如同逻辑学上的悖论一样。还记得罗素的'理发师悖论'吧,那个理发师规定自己只给不给自己理发的人理发。那么很显然,他将永远无法决定能否给自己理发。因为按照这个规定,他将因为给自己理发所以不能给自己理发,同时又因为不给自己理发而可以给自己理发。这个问题正好符合你说的结果与原因互相作用的情形,但这不是纯粹的文字游戏了吗,在严格的物理学范畴里何曾有过类似的现象?"

苏枫眼睛一亮,刹那间他几乎想大声欢呼"老师万岁"。这就是物理学大师的语言,短短几句话就道出了旁人无法想到的东西。没有比这种比喻更贴切的了,在苏枫看来胜负已判,仅凭导师的这几句话就足以结束这场本来就不该开始的争论了。想到又可以回到以前那种和谐的生活中去了,苏枫的心中充满了喜悦。

但林欣却蹙紧了眉,虽然仅仅是一秒钟的时间。没有人知道在这一秒钟里他的大脑中究竟发生了什么事情,但当他的眉头舒展开来时,一切都有了答案。他有些局促地说:"有的,在物理学范畴里有这样的现象。"

苏枫怀疑自己听错了,他转头去看了看韦一江,发现他也是一脸难以置信的表情。苏枫回过头来瞪着林欣,就像是看着一个陌生人。他从未想到过悖论这样的逻辑问题会在真实的物理世界里找到对应现象——那绝对是不可能的事情。

林欣只说了两个字:"电铃。"

韦一江的脸一下子变得惨白,看上去就像是在一瞬间被什么东西击中了一样。是的,电铃。电铃的原理决定了它正是因为通电所以断电,同时因为断电所以通电,于是它不停地振动。

良久之后,韦一江叹了口气,"也许我真的老了。"他又看了眼桌面上的《现代物理学完备性论证》手稿,眼中浮现出复杂至极的神情。

苏枫在一旁叫道:"这只是极个别的特例,不能说明问题的!对《现代物理学完备性论证》构筑的庞大体系根本构不成冲击。在体系内解决它只是时间的问题。"

苏枫的话提醒了韦一江,他的精神好了一些。的确,在科学史上不乏类似的先例,有时候人们必须等待诸如新的实验条件等因素的出现,方能完全证实自己的理论。就如同在狭义相对论问世不久后的1906年,考夫曼提出了他的高速电子荷质比实验结果不利于狭义相对论,但事后却证明这个实验得出的结论是错误的。

"可是,我看不出在体系内解决这个问题的可能性。"林欣坚决地摇了摇头,"这根本就是对立的。我认为《现代物理学完备性论证》肯定是不完善的。"

韦一江深深地看了一眼他曾经最感得意的学生,那种眼神就如同看着一个令他恐惧的陌生人。林欣的每一句话都像是锋利的刀子一般戳在他的胸口上。他感到自己的血液正在慢慢变冷,越来越冷。

"你是叫我放弃发表《现代物理学完备性论证》的论文,就因为你的那种关于预知的假说?"韦一江的语气变得比他的血液还要冷,"你真是我的好学生。"

林欣没有注意到韦一江的语气变化,他还沉浸在自己的世界里,"这不是假说,我认为这是可以实现的。"

韦一江大声笑了起来,"想不到我居然教出了你这样的学生。如果让人知道我生平最得意的学生居然相信预感之类的歪门邪道,叫我的脸面往哪儿搁?"

苏枫看出情形有些不对,他急忙拽了拽林欣的胳膊说:"不要再说了,你快向老师认错。"

出人意料的是,林欣挣脱了苏枫的手,他的脸涨得通红,眉宇间是一种义无反顾的神情。

"我没有错,我会证明给你们看的,到时你们会知道是谁的错!"

韦一江用力扶住椅子的把手,"好,这么说是我错了。既然你比我正确,我还怎么敢当你的老师?"

苏枫大惊失色,他听出了韦一江这句话中的意思。他再次拽住林欣的手臂说:"你不要和老师争了,就认个错吧。"

林欣仿佛没有听见苏枫的话,他的嘴唇微微发抖,脸色苍白得几乎要透明了,整个人像是痴了般一动不动。良久之后,他才轻轻转头扫视着屋子里的另外两个人,眼中有决绝的光芒闪现。过了一会儿,他开始缓步朝外面走去,口中低声重复着:"我会证明给你们看的,我一定会的。"

韦一江脸色苍白地看着林欣,痛苦与痛惜的神情混合着在他的眼底浮动。苏枫几次想伸手去拉住林欣,都被他用目光制止了。韦一江希望林欣自己回过头来,但他失望了。

……

林欣在校园里漫无目的地走着,不知何时天空中飘起了小雨,落在身上让人感到丝丝凉意,他这才想起秋天已经快要过去了。这时,他依稀听到远处有人在呼喊自己的名字,好像是韦洁如的声音。洁如,不知怎的,此刻一想到这个名字,林欣心中就会泛起一种疼痛的感觉。洁如,洁如,他在心里反复吟唱着这个名字,宛如吟唱一支钟爱的歌,两行泪水自他的脸颊滑落,但内心一个更为倔强的声音却驱使他的脚步朝着相反的方向奔去。

8.

苏枫猛地打了个冷战,他突然觉得自己怀中的男孩变得很陌生。你这是做什么?他问自己。这个男孩是林欣的化身,他为什么要回到这里来?难道仅仅是来告诉自己那桩可笑的谋杀事件?不,他回来是想做一个证明,他要证明当年的林欣是占有真理的一方。他想要摧毁自己拥有的一切,他想要自己的老师为当年的事情认错。他还要向这个世界大声宣布他才是真正的胜利者。还有洁如,她很快就会知道当年林欣为什么离去了,她会怎样看待自己和她的父亲?而自己居然那么温柔地搂抱着这个男孩。

"我想起一件事。"男孩兴奋地说,"老师说你曾经指出过他理论的一处缺陷,好像是在他第一次同你讨论预知问题的时候。"

"缺陷?"苏枫愣了一下,但他立刻想起是怎么回事了,他淡淡地笑了一下,"我的确和你老师讨论过一个问题,不过也许那不应该称作缺陷。"

"为什么?"男孩不解地问。

"你好像说过现在你只能准确预知600秒钟内发生的事情,对吧?"

"是的。"

"按照当年我们的讨论结果,可以证明你其实已经具备了准确预知更遥远未来的能力。"

"真的?"男孩的眼中一阵发亮。

"当然是真的,证明的过程很简单。我举个例,假设在今天中午十二点整会下一场雨,那么显然你在上午十一点五十分时就能准确预知到这一事件。那么基于同样的理由,你将在十一点四十分时,预知到'你在十一点五十分时预知到在十二点整会下一场雨'这一事件,而这实际上等同于你在十一点四十分就准确预知到了在十二点整会下一场雨。只要以此类推,岂不是可以近乎无限地扩展你的预知范围了吗?"

男孩聚精会神地听着,他偏着头思考的样子看上去有几分顽皮。但他很快就弄明白了是怎么回事,一时间,他高兴得快要蹦起来了,"对啊对啊,是这样的,我怎么没想到这一层呢!原来竟这么简单,老师早该告诉我这个方法嘛。"

男孩待不住了,他挣出苏枫的臂弯一屁股坐到了地上,"我现在就要试试这个方法。现在是上午十点半,我现在就来预知上午十一点会不会下雨。"男孩说着话便闭上了眼睛,仿佛进入了入定的状态。

苏枫笑了笑,"为什么不预知更久一点?至少应该到十二点钟吧。"

男孩犹豫了一下,仿佛觉得有什么地方不妥,不过最后,他还是用力地点了点头说:"那好吧,就十二点。"

苏枫面无表情地看着那个男孩,在他的感觉中,男孩的脸和记忆中的林欣已经完全重叠在了一起。"风雨故人来",不知为何,苏枫的心中突然冒出这样一句说不清来处的诗。对每个人来说,故人往往意味着一些过往的旧事,而故人到来的时候为何又常常伴随着风雨呢?苏枫轻轻叹了口气。

男孩的额头上渗出了汗水,两团不正常的潮红在他的脸颊上显现出来,而他的嘴唇却变得有些发白。

"你这样说倒是让我为难了。"林欣苦恼地拍拍头,"这样推理下去,的确能得出我们可以预知永远的结论,但这个结论却又的的确确是从'只能预知几分钟'这个假设推出的。很明显,这里产生了一个佯谬。"

苏枫很高兴自己难住了林欣,"就是嘛,这分明是一个死结。单凭这一点就可以判断,预知问题是没有意义的。"

"那倒未必。"林欣很自信地反驳,"你的这个想法可以表述为'预知自己的预知',属于数学上的递归问题,也就是一种调用自身的函数。对于递归问题的处理,一般都受限于递归的层次。也就是说,必须在满足运算的精度要求之后跳出去,否则将陷入无限循环之中。"

苏枫在心中低叹了一声,隐然有"既生枫,何生欣"的意味,不过他并未死心,"在预知问题上存在的递归性难道不是一道障碍吗?"

"所以,我觉得我们始终只能作有限的预知。当然,如果在技术上有突破的话,预知的时间范围肯定可以扩大。"

苏枫若有所思,"如果我们强行进行这种递归式的预知会带来什么结果?我的意思是说,如果我们希望得到相当长时间的预知结果的话?"

林欣想了想,"那样做将导致计算量呈几何级数增长,如果由电脑来做这样的事将产生'程序狂奔',而如果由人脑来做这件事情的话,"林欣顿了一下,"这个人肯定会累死。"

男孩的身体开始微微摇晃,汗水浸湿了他的脸和衣服。同时,他呼吸的声音也变得很不均匀,不时会突然拉出一声古怪的长音。男孩的嘴微微嚅动着,仿佛念念有词,而他的脸上已是一片蜡黄。

苏枫看了一下手表,现在是差一分钟十一点。如果没记错的话,男孩曾说过在这一时刻会有一桩谋杀事件发生。苏枫默默地走到男孩身边蹲下来,把耳朵凑在男孩的嘴边想听清他在说些什么。

"……啊,十二点了。真的在下雨,好大的雨……把世界冲得干干净净……"男孩的头突然一偏,口中的话像被利刀斩断般戛然而止,整个身躯也软软地瘫倒在了地上。

苏枫怔怔地看着这一切,心中竟然麻木得没有一丝感觉。过了好一会儿,他才如梦初醒般地站立起来,拍去身上的灰尘之后,他开始收拾讲义,但他的手有些不受控制地颤抖起来,以至那些纸页似乎总是放不对地方。

该回家了,想到温暖的家以及家中的洁如和孩子们,苏枫的心中稍微平静了一些。今天中午说好去导师家吃午饭的,他们现在一定都等不及了。他回头看了一眼倒在地板上的男孩,他就像是睡着了,没有伤痕,也没有暴力的迹象,看上去只是一次类似于心脏病发作那样的自然死亡。苏枫拿起讲义朝教室外走去,到了门口,他才发觉外面已经起了很大的风,在这个季节里,这是很少见的情形。苏枫裹紧衣服走出门去。

快下雨了,苏枫想,而且会是一场很大的雨。

盘 古

  长着金属翅膀的人在现实中飞翔，长着羽毛翅膀的人在神话里飞翔。

——题　记

1.

  在大劫难到来之前，我们有过很多阳光明媚的日子。大学时，每逢这种好天气，我和陈天石便常常有计划地逃课。请不要误会我是一个坏学生，其实我正是因为太有上进心了才会这么做——我的综合成绩一直是全系第二名，而如果我不陪着陈天石逃课的话，他就会在考场上对我略施惩戒，那样我就保不住这份荣誉了。要知道这份荣誉对我有多重要，因为我的父亲何纵极教授正是这所名校的校长，同时还是我和陈天石的导师。教授们从来没能看出我和陈天石的答卷全是一个人做出来的，它们思路迥异却又殊途同归。陈天石的这个技巧就如同中国人用"我队大胜客队"和"我队大败客队"这两句话来评价同一个结果一样，只不过，陈天石把这个游戏玩得更巧妙更完美更登峰造极。

但不久之后，我的名次却不可挽回地退到了第三，同时陈天石也成了第二名，原因是这年的第二学期从国外转来了一个叫楚琴的黄毛丫头。就在我和陈天石逐渐变得心服口服的时候，楚琴却突然找上门来要求我们以后逃课时也叫上她，她说这样才真正公平。此后，陈天石和楚琴便一边逃课一边轮流担当全系第一的角色，我们三人差得出奇的出勤率和好得出奇的成绩使得所有的教授都大惊失色大跌眼镜。

在写完毕业论文的那天下午，我们三个人买了点吃的东西到常去的一片小树林野餐。这是一次略带伤感的聚会，鉴于校际间的优秀生交流计划，我们三人已被选送到三所不同的学校攻读博士学位，分别已是在所难免。不过，我们大家都尽力不去触碰这个问题，分别纵然真实，但毕竟是明天，而现在我们仍然可以举起在阳光下晶莹剔透的酒杯大声欢呼"我们快乐"。

那天，楚琴也破例地浅浞薄酒，以至于后来的她齿颊留香。在陈天石出去补充柴火时，她探究地望着我说："我觉得你似乎有点怕陈天石。"

我自然连声否认。

楚琴轻轻摇摇头，"别想瞒我，你和陈天石之间的小秘密我早看出来了。你不必担心，你能凭自己的力量应付今后的学业。我不是在安慰你，我真的这样认为。"

我疑惑地反问道："你是说我也可以和天石一样？"

楚琴笑起来，"为什么要和他一样？做一个真正的天才未必就快乐。"她突然止住，似乎意识到这句话等于直说我是个冒牌货，声音也顿时一低，"对不起，我并没有别的意思。也许你不会相信，其实我一直认为人生最大的不幸正是成为天才。人类中的天才正如贝类受伤产生珍珠一样，虽然光芒炫目，但却毫无疑义地属于病态。造物主安排我和天石成为了这样的人，你永远不会知道我们身上流动着怎样可怕的血液。你知不知道在夜深人静的时候，我常常被内心那些巨大的说不清来处的狂热声音吓醒？我……"楚琴陡然一滞，泪水在一瞬间浸过了她的眼睑。

我不知所措地站着，心中涌动着一股想要扶住她那单薄柳肩的欲望，但在我做出绅士的举动之前，她已经止住泪水微笑着说："谢谢你花时间陪伴一个喜怒无常的女人，有时候我觉得你就像是我的哥哥。"

"你们在谈我吗？"陈天石突然笑嘻嘻地冒了出来，抱着一捆柴火。

楚琴的脸颊微微地红了，她快步迎上前去帮忙，却又急促地回头看我，目光如水一般澄澈，竟然……仿佛爱情……

之后我们开始烧汤，看着跳荡的火苗，大家都沉默了。楚琴像是想起了什么，她犹豫地问陈天石："你还记不记得昨天的实验——那个孤立的顶夸克？"

天石添了一把柴说："估计是记录仪器的错误造成的。"他转头望着我说，"你父亲也是这样认为的。昨天我们观测了包括上夸克、下夸克、顶夸克、底夸克、粲夸克、奇异夸克在内的六百万对夸克子，只有一个顶夸克没能找到与之配对的底夸克，这应该属于误差。"

"可是——"楚琴艰难地开口，仿佛每说一个字都耗费了很大力气，"我是说，如果仪器没有出现错误呢？我们以前观测都没出过问题。"

"那也没什么，最多不过意味着……"天石的声音戛然而止，就像是被一把看不见的刀斩断。他大张着嘴却吐不出一个字，过了几秒钟，他翻翻白眼大声说："我看就是仪器的错误。"

"天石——"楚琴的声音变得有些沙哑，"你不能这样武断，难道我说的不是一种可能性？天道循环周而复始，你能否定这一切？"

天石哑然失笑，"虽然你来中国不久，但老祖宗的毒却中得不轻，以后你该少看一些老庄。"

"我摒弃装神弄鬼的巫术，但赞叹精妙的思想，这也不对？"

"那些思想虽然有田园牧歌式的浪漫，但无疑只是神话。记住一句话吧：长着羽毛翅膀的人只能在神话里飞翔，而只有长着金属翅膀的人才能在现实中飞翔。你难道还不明白？"

楚琴黯然埋首，旋即又抬头，目光中有一种陌生的火苗在燃烧。

末了,她突然淡淡一笑,竟然有种孤独的意味,"可我们把前者称为天使,因为她没有噪声和空气污染。"

陈天石沉默半晌,站起身来踏灭了炊火,"走吧,野餐结束了。"

第二天传来惊人的消息,楚琴连夜重写了毕业论文,我父亲为此大发雷霆,校方组织了十名专家与楚琴争论,这在这所名校的历史上绝无仅有。这天中午,我在课桌里发现一张写着"何夕,带我走"几个字的纸条,纤细的字体如同楚琴的容颜一样秀丽。此后的半天,我在一家啤酒馆里喝得酩酊大醉。

这之后,我便再也没有见到过楚琴,她和支持她的陈天石一起被学校除名了。本来我可以去送送他们的,但我不敢面对他们的眼睛。两个月之后,我踏上了去另一所学院深造的旅程,在轰鸣的飞机上,我望着朵朵白云,突然想到此时自己正是一个长着金属翅膀飞翔的人,而那最后的野餐也立时浮现于眼前,就像一张从此定格的照片。楚琴如水一般澄澈的目光一闪而过,陈天石笑嘻嘻地站在旁边,手里抱着一捆柴火。

……

2.

我有些留恋地环顾四周,在这个实验室里工作这些年,毕竟也有了感情。我知道几分钟后,当我走出地球科学家联盟的总部大楼时,我的科学生涯也许就结束了,对从事物理学研究的我来说,这意味着生命的一半已经逝去。昔日的辉煌已经不再,十年来我的事业曾备受赞誉,而现在,我甚至不知道出门后能否有一个人来送送我。我提起行李,尽量不去注意同行的讪笑,心中满是悲凉之感。父亲现在已是地球科学家联盟副主席,他以前曾多次劝诫我不可锋芒毕露,否则必定树大招风,但我终究未能听进去。不过我是不会后悔的,从一个月前我宣布"定律失效"的观点之后,我就只能一条路走到头了。

大约在六个月前,发生了第一起核弹自爆事件,而检查结果表明,当时的铀块质量绝对没有超过临界质量。此后,这样的事情又出现了几次,同时还发生了地磁紊乱、基本粒子衰变周期变短等等怪异现象,我甚至发现连光的速度也出现了变化,要知道,每秒三十万公里的真空光速正是现代物理学最根本的一块基石。正在这时,我和同行们又发生了分歧,他们认为这也许意味着某些新发现即将出现,但我却对外宣布了"定律失效"。作为物理学家,我完全清楚这意味着什么,牛顿定律、麦克斯韦电磁方程、相对论、量子论支撑着我们对世界的理解,宣布它们失效等于宣布我们的世界将变得无从认识,更无从控制。但我只能这么做,当观测事实与定律不再吻合的时候,我选择了怀疑定律,而也就是这一点使我遭到了驱逐。

不知从哪道门里突然传出一个高亢的声音:"看那个疯子!"这个声音如此响亮,原本很安静的大楼立刻被吵醒,更多的人开始叫喊:"滚吧,疯子!""滚吧!异教徒!"

我开始小跑,感觉像在逃,可憎的声音一直追着我到大门前。我一直在跑,我想一直这么跑下去……但我被一束娇艳欲滴的鲜花挡住了。我缓缓抬起头,看见两朵笑靥如花。

沙漠。

下了很长的阶梯才听不到地面的风声了。我环顾着这座大得离谱的球形建筑说:"原来十年里你们就住在这里,挺气派嘛。"

陈天石揶揄地笑了,"这哪儿比得上联盟院士何夕住得舒适?"

我反诘道:"现在我可不是了。"

"下野院士还是比我们强。"陈天石不依不饶地说。

我正要反驳却被楚琴止住了,"都十年了还是老样子,我真怀疑这十年是否真的存在过。"楚琴的话让我们都沉默了,天石掏出烟来,点火的时候,他的额头上映出了深长的皱纹。

"外面死了很多人吗?"楚琴问我。

"大约几万人吧,一些建有军事基地的岛屿已被失控的核弹炸沉,过几天联盟总部也将移至地底。军队已接到命令尽快将纯铀纯钚都转为化合物,这是目前最大的危险。"

"最大的危险?"楚琴冷笑一声,"这还算不上。"

我盯着她的眼睛,"为什么铀的临界质量改变了?"

楚琴没有回答,却转而问我一个问题:"还记得那次野餐吗?"

我一愣,不知道她为何这样问。难道我会忘吗?那最后的相聚,以及之后的十年离别。我不知道他们是怎样度过被人类抛弃的十年时光的,但我知道那一定很曲折艰难,就如同天石额头上的皱纹。

"算了,今天何夕很累了,还是休息吧。"天石说了一句。

我摇摇头,"你别打断楚琴。"

楚琴的眼神变得有些恍惚,"还记得我提的那个问题吗,那个孤立的顶夸克?现在我还想问你,如果不是仪器错误,这意味着什么?"

这是一个离经叛道的问题,一个荒诞不经的问题,但这是两位天才在历经十年磨难之后向我提出的问题。十年前,我也许可以学天石付诸一笑,但现在,我却知道没有人再能这样做。可是楚琴为什么要这样问?难道眼下的异变竟然与十年前的那场争执有关?我扶住前额,感觉大脑里一片空白,"我还真的有些累了。"

他俩对望一眼默默离去,走进了同一个房间,丝毫没有注意到我立刻怔在了门口。

3.

……时间源头空间源头宇宙源头……非时间的时间,非空间的空间,非物质的物质……爆炸……虚无与万有交媾……上夸克下夸克……顶夸克底夸克……粲夸克奇异夸克……它们是孪生兄弟……耦合……力……轻子重子……原子分子……星系……恒长世界……

但某一天,有个底夸克不见了,剩下一个顶夸克孤孤单单,亿万年中从未分离的孪生兄弟少了一个,这怎么可能……

"不可能的——"我大叫一声从梦中醒来,却发现楚琴正仪态庄严地站在我的床边,她断喝一声:"佛陀说,色即是空。"刹那间慧光照彻,巨大的冲击之下我几难成言:"你是说……逆过程?"

"秋千下落是因为它曾经上升。"天石漫不经心地晃荡着手中的怀表,"最初的宇宙学认为宇宙是静态的,但这意味着在热平衡作用下,我们将看到一个熵①趋于零从而'热死'的宇宙。后来由于哈勃等人的贡献,我们发现宇宙是持续膨胀的。虽然这可促使不同形态物质产生温差从而避免'热死',但如果这过程持续下去,我们将看到一个总体温度趋近绝对零度从而'冷死'的宇宙。这两种模型都无法解释长存至今的宇宙为何还有活力,想到这一点之后,一切便好办了。宇宙应该是一架秋千。你因为提出'定律失效'而被驱逐,但其实你是对的。宇宙现在正处于即将从膨胀转入回缩的阶段,那个陪伴了牛顿一生、陪伴了爱因斯坦一生的时空正在发生巨变,他们在当时的时空里发现的定律怎能不变?当年那些卫道士把我和楚琴从学院的围墙里驱逐出来,但却让我们发现了整个天空。我蔑视他们,当秋千就要开始下落的时候,他们还不相信势能也可以转化为动能。"

"铀的临界质量改变也是这个原因?"我没忘记问最关心的问题。

"当宇宙开始回缩时,一切定律均会被改写,常温宇宙回缩为高温高能的宇宙奇点②,这本身就是一个颠倒的热力学第二定律。"楚琴肯定地回答。

我已说不出话来。我想象一架秋千在寂寥的虚无中晃荡,它在最高点的突然俯冲带给我的惊骇无以言表。原子在颠倒的秩序里崩塌了,而曾经包罗万象的宇宙正向奇点奔去。我想象包含无数生灵种族

---

① 单位时间内,高温物体与低温物体之间的热交换量。
② 运用于天体物理的数学概念,代表一个不可解的值。

的世界将如同一幅错画的风景般消逝无痕,连同它们的爱与梦想,但我其实找不出这幅风景究竟错在了哪里。

也许他们说出了真理。如果时空无限,现在即是永远,可谁又能活在一个永远的年代里呢?隐隐地,我似乎听见了一个声音,像梦一样缥缈,它轻轻说道:天塌了。

4.

"零并不是虚无,它等于所有的负数加所有的正数,这实际上就是包罗万象。你掌握了它,就会面对一架两方等重的天平,这时,哪怕你只吹一口气,也足以随心所欲地操纵一切。物质与能量、时间与空间都存在于你的转念之间,多么壮观多么美妙……"

我大汗淋漓地惊起,心怦怦乱跳。四周是浓稠的黑暗,但我却感觉有什么人在角落里窥视着我,这种感觉是那样强烈。我猛地摁亮照明灯,没有人,的确没有,我暗暗吐出口气。我不想再回到刚才的梦境中去,也许可以出去走走。

在这座建筑的东部,一块面板挡住了我。我试着按住一处掌形的凹陷,显示器上出现了几行字:一号特权者楚琴,二号特权者陈天石,三号特权者何夕。我盯着屏幕,想不到自己已被吸纳。这时,显示器又打出一行字:确认为特权者。随着一阵轻微的声响,面板移开了,然后我便看见了——巨人。天哪,那真的是一个巨人!我下意识地想逃,在巨大的阴影压迫下,我简直难以呼吸,我甚至根本调动不了自己身上的肌肉。背后又传来响动,我悚然回头,是陈天石和楚琴。

楚琴从阶梯登上四十米的高度,在那儿正好可以摸到巨人的光头,"他站起来能有七十米高,不过他只是个胎儿,是我和天石的孩子。他是个男孩儿,我们叫他丑丑。"丑丑似乎很乐于被人抚摸,竟然无声地咧嘴一笑,脸上漾出酒窝。

我怔怔地望着这个巨婴嘴边挂着的口水,喃喃地道:"怎么做到的?是基因突变技术?"

天石含有深意地摇摇头,"人类目前还不能纯熟地运用那种技术,而且即便用此技术造就巨人也没有什么意义,身躯庞大不过表明力气大点而已——与其那样,还不如造一台力大无比的机器。"

"那丑丑……"

"你知道,恐龙的祖先只有壁虎那么大,但千万年后,它们当中产生了数十米高、几十吨重的庞然大物。我们当然不可能有这么长的时间,但是楚琴那些奇异的思想终于造就了奇迹,一个长达一百二十亿年的时间奇迹。"

"奇异的……思想?"我觉得自己都不大会说话了。

"那些让楚琴醉心的神秘哲学其实是一道药引,用它酿出的美酒芳香迷人。还记得那句话吗:长着羽毛翅膀的人在神话里飞翔。中国神话里的哪吒是其母怀胎三年所生,天赋异禀,超凡入圣。这似乎真是神话,但它何尝不是蕴藏着一个正确的科学理论?人在十月怀胎中由细胞变成鱼,又经过两栖、爬行等几个阶段最终成为万物之灵,而这在自然界里便意味着长达三十亿年以上的时间,丑丑被我们留在胚胎阶段已经快四年了,他一刻不停地朝着造物主为人类指引的方向演化。我和楚琴按照自己的理解对这个过程作了少量的干预,去除掉某些我们认为明显不利的变异。其实我们也并不知道该怎样称呼比我们先进了一百二十亿年的丑丑,即使不考虑生命进化的加速性,他的生命进程也已经是整个地球生命史的五倍,这么漫长时间的造化之后,他也许都不该被称作'人'。"

很长时间都没有声音,我觉得自己此刻的表情一定正可解释"惊呆"这个词。但是,我突然想清楚了一件事,我一字一顿地说:"有件事你们没有说实话,丑丑这个名字是假的,我知道他的名字,他叫盘古。"

天石和楚琴对望一眼,然后楚琴说:"是的,他就叫盘古,同远古神话里的那个开天者一样。"

5.

我推开门进屋。

父亲正坐在沙发上看报纸,看来他已经等了一阵了。

我向他陈述这段时间的经历后表示不想再干下去了,"我不想再欺骗他们了,而且这也没有必要。"

父亲摇摇头,"我作这番安排也是迫不得已,难道我们要放弃对'零状态'的研究?"

我想起一个问题,"当年你为何开除他们?"

父亲不置可否地笑笑,"当时,全体教授都反对他们,我作为校长,不开除学生难道开除教授?"

"这不是真话。我想清楚了,你说的'零状态'其实就是宇宙由膨胀转为收缩的那一瞬间的状态。你当年知道天石和楚琴是对的。"

父亲叹了口气,语气变得苍凉:"这个秘密已经埋藏十年了。老实说,我也是见到楚琴的论文后才隐约意识到了这是个多么了不起的发现,直到今天也没有几个人相信这套理论,因为它完全超越了时代。我开除他们在那个时候是必须的,他们后来的研究经费其实是我通过中间人暗中资助的,你可以去调查,那个人叫欧文。不过,我很遗憾他们并没有想到这其中暗示的另一种结论,即零状态,那是个美妙的天平。"

"可如果宇宙回缩到奇点,一切都不存在了。"

"我的儿子,零点并非一个,宇宙由胀而缩,由缩而胀,这有中生无、无中生有的两极都是零。记住一句话,生命不挑剔物质,掌握了零状态的生命体可以存在于宇宙的任何状态中。想想看,如果人类能以有知有觉的生命去把握零状态的宇宙,该是一种何等美好的感受——

你可以吞吐天地纵极八荒,那是伟大的飞跃,人的终极。"

临走时,父亲送我一句话:"我们利用但不改变宇宙周而复始、生生不息的演化,这是顺天而动;如果天之将倾而欲阻之,这是逆天而行。天石和楚琴都是旷世奇才,有一天他们会明白的。"

"你是说欧文?"天石看着我,"对啊,他是个热心的好人,一直无偿资助我们的研究。"

我眼前闪过父亲慈祥的笑容,差点脱口而出真正的资助者其实是他,但我最终还是忍住了,父亲告诫过我不要这样做。我转过头去看盘古,直径两米的脐带正源源不断地为他输送养分。还有十五天左右他就该降生了,这是现有技术条件下能维系他胚胎状态的最长时限,同时根据测算,宇宙平衡时刻也差不多是在那个时候。有时想起来都觉得可怕,十几天后的某一微秒将裁定耗尽天才心血的十年时光,我甚至不敢去猜度天石和楚琴心中对于这一点的感受。天石曾说他们的工作是一场造神运动,当时,我并没有把这句话认识得很清楚,但当我有一次试图想象一百二十亿年这个时间概念时,却感到了深深的茫然,并第一次真切地认识到仅仅是这个时间便已造就了神话。一切造化均源于时间,高山大洋的距离就在千万年之间。我不知道盘古的大脑比我们复杂了多少倍,也不知道他的眼中是否已经看见了向我们紧闭着的另一层世界。

我又想起那句话了:长着金属翅膀的人在现实中飞翔,长着羽毛翅膀的人在神话里飞翔。

6.

"你带回的资料很有用,极大地丰富了我们对宇宙天平的认识。"

父亲满意地看着我,"等时机成熟,我会向科学界宣布天石和楚琴的成果,十年来他们失去的太多了。"

"可是,如果他们阻止宇宙的自然演变,宇宙天平就不存在了。"

"这正是我所担心的。仁者见仁,智者见智,有些事情很难说谁对谁错。不过,我的确希望把握这次能够促使人类飞跃的机会,一百八十亿年一次的机遇,我们居然有幸与之相逢。你明白我的意思吗?"

我注视着父亲充满忧虑的眼睛,记忆中我们已很久未作这样的深谈了,一时间,有种温暖的东西从胸中泛起。我说不出话,只用力地点点头。

父亲拍拍我的肩,"所以我想让你完成一件事,我会派几个助手协助你。等办完这件事之后,你把他们俩带来,我要收回十年前的驱逐令。"

宇宙天平的美妙姿态在我脑中浮现,一想到我已经置身于人类有史以来最伟大的事业中,我就兴奋得浑身颤抖。但直到我使得某些事情不可逆转地发生之后,我才发现自己竟然一直都忘记了天平最基本的特征是什么。

出发之前,我发了个通知支开了天石和楚琴,我不想有任何不必要的冲突,以后我会向他们坦白事实真相的,现在就算是最后骗他们一次吧。

基地静悄悄的,我打开面板,开始指挥助手们在盘古的脐带上安装支管,稍后我们会把大量神经破坏剂注射进去,盘古出生后将会是一个平凡的巨人。趁安装支管的时候,我和电脑专家开始入侵计算机系统,十分钟后我们找到了突破口。这时,我支走旁人独自搜寻有用的资料,找到重要的东西就把它们发送回联盟总部,接着,我发现了一些文本,那是天石的日记。

"我告诉楚琴,何夕其实很笨,试卷全是我代做的。但楚琴似乎就是喜欢他。"

"我现在还不理解楚琴的观点,但学校开除了她,我也不想留下。"

"楚琴是对的!"

"今天是我们流浪一周年纪念日,楚琴吻了我。也许人生的幸福莫过于此吧。"

"也许她还没忘记何夕,但我早就不介意了,老夫老妻难道还兴吃醋?哈哈,我儿子都十米高了。"

看着这些文字,我如坐针毡,心中乱了好一阵,让我稍微好过一点的是,我至今没有爱过别的人。我不知道楚琴当年为何做出这样的选择,天石不知强我多少倍。当我开始阅读最后一篇日记时,支管已经装好了,我下命令说开始吧。

天石的这篇日记很难得地写了点儿女情长之外的事。

"如果宇宙回缩至奇点,似乎会毁灭万物,但如果把握了零状态,宇宙天平的生命体仍旧可以生存,并跨越宇宙的爆发期以至于永恒。我就此和楚琴讨论,她说,如果这种生命体个数不受限制倒也可以考虑,但可惜天平的基本特征是只有一个支点。我永远无法忘掉楚琴当时的话,她说如果她成为支点而坐视我和亿万生灵的死,那么她生又何欢。我立时就掉泪了,我觉得这是佛陀的语言。"

我开始止不住地冒汗,前尘后事关联起来……父亲慈祥的笑脸变得扭曲……吞吐天地纵极八荒……突然间我几乎坐立不稳。这时,我才想起一件事——我下的命令!

我惊呼着奔向盘古的所在,一股墨绿色的液体正从支管灌进他的脐带,我来不及思索便抽出激光枪打断脐带,空气中立刻充满了腥臭的味道。但我忘了一件事,盘古是个胎儿,脐带断离在生理学上便意味着诞生。这是个多么可怕的结果,因为天石曾告诉我,他们准备在盘古降生前的一天进行胎教,以使他明晓善恶。否则,让一个具备摧毁世界的能力但却完全无知的婴儿出世，实际上就是放出魔鬼！

虽然没有镜子，但我知道此时自己的脸色一定苍白如纸，在本能的驱使下，我开始奔逃，虽然我知道这根本没有意义。身后传来了洪钟般的啼哭声，我感觉到巨人挥舞手掌所带起的大风，几声细弱的喊叫告诉我那几名助手已经遭遇不幸。我开始惨叫，不是为自己就要死去，而是为自己犯下的错误。盘古，拥有神的力量但却是白痴的盘古，会怎样对待这个他也许用一根手指就能毁灭的世界？这是个何等可怕的问题啊，我竟然对答案一无所知。这时，一股力量击中了我的后脑，眼前一片晕眩。

谁在唱歌？这么好听，很熟的调子，没有歌词。简单到极点，也美到极点。

我醒了。楚琴正温柔地抚摸着盘古的脸庞，一种动人至深的光泽在她的眉宇间浮现。她的口唇微张，优美的旋律回荡四周。刹那间，我有种想流泪的感觉，我明白正是楚琴非凡的智慧拯救了我以及这个世界——除了母亲的摇篮曲之外，还有什么能使一个婴儿平静？

"为什么救我？你们看到了，我是另一战壕的人……"我轻轻叹道。

天石笑嘻嘻地止住我，"我只知道你开枪救了我儿子。再说我们太了解你了，你就算想坏也很有限，因为你缺乏某些必要的素质。"

我看着他和楚琴，"可我不能原谅自己。同时……我也没有勇气离开那个世界。也许，我们又该分别了，就像十年前一样。"

7.

我直接找到联盟主席哈默教授，虽然我不能成为天石与楚琴的合作者,但我希望能尽量帮助他们。哈默听完我的陈词后很是震惊,然后,他宣布要召开一次会议。

我在会场外等待了两个小时,然后听到了哈默的结论,他说:"请转告他们,所有的委员都认为这仅是一种假说,并且如果实施他们的方案,还会给现在的人们带来危险。此外最重要的是,即使假说成立,受到毁灭威胁的只是一百八十亿年后的生命体,很难说包括人类。我们只对人类的生命负责。"

我心中一阵难过,言语也变得失去控制,我大吼道:"可你知道佛陀吗?你知道佛陀说众生之苦皆我之苦吗?"

哈默愣了一下,然后他厌恶地看了我一眼匆匆离去。

我脚步踉跄地在空无人迹的城市里晃荡,引力失常使得我感觉像在飘。我知道有很多座城市已经在劫难中消失了,死神的灵车正一路狂啸着飞驰。这时,路旁的扬声器传来新闻:"著名物理学家何纵极宣布,目前的宇宙失常状态将于今日结束,这是值得庆贺的日子。"

我开始哀号,直到发不出声,今天正是宇宙平衡点到来的日子,宇宙嬗变导致的异常的确要结束了,可谁会去关心另一场不会结束的劫难将降临在一百八十亿年之后?那是真正的毁灭。而且,这样的毁灭将每隔三百六十亿年发生一次,亿万年的时间即是无数次梦魇般的轮回。

现在我已无处可去,跟随哈默的背影离去的是整个世界。咸涩的泪水流进嘴里令我开始呕吐,我一边吐一边漫无目的地走,末了,我发现自己歪斜的脚印竟然踩出了一个清楚的方向。

陈天石和楚琴在地面上迎接我。"逃兵回来了。"天石过来握住我的手。

我低低地问:"为什么到地面上来?"

"盘古在思考问题,我们不想打搅他。你还不知道,昨天盘古已经掌握了我们所知的全部知识,而现在我们都不知道他在想什么了。"

"他要做什么?"我追问道,"以后的宇宙会是什么样的?"

天石犹豫了一下,"也许盘古可以将宇宙改变成一种进行有限的周期性膨胀与收缩的状态,也就是说,宇宙的收缩不会发展到奇点的程度,而是变成一种类似振荡的行为。到时奇点将会被消灭,当然也就不存在什么大毁灭了。"

我突然问:"那他会不会死?"

天石大笑,"他是神,又怎么会死呢?"

听了他的俏皮话,我却一点都笑不出来。幽默只是一张纸,可以糊住窗户挡风,却堵不住漏水的船,"宇宙半径超过一百八十亿光年,质量无法估计。盘古要改变宇宙的运行规律必定受到难以估计的应力反抗,他会不会死?"

天石的笑声像被斩断般停止了,他望了楚琴一眼后说:"我不知道他会不会死,也不知道他能否成功。以前我们对很多事都很有信心,但这次一点都没有。以至高无上的宇宙为对手,'信心'二字根本就是奢谈。"

他停下来望向我身后,"有人来了。"

几架直升机降落在沙漠上,看到父亲,我便知道上次我犯的错误有多严重了。当时几名助手一定向他报告了基地的位置,否则任何人也无法识破天石与楚琴设下的重重伪装。

父亲摘下护目镜,"久违了,我的好学生。现在想来,你们在我所有学生中都算是最杰出的。怎么,我儿子还和你们在一起?"

天石和楚琴回头望着我,我镇静地说:"你还记得我是你儿子吗?从你想成为宇宙支点的那一刻起,我就不再有父亲了。如果我告诉你天石和楚琴早就发现了宇宙天平,你一定不会相信的。你永远不懂为什么有人甘于受难而不去当上帝,这已经不是科学的范畴了,而是取决于一个人的心灵。"

父亲哑然失笑,"我不知道你在说什么。"

陈天石环顾四周荷枪实弹的士兵,"也许你可以凭借宇宙的运转成为支点,你可以成为永恒,时间空间对你来说将毫无意义,你还会看着你的儿子以及所有人渐次老去,看到三百六十亿年一次的大埋葬,但这些都与你无关,对你丝毫没有影响,因为你已是上帝。也许你有做上帝的天赋,可我没有,最起码,我无力面对我所爱的人在我的永恒生涯中死去。"

天石不再说话,黑发飘扬于风中,楚琴轻轻挽住他的手臂,极尽温柔。我注视着他们,想象不出世上还有谁能在这样的时刻显露出温柔,同时,我也不知道温柔至此的人还会惧怕什么。

父亲突然用力鼓掌,语气中竟然充满欣赏,"我一直资助你们的研究,也许有利用的念头,但我知道这里面也有惺惺相惜,只可惜我们的路太不同了,如果你有一个保留了十年的心愿再过几个小时就要实现的话,你会不会改变主意?"

我立刻意识到有什么事情将会发生了,但我还来不及喊出一声,士兵们已经开火了,激光炮揭开了地表,一个大坑显露出来,已经可以看见基地的金属外壳。天石和楚琴开始奔跑,他们脸上的神色告诉我,他们并非想挽救基地,而是想保护他们的孩子。他们刚跑到坑边,便被爆炸抛向空中,听到他们落地的响声,我便知道这个故事已经接近尾声了。

8.

天石已不能说话,血从他的嘴角淌下来。依照他的眼神示意,我把他抱到楚琴身边。父亲微微摇头,"为何如此?我知道你们认为正义在你们那边,其实这是一个错误。你们是少有的天才,但却事事不顺,我来告诉你们原因,你们马上就会知道。"

他说完话,便传来了渐近的喧嚣,片刻之后,我们已被望不见边的人群包围。无数的垃圾连同咒骂向我们铺天盖地飞了过来,我拼尽全力想要护住天石和楚琴,但我的肩膀太窄了,挡不住那些仇恨。一块碎石打中楚琴的额头,她发出痛苦的呻吟。

"你在干什么?"我愤怒地大吼道。

"别瞪我,我没叫他们来,我只是告诉他们,有人为了一百八十亿年后与他们毫不相干的一些玩意儿拿现在冒险。"

"可你知道,就算他们失败,损失也很有限,相比于宇宙末日的毁灭,那根本不算什么。"

"你又错怪我了,我阐明过这一点。可人之十伤怎比我之一伤。"

我懂他的意思了,刹那间,我有种顿悟的感觉。天石和楚琴实在大错特错了,他们的悲剧从一开始便已注定,神话已经不在,而他们依然徒劳地坚守,欲望编织的世界哪里容得下神话的存在呢?

父亲又摇摇头,"离开他们吧,我控制不了人群。"

我听出了他的意思,然而我忍不住大笑起来,眼泪都笑出来了。之后有无数的重物击中了我,但我依然大笑着。

这时,一切突然停止下来。震耳欲聋的声音从地底传来。不远处的地表开始翻腾又急速陷落,片刻之间,球形基地已耸入云霄,矗立在天地之间,如一枚巨大的卵。

卵破裂开,一个孤独的巨人显露出来,眼中竟然浮现着隐隐的悲伤。如果说几天之前他还只是个胎儿,那么现在,他已经站在了古往今来任何人都无法企及的高度上了,天才的灵与肉连同一百二十亿年时间的造化,这就是盘古。

他一动不动,他在等待,等待一个将成为传奇的壮丽时刻。

"盘古……"是楚琴的声音,我垫高她的头让她看清楚。一抹微笑在她苍白如纸的脸上绽开,竟然美得刺目,"我看到神话了,对吧?"

我用力点点头,"是的,看到了。"

楚琴的眼神变得飘忽,"我在想……也许我们应该完成这个神话。"

我立刻明白了她的意思。盘古,这个千万年来的传说也许是真的。不,它应该是真的!它必须是真的!因为它带着天才的泪水和憧憬,带着佛陀的仁心和苦难。

"带我回去……"楚琴的话没能讲完,她美丽的睫毛已缓缓合拢,我伸出手去阻挡这个令我心碎的结局,但她渐冷的额头证明一切都已属徒劳。我转过头去看天石,他仍然盯着楚琴,但眼中那颗无力淌出的泪珠证明一切都结束了。

我费力地站起身来,心中一片麻木,我,何夕,一个庸人,但这个尘埃般的庸人生命却长过两位天才,仅此一点便令我知晓这个世界上根本就没有公道可言。

我朝着应该走的方向走去,天地间的巨人在等我。身后传来激光发射的声音,但盘古的力场保护了我。我仰头望着盘古,他的眉宇让我想起两位故人。时间不多了,但我忽然发觉不知该如何下达命令。我知道在开天的那一刹那,盘古将化为尘埃,就如同在上古的传说里一样。我的两位故人为了让他在开天的时刻死去而让他诞生,这正是巨人的宿命。

"一号特权者楚琴已删除,二号特权者陈天石已删除。"我说到这里的时候,便看到两颗大得惊人的泪珠自巨人脸上蜿蜒而下,滴落在地,发出清亮的声音。一个初临人世的婴儿在旷野中无声地呜咽,这样的场景令我几乎不能言。"三号特权者何夕,发布特权命令……"

天空已变得鲜红,像是在流血。一种不明来由的空灵之声遥遥传至,震荡着大地苍穹,如同宇宙心有不甘的挣扎声。最后的时刻正在走来……

而那天地间的巨人依然沉静,他一动不动,他在等待。

"盘——古——"他突然仰首向天大声喊出自己的名字,似乎想为这颗星球留下点关于巨人的证据。与此同时,他的身躯开始以不可思议的方式和不可思议的速度飞升,苦难与智慧、泪水与痴心,连同一百二十亿年造化共同凝铸的巨人——在飞升。

战栗中,我跪倒在地,我知道盘古会做什么,我也知道他不会再回来。片刻之后，我和天石、楚琴将从这个现实的年代消失，凭借盘古的力量回到一万年前产生神话的年代里去。这是我下的命令之一，我知道这也是楚琴和天石的心愿，因为那里有断头而战的刑天，有矢志不渝的精卫，有浴火重生的凤凰。现实不能容留的也许神话会容留，现实里只能死去的将在神话里永生。

可怕的闪光在宇宙的某一处飞腾而起，天空大地在刹那间变得雪白。我意识到那件事情发生了，我们的人力胜过了天道。又一道白光划过，我坠入迷雾。

尾　声

我在湘江中游寻找到一处风景绝佳的地方埋葬了天石和楚琴，也许潇湘二妃的歌声会陪伴他们，也许有一天他们会见到治水的大禹路过这里。

现在我只剩下一件事可做了。我用树枝和马尾做了一把琴，然后我开始唱歌。

从黄河到渭河，从山林到平原，我一路唱下去，踏过田畴走过先民的篝火。我一刻不停，我的歌流向四方，先民们同声歌唱：

那个神奇的时刻啊那时有个巨人，那时天地将倾啊那时巨人开天，巨人名叫盘古啊盘古再不回来，天地从此分明啊盘古今在何方……

后来我死了，再后来，我的歌成了传说。

盘古执斧凿以分天地，轻者升而为天，浊者降而为地，自是混沌开矣。

——古书《开辟演绎》

一夜疯狂

1.

2013年1月1日凌晨。中国科学院兰州分院。

秦剑一路小跑,正要踏上大楼前的台阶。

一辆通体乳白的小车飞一般地驶来,缓缓停在楼前。

"嗨!"车上的姑娘从窗户里打了个招呼。

"陈橙!"秦剑惊喜地叫起来,"你怎么知道我在这儿?现在才早上五点!"

"卫星定位又不是什么难事,我就想给你来个突然袭击!"陈橙调皮地晃着头,"我订了两张'冰罗度假村'的旅游券,这个时节那儿基本没什么人,肯定很幽静。我们一起去怎么样?"

"现在不行。"秦剑很郑重地说,"我有非常重要的工作,所以……"

"工作工作!"陈橙委屈地叫道,"你什么时候才能有空啊!不去算了。"说完,她赌气似的发动了车子。

"你现在就去吗?"秦剑大声问道,他当然不会介意,这么久以来,在陈橙面前他一直是好脾气的邻家大哥形象。

车已走远,随风飘来一句:"当然,你忙完了记得来找我。"

秦剑走进控制大厅，立刻感到一种严峻的气氛。分院所有相关领域的研究员全都在场，还有几位专门从北京赶来的专家，这是极其罕见的情形。

"秦剑，就等你了。"院长陈汝南急切地说，"现场资料拿到了吧？"

"现场保护得很好。"秦剑掏出一只小盒，"地点并不偏僻，事件几乎是在众目睽睽之下发生的。这是目击者拍摄的照片。"

他走到图案描微仪前，将小盒放了进去。几秒钟后，对面墙上的屏幕显示出了经过描微处理后的图像。

"椭球形飞碟！"四座响起一片惊叹之声。的确，这种形状的飞碟还是首次见到，它看上去像是一个巨大的橄榄球。参照一下周围的景物，可以看出其横径至少有一百米。虽然经过了处理，但画面还是不很清晰，难以看清更细微的结构。

"啪"的一声，图像消失了。秦剑走到台前讲解道："这次事件发生在二十分钟以前，有三名目击者，他们说被劫持的是一名二十岁左右的女性。搜救人员在附近找到了上一次被劫持的一个十九岁的男性，同前十六个一样，他也疯了，是一种彻底的疯狂，那情形非常可怕。"

秦剑停下来，稳定了一下自己的情绪，接着说道："自昨晚九时许以来，这已经是第十九起劫持事件，分布地点目前已经涉及山西、陕西和甘肃三个省。每隔二十四分钟发生一起，分秒不差，但只有最近这次拍到了现场照片。除了降落荒漠地带的那一次无人可劫以外，其余每次都有一名年轻人被劫持。所有被劫持者都在下一次事件发生时被放回来，但均已处于疯狂状态。在那二十四分钟里，肯定发生了一些极其可怕的事情，但我们却对此一无所知。警方也是一筹莫展，他们迫切需要我们的帮助。"

四座鸦雀无声。大家都感到一场劫难降临了。

几台中型电脑在一旁紧张地运行着，几名研究员正通过它们来计算飞碟的运动轨迹。的确，事件发生的时间实在太有规律，而地点的分布也绝非随机。特别其中一次飞碟降落点是一片无人地带，距最近的居民区不过两公里,实际上,当时有不少人从远处目睹了飞碟降落的一幕,但飞碟最终却不曾劫持人类。这就是说,飞碟一方面如此先进和神奇,另一方面却带有某种奇特的机械性。它似乎是完全按照事先制订的计划执行任务,严格到刻板的程度。

"结果出来了。"计算机专家林钢开口道,"电脑得出了九条可能的轨迹,要最终确定是哪一条,还必须再有两个劫持地点才行。"林钢语气稍顿了一下,"而从轨迹的远期发散来看,它们都是全球性的!"

"那我们现在必须向相关国家发出紧急通知。"陈汝南首先站起来,"我去办这事。林钢,你继续计算轨迹。其他人各司其职。就这样。"

2.

十八名地球人先后在这十九次劫持中沦为牺牲品。他们的资料被一一显示在了屏幕上,他们都是二十岁左右的年轻人。二十岁,正是做梦的年龄,可现在他们却都已疯狂,人生就此毁灭。照片中那一张张脸庞上的青春气息同陈橙何其相似,这更使秦剑感觉到了肩上的责任。

秦剑冥思苦想,为什么劫持者对二十来岁的人特别感兴趣?二十岁的体力?智慧?二十岁……做梦的年龄……啊!难道是"梦",或者说是感情,他们是想研究人类的感情——二十岁正是人的感情最丰富、最纯真的时期。

想到这儿,秦剑几乎叫出声来。但他一向是个谨慎的人,并不轻信自己的直觉。于是,他把被劫持者的资料又重放了一遍,仔细搜寻着突破口。果然,他发现这十八个人的医学体检档案里记录的"脑外波强"全是B级,这在正常人中是最高的了,比例低于千分之一。只有患精神病或妄想症的人才可能达到更高的 A 级。这说明所有被劫持者的感情都是相当强烈而丰富的。

这时,可视电话的屏幕忽闪了一下,现出林钢的头像,"秦剑,打扰一下。"

"什么事?"秦剑本能地感到林钢有了突破。

"第二十次劫持在三分钟前发生了,轨迹已确定,我发到了你的电脑上。"随着林钢的话音,电脑屏幕上显现出一条醒目的红色,在地球的几块大陆上盘旋出诡异的曲线,"一个小时以后,这条线还会穿过本市附近呢。"林钢补充道。

秦剑思索片刻,向电脑发出了指令:"查人:本市市区和市郊人口,'脑外波强'B 级,精神正常。"一秒钟不到,屏幕上便显示出了几百个人名。

"你在做什么?"林钢好奇地问。

"我发现劫持者选定目标跟其脑外波强有关,条件十分苛刻。"

"这么说来,劫持者在本市这一次很可能会扑空。"林钢补充道,"落点是在冰罗度假村附近,但这个时节那里人员稀少。加上你分析的这个原因……"

"你说什么,冰罗度假村?!"秦剑下意识地把目光移到电脑屏幕上。果然,中间有一行显示着:"**陈橙,二十岁,'脑外波强'B 级。**"他的心猛然一沉。

越野车发疯似的摇晃着前进,速度已达极限。电话打过去一直无人接听,秦剑知道陈橙喜欢游泳,现在她很可能正泡在温泉池里做着美妙的白日梦,根本不知道巨大的危险正在袭来,即将吞噬她的人生。秦剑一秒一秒地在心里读着时间,他有些透不过气来,豆大的汗珠不断从额上淌下……

冰罗村一派冷清景象,报时大钟显示着凌晨 6 点 20 分。离预计中的劫持只剩四分钟了。秦剑直奔温泉游泳池。

果然,身着泳装的陈橙正躺在浅水中,脸上满是惬意。

"陈橙——"秦剑高声喊道。

陈橙惊愕地回过头,"秦剑!你怎么来了?"说着便得意起来,"不工作了是不是?我没说错吧,这儿是避暑胜地,眼下真是没有什么人,太宁静了,你一定也会喜欢的。"

秦剑冲到陈橙身旁,不由分说地拉起她就往回跑。

"什么事嘛!"陈橙不满地问,"这么急……"

说到这儿,她突然停住了脚步。不仅陈橙,秦剑也停下了。他知道,一切都太迟了。

因为,在斜上方的天空中突然出现了一个通体橘红的橄榄形发光体,带着神秘、怪异的气氛。一束光射下来,将他们罩住了……

秦剑觉得身体越来越轻,越来越轻,轻得几乎没有了一点重量。眼前闪现着一些混乱的光环,不时爆出几点耀目的斑块,他感到自己在飘,在飘,却又不知身在何处……

3.

一段恍惚的时光,一段莫名其妙的时光。不知过了多久,秦剑才从迷乱中渐渐清醒。他发现自己躺在一间半球形的房间里,身体轻飘飘的。

秦剑掏出一把钥匙,松手任其自由落下,钥匙下落的速度同在地球上大致是一样的。这就怪了,既然此地的模拟重力加速度接近于地球表面,何以会觉得体重只有平时的几十分之一呢?难道,体重的减轻是由于——质量消失?

"这不可能——"秦剑喃喃自语,脑海里迅速闪出了爱因斯坦质速方程。

"……失去质量，运动质量小于静止质量……唯一的可能是当前速度的平方是个负数，也就是说，速度必须是一个虚数，天哪，虚值的速度！"想到这里，秦剑一时竟"震"住了，地球上任何伟大的科学天才都无法解释的现象就发生在眼前，这强大的冲击波使得秦剑的思想顷刻间处于了另一种"失重"状态。

然而秦剑无暇细想，因为他发现房间里只有自己一个人。陈橙呢？她在哪儿？秦剑不安地想。他打量着这间半球形的房子，觉得它仿佛是个容器。然而这"容器"衔接得太紧密了，根本找不到什么缝隙。秦剑不假思索地抽出了激光枪。"容器"被割开了，显出一条闪烁着荧荧蓝光的走廊，秦剑一头冲了出去，他身后的切口很快便自动愈合如初。

在走廊尽头一间充斥着各种仪器运行声的屋子里，秦剑终于见到了陈橙。她躺在一座平台上，昏迷着，周围站着几个"人"，他们的头上都长有一对触角。秦剑不顾一切地闯了进去，一把握住了陈橙的手——然而，他感到自己握住的仿佛是一块冰。难道陈橙已经……

"不——"秦剑连声呼喊，"陈橙……你怎么了……你快醒醒啊……陈橙……"滚烫的眼泪不受控制地流下来，滴在陈橙的脸上。

一旁的几个"人"显然没有料到这种局面，以至于有几分不知所措，他们头上的触角频频摆动起来，互相触碰着。每一次触碰都伴随着闪烁的淡淡蓝光。

然后，他们似乎达成了某种默契，触角停止了摆动。其中一个"人"举起一件武器样的器物对准秦剑的后背。就在这个时候，室内却突然安静下来，所有的声音都消失了，只留下荒原般的沉寂。

那几个"人"似乎感到了什么，默默地往后退去。

秦剑也察觉到了变化，他抬起头来。与此同时，一侧的墙无声地分开了，外面又是一条蓝幽幽的走廊。走廊的尽头显出耀眼的光芒，仿佛那里放置着一只璀璨的水晶球。秦剑感到惊讶，但他此时绝无一丝探奇的心情，因为陈橙还生死未卜。

忽然,秦剑听到,不,是"感觉"到了一个冰冷的声音:进来——地球人。显然,这个进来指的是那条通道。

"心灵感应?"秦剑暗暗思索。他看看那条通道,"可是陈橙……"

不必担心,她很安全。又是那"声音"。

仿佛为了印证这"话",秦剑感到陈橙的手渐渐温暖,血色从她苍白的面庞上慢慢显露出来。生命的气息正一点一点回到陈橙身上,秦剑不禁满心欢喜。

终于,陈橙悠长地"嗯"了一声,睁开了眼。

"秦剑——"她撑起身体,拉住秦剑的胳膊,"这是哪儿?我们怎么在这儿?"

"我们——"秦剑如释重负地拭着汗,"在飞碟上。"

进来——地球人。

陈橙怔了一下,显然,她也"感觉"到了。她吃惊地望着秦剑,似乎想询问什么。

"没什么,"秦剑冲她露出一个不太真实的笑容,"有我呢。"

进来——地球人。

4.

秦剑不再犹豫,他紧紧搂住陈橙的后背,似乎想给她增加些勇气。他感到陈橙的身躯在微微发颤,于是心里油然升起一股男子汉的气魄,那是一种与生俱来的保护感、责任感,这感觉古老、原始而永恒。然后,他们一起走进了那条神秘的走廊,向着远处那点耀目的光芒走去。前途的莫测像一块巨石沉沉地压在秦剑心上,使得他的脚步也沉甸甸的了……

四周的蓝光渐渐弱下去,快到出口了。秦剑不由得感到一阵莫名的紧张,他深深地吸口气,使自己平静下来。然后,他转过身面对着陈橙,静静地凝视着她的眼。无声无息,然而个中何止万语千言。或许,这就是诀别了。陈橙仰起脸来,泪水在她的眼里莹莹闪动,这哀婉的神态赋予她一种不可抗拒的美丽,那可以说是绝世的。

秦剑顿住了,因为这样的哀婉。然后他的头慢慢俯下去,俯下去,轻轻地吻住了她。在宇宙里,在另一个时空中……

一段如痴如醉的时光,一段逝去也是永远的时光。秦剑几乎忘了一切的一切,在这一刻,邻家大哥终于破茧为蝶成为恋人。这是他们的初吻,是人生的第一杯美酒,然而也可能是最后一杯了。耳鬓厮磨,吻化了泪与眼、海与天。它无与伦比地美好、圣洁,却又带着几分悲壮……

然而秦剑还是渐渐清醒过来,他抬起头,重又揽住陈橙的肩,相依相偎着迈出最后一步。尽管谁也不知道前面究竟是天堂,还是——坟墓……

面前是间空旷的屋子,四周的"墙"亮得刺眼。在如此强的光线下,秦剑眼前只是白茫茫的一片,什么也看不清。他正想说明自己的不适应,光线却自动暗下去了,想来又是那个冥冥中的"人"所为。

一个披着白纱的女人远远地站在墙边,她头上戴着一个亮闪闪的环,脸上毫无表情,僵硬得像块冰。

"你是第一个与我见面的地球人。"她先开口,两眼只看着秦剑,仿佛陈橙不存在一样。

"那么——请你告诉我,这是幸运还是不幸?"秦剑直视着对方问道。

"这很难预料,以后的事好比'克玛罗变数'。"她偏过头,似乎不愿和秦剑正视。

然而就在正视的瞬间,秦剑发现那高深莫测的眼底深处闪过一抹莹蓝,就像先前通道中的金属光泽一样。

"莫非她只是外星人制造的机器人?"秦剑暗忖。

"你错了,我不是机器人。你刚才看到的头上有触角的才是机器人。我叫卡琳。"她转过头,不再躲避秦剑的目光,此时可以更清楚地看到那抹蓝光。

"但是——"她接着说,"你也并非全错。你具有非常敏锐的洞察力和分析力。你实在是个非常优秀的地球人。"

尽管此时卡琳是在夸奖秦剑,但话语中却依然没有一点热度,而秦剑倒是有几分不安了。

"我将向你提出一些非常重要的问题。"卡琳接着说,"这不仅因为你的优秀,更因为你和这个地球人之间的举动令我们很感兴趣。"

说到这儿,她瞟了一眼陈橙,"比如在'离解室'里,你的眼里流出了某种液体,那是什么东西? 还有刚才在通道里,你们在做什么?"

"你……你怎么可以偷看我们?"陈橙羞恼地嚷起来,"你不可以这样!"

"这要怪你们自己。"卡琳说,"如果愿意,我的视线可以穿透这飞船上的一切,那些墙——只能挡住你们。"

"你们是否想——研究人类的感情?"秦剑审慎地问。

"你实在不凡。"她冷冷地说道,"研究的目的是拯救我们自己。"

5.

拯救?! 秦剑几乎以为自己听错了。如此先进的生物怎会需要靠地球人来拯救? 他顿时如坠迷雾。

"我们来自克玛罗星,也就是地球人命名为'LB-0140'的星球……"

"可是——"秦剑不胜惊讶地说,"观测分析表明,'LB-0140'几乎全部是由各类金属构成的,而且平均温度达500摄氏度以上,环境条件比太阳系的水星还恶劣,怎么可能产生生物?"

"我们的确来自克玛罗星,实际上,克玛罗星所有的生物都是由金属构成的,终有一天你们会明白生命并不挑剔物质。你现在看到的'我'已经过改造,我本身很小,可以装在现在的'头'里。"

"但是,'拯救'是指什么呢?"秦剑插入一句。

"金属的有序化、晶格分布以及其他一些良好的性能使得我们的进化相当迅速。我们具有远胜于你们碳基生物的记忆力、分析力、逻辑判断力等。但与此同时,我们不得不接受两大缺陷。"

卡琳顿了一下,接着说道:"我并不完全清楚'机械性'在地球上的确切内涵,但用这个词却可以描述我们的一个缺陷。这其实是由我们的金属本质决定的。好在随着进化的完善,我们正逐渐弥补和克服这一缺陷,前景并不坏。但是,我们的另一缺陷却是自身无法弥补——或者说来不及弥补的。"卡琳的语气越发冰冷,"不知是由于金属本质还是进化过于迅速,总之,我们的进化漏掉了或者是基本上漏掉了一个环节,那就是——情感。"

原来如此,怪不得她的声音冰冷而机械,并且没有任何表情。

"在我们还很弱小的时候,生存的本能使我们聚集在了一起。在我们长达五百个地球年的寿命中,交配繁衍也仅仅是一种义务,只是为了求得种族延续,足以抵抗外星球的入侵。这些都完全出于本能需要,而不是地球人患难与共、生死相依的感情。然而到了现在,到了强大的力量足以使我们中的一个'人'便可控制一颗星球的时候,这种靠本能来维系的种族关系面临着严峻的考验,目前的克玛罗星成了一个随时可能分裂的生物团。我们的种族一旦分裂,必然造成科技的停滞和文化的衰落,最终使整个克玛罗种族遭到淘汰,并走向灭亡。"

卡琳叹了口气,正要继续说下去,秦剑却突然问道:"但是你能叹气,怎么说没有感情?"

"你有敏锐的洞察力。"卡琳并无意外,"我说过,我们的进化是基本上漏掉了一个环节,并非绝对。克玛罗人中有极少数进化到了有感情的地步,其中也包括我。但这其实不能叫感情,只能称之为类感情磁电脉冲。这种原始的感情使我们中的极少数人隐隐觉察到了威胁的存在,并开始寻求解救的办法……"

"于是你们就找到了地球人,因为我们无力反抗可以任由宰割!"秦剑涨红了脸,相当地激动,"你们劫持、杀戮地球人,只为了搞你们的研究!牺牲地球人来拯救你们自己……"

"对此我只能说抱歉——尽管我体会不到什么是抱歉。"卡琳很平静,"唯一的办法是破译出'感情密码',用它来对所有克玛罗智慧生物进行改造,使之成为有感情的生命体,从而挽救整个克玛罗种族……"

"你们不是已经有少数生物具有感情了吗?"秦剑再次插入一句,"怎么不用他们来做实验?"

"这行不通。"卡琳摇头,"没有哪种生物能彻底弄懂自身,就如同地球人完全清楚金属的结构,却未能明了人脑的思维过程一样。而感情比思维更复杂更微妙,我们只能通过研究别类生物来达到目的。另外,我说过,我们的感情非常原始,根本不能与克玛罗文明相适应。"

卡琳语气平缓却不容置疑,无懈可击,秦剑竟一时语塞。

"我们的实验成功率应该在百分之五十以上,所以本来最多只需要两个地球人就足够了。但由于他们拒绝合作盲目反抗,结果陷于疯狂。"

秦剑想起了那些可怕的疯子,"这是怎么回事?"

"我先讲述一下破译密码的过程。虽然人的感情千差万别,但感情密码却是相同的,只不过在不同的人身上表现各有侧重而已。我们将人的大脑离解至分子水平,在这一阶段破译出密码。随后再重新合成大脑,同时输入先前破译出的密码。如果该地球人的情感状态同离解前相比无明显变化,则说明破译出的密码正确。但由于地球人的不合作,结果在所得密码中,恐惧和敌意的情感因素大大超过了正常状态,而其他的诸多因素则受到抑制。将其输入大脑后,脑中即充满了敌意和恐惧的信号,也因此无法再进行任何正常的思维活动,这其实就是疯狂。"

原来是这样!

"那你们要我做些什么呢?"

"帮助我们。"卡琳说,"我们测出你的理性系数远高于一般人,这足以保证我们的实验不会因你的脆弱而失败。这也是我们经过前面的实验得出的教训:太丰富的感情往往是脆弱的。但我们不勉强你,因为你是地球人中的佼佼者和智慧者。如果实验中出了差错,对地球人来说是一个损失。所以,如果你不愿意,你可以和你的同伴一起返回地球。但我们的实验必须继续下去,只要不断改进,我们终会成功的。"卡琳直视着秦剑,"你现在需要做的就是回答我,你愿意吗?"

"我……愿意。"秦剑答道,语调从容而坚定。其实,他也不很清楚自己为什么要这样选择。或许是因为同情,或许是为了阻止一个星球的分裂与侵略行为,或许是为了别的地球人不再被劫持,或许是想解救那些可怜的疯狂者……但不管怎样,他既然这样回答,也就必须这样去做了。

"那你跟我来。"卡琳说完便转过身去,"出于慎重,这次的实验不再交给机器人,而是由我亲自操作。"

这时,陈橙突然抓住秦剑的手臂,声音里带着哭腔,"你一定要回来……一定。"

秦剑扳住她的肩,"怎么哭丧着脸啊?笑笑。"

"嗯——"陈橙点头,却流泪了。

6.

一条深远的通道,四周静寂无声。或许是因为陈橙的哭泣,使秦剑的心情有点乱。不知怎的,他心里有一种不祥的预感。

"飞行的目的地在哪儿?"秦剑轻声问。

"我们只是在宇宙中画着圆圈,并无目的地。"

"为什么?"秦剑大感困惑。

"我们以地球人所认为的虚值速率60ic飞行,也可以说我们的速度是光速的60倍虚值,目的是产生反时空效应,飞船上的时间流速是外面的60倍。飞船上经过了二十四个小时,外部世界实际上只过去了二十四分钟,这样能节省大量时间。要知道,我们的克玛罗星随时都可能发生种族大分裂。"

座下的小车自动拐进了一条侧廊,温度忽然升高了许多。热浪袭来,带着炙人的力量。

"戴上!"卡琳命令般地递过一个金属环,同她头上的那个一样,"它能阻止热传递。前面有许多我的同类,你知道,我们的体液是熔融的金属。"

秦剑眼前仿佛浮现出了沸腾的金属液,宛如火山喷发时的岩浆。先前那种不祥的预感更强烈了。

眼前是一座平台,两只橙色的椭圆球散发着刺眼的光无声地飘浮过来,盘旋在卡琳的身旁,似乎正与她交流。几秒钟后,一个直径两米左右的银环从天棚上降下来,松松地圈在了秦剑胸部的周围。虽没有任何接触,但秦剑却立刻感觉到一种柔性、缠绵却又极强硬的束缚,他像是被一种场"固定"在了环的中央,绝无动弹一下的可能。然后,环开始带着他一起翻转,达到九十度后停了下来,秦剑也就横着悬在了空中。几秒钟后,一个透明的套子移过来,罩住了他的头。于是,他听到了一种奇异的声音,尖细而又空灵,带着几分梦幻色彩。他知道这是在催眠。于是,他尽量配合着这声音放松自己,渐渐接近了催眠状态……

就在这时,秦剑看见卡琳取下了头上的金属环,顷刻间,她的身体发生了可怕的变化:肌肉"嗞嗞"地翻卷着;血液以沸腾的姿态向周围飞溅,却又无一例外地在空中化为了焦臭的气体;一团阴惨的火焰渐渐燃起,渐渐转旺,并以宛如疯狂的姿势跳起了死亡之舞。

一只橙黄色的"橄榄球"出现在原来卡琳头部的位置,她变回了"原形"。

太可怕了!一具活生生的肌体就这样化为灰烬。秦剑感觉到一种不可抑制的恐惧和恶心。这种感受彻底摧垮了他多年科学工作所培养的镇定和从容。秦剑的身躯开始颤抖,他想逃,他大声地狂叫,他有种大祸临头的感觉。

预示警情的红灯亮起。

注意平衡你的情绪,这样太危险。秦剑又感觉到了他所熟悉的意念,但不再是卡琳,而是那只橙色"橄榄球"发出的,实验的程序已按时间之"矢"排定,要提前终止实验,就必须逆转时间,也就是必须克服一个无限大的熵垒,这一点我们目前还做不到。

但是,照目前的情形继续下去——秦剑不由得想起了那些疯子:狂乱的眼神,毫无人性的面庞。太可怕了!自己不也快成那种样子了吗?

还有陈橙,她以后会怎样?有回地球的可能吗?没有了自己她会幸福吗?

秦剑的思绪渐渐飘散开去,对陈橙的关切盖过了所有的一切。她的笑靥、娇媚、调皮、小心眼,都是那样的可爱。还有他俩共度的那些刻骨铭心的时光,那些用心的誓言熔铸的时光,那些除了美好还是美好的时光……

所有的一切都是如此自然。自然得仿佛是命中注定。生与死,存与灭,这些残酷的问题似乎都消失了,秦剑完全沉浸到了最美好、最可珍贵的情感之中。

"陈橙——"他低声喊道。然后就是黑暗,什么也不知道了的黑暗,宇宙的万物都隐去了,冻结成万载寒冰。只剩下一片虚无原始的混沌,纱纱冥冥,无边无际……如同死亡。

7.

同一时间,克玛罗星球。

这是一个金属的世界。星球的外壳上附满了奇形怪状的文明产物,在三颗太阳的照耀下泛起刺目的光芒。没有花木也没有鸟兽,甚至没有微生物。很久以前,这些"与我们争夺生存空间的无用东西"已被无情地消灭了。在这里,到处是奔涌的车流,车与车之间永远保持着毫不相干的姿态。没有朋友,没有爱人,大家都聪明而理智地独来独往,仿佛"他人即是地狱"。

三颗太阳加上由于星体庞大而产生的地心热核反应,使得这颗星球滚烫如火。然而,它不也具有寒冷如冰的一面吗?而且是那种彻骨蚀心的人际间的寒冷。这样下去,总有一天全部生命都会被冻死的。

此刻,全星球最高的建筑——全星通信塔的尖顶上突然亮起了刺目的紫光,这意味着有极其重要的节目向全星球播出。所有的量子通信卫星都已准备就绪。

……

秦剑猛地睁开眼——映入眼帘的是陈橙关切的脸庞。

"秦剑,你醒了……吓死我了!"陈橙张着小嘴,仿佛还心有余悸。

秦剑伸出手,轻轻抚弄陈橙垂落下来的长发,露出淡淡的笑容,"陈橙,你知道吗?是你救了我。如果不是想起你,我恐怕已经疯了。"

"不是的,我没用,让你一个人去冒险,我……"

"是真的,我现在能够清醒真是因为你。对了,他们呢?实验有结果吗?"秦剑看看四周。这儿已不是实验室,而是刚来时的那个半球形房间。

"卡琳说实验没有成功。"陈橙答道,"我偷听到他们说有个设备早就出了毛病。过一会儿,他们要接着做实验。"

出了毛病？这简直是拿地球人的性命开玩笑啊！这些没有感情的冷血动物！秦剑愤怒了。

透过舷窗向外望去，一片无垠的戈壁正沐浴着明媚的阳光。飞碟又停泊在地球上了，看来克玛罗人的劫持行动仍在继续。

"陈橙，"秦剑下了决心，"我们赶快走！"

从被切开的舷窗跳下去时，陈橙一个踉跄，跌倒在地。飞碟推进器的喷口正对着她的身体。巨大的轰鸣突然响起——飞碟启动了！

秦剑已奔出好几步远，他猛一回头——

"陈橙——"秦剑惊呼一声，随即转身冲向陈橙，也冲向死亡。然后，他一把抱起陈橙，跑到了几十米外一个安全的土包后。几乎与此同时，飞碟的下部喷出了强劲的火柱，烧得大地热浪滚沸。几秒钟后，飞碟腾空而去，留下一片烧成了釉质的红色土地。

命运在这一瞬间显露出了最大的仁慈。

陈橙痴痴地望着秦剑，"你救了我？要是再慢一点，我们都会死的。"

"傻瓜。"秦剑笑了，轻轻拥她入怀，那么温柔，那么怜惜。

"你的心跳得好快。"陈橙的声音低如梦呓。

秦剑心头一阵荡漾。不，现在还不是温存的时候，秦剑强迫自己清醒过来。前途险恶，他们俩乃至整个人类所面对的是一群绝对强大、绝对理智、同时又绝对冷酷无情的对手。

8.

他们凭着太阳辨别方向朝东跋涉，渐渐精疲力竭。荒原里找不到一点食物，更糟的是没有水。

一天一夜之后，陈橙先倒下了。正是上午时分，太阳明晃晃的，刺人眼目，死神已经张开了黑色的羽翼，缓缓逼近。

"陈橙，"秦剑喘息着抱住陈橙，"你一定要坚持住。有句话，你还没听我说过呢。"

"什么话？"陈橙用力睁开眼睛。

"是很古老的一句话，但却是我第一次说。"秦剑停顿了一下，"我爱你。不管怎么样，你都不能放弃。"

陈橙身躯一震，仿佛获得了新的力量，第一次听到恋人最炽烈的表白，也许就是这样的奇妙吧。

突然，秦剑看到不远处有一大蓬葱绿的草，凭经验，他知道下面也许有水源。

他俯下身，一点点艰难地挪过去。然后，一股不知从何而来的气力激励着他扯起了那蓬草，现出下面粗糙硬实的泥土。秦剑用力地挖掘，狂热地重复着单一的动作。指甲裂了，掉了，殷红的血涌出，染红了手上的泥土。

奄奄一息的陈橙转过头，呆呆地看着这一切。

秦剑还在掘土。或许他已经不知道什么叫疼痛。

终于，一丝浑浊的泉水从湿土中缓缓渗出。秦剑忙用手巾捂住细流。

大地是那样吝啬，好久好久，手巾才被浸透。秦剑看着坑底，惨然一笑。他俯身拾起手巾，用肘支地爬到陈橙身边。

"喝，你喝……"秦剑拧动手巾，水一滴滴地落到陈橙焦裂的唇边。水来了，滋润生命延续生命的水来了。陈橙舔着嘴唇，睁开了眼。她痴痴地看着秦剑，吞咽滴滴甘泉。怎么水总滴不尽？水变红了，是血，是秦剑的血顺着手巾流下来了！

"秦剑——"陈橙突然撑起身，不顾一切地投入秦剑的怀中。她的身躯不可抑制地战栗，似乎正被神奇的火焰焚烧。她的脸颊灼热，眼中放出动人的异彩。

"我明白了！我终于知道了！"陈橙用嘶哑的声音喊道，话语中满蕴了笑,也满蕴了哭。

秦剑突然愣住了,他死死地盯着陈橙的眼睛,"你……不是陈橙!"

亿万年仿佛过去,无限的宁静笼罩了一切。

"我……是卡琳。我眼里的蓝光以及防护环都被隐藏起来了,没想到还是被你发现了真相。"随着这句话,四周的戈壁渐渐隐去,太阳、草丛等等也都消失不见,就连秦剑的身体也重新变得轻飘飘的。淡蓝色的墙壁显露出来,原来周围的环境都是克玛罗人在实验室里营造出来的幻象,但滴血的手指和钻心的疼痛告诉秦剑,这一切其实真的发生过。

"你没有流泪。"秦剑喃喃而语,他了解陈橙。

"是的,我骗了你。可是,我终于明白了感情的真谛,我们的星球有救了。"

"怎么会,实验不是失败了吗?"

"其实,感情密码已经破译出来了,实验是成功的。包括我在内的许多克玛罗人已经接受了译码输入。但是,译码没有起到预期的效果。单靠译码,并不能彻底改变亿万年来冰冷的金属世界所给予我们的无情,必须受到有血有肉、生死交织的感情冲击,才能使译码同我们自身的心灵世界融合,才能真正拥有并懂得感情。所幸,现在这个目的达到了。"

"这段时间里曾经发生的一切连同我的亲身感受都传送到了克玛罗星,相信我的族人也受到了与我相同的冲击。我们得救了!译码我们会留给地球人一份,用于治疗那些因为我们的实验陷入疯狂的人。"

"你不该骗我。"秦剑阴沉地说。

"我不是恶意的。"卡琳的声音在颤抖,"希望我们能成为朋友。知道吗?现在我想到家人和朋友时同以前的感觉完全不一样,以前,他们在我心里只是一些不得不依靠的外在力量,而现在我才真正知道他们对我有多重要。拥有情感真是一件美好的事情,从现在开始,我的种族获得了新生。"

9.

大厅。

卡琳已经恢复了本来面目——一只橙色的椭圆球。现在其他的克玛罗人都到飞船的动力舱作返航的准备了。

说再见吧。卡琳再次发出思维传感,但愿还能再见。

"会的。"秦剑肯定地说,他心里也正牵扯着一丝难遣的离愁。

这时,外面的通道上突然传来脚步声和连续不断的呼喊:"秦剑——你在哪儿?"

是陈橙!秦剑一走就是二十多个小时,对恋人的牵挂令她变得异常胆大,竟一个人找了过来。

快锁住大门!这里温度太高!卡琳发出传感。

太晚了!感情也会让人犯错,而且往往不可挽回。

门被"哗"地拉开了。

"退回去,陈橙!"秦剑向门猛冲。

炙人的热浪把陈橙的身躯掀翻在地。与此同时,奔跑中的秦剑一把取下了头上的防护环。他要把环戴到陈橙的头上,他要救她,用自己的命救她。

烈火即将燃起……

突然,一道银亮的液柱从顶壁上倾泻而下,在半空中迅速化为无色的气体,"滋滋"的喷涌声裂人肝胆。

秦剑扶起躺在地上的陈橙,这才陡然觉得房间里一片清凉。怎么回事?

一只黑色的椭圆球静静地躺在控制台上。难道,这是卡琳?

"卡琳,是你吗?"秦剑奔过去,试探着问。

是……我……卡琳传感的声音此时变得如游丝般细弱,我打开了……液氮喷口……降温,只是,没戴防护环,我不能承受低温……我的血凝固了……

"为什么,卡琳?你为什么这么做?"秦剑心如刀绞。

我们……是朋友,对吧?从你的身上……我懂得了……世间真挚的感情是需要奉献点什么的……你说,我这样想……对不对?卡琳的思维传感越来越微弱,她的身躯也越来越冷,渐渐成为一块冰凉的黑色金属,仿佛石头。

卡琳死了,她刚刚懂得什么叫情感,便为之付出了如此之大的牺牲。秦剑突然痛恨自己,痛恨自己让她懂得了情感。哥白尼提出日心说,烧死的却是布鲁诺;布道的是自己,而殉道的却是卡琳。世界上为什么总是充满这样的悲剧?

卡琳安静地躺着,没有了热,没有了光,如一颗黑色的星星。

尾 声

依然静悄悄的草地,小鸟开始唱早起后的第一支歌。秦剑和陈橙又站在了"冰罗度假村"的温泉小径上。飞船离去了,消失在目不可及的远方。

秦剑双手捧起一只小盒,很不起眼的小盒。但里面却储存着他在生与死之间几番来回的代价——感情译码,有了它,世上从此将不再有疯子……

度假村的报时大钟显示着1月1日6点48分,从第一次劫持事件发生到现在，已经经历了一个晚上。地球在一夜疯狂之后重新回到了它本来的轨道上，好像什么都不曾发生过……

秦剑看着自己超前了二十三小时又十二分钟的表，不置可否地摇摇头。

这就是反时空效应吧——他想。

陈橙却不解，她正望着钟上的日期发怔。

"相信吗？"秦剑问。

陈橙转过头，脸上是不可思议的表情。

"别研究了。"秦剑岔开话题，他指着东方，"看——太阳。"

真的，太阳升起来了。透过树叶的缝隙，在草地上洒下斑驳的光影，使得空气中也带上了一种挺好闻的气息。

"昨天的太阳。"陈橙低语。

秦剑仰望着吐露晨曦的天空，他又想到了卡琳，他永远都忘不了她。他转过头，发现陈橙也正看着自己，眼中闪烁着同样的光芒。这一生，他们将共同拥有为卡琳所筑的心碑。

按照克玛罗人的习俗，卡琳的躯体被送入了茫茫太空，成为一颗小小的星星。她曾经有五百年的时间活在无情无欲的世界，她也曾经在几个小时里体悟到人间美好的真情。但一切都已经过去了，现在她只是一颗星星，在空漠而永恒的宇宙里——孤独地流浪。

光 恋

1.

无尽的宇宙扑面而来,满天恒星在这种跃迁式的相对运动中连接成了恢宏的亮带,那些颗粒再也不复清晰。

"移越光速。"吴明的声音里浸满了紧张,"倒计时开始。"

红色的数字亮起:60,59……

我狠狠攥住拳头,等待着命运裁决的一瞬。现在我们已达到0.9C的准光速态,下一步,将是个质变的历程。如果成功,那将给科学界带来一场革命。当然,如果失败,我们的小命也就立即"革"掉了。

按照传统的观点,世上没有任何东西能作超越光速的运动,而我的老师肯卡教授却是传统的挑战者,他坚持认为有超光速的快子世界存在。不幸的是,他没能扳过传统——在三年前的一次学术大会上,他被众多反对者撕破了脸皮,而后便当场跳下大楼,摔碎了一向令他自豪的大大的脑袋瓜子。

我和吴明算是肯卡教授的死党了(在他死后还在硬撑呢),忠心耿耿却没得好报。生活穷困潦倒不说,还欠了一屁股债务来建造这艘跃迁飞船。从这点考虑,不成功便成仁也并非坏事,免得让这笔阎王债压得子子孙孙不能翻身。

"39,38……"

"何夕。"吴明叫我,一张瘦脸大汗淋漓,"要是你单独活下来了,一定要记得把我的事记下来告诉所有人。"

"都说几十遍了。"我笑道,"要是我也死了可就没法了。"

"总之你记着。"他很认真。

我转过头,瞟了眼舷窗外的一只小球,那是联络耦合仪。一旦我们跃入了快子世界(姑且这么乐观一回吧),那玩意儿会被留在"这边",我们可以通过它和一台收音器知道"这边"的事,同时也可以通过它向全世界宣布我们的壮举。到那时,肯卡教授如果在天有灵,必定会昂起较常人大得多的头颅放声大笑。

"3,2,1,0……"

2.

烟云,千奇百怪的烟云,远的近的,浓的淡的,如山如絮,如江如海……怎么四周都笼罩着这无际无边的苍茫?极远极远的高处,悬着一颗耀眼的白星,寂寂不动,皎皎无尘。

仿佛梦境。

可这不是梦,我真切地感到身躯正浮在半空,并隐隐作痛,可我是怎么到这个鬼地方的呢?

3,2,1,0……吴明在嘶喊:"妈呀!"我想起来了,我们在作一次实验飞行。可飞船呢?吴明呢?怎么就剩下我一个人了?难道这儿便是令肯卡教授以身相殉的快子世界?不像啊!快子世界里一切物体的运动速度都超过光速,而且,获得的能量越高,速度便越慢。同时,那儿还应该有星球、有生命,绝不是这副死气沉沉的模样。

我再次环顾四周，只见几块飞船的残骸就在不远处。

"吴明——"我高声喊道，回声空幻。

看来世上又多了个为快子殉情的人！而不久以后还会多一个——那就是我。这地方除了坚硬的云状物外什么也没有，我肯定是在劫难逃了。老实讲，这里云雾掩映有如仙域，我能死在这儿应该算是老天爷的恩赐。可他老人家这次实在不长眼，我这号凡夫俗子哪里配得上这么好的死法？我要么该死在花前月下，要么就该死在酒池肉林，总之是不得好死才对嘛……

"哎，你！"一声清脆如银铃的呼喊打断了我的胡思乱想。

我转过头，蛮有把握会看到什么怪物——在这鬼地方除了鬼之外还能期望别的吗？但是，我看到了仙子！是的，真是仙子！

她轻悠悠地飘荡在十多米外的空中，满头蓝发飘扬，素白的衣衫与烟云忽分忽合，看上去就如同一片纤尘不染舒卷自如的云。她就那么荡来荡去，秀美的脸上带着非人世所有的清纯。也许她的确是云，是云的精灵。

"你……叫我？"我纯属多余地问道。

"你听懂了！"她高兴地拍手，"你昏迷的时候说了很多胡话，我就照着学，波波帮了我不少忙。我真担心你听不懂。"

"波波是谁？"

"我的伴儿呗，"她调皮地晃晃头，"波波找出了你的语言规律，我很快就学会了。"

"这儿是什么地方？"我急不可耐地问道。

"我不知道。"

完了，我大概是注定要死个不明不白了，家、亲人，还有刚相识两个月的女友薇妮……真的就永别了？一切！我的世界的一切！

"完了，完了！"我旁若无人地大吼起来。

"完了是什么意思？"仙子探究地问，"是指没有希望吗？"

"完了就是完了！"我没好气地白了她一眼。

"知道吗?"她轻轻开口道,大眼睛里光泽照人,"我差不多从生下来起便一直在这儿度过,波波是我唯一的伙伴。"

从生下来?而且就一个伴儿?天,要换了我早就憋疯了。

"可我从没放弃过。我一直盼望能回到我的家乡。波波说过,那是个很美的地方……"

"汪汪!"一只灰毛小狗不知从什么地方突然钻了出来,它拨动着空气"游"到了仙子的怀中,四爪轻刨逗人喜爱。

"别调皮,波波。"她抚弄着小狗的毛。

"怎么……波波……我还以为是个人。"

"它是只机器狗,可聪明了,教我说话、学习。可惜后来为了帮助我,它把自己的语言芯片植入了我的语言中枢,从此它便只能说'汪汪'了。"

"你叫什么名字?"

"波波一直叫我'汪汪',这就算我的名字吧。你呢?"

"我叫何夕。"

她顿了一下,恍然大悟地叫道:"哎呀,你肯定饿了吧?离你不远处有泉眼,旁边生长着很多可以吃的植物,有的味道很不错。"

我环顾四周,"你能过来带下路吗?我又不是坏人,你用不着离我这么远的。"

"什么是坏人?"汪汪不解地问,脸上一片天真,"我不大懂你的话。我只是去不了你那边。"

"为什么?"

"我不知道。"她郑重其事地说。

又一声"不知道"!她是不是对这三个字特别偏爱?

"别开玩笑了,我们之间什么障碍也没有嘛!"

"总之我过不去,要不你来试试看,小心点哦!"

"没事儿。"我暗自好笑地推了下身旁的一片云,反作用力使我迅速地向她飘去,"瞧,这不是过来了?"

我只得意了一秒钟便哑口无言。一股巨大的无形弹力撞得我眼冒金星双耳轰鸣,而且一阵窒息。

"我说过不行嘛。"她并不意外,"我从没去过你那边,这儿像是有堵墙。我和波波都过不去,但是那些像云一样的东西却可以穿过去。"

墙?我可不这么认为,这几年浸淫于高能物理学研究还是让我多少有了点造诣。我知道自己是被一种场力推过来的,换言之,这堵"墙"其实是某种场。

我翻过身,"游"向那几块飞船残骸。飞船只是解体了,上面的许多宝贝都完好无损,不过飞船的前半截怎么也找不到了。

说实话,我现在这么忙活纯粹是研究习惯所致,反正被判了无期徒刑,而且又胆小如鼠不敢"自绝于人民",找点事干总是好的。

"但愿能行。"我嘟哝着接好最后一根导线。

液晶板上显出字迹:

  性质:类磁场

  强度:∞ 特斯拉

  内能:∞ 焦耳

  状态:光速平动

不可思议!这堵无形墙的属性太离奇了!那两个"∞"符号表明仪表的量程已被大大超过,可这些仪表是我们为研究超高能快子而专门设计的,就算一颗恒星的全部核聚变能也达不到量程的十分之一。

这个结果差点让我背过气去。

"你也觉得奇怪吧?"汪汪接着说,"这堵墙大极了,不管我怎么走也绕不过它。"

"说不定,"我喃喃地说,"我将因此成名……"

"成名?"她问,"是一种好看的花吗?"

我语塞,叫我怎么跟这样一个在绝域中长大的女孩说呢?

半晌,我终于老实答道:"成名不是花,也不好看。"

"那它有什么好的?"她的眼睛明如秋水纤尘不染,"我只知道花是好的,对了,还有星星。这是波波告诉我的。我真想有一天能够出去,亲眼看到花和星星。"

说到这儿,她的声音里已满是憧憬,脸上也有了淡淡的愁意。

我一下子被感动了,就因为这一抹愁意。当世上的无数人为了名利而衣食不宁干尽龌龊之事的时候,却有这么个袅娜的女孩遗世独立,为花和星星犯愁,一种原本潜藏极深的感觉从我心里温柔地升腾起来,陌生而久违。

不久我就发现,此刻的感动实在太傻,也太不应该。

3.

一晃便是两天(这里没有日月轮回,我是从手表上知道时间的)。

白星在上,我借着它的光芒四处游荡。云的苍穹,云的大地,云的山川湖海,这种质地坚实的东西盘根错节,构筑了一个瑰丽的奇幻世界。大气中氧的比例比地球稍低一些,但只要不作剧烈运动也已足够。此地的重力加速度其实并不为零,而是相当于地球表面的四十分之一,只能说近似于失重。但那些云似乎完全不受重力影响,一直自由地随处飘荡,波波平时最喜欢的就是驾着云到处飘游。一些紫褐色的植物团聚在水源附近生长,这是我们的食物来源。

的确,这番游历让我领略了无数风景奇观,但也让我彻底失望了。我不仅没有找到出去的办法,甚至连这里是什么地方也不知道。在我看过的所有教科书、专著甚至包括志异杂志中都找不着这地方的影子,这地方是不该有的,是个不可能存在的虚无之境。可是,我知道自己不是虚无的,我他妈可是个有骨头有肉的真家伙!

我要出去!我在心中千万次地狂喊。当然,顺便把仙子姑娘也捎上,不为别的,就为——花和星星。

此刻,我赤足蓬头仙态十足地躺在云堆里,打开收音器解闷儿。联耦仪还在忠实地工作,要不是飞船的前半截找不着了,我一定要无比深情并发自内心地向全世界呼喊一声:救命啊——

一阵噼噼啪啪的噪声之后,我突然听到了一个熟悉的声音:"感谢大家来航天站欢迎我,我很荣幸……"

是——吴明?他没死,而且刚回地球!可这几天他在哪儿?噢,对了,这儿离地球实在太远了,无线电波也得走些日子呢!我听到的该是几天前的节目了。

"吴先生这次历险不是同何夕先生一块儿去的吗?他人呢?"像是记者在采访。

"我们在切换速度的时候误入了一个强引力旋涡的范围……"

"那一定是碰上黑洞了。"另一位声音嘶哑的记者似乎很内行。

"对,当时情形万分危急,飞船几乎被引力撕裂。"

"那就应该立即释放加速粒子,并甩掉一切多余的东西呀。"哑声记者再次表明自己博学多才。

"可是——"吴明的声音哽咽了,"我们正这样做的时候,何夕不小心操作失误,竟将他所在的后舱弹射了出去,再也回不来了……"

我气了个半死。我终于弄明白了——吴明为了逃命把我当包袱甩掉了!

"妈的!"一块"云"被我奋力扔出,直溜溜飞得了无踪迹。

"怎么啦?"汪汪注意到了我的情绪。

"滚开,没你的事!"我发狂地吼道,现在我真想大吼一通,甚至盼望她能发火,跟我大吵一架。

她抬起眼帘,刹那间,眼中的蒙蒙雾气将我裹得严严实实,令我无法动弹。

"对不起。"我低声说道。

汪汪没有说话,只有一朵明艳出尘的笑容在她带泪的脸上漾开。

我忽然觉得心中没有那么恼怒了,她那象征原谅的笑容深深感染了我。忽然,我想起一个问题,这几天我忙着探奇,没顾上问她,"汪汪,你是怎么到这儿的?"

她低下头,如云的头发遮住了她的半边脸庞,"波波告诉我,我的父母带着我进行一次考察飞行,结果遇上了黑洞。"

黑洞!吴明也这样说过,而且,他是根据记录资料来判断的,但我敢肯定,这里绝不是那种由恒星坍缩而成的超密度超引力的黑洞。

"结果我们便到了这里,"她接着说,"飞船撞毁了,爸爸妈妈当时就……是波波照料我长大的。"

我久久无语,这个可爱的姑娘竟然有这么可怜的身世。她才最有资格大吼大骂,最有资格叫什么人"滚开",可她却在含泪微笑,知足而容忍。

老实说,我一向不大喜欢爱哭的女孩子,我总觉得女人的哭和男人的笑一样,在很大程度上和多数场合下都显得不尽真实,可是,面对爱哭爱笑乃至有些悲喜无常的汪汪,我却无论如何都想不到坏处去,那样做除了证明我自己的世故与卑劣外毫无意义。汪汪,这宇宙中千万年岁月里偶然诞生的一朵奇葩,是那么的纯净,恰如一泓碧水、一茎青草,在她面前我自惭形秽。

4.

……黄泉路……奈何桥……鬼门关……扑朔迷离的云境自我身旁或快或慢地掠过。

"黄泉路"之类的地名是我自己取的,这地方既然是世间不该有的虚无之境,我只能暂且先当它是阴间。白星依然冷漠无情地君临一切,仿佛死神的眼睛。

这是一次准备了很久的勘察。是的,我不甘心,我才三十岁啊!

还没享受够世间的灯红酒绿和荣华富贵呢,怎能甘心?我从事快子研究本来就是想出人头地。现在倒好,没成名没成家却成了"仙",没准儿下半辈子就只能在这片仙境中逍遥了。

沉浮,飘游,晕头转向,心力交瘁。出去!这个愿望是那么强烈,支撑着我拖着疲惫的身躯架设一台台仪器,记录一个个数据。

我好累,该歇会儿了,哪怕就几分钟。

昏沉。

……柔滑的肌肤,馨香的长发……惊心动魄的快活……亮光忽闪,怀中人的面孔稍纵即逝,怎么竟是——汪汪?

一个寒战令我陡然清醒,原来是个梦。我怎会做这样的梦?这简直是亵渎。

蓦地,一阵低弱的话语传来:"波波,你说他究竟在干什么呀?是不是和我一样,也在寻找那堵墙上的通道,看能不能……"

汪汪的话忽地停了,仿佛被人窥破了什么。过了一会儿,她似乎觉得不必对守口如瓶的波波保密,终于还是吞吞吐吐地说道:"看能不能和我走到一起来?"

波波盯着星眸如醉、粉靥娇红的主人,使劲地点头。

我完完全全地呆住了。我料不到汪汪竟跟了自己这么远来寻找"通道"(真有通道存在吗?)。这几天要不是靠着从飞船残骸上卸下来的助推器,我怕是早就被往往复复的路程累垮了,而她却是徒步。虽说此地重力很小,但要想穿梭前进,也必须不断地蹬踏以控制方向。

我再也无法沉默了,"汪汪,你……"

她受惊一般回过头来,"你醒了?"

说着话,她试图站起来,却突然皱眉"哎"了一声捂住了脚。我探头一看,她的双脚已经肿胀变形,又青又紫的皮肤上点缀着将破未破的水泡,左后跟上还有大片可怕的淤斑。那是汪汪的脚吗?那是总在烟云缭绕的深处浅笑盈盈的仙子的脚吗?

我蓦地想哭,我真想轻柔地捧起那双脚痛痛快快地大哭一场。

我要去找通道——尽管这并非此次勘察的初衷。我猛然转身走入烟云,我再也不会疲倦了。有一道目光在期待我。

事情渐渐变得明朗。

一切线索都把目标引向了"背景磁场"假说,这是在公元20世纪由宇宙对称论者提出的大胆假说。

我已测出这片世界中的烟云是由……怎么说呢?这种物质奇怪至极,构建它的是一种不显丝毫电性的基本粒子,而且,与一般显中性的中子或中性π介子不同的是,这种物质即使被剥离到夸克层次也不显电性。换言之,这是种绝对纯粹的中性物质,而空气和水等等则和我们世界上的物质没什么区别。

越是研究,我越是冷汗淋漓,我已感到有种让人无比害怕的结论即将产生了。

5.

"何夕,你知道吗?"汪汪突然在远处唤我,"刚才有艘飞船掉进来了,在我这边。"

我忙问:"有伤员吗?"

"只有一个乘务员,已经死了。"她有些难过地说,"是个男的,他到死手里都还紧抓住这个东西。"

她扬起手,似乎是条鸡心项链。

"波波教过我这种文字。"她打开了那枚鸡心,"好漂亮啊。这儿写着'为你去远行,誓做人上人'。"

我猛地想到了薇妮。那天她送我上飞船,一路上千叮咛万嘱咐要我混个人模狗样出来,怕我听不懂,还专门套上几句我们的行话:"如果不这样,我俩的爱情就将处于滚动的暂态不稳定中,并在瞬时加速度作用下整体崩塌……"

"为什么要这样呢?"汪汪眼中波光闪动,"和所爱的人在一起便是幸福,对方是不是人上人有什么关系呢? 我这样想是不是错了?"

"你是对的。"我说。因为我就差点被那些可笑的念头杀死。

"你——"她刚开口便顿住了,眼中一片欣喜,浅浅的红晕浮上了她的脸颊。

不,不要这样看我! 我暗暗低叹,心中再次横亘起那道阴影。

"汪汪,"我面色凝重地喊道,"你走向那堵墙的时候,是不是感觉有一股很大的反弹力,而且呼吸困难?"

"对呀。"她肯定地回答。

我猛然瘫倒在云堆里,这些天我一直在回避,在欺骗自己,但真相总是掩不住的,哪怕它再怎么无情。按照"背景磁墙"假说,宇宙的深处存在一道背景磁辐射,在其作用下,正物质向一方偏转,反物质向另一方偏转,并形成各自的宇宙空间。是的,我的结论是:汪汪是来自反物质世界的人。

这是一个让我何等心酸的结论! 但它是唯一合理的解释。正物质和反物质在磁场里会受到方向相反的力,这是物理学里的一个常识。我们俩在背景磁墙中所受的异向力便是最好的证明。这一切真是太巧合了,我们来自完全不同的宇宙世界,但却具有基本相似的外貌,以我浅显的生物学知识也明白这个概率会有多小,看来以宇宙之大,任何事情都有发生的可能——其实从概率上讲,生命本身就是一个几乎不可能的事件。

可现在让我怎么能正视这一点? 因为这意味着只要我和汪汪稍一接触,便会在一瞬间湮灭为光,留不下一点渣滓!

至此,我可能已获得了自己一生里最伟大的发现,可我宁愿自己发现的只是虚假。

一片缄默,我不再和汪汪说话,一个字也不说。我知道这是唯一理智的做法,不为别的,只因为她太好。

我就此埋头发狂工作，而汪汪则在一旁暗自垂泪。

6.

我上好最后一块芯片，然后双手合十暗暗祈祷，心脏一阵一阵地狂跳。

"波波，"我喊道，"再核算一次，就用上回的数据！"

在波波又蹦又跳的调皮中，表示可行的绿色标志从它身边的荧屏上显现出来。我呼出一口气，抬眼看着那颗明亮的白星。现在一切都好解释了，高速运动的背景磁墙形成了引力旋涡，单从引力上看，它的确类似于通常所说的黑洞，不过这也表明宇宙之中总是充满超出人类想象的事情。宇宙的尽头便是这片烟云状的中性物质区——白星，那是个有进无出的口子，甚至连光也不能逃出去，实际上，像水和空气等等正是亿万年来被它俘获进这片区域的常规物质。在这片中性物质区里，只有云状物能够不受磁墙约束自由往来。

"你——是不是干完了？"汪汪怯生生地开口道，眼里充满渴望。

"嗯。"我点点头，这是几个月来我第一次和她搭腔，反正，一切都将结束了。

"你终于和我说话了。"她几乎有点受宠若惊。

汪汪……我在心中滚过一声叹息。

"不说了，汪汪，我送你回家。"我打开了身旁的共振解析波方台上的开关——这是我几个月忙碌的结果，这段时间我继续从事着自己的快子研究，一股莫名的强大力量激励我朝着目标奋进。通过对中性云物质的研究，我发现这居然可以成为一种超级能源，能提供几乎不受限制的能量。而现在我可以确定自己已经成功了。经过数月的努力，我也查明了现在的方位，现在，我有九成的把握将自己准确送回地球。而且从波波那里，我也知道了汪汪的故乡星球所在，现在该是我们回家的时候了。

"回——家？"她吃惊地瞪大了双眼，"那你呢，陪我一起走吗？"

陪你一起走？要是可能，我会不顾一切随你而去。我多么想陪你去看花和星星啊！

我怔怔地站立着，那一瞬仿佛有无数世纪那么长，没有话语，只有祝福的眼神和无泪的哭泣。

"不！"我小声清晰地说，死死咬住下唇，而后我尝到了生命中的第一滴情血，腥而涩。

"那我不回家。"她急了，满头蓝发颤抖不已。

"回家吧，"我拼命地"微笑"着说，"那儿有好看的花和星星……"

"我不要那些。"泪水在汪汪脸上滑落，"我只要……和你在一起。"

我陡然觉得全身血液喷薄而出。

我别过脸，忍着撕心裂肺的痛楚将倒数计时器启动了。一分钟后，强劲的共振解析波便会将我和她转换为快子波——只有超光速的快子才能够挣脱出口处强大引力的吸引而逃逸出去，等到我们在各自的世界里还原之后，我们便永远无缘相见……

"不要啊！我求求你！"汪汪的声音已近于哀号，"就让我和你在一起吧……我哪儿也不去……不去！"

20，19，18……

我终于忍不住回头看着她，看着我的汪汪。她正在徒劳地抓扯踢蹬那堵无形的墙……

别了。我在心头低喊，蓦地，一句话冲出了我的喉咙，要是不说出这句话，我这一生都无法释怀。

"汪汪，我——"

我没能说完。时间已到。

晕眩。

7.

刚苏醒,我便被曾经梦寐以求的一切包围了。我是有史以来第一个从背景磁墙旋涡中生还的人,因此,我现在嘴巴中吐出的任何一个字都是不容置疑的真理。我甚至必须很谨慎地打呵欠。

我首先向世人宣布了快子的存在(算是告慰肯卡教授的在天之灵吧),然后便更正了吴明公布的一大串关于引力旋涡的数据和材料。他的著作立刻滞销,他本人随即债台高筑——这种以牙还牙的手段在我们的世上实在是太普通了。

现在,快子理论已被人们普遍接受并应用于星际航行,而我继续研究的却是快子的另一特性。按照相对论的观点,物质运动速度越快,时间便过得越慢,一旦到达光速,时间便会停止;而一旦超越光速,时间便会倒流,即衰变的位子会复原,逝去的物体会重现……我已经失败了很多次,原因都是能量级别难以精确控制,而前几天我刚得到一种新型控制设备。

五年来,薇妮始终陪伴着我,她是那么漂亮温柔。我的父母远在几光年外的星球上安度晚年,身边最可亲近的人就是她了。

这一刻,薇妮正安静地站在一旁看我工作。快子发生器的嘶鸣声越来越尖锐,能量已高达数千亿电子伏特,我感到了危险,忙指挥机械手想把能量调低一点,不料快子发生仪的喷射口突然对准了薇妮。

奇景出现了,一些花花绿绿的玩意儿从薇妮原本空无一物的手上以相反的时序显现出来,那都是过去东西的影像!

薇妮怔怔地看着我,眼中波光流转,"成功了,对吧?"

"是啊,成功了!"我的欣喜已无法言表。

"该庆祝一下!我去拿点酒,我们干一杯。"薇妮踏着轻松欢快的步子走出了实验室。

我从一旁的照相机的片舱内抽出刚刚拍好的照片,满怀喜悦地翻看着。口红、钞票、手绢……突然,我的眼睛"钉"在了其中一张纸片上。那是张申请书:

"我以何夕之妻的身份依照法律申请成为其父母的财产继承人,但同时也依照法律不承担赡养其父母的义务。"

落款是薇妮,时间是五年前,正是我生死未卜的时候。申请书的一角附有结婚记录的影印件——天知道当年她从哪儿弄来的这张假证明!

我一动不动,嘶嘶地倒吸着冷气。这就是我以为最亲近最可信赖的人?就是和我朝朝暮暮述说恩爱的妻子?

我气昏了头,因而犯了个极大的错误,能源一直开着,能级越来越高……

轰,一阵炸响!

8.

最严重的后遗症在脑部。医院能完全修复我被烧伤的皮肤和折断的骨头,却不能还我一个完好如初的头颅。我再也不能进行高强度的思考了,这实际上是给我的科学生命判了死刑。

鲜花没有了,赞誉没有了,无用的马儿自然用不着喂草了。不久前我还是"永远受尊敬的科学家",而现在……世上有很多事都是会变卦的,我算是真正领会了什么叫世态炎凉。

走出科学研究的象牙塔,我终于有空闲来整理一下自己了,看看自己这些年究竟活出了多大价值。不知怎的,我有种感觉,觉得自己可能一直活在一种虚幻的氛围里。

果不其然,我发现自己平日的"朋友"与薇妮的交情其实更深,我的每本著作的版权所有人都是薇妮。换言之，她早就把我架空了，我只不过是个——赚钱机器，而且需求低廉操作简单！

一天，我忍不住质问她："你到底瞒着我做了多少事？"

"你太多心了……"薇妮正在精心化妆，似答非答地应了我一句。

"我什么都知道了！"我打断她，"给法院的申请书，我的著作版权……你骗得我好惨！你这个婊子！"

薇妮一下子涨红了脸，似乎想回敬我一句"够劲"的话，但终于只是呼出一口气，极雍容大度地笑了笑，"算了，事情已经这样，我也不想再说什么。怪只怪你太傻了。你知道什么是社会吗？你搞研究搞得有声有色，又能怎样？反正你现在已经算是废人了，我也不妨老实告诉你，别以为我不知道你的事，你和那个——汪汪。"

"你——"我又气又惊，她怎么会知道？

薇妮悠闲地扑着香粉，脸上显出得意之色，"五年前我们还没结婚，有天下午你在沙发上睡着了，梦中老念叨着'汪汪'，我留了心，专门到地下发明市场去购买了一台催眠器。结果，你就在稀里糊涂的催眠状态中回答了我的所有问题。这事干得够漂亮吧？哈哈！你以为我会爱你吗？我爱的是你能为我带来的这份生活。人活着不就为了享受吗？这一切我都得到了。"

"混蛋！"我忍无可忍地扑向她。我要揍她——这个欺骗了我、作践了我的女人！

我没能如愿，三个彪形大汉闻声冲进屋及时将我架开了。他们是她的保镖。

"你还是歇着吧，"薇妮轻蔑地看我一眼，"我得赴个约会，是很刺激很罗曼蒂克的那种。还记得吴明吗？现在他接替你成为了物理学界的泰斗。当年他追求过我，没成功。现在嘛，他的机会来了。哈哈哈……"

我总算醒了，我终于清醒地认识到自己在这个世界上扮演了一个何等可怜可笑可悲的角色。没有价值没有寄托，我根本就是个多余的人。多余……想不到几十年来我就活出了这么个结果。

是我自己不容于世,还是这世界不容于我?为什么这世界上的关怀与温情总是青睐那些并不急需它们的人呢?

毒药已经准备好了。

拧开标有骷髅头的盖子,我最后一次以幻灭的眼光环顾四周。的确,无所留恋。真正令我快乐、令我刻骨铭心的正是我永远得不到的。

"得不到……"我低低地说,"不如去死……"突然,有一句话在我脑中跳了出来,那句话,那句如果不说出将令我这一生无法释怀的话啊!

正是子夜时分,万籁俱寂,无数正常人正沉浸于各自的梦乡,在这个静悄悄的夜晚,一个黑色的游魂告别了纷繁的人群向夜的深处飞去。

他去倾吐一句话……

9.

我知道自己找不到那人,我只是想回到曾留下那人芬芳的地点,那是寄托着我全部心灵的所在。在茫茫宇宙中,唯有那里才有我的真情与梦幻。

星河浩瀚……我迷失了,我找不到那个记忆中的方位。难道那次爆炸事故已经毁掉了我的记忆?不,冥冥上苍啊,请你不要这么残酷无情!

我终于筋疲力尽。一个月里,我搜索了能够到达的所有外围空间,而那个地方却仿佛蒸发了一般消失得无影无踪,我放弃了,只得快快踏上归程。说实话,我回地球只是回去死,我不想做个葬身太空的孤魂。这个世界虽然不令我满意,但它毕竟是我的根。

太阳的光辉已遥遥显露。

突然间,天旋地转。坠落,坠落……

烟云,千奇百怪的烟云,远的近的,浓的淡的,如山如絮,如江如海……极远极远的高处,悬着一颗耀眼的白星,寂寂不动,皎皎无尘。

仿佛梦境。

真是一个不可思议的安排,我居然——回来了。

一切依旧,烟云、共振波方台、收音器……只是,没有了那云中的仙子。汪汪,你知道吗?无情无义的我又回来了,当年的我真是太傻了,其实,仅仅能与你时时相见便已是何等巨大的幸福啊!可那时蠢笨的我却害怕那种相见不相亲的生活,我为什么不想想,真正诚挚的情感又怎会被一堵磁墙隔断?

景物依然,人事全非。我沉痛地跪下,追悔那错过太多的年少时光。

忽然,仿佛是第六感的作用,我感到一丝异样的心悸。而后,我不太自信地缓缓回过头——啊!那云中仙子!还是雪白的衣衫,还是轻灵地飘荡在空中,只是,眉宇间显得稳重成熟了,带着些微的沧桑。

"我等你五年了……"她的语气轻而淡泊,仿佛在叙述一件很普通很容易很天经地义的事。

我的眼泪立时就下来了,"汪汪,对不起。可你不该冒险回来的,很危险。"

"你不也回来了吗?"她的眼睛依然明如秋水,"外面的世界很大很新奇,我游历了几个月。然后,我便顺应内心的声音回到了这儿——等你。"

"我本以为见不着你了。"

"我认定你会来,不论多少天还是多少年,总之你会来,我不相信自己会白白付出。我相信你。"

巨大的感动已将我淹没,"我知道你的心,可我们都错了,大错特错。"

"我什么都知道了。"她看起来很平静,"这就是命运,对不对?"

是的，正是命运安排了两颗永远不能结合的心灵相爱。这爱，已注定残缺。

这时，一阵震动从远处传来。

"不知又吸了什么东西进来。"她说，"近来这里似乎特别活跃，而且，还在移动。"

我想起来了，这次我是在太阳系附近被引力旋涡俘获的。我心念一动，从云堆上捡起收音器。

"……全球紧急通知：一来历不明的引力旋涡正从太阳系侧翼逼近地球，阻拦行动已经失败，情况万分危急……"

地球的大限到了，那可是数十亿生灵啊！

"……据专家推断，这一现象和日前失踪的物理学家何夕有关，其人有过从引力旋涡生还的经历。此番他受了精神刺激，有可能运用科技手段潜入其中采取这一报复性的疯狂举动……"

"荒唐！"我骂出一句，"啪"的一声将收音器摔得粉碎，头部的剧痛令我几乎栽倒。

"当心身体，你的脸色好难看。"

我苦笑一声，"我的大脑……总之，我差不多算是废人了。"

"这有什么关系呢？我不在意的。"

我专注地凝视着汪汪清纯的脸庞，真想大声赞美造物主的神奇，她有些不好意思地低下头去。

"可能，"我凄然开口，"我们又要分别了。"

我的一只手搁在旁边的共振解析波方台上。地球将被吞噬，那么大的行星掉落进来肯定会引起可怕的冲击，这儿已不可久留。可是，除了这样一个中性的混沌物质区外，我和她不可能在任何地方再相见了，不可能！

汪汪惊骇万分地失声叫道："你说什么？不会的！"

我心如刀绞，"我们，是无缘的……"

"不，不会这么惨！"她声嘶力竭地高喊，"我很知足，我就只想看看你啊……"

"别这样!"我劝慰她,尽管我已难以发声,"当我是哥哥吧……"

"可你不是!"

"汪汪,我……我——爱——你。"我终于倾吐出了那句让我无法释怀的话,任凭泪水横流。

这是一句何等神奇的话语啊,她的哭喊停止了,两朵嫣红自她脸上飞起。

"能亲耳听你这么说,我就没有遗憾了。"汪汪轻轻闭眼,语气虔诚如同起誓,"我也爱你。"

而后,她的眼睛曼妙地睁开来,里面盛着太多令我永远铭记却又永远迷惑的东西。

她开始奔向我,带着谜一样的眼神。

我也奔向她,义无反顾。

她说爱不可残缺,爱情应该有着完美的历程。

我说是的,爱情是精神与肉体的双重涅槃。

她说来吧,让我们在一起。

我说我来了,和你走到一起……

就让双耳轰鸣,就让胸膛窒息,一切都不重要,重要的是完成爱情。

这一刻,我似乎什么也没有想,但分明又想了很多——汪汪、我、地球,甚至薇妮。我发觉我并不那么憎恨世界,世界永远不会太坏,因为这世界上有爱!

场力拂起我们的头发,剥去了我们的衣衫,我们饱满而美丽的身体裸露出来,这是我们一生中最坦荡最无邪的一刻!

奔,仿佛自洪荒开始,并指向永恒的奔。

近了,更近了,我迸发出生命中的最后一丝力气,温柔而坚定地伸出双臂,完成一次辉煌的融合。

噢!光!无比明亮无比灿烂的光!

尾 声

最新消息:不久前出现的引力旋涡在二十分钟前突然发生剧烈的内部爆炸,冲击波将其推离了原有轨道,不再对地球构成威胁。

另据测定,爆炸迸泄物中有快子发生装置的残迹,故而可以断言,此番爆炸是由狂人何夕玩火自焚所致……

(本文获1992年中国科幻银河奖)

蛇发族

1.

空气越来越潮湿了,而且带着一股浓浓的水腥味。呼吸着这样的空气,感觉就像是在长满了水藻的池塘里游泳,而那些水藻长长的身躯正在不断地朝你缠绕过来,如同无数只黏糊糊的手。

何夕有些夸张地大口吐气,他觉得浑身都不自在,像是要窒息了。这家医院里的设施很好,至少何夕应该这样认为,因为他的身体是在这里修复的。作为一名探险爱好者,何夕的生命一直充满传奇色彩——何夕同那些与他一样狂热的爱好者一道在广漠的宇宙空间里四处流浪。

同传统的能源加时间的宇航概念不同,何夕他们选择了另外一种更刺激、更疯狂、几乎算得上玩命的流浪方式,那就是虫洞。虫洞是宇宙间的一种特殊空间结构,人类对它的研究只能说刚刚起步,比方说,知道虫洞联结着距离以光年计算的两处空间,就可能通过它瞬间在两地之间穿梭往来。

当虫洞这些奇异的特点几乎还只能算做猜想的时候,那些一生都在追求心跳感觉的宇宙流浪者便开始行动了。他们安排好身后的一切,就驾驶着飞船在理论公式推导出的最可能出现虫洞结构的区域里踟蹰徘徊,虔诚祈祷上苍的垂怜。在这个过程中,大多数人最终都退却了,回到地球度过自己安稳而平庸的余生。而另一些人则仍然坚持着,就如同古往今来的那些寻宝者一样。有关虫洞的情况渐渐开始明朗,大约在四十年前出现了第一位成功穿越虫洞者,当他平安归来宣布自己的壮举时,简直就像是引发了一场地震。地球联邦为发现者塑造了纯金的雕像,他的名字载入了人类史册。此后,立即有更多的人投入到历险中去,但是,绝大多数人收获的只是满身伤痕,很多人甚至搭上了自己的性命,成为茫茫宇宙里飘浮的垃圾。

原因只有一个:虫洞是极其稀少的时空结构。这么多年来,人们仅仅发现了四个虫洞,而其中真正有价值的只有一个,该虫洞通向与太阳系结构类似的恒星系(另外几处虫洞的目的地则只有寂如死灰的原始尘埃),令人稍稍感到遗憾的是,这个恒星系已经生存有智慧生命体,人类不能随意占有那里的资源或移民,只能从事星际外交和外贸,但这已经足以让经历了亿万年孤独的人类为之欢呼了,这处虫洞的两位发现者理所当然地被视为人类英雄。在当年盛大的欢庆仪式上,他们站在一百米高的纪念塔顶端向望不见边的人群挥手致意,修长壮硕的身躯沐浴在夕阳的万丈光芒里,宛如两尊金色的天神。少年何夕那时就站在无边的人潮里用尽全身力气呼喊,一时间,他觉得自己和周围的人群都变得很小,小到几乎不存在,而天地间只剩下那两尊伟岸非凡的金色天神……

"嗨,你又在想什么好事了?是不是在想那个大眼睛美杜莎?"

一个声音将何夕从沉思中惊醒,他转头看向声音的来处。在病房左边的一张床上躺着一个看上去很奇怪的人,说他奇怪,主要是他身体左侧的肢体都比右侧的小很多,就像是一个成年人却长了婴儿的左手与左脚。现在,这个怪人正慵懒地倚在床头打量何夕,脸上带着几分难以捉摸的笑容。

何夕不屑地哼了声,有些夸张地掉过头对着墙壁。何夕这么做是因为他知道,如果随便搭腔的话,那个叫陈天石的家伙会越说越来劲儿,对付他最好的办法就是冷处理。何夕实在是太了解陈天石了,他们是少年时的同学,成年后的同事,冒险生涯的同伴,以及现在事故发生后的同病相怜者。

"不理人?!"陈天石的脸上显出气愤的表情,"我早知道你厌烦我在跟前碍着你的事儿了,要不我申请换病房?我就想不通,你右腿的伤明明不轻,怎么恢复得比我快几倍,你都能满地跑了我还哪儿也去不了。一定是美杜莎偷着让人给你用了什么值钱的好药。"

"好啦好啦,算我怕你。"何夕无奈地走下病床,安慰地拍拍陈天石那只正常的右手,"我天天用药都当着你的面,哪有这种事儿?恢复快慢肯定是由于咱俩体质不同造成的。以后别乱开玩笑,盖娅是来帮助我们的,怎么能用美杜莎这种女妖的名字来称呼她?"

"这一点你就不如我了。"陈天石面带得意的神色,"在希腊早期神话里,美杜莎、斯忒诺、欧律阿勒是三姐妹,她们住在遥远的西方。美杜莎背生双翅,头发上缠绕着毒蛇,谁见了她的面孔和目光就会变成石头。但在后来的神话里,美杜莎却是美丽的少女,后来成为海神波塞冬的爱人。我只是觉得盖娅的头发太像传说中的美杜莎了。"陈天石稍停一下,又补充道,"不仅是她,这里所有人都长着蛇一样的头发,真的很奇怪。"

"最好别乱打听。"何夕正色提醒道,"还记得前几天我问盖娅这个问题时她的反应吗?这里的人似乎都不大愿意回答这个问题。"

陈天石下意识地点点头,"我总觉得这里有些让人不明白的地方,很怪。空气的湿度和温度都很不正常,而且我看那些人似乎也并不习惯这种天气。"他的肩膀抖动了一下,"所有人都显得很忙乱,好像要发生什么大事情似的。还有一件事……"陈天石有点不自信地开口,"也许是我多心了,我总觉得天空中太阳划过的轨迹线不太对劲儿。有时候下午的太阳看上去比中午还高,真是活见鬼了。"

何夕没有搭腔,他默默地朝窗外看去,映入眼帘的是一座壮观程度无法用任何地球语言来形容的菲星城市。

2.

盖娅再一次到来已经是两天以后。何夕的伤腿已经好得差不多了，行动自如。而陈天石的情况的确要差些，他左侧的肢体还只相当于十来岁的少年，几乎连何夕自己都要怀疑陈天石那天的猜测究竟是不是真的了。关于这一点，陈天石的反应当然激烈，他一见到盖娅就毫不客气地抱怨起来。

盖娅淡淡地笑笑，用标准的地球语言说："你的伤就快好了，断肢生长需要时间。"随即，她的神情变得有些迷茫，"其实，我们更加希望你们能早日痊愈。"

"为什么？"何夕有些不解地问。

"因为……"盖娅稍停一下，"你们必须在五天之内离开。这次我来就是为了通知你们这件事。"说完，她转身离去。

何夕急忙追出去，他完全不明白这到底是怎么一回事。十天前，当他和陈天石几乎同时从短暂的昏迷中醒来那一刻，这才发现自己已经完成了穿越虫洞的疯狂壮举，代价是一只手和两条腿，而舷窗外是一颗同太阳别无二致的壮丽恒星。接下来的一切就像是在做梦，他们发出的无线电波竟然得到了回应，而且对方显然洞悉电波的编码方式，因为对方以相同的方式发了回电。何夕至今还记得着陆当日的盛大场面，热情的菲星人用最隆重的礼仪表达了对异星来客的欢迎。人们拥挤着拼命挥手，大声喊着刚刚学会的地球词汇：兄弟！兄弟！看着那一双双舞动的手，何夕一时间竟然有些伤感。他理解那种情感，理解那种身为智慧生命但千万年来在广漠宇宙里却难觅知音的沉重孤独。一位光彩照人的菲星女子缓步踏上舷梯朝何夕伸出手，这一刻，亿万年来生而隔绝的生命终于凭借着智慧的力量相会。这名菲星女子正是盖娅，那一刻的欢呼声犹在耳畔，但今天盖娅却下了逐客令。

从背影上看，盖娅的身躯显得很瘦，蛇样的褐色头发随着她的步伐轻微地起伏，就像是一丛随波摇曳的水草。几名神色机敏的警卫人员若即若离地伴随在她左右。何夕知道盖娅是菲星联邦政府要员，地位尊贵。不过眼下何夕顾不了这么多，他追上前几乎有些放肆地拖住了盖娅的手臂，"你还没有告诉我为什么要我们离开。"

何夕听不懂盖娅对围上前来的警卫说了些什么，但警卫们立即退到了远处。盖娅这才皱眉说道："你弄疼我了。"她半真半假地扬了扬长着锋利指甲的左手，"如果逞强你是占不了便宜的。"

何夕急忙松手，"对不起，是我太着急了。为什么要赶我们走？"

盖娅沉默了几秒钟，"来这里后你没有发觉一些奇怪的现象吗？"

何夕一怔，第一个想到的便是越来越潮湿的空气，但是，这意味着什么呢？

"我来告诉你吧。菲星现在正面临极大的变故。不过说起来也算不了什么，同样的事情已经发生过很多次了。简单地说，就是菲星所有的陆地都会在不久以后被水淹没，成为一颗表面全部被液态水覆盖的星球。"

"为什么？"

"这正是菲星的宿命。"盖娅的语气像是在叙述一个年代久远的传说，"宇宙间几乎所有的行星都是扁圆的球状，如同你们的故乡。但菲星却是一颗特别扁的星球，这可能与几十亿年前菲星形成时的条件有关。这种形状使得它的两极面积很大、温度极低，过去十万年里，菲星上有超过半数的水都被冻结在两极，如果这些冰全部融化的话，整个菲星将不会剩下一块陆地。"

何夕倒吸一口气，"你的意思好像是说那些冰就要融化了？是谁造成的？"

"和人无关。远在菲星人诞生之前,这样的变化就发生过很多了。我曾经听你说过,你的故乡星球有一种叫做冰川期的周期性气候变化,你可以拿来同菲星作类比,只不过,菲星上的变故要大得多。每隔十万菲星年左右,菲星的自转轴线就会发生缓慢但幅度很大的震动,其形态有点像陀螺将要停止转动时发生的摇摆现象。这种震动会持续大约十万年。在这种情况下,菲星两极的光照会急剧增加,从而导致两极的气温大幅上升,所有的冰都会融化,并最终淹没每一块陆地。"盖娅幽幽地看了何夕一眼,"其实在你们到来之前变故就已经开始了,当你们从外层空间看到菲星第一眼时,它已经失去了接近三分之一的陆地。现在情况愈发恶劣,你也许不相信,当天你们着陆的那座基地现在已经是一片汪洋了。"

何夕听得出神,直到现在他才终于明白了所有问题的根源,想不到脚下这片土地将要面临灭顶的命运。在茫茫宇宙里有无数的星球,但孕育了生命的星球极其罕见,而像菲星与地球这样拥有智慧生命的星球更是如同沧海一粟。谁能知道造物主为何会有这样的安排,竟然要亲手毁灭自己最杰出的创造。

"那你们怎么办?"何夕急切地问,"你们有什么措施来阻止这一切?"

盖娅一愣,突然大声笑了起来,"我们为什么要阻止它?这是自然规律,很正常的,就像天会刮风下雨一样。"

"难道你们就眼睁睁地……等死?"

"谁说我们会死?"盖娅吃惊地睁大眼睛,"是有一部分生物会灭亡,但菲星人不会,我们能在海底生存,而且……生活得更好。"

"你是说你们早已建好了海底城市?"

盖娅摇摇头(何夕猜想这个动作应该是盖娅学习的地球风俗)说:"在海底不会有什么城市,只有……"她稍稍想了一下接着说,"只有自然。"

3.

　　陆路交通由于海平面不断上升已基本中断,菲星上所有的岛屿都已不复存在,而原有的曾经占菲星表面积百分之五十的九块大陆也有五块被淹没,剩下的六块陆地与其说是大陆,不如说是大的岛屿。这里的计算并没有出错,大陆只剩下四块,但其中两块大陆已被海水拦腰隔断。何夕从飞机上向下望去,映入眼帘的是望不到边的汹涌海浪。辉煌的母星停留在天顶,不断地将热量辐射到这颗溢满海水的星球。何夕从没想过被视作生命之源的水也有让人感到极度害怕的时候,但他现在的确感到了害怕。海水掀起数十米的巨浪扑向空中,如同一头头疯狂挣扎的猛兽。无数巨浪撞在一起,在撕裂空气的同时也将自己撕得粉碎,发出的声音远远盖过了飞机的轰鸣。在靠近陆地的地方则显得平静一些,但这只是表象,平静中不断上涨的海面具有更加令人胆寒的力量。海边那些曾经巍峨的建筑物大半只剩下小小的尖顶,正在心有不甘地走向它们最终的归宿——海底堡礁。

　　"想不到我们会在这里见面。"盖娅轻轻牵着何夕的手离开人群,来到一处僻静的角落,"我没料到你会专门来同我告别,谢谢你。"

　　何夕回头注视着不远处的人群,他听不懂那些人在说些什么,只看到每当一个人走到一处黑色的入口前,便不断有人上前同他依依不舍地拥抱,有的像是夫妻,有的像是父母与子女。

　　"他们在说什么?"何夕问。

　　"他们说来世再见。"盖娅的神情变得恍惚而忧伤,"其实就算可能的话,也会是很多个来世之后的事情了。"

　　"可你说过没人会死,而且还会过得更好。"

　　"我是说过,这是事实。"盖娅变得有些激动,蛇样的长发像是有生命般地跳动着,"海水提供无穷无尽的食物,环境永远温暖而湿润,海中没有任何生物具备攻击我们的能力,残酷的生存竞争与社会竞争同时消亡,繁衍更加迅速而便捷,我们的后代将遍布整颗星球……"

"既然这样,那些人又为何依依不舍呢?"

"因为他们将要放弃一样东西。"

"什么?"何夕陡然紧张起来,他感到已经接近了最终的答案。

"智慧,因为它很快就没有用了。"

何夕觉得自己的头有些晕,盖娅的话让他如坠迷雾。他第一次听到这样的奇谈怪论,而且出自一个智慧生命之口。

"不要这样看着我。"盖娅叹口气,"如果你今天没有来向我道别,我永远都不会同你说起菲星的这些秘密,但我现在已经当你是朋友,希望你能够保守秘密。你曾经对我讲述过你的故乡星球的历史,我想问你一个问题,你真的认为你们地球人类是因为智慧而成为万物之灵的吗?"

"当然是,我能肯定。"

"我是从你们带来的资料上了解到你们地球的历史的,结果发现它同菲星的历史有不少共通之处。你们对生命的发展有一个标准的说法,叫做进化。这种理论认为,生命必定经历从简单到复杂、从低级到高级的发展过程。我说得没错吧?"

何夕下意识地点点头,虽然他不太明白盖娅到底想说什么。

"但你想过没有,这种理论其实是有问题的。你肯定认为哺乳动物比六亿年前的三叶虫高级得多,但是,哺乳动物如果置身于几亿年前的世界能够生存吗?稀薄的氧气,致命的紫外线辐射,一片荒凉的陆地,在这样的环境里,如果这些高级生物的后代发生变异的话,更可能幸存的将会是那些结构趋向三叶虫这样的简单生命个体。那么这到底应该称为进化还是退化?再比如你们受伤后,我们给你们用的断肢生长剂便是采自所谓的低等生物,你总得承认至少在这方面它们表现得比人类更适应生存吧?"

何夕不屈地辩解道:"进化理论里本来就强调适者生存,你最多可以说'进化'这个词不妥,我们可以改成'变化'。但总体趋势上,生命的形式的确越来越复杂和高级。"

盖娅的目光变得高深莫测,"那你能不能回答一个问题:宇宙中产生生命乃至出现智慧生命的意义是什么?从原始星云里诞生一颗恒星历时数亿年,然后是围绕它运行的行星。在绝大多数的情况下,事情到此为止,但出于我们永远无法知道的某些原因,在极个别的行星上,经过几十亿年的无数次漫无目的的物理化学变化竟然造就了一种亘古未有的物质形态。这些奇特的分子聚合体获得了从外界吸收能源的力量,凭借这种力量,它们终于从热力学定律为宇宙万物设定的宿命里挣脱出来。生命的产生与发展令人惊叹不已,但这一切到底有什么意义?相对于直径以百亿光年计的至高无上的宇宙而言,小如尘埃的几颗星球上存在的更渺小的那些生命个体又具有什么意义?难道宇宙里存在某种先验的精神,规定生命必须产生并且必须向着高级的方向发展?"

何夕觉得自己根本无法插话,他从来没有想过这样的问题。

"你们地球人类曾经观察到一颗叫木星的行星被一颗彗星撞击,其中一个坑洞的面积超过地球截面积三倍。如果这颗彗星撞向地球的话,你们那些关于地球生命将越来越高级的进化理论将会显得多么可笑啊!其实生命只是偶然产生,它最终也将偶然灭亡。有机生命的源头是无机世界,最后的归宿也一样。生命从来就不是宇宙的目的,智慧生命也不是什么万物之灵。在地球的恐龙时代,哺乳动物便已经诞生,从智力上讲,它们比恐龙高级,但至少在几百万年的时间里,它们一直是恐龙的美餐。如果没有后来突然的小行星撞击灾变,它们未必能够取代那些庞然大物。如同鸟类选择了翅膀、野兽选择了锋利的爪牙一样,地球人选择了智慧也很偶然。但这个选择成功了,因为它最终使得你们人类的基因遍布地球生物圈的各个角落。"

"既然你也同意智慧的选择带来了成功,那为什么你们又要放弃它？当你们回到海洋之后,继续保留智慧不好吗?"

盖娅没有立刻回答,她凝视着不远之外波澜壮阔的海洋,目光里流露出既依恋又迷茫的神色,"根据我们的研究,菲星人已经经历了许多次类似的变故,也就是说,菲星人是以大约十万年为间隔轮流生活在陆地与海洋里。菲星生命与地球一样诞生于水中,当菲星人生活在温暖舒适的海洋里时,根本不用面临残酷的生存竞争。看见我的头发了吗?在海洋里它会散开成为巨大的叶子,我们自身就能够通过光合作用获取能量。在那样的情况下,智慧是不重要的,不仅如此,甚至一些感觉器官也变得多余,成为奢侈的累赘,就好比穴居动物常常放弃它们的视力一样。正如宇宙的目的不是生命一样,生命的目的也不是智慧,而是基因的传递。只要能够最大程度地传递基因信息,生命的形式根本不重要。这就好比地球上的病毒,按照你们的分类法,它们是最低等的生命,没有神经系统,当然就谈不上有什么智慧。但是,它们已经成功地生存了几十亿年,相比之下,人类区区几百万年的生存史根本不值一提。而且严格地讲,它们相对于人类而言一直扮演着捕食者的角色。我说得对不对?"

"应该……是吧。"何夕有些难堪地承认。

"还是说菲星上的事吧。"盖娅换了话题,"相比之下,陆地上有更丰富的信息刺激、更明亮的光线以及相对严酷得多的生存环境。当菲星人的祖先周期性地登上陆地生存时,他们必须面对这一切。"盖娅伸出手向何夕晃动着,"我们渐渐拥有了尖利的手指、强健的肌肉组织和敏锐的感官,以此来适应严酷的陆生环境。但我们最终却很偶然地选择了智慧,而正是这一点,使得菲星人超越了无数几乎同时登上陆地的物种,成为菲星的主宰。而当菲星人重回海洋之后,将只保留必需的很少部分的智慧。不过,我们已有的智慧器官并不会消失,只是暂时封存起来,代代相传,直到属于陆地的下一个十万年到来。"

直到这时,何夕才有点明白盖娅向他讲述的其实是菲星人的宇宙观和生命观,这和他熟知的地球人的观点是多么不同啊。这一切对于何夕来说是难以想象的,但盖娅的每一句话都令他难以反驳。

"我该走了。"盖娅拂了拂蛇样的长发,"如果你不介意的话,请帮我一个忙。"

"我很愿意。"

"看到那边的人群了吗?他们聚在一起互相帮助只是为了让不幸者能够得到安葬,而不是尸沉大海。菲星人重返海洋并不是没有风险的,有些人会在这个过程中死去,毕竟有些功能已经十万年没有用过了。"

"你的意思是……"何夕大吃一惊。

"我很荣幸能够得到一位外星人的帮助。"盖娅已经朝着大海走去,"如果十分钟后我的头发没有散开的话,你知道怎么做。你不必太担心,我应该没事的。"

何夕紧紧跟在盖娅身后,水越来越深,何夕眼看着盖娅的身体被水淹没,但她仍然义无反顾地朝造物主在冥冥中指引的方向走去。水漫过了她的腰,然后是胸,然后是肩。盖娅突然停住,她缓缓地回过头来望着何夕说:"我们……"

何夕仓促地回应:"我们……"

盖娅露出一个笑容说:"谢谢。"然后,她的身体猛然向下一沉。

何夕急忙划过去,透过水面,他看到盖娅的身体正在拼命地扭动,她的脸白得像纸,大串的气泡从她的口鼻里冒出来,蛇样的长发剧烈地摆动着,她的眼睛里装满了恐惧。但一切很快静止下来,盖娅停止了挣扎,双手朝上直立着漂浮在水面之下。何夕强迫自己平静地对待这一切,他几乎不敢眨一下眼睛。

时间过得很慢,但何夕却希望时间能够再慢一点。盖娅的长发如海草般散开,散开,越来越大,越来越宽,而她身体其余的部分却在明显地萎缩。陈天石说过,美杜莎是个美丽的少女,她后来成为海神波塞冬的爱人。而现在,美杜莎正在走向她的归宿。

4.

太阳的光芒遥遥在望。

何夕几天来一直很沉默,除了工作以外,他几乎对任何事情都提不起兴趣。陈天石却是一副兴高采烈的样子。地球已经越来越近,现在凭肉眼也能看到它淡蓝色的外表了。

陈天石一直想让何夕开口,但总是没有什么效果。陈天石的手脚还没有完全康复,依然一副怪模样,不过他根本不在意这一点,相对于即将到来的成功,这点小事算不了什么。

"你再不理我的话,我可要使杀手锏了。"陈天石威胁道,说实话这些天他简直闷死了,一心就想找人说话。

何夕依然沉默。

"别以为我什么都不知道。"陈天石露出贼兮兮的笑容,"海边长谈,依依告别,好浪漫啊。"

"你怎么知道这些事?"何夕大吃一惊。

"那天我想知道你要干什么去,所以在你身上安了个窃听器。"陈天石得意地笑了,"大家老朋友,我也是关心你。不过要不是这样,我哪能获得如此价值连城的信息呢?"

"什么价值连城?我不明白你的话。"

"看来感情的确会降低人的智商。想想看,菲星人既然放弃了智慧,那么菲星上便不再生存有智慧生物。而我们地球人作为智慧生物,理所当然就可以任意支配菲星上的所有资源,其意义将远远超出前几次的发现。我已经向地球发出信号报告了菲星的存在,我们将成为人类宇航史上最伟大的英雄。你明白我的意思吗?"

何夕猛然一震,"你把一切都告诉他们了吗?"

陈天石得意地笑,"我没那么傻。无线电波很容易被窃取。具体的情况得等到我们着陆以后,而且还得答应我们提出的条件才能给他们。"

"你的智商的确很高。"何夕慢吞吞地说,"你真的很聪明。"

"我得睡会儿了。"陈天石打了个呵欠,"最近休息不好,一睡着尽梦见到处选豪华别墅,唉,累死了。"

......

何夕呆呆地看着手里那个标着 X-35 的软瓶,他在下最后的决心。过了几分钟,他终于颤抖着挤出白色的药液混合到了另几只软瓶中。在何夕前方的操作屏上,一颗淡蓝色的星球几乎充斥了整个屏幕,下方有一行小字:目标已锁定。

可怕的智慧。何夕最后嘟哝了一声。

尾　声

艾克将军简直不能相信自己的眼睛。从收到陈天石的报告起,联盟总部就沉浸在巨大的兴奋之中,但现在被抬下舷梯的却是两个只会流着口水傻笑的白痴。

"报告将军,"副手急匆匆地跑过来,"检查结果出来了,他们两人的智力受到大量 X-35 药剂的破坏,思维和记忆能力完全丧失,已经无法挽救。即便使用催眠或测谎仪器,也不可能起到任何效果。"

"查出来是什么人干的了吗?"

"无法查明。而且,我们找不到飞船的航行日志,从这个意义上讲,"副手的声音变得幽微,"他们的飞行根本就没有存在过。"

十亿年后的来客

1.

有一种说法,人的名字多半不符合实际,但绰号却绝不会错。以何夕渊博的知识自然知道这句话,不过他以为这句话也有极其错误的时候。比如几天前的报纸上,在那位二流记者半是道听途说半是臆造的故事里,何夕获得了本年度的一个新称号——"坏种"。

何夕放下报纸,心里涌起些无奈的感觉。不过仔细推敲起来,那位仁兄大概也曾做过一番调查,比如,何夕最好的朋友兼搭档铁锒就从来不叫他的名字,张口闭口都是一句"坏小子"。朋友尚且如此,那些曾经栽在他手里的人提到他当然更无好话。除开朋友和敌人,剩下的就只有女人了,不过很遗憾,何夕记忆里几个女人说得最多的一句话便是:"你坏死了。"

何夕叹口气,不打算想下去了。一旁的镜子忠实地映照出他的面孔,那是一张微黑的已经被岁月染上风霜的脸;头颅很大,不太整齐的头发向左斜梳,额头的宽度几乎超过一尺,眉毛浓得像是两把剑。何夕端详着自己的这张脸,最后下的结论是:即使退上一万步,也无法否认这张脸的英俊。可这张脸的主人竟然背上了一个坏名,这真是太不公正了。何夕在心里有些愤愤不平。

但何夕很快发现了一个问题,他的目光停在镜子里自己的嘴角处。他用力收收嘴唇,试图改变镜子里的模样。可是即使他连着换了几个表情,而且每次都用手拉住嘴角帮忙校正,但镜中人的嘴角依然带着那种仿佛与生俱来也许将永远伴随着他的那种笑容。

何夕无可奈何地发现,这个世界上只有一个词才能够形容那种笑容——

坏笑。

何夕再次叹口气,有些认命地收回目光。窗外是寂静的湖畔景色,秋天的色彩正浓重地浸染着世界。何夕喜欢这里的寂静,正如他也喜欢热闹一样。这听起来很矛盾,但却是真实的何夕。他可以一连数月独自待在这人迹罕至的名为"守苑"的清冷山居,自己做饭洗衣,过最简朴的生活。但是,他也曾在那些奢华的销金窟里一掷千金。而这一切只取决于一点,那就是他的心情。曾经不止一次,奢华的晚会正在进行,头一秒钟何夕还像一只狂欢的蝴蝶在花丛中嬉戏,下一秒钟他却突然停住,兴味索然地退出,一直退缩到千里之外的清冷山居中;而在另一些时候,他又可能在山间景色最好的时节里同样没来由地作别山林,急急赶赴喧嚣的都市,仿佛一滴急于融进海洋的水珠。

不过很多时候,有一个重要因素能够影响何夕的取舍,那便是朋友。与何夕相识的人并不少,但称得上朋友的却不多,要是直接点说就只是那么几个人而已。铁锒与何夕相识的时候,两个人都不过几岁,按他们四川老家的说法,这叫做"毛根儿"朋友。他们后来能够那么长时间地保持友谊,原因也并不复杂,主要就在于铁锒一向争强好胜,而何夕却似乎是天底下最能忍让的人。铁锒也知道自己的这个脾气不好,很想改,但每每事到临头却总是与人争得不可开交。要说这也不全是坏事,铁锒也从中受益不少,比方说,从小到大他总是团体里最引人注目的那一个,他有最高的学分、最强健的体魄、最出众的打扮，以及最丰富多彩的人生。不过，有个想法一直盘桓在铁银的心底，虽然他从没有说出来过——铁银知道有不少人艳羡自己，但却觉得这只是因为何夕不愿意与他争锋而已。在铁银眼里，何夕是他最好的朋友，但同时也是一个古怪的人。铁银觉得何夕似乎对身边的一切都很淡然，仿佛从来都没想过要从这个世上得到什么。

　　铁银曾经不止一次亲眼见到何夕一挥手，就放弃了那些许多人梦寐以求的东西。就像那一次，只要何夕点点头，秀丽如仙子的水盈盈连同水氏家族的财富就会全都属于他，但是何夕却淡淡地笑着，将水盈盈的手放到了她未婚夫手中。还有朱环夫人，还有那个因为有些傻气而总是遭人算计的富家子兰天羽。这些人都曾受过何夕的恩惠，他们最大的愿望就是找机会有所报答，但却不知道做什么，所以报答之事就成了一个无法达成的心愿。当然，有件何夕很乐见的事情是他们完全办得到的，那便是随时抽空到何夕的山居小屋里坐坐，品品何夕亲手泡的龙都香茗，聊聊他们亲历或是听来的山外趣事。这时的何夕总是特别沉静，他基本上不插话，只偶尔将目光从室内移向窗外，有些飘忽地看着什么东西，但这时如果讲述者停下来，他会马上回过头来提醒继续。当然，现在常来的朋友都知道何夕的这个习惯了，所以到后来，每一个讲述者都不去探究何夕到底在看什么，只管自顾自地往下讲就行了。

　　不过，何夕并不会一直当听众，他的发言时间常常在最后。虽然光临山居的朋友多数时候只是闲聚，但偶尔也会有一些陌生人与他们同来，这些人不是来聊天的，直接地说他们是遇到了难题，而解决这样的难题不仅超出了他们自己的能力，并且也肯定超出了他们所能想到的那些能够给予帮助的对象，比如说警方。换言之，他们遇到的是这个平凡世界上发生的非凡事件。有关何夕解决神秘事件的传闻范围不算小，但一般人只是当做故事来听，真正知道内情的人并不多。不过，凡是知道内情的人都对那些故事深信不疑。

　　今天是上弦月，在许多人眼里并不值得欣赏，但却正是何夕最喜欢的那种。何夕一向觉得,满月在天固然朗朗照人,但却少了几分韵致。初秋的山林在傍晚八点多已经转凉,但天空还没有完全黑下来,虫豸的低鸣加深了山林的寂静。何夕半蹲在屋外的小径上,借着天光专心地注视着脚下。这时,两辆黑色的小车从远处的山口显现出来,渐渐靠近,最后停在了三十米以外大路的终点。第一辆车的前门打开,下来一个皮肤黝黑、高大壮硕的男人,他看上去三十出头,眼窝略微有些深,鼻梁高挺,下巴向前画出一道坚毅的弧线。跟着从第二辆车里下来的是一位头发花白的老者,六十来岁,满面倦容。两人下车后环视了一下四周,并肩朝小屋的方向走来,另有几个保镖似的人物跟在他们身后几米远的地方。老者走路有些吃力,年轻的那位不时停下来等待。

何夕抬头注视着来者,一缕若有所思的表情从他的嘴角显露出来。壮硕的汉子一言不发地将拳头重重砸在何夕的肩头,而何夕也回以同样的动作;与这个动作不相称的是,两人脸上同时绽放出了灿烂的笑容。

此人正是何夕最好的朋友铁锒。

"你在等我们吗?你知道我们要来?"铁锒问。

"我可不知道。"何夕说,"我只是在做研究。"

"什么研究?"铁锒四下里望了望。

"我在研究植物能不能倒过来生长。"何夕认真地说。

铁锒哑然失笑,完全不相信何夕会为这样的事情费神,"这还用问,这根本就是不可能的事情。"

"这是两个月前在一次聚会上有个小孩随口问我的问题,当时兰天成也在,他也说不可能。结果我和他打了个赌,赌金由他定。"

铁锒的嘴立时张得可以塞进一个鸡蛋。兰天成是兰天羽的堂兄,家财万贯,以前正是他为了家产逼得兰天羽走投无路几乎寻了短见,要不是得到何夕相助的话,兰天羽早已一败涂地。这样的人定的赌金有多大可想而知,而关键在于,就是傻子也能判断这个赌的输赢——

世界上哪里有倒过来生长的植物?

"你是不是有点发烧?"铁银伸手摸摸何夕的额头,"打这样的赌你输定了。"

"是吗?"何夕不以为然地说,"你是否能低头看看脚下?"

铁银这才注意到道路旁边斜插着七八根枝条,大部分已经枯死,但有一枝的顶端却长出了翠绿的小枝。小枝的形状有些古怪——先向下然后又倔犟地转向天空,宛如一只钩子。

铁银立时倒吸一口气,眼前的情形分明表示这确实是一棵倒栽着生长的植物。

"你怎么做到的?"铁银吃惊地问。

"我选择最易生根的柳树,然后随便把它们倒着插在地上就行了。"何夕轻描淡写地说,"都说柳树不值钱,可这株柳树倒是值不少钱,福利院里的小家伙们可以添置些新东西了。"

"可是你怎么就敢随便打这个赌,要是输了呢?"铁银不解。

"输了?"何夕一愣,"这个倒没想过。"他突然露出招牌坏笑来,"不过要是那样你总不会袖手旁观吧,怎么也得承担个百分之八九十吧?朋友就是关键时候起作用的,对吧?"

铁银简直哭笑不得,"你不会总是这么好运气的,我早晚会被你害死。"

何夕止住笑,"好了,开个玩笑嘛。其实我几岁的时候就知道柳树能倒插着生长,是贪玩试出来的。不过,当时我只是证明了两个月之内有少数倒插的柳树能够生根并且长得不错,后来怎么样我就没管了。但这已经符合赌博胜出的条件了,这个试验是做给兰天成看的,他那么有钱,拿点儿出来做做善事也是为他好。"

铁银还想再说两句,突然想起还没有替身边的人做介绍,于是赶忙侧了侧身说:"这位是常近南先生,是我父亲的朋友。他最近遇到了一点麻烦。他一向不愿意求人,是我一定要带他来的。"

常近南轻轻点头,看上去的确是那种对事冷漠、不愿求助他人的人。常近南眯缝着双眼,仔细地上下打量何夕,弄得何夕也禁不住朝自己身上看了看。

"你很特别。"常近南说话的声音有些沙哑,不过应该不是病,而是天生如此,"老实说你这里我是不准备来的,只是不忍驳了小铁子的好意。来之前我已经想好,到这里打了照面就走。"

何夕不客气地说:"幸好我也没打算留你。"

"不过,我现在倒是不后悔来这一趟了。"常近南突然露出笑容,脸上的阴霾一下散去了很多,"本来我根本不相信世上还有什么人能对我现在的处境有所帮助,但现在我竟然有了一些信心。"

铁锒大喜过望,他没想到见面这么几分钟,竟然让多日愁眉不展的常近南说出这番话来。

"唉,你可不要这样讲。"何夕急忙开口,"我只是一个闲人罢了。"

常近南悠悠地叹口气,"我一生傲气,从不求人。眼下我所遇到的算得上是一件不可能解决的事情。"

"既然是不可能解决的事情,你怎么会认为我帮得上忙?"何夕探询地问。

常近南咧嘴笑了笑,竟然显出儿童般的天真,"让植物倒着生长难道不也是一件不可能解决的事情?"

2.

常氏集团是知名企业,经营着包括化工、航运、地产等诸多产业。常家位于檀木山麓,面向风景秀丽的枫叶海湾。住宅的内景装饰豪华,但却给人简练的感觉,看得出主人的品位。

常近南将客厅里的人依次介绍给何夕,铁锒对他们自然是早就熟悉了。常青儿,常近南的大女儿,干练洒脱的形象使她有别于其他一些富家女。她不愿荫庇于家族，早早便外嫁他乡自己打拼。但天不佑人，两年前一场车祸夺去夫君性命，伤痛加上思乡，常青儿于几个月前回到家中，陪伴父亲。常正信，常近南唯一的儿子，二十五岁，半个月前刚从国外学成归来，暂时没有什么安排，就留在常近南身边，帮助打理一些事务。

何夕打量着这两位，脸上挂着礼节性的笑容，从表情上看不出他的想法。常青儿倒是有几分好奇地望着何夕，因为刚才父亲介绍时称何夕是博士，而不是某某公司的什么人，印象中，自己的这个家很少有生意人之外的朋友光顾。何夕的注意力集中在常正信身上，对方身着一套休闲装，悠然地斜靠在沙发上，对何夕的到来反应极其冷淡，只简单打个招呼便自顾自地翻起杂志来。何夕并非全部时间都盯着常正信，只是利用同其他人谈话的间隙偶尔瞅一眼而已。不过，对何夕来说这已经足够获取他想要的信息了。随着对常正信观察的深入，他对整件事情产生了兴趣，同时他也意识到，这件事情可能不会那么简单。起初当常近南请他来家中"驱鬼"时，他还以为这只是某个家里人有歇斯底里的发作现象，这在那些富人家里本不是什么稀罕事，但现在他不这么看了。照何夕的观察，这个叫常正信的年轻人无疑是正常的，他应该没有什么精神方面的障碍。那么又是什么原因令他做出那些让自己的父亲也以为他"撞鬼"的事情呢？

何夕问完话，常近南请他参观自己的书房，铁锒作陪。书房布置得古色古香，存有大量装帧精美的藏书，其中还有一些罕见的善本。何夕是个不折不扣的书虫，这样的环境让他觉得十分惬意。

常近南一关上房门，就着急地问："怎么样？看出什么来了吗？"

"老实说我觉得贵公子一切都好好的，看不出什么异样来。"何夕慢吞吞地说。

"我也觉得他很正常。"铁锒道。

常近南有些意外，"你们一定是没有认真看。他一定有问题了，否则怎么可能逼着我将常氏集团的大部分资金交给他投资。虽然……"

常近南欲言又止。

"虽然什么？如果你不告诉我们全部实情,我恐怕帮不了你。"

"我不知道该不该说。"常近南的脸色变得古怪起来,仿佛还在犹豫,但最终,对儿子的担心占了上风,"虽然他本来已经做到了,但在最后一刻他却终止了行动。"

"什么行动?"何夕追问道。

常近南叹口气,"那是七天前的事。那天早晨,正信突然来到我的卧室,建议我将所有可用的资金立刻交给他投资到欧洲一家知名度很小的公司。我当然不同意,正信很生气,然后我们发生了激烈的争吵。我问他是不是得到了什么可靠的内幕消息,他却什么也不说,只是和我吵。这件事让我的心情很糟糕,身体也很不舒服,所以那天我就没去办公室,不料上午却发生了一件奇怪的事情。"

常近南迟疑一下,然后在书桌的电脑键盘上敲击了几下,"你们看看吧,这是当天上午公司总部的监控录像。"

看上去,画面显然经过了加工剪辑,因为屏幕显示的是从几个不同角度拍摄的图像。画面上,常近南正走进常氏集团总部的财务部,神色严峻地说着什么。

"据财务部的人说,是我向他们下达了资金汇转的命令。"

"可那人的确是你啊。"铁锒端详着画面说,"你们的监控设备是顶尖水平的,非常清晰。"

"也许除了我自己之外,谁都会这样认为。哦,还有青儿,她那天上午和我一起在家。这人和我长得一样,穿着我的衣服,但却不是我。"

"会不会是常正信找来了某个演员装扮成你,以便划转资金?"何夕插话道,"对不起,我只是推测,如果说错了请别见怪。"

"世上没有哪个演员有这样的本事。我和那些职员朝夕相处,他们不可能辨别不出我的相貌和声音。"常近南苦笑,"你们没有见到当他们事后得知那不是我时的表情,他们根本不相信我说的话。"

画面上，常近南做完指示后离开，在过道里踱着步，并时不时地在窗前驻足眺望远处。几分钟后，他突然再次进入财务部，神色急切地说着什么。

"那人收回了先前的命令，不知道是什么原因。"常近南解释道。

这时，画面中的常近南急匆匆地进到一间空无一人的会议室里锁上门，搜索了一下四周后，在墙上做了一个动作。

"他堵上了监控摄像头，但他不知道会议室里还有另一个较隐蔽的摄像头。"

那人面朝窗外伫立，双手撑在窗台上，从肩膀开始整个身躯都在剧烈颤抖。从背影看，这似乎是一个无比痛苦的过程，有几次那人仿佛都快要栽倒在地。这奇怪的一幕持续了大约两分钟，然后那人缓缓转过头来……

"天哪，常正信！"铁锒发出一声惊呼。

砰的一声，书房门突然被撞开，一个黑影闯了进来。"为什么要对外人讲这件事？你答应过不再提起的！"来人正是常正信，但这已经不是客厅里那个温文尔雅的常正信了，他直勾勾地瞪着屋里的几个人，眼睛里闪现着妖异的光芒。"瓶子，天哪，你们看见了吗？那些瓶子。"说完这话，他脖子猛然向后一挺就要倒下去，何夕手疾眼快地扶住他。

"快拿杯水来。"何夕急促地说。

常正信躺在沙发上，喝了几口水后平静下来。过了一会儿，他睁开眼望着四周，似乎在回想刚才发生的事情。

"告诉我，发生了什么？"何夕语气和缓地说。

常正信迷茫地望着何夕，"我怎么在这里？真奇怪。"他看到了常近南，"爸爸，你也在，我去睡觉了。晚安。"说话间他起身朝门外走去。

"好了，何夕先生，你大概也知道我面临的处境了吧？"常近南幽幽开口道，"事后我问过正信，但他拒绝答复我。我现在最在意的就是家人的平安。一定是有什么东西缠住了他。也许这个世界上只有你能够帮我了，只要你开口，我不在乎出多少钱。"

"嗯,那好吧。老实说,吸引我的是这个事件本身,不是钱,不过你既然开了口,我也就不客气了。"何夕随手在书桌上抓起一张纸,草草写了一行字递给常近南。

铁银迷惑地望着何夕。虽然何夕的事务所的确带有商业性质,但他从未见过何夕这样主动地索取报酬。不过,比他更迷惑的是常近南,因为那张纸上写的是:请立刻准备一张到苏黎世的机票。

铁银抬起头,正好碰上何夕那招牌似的坏笑,"常正信不是在瑞士读的书吗?"他的目光变得深邃起来,"也许那里会有我们想找的东西。"

3.

在朋友们眼中,何夕是一个很少出尔反尔的人,也就是说,他说的话或写的文字极少发生变动。不过最近他肯定失算了,他本来叫人准备一张机票,但实际上准备的却是三张,因为来的是三个人,除他之外,还有铁银和常青儿。铁银的理由是"正好放假有空",常青儿则只说想跟来,没点明具体理由——不过后来何夕才知道,这个女人做起事来,"理由"两个字根本就是多余。

苏黎世大学成立于1833年,是培养无数优秀人才的摇篮。何夕看着古朴的校门,突然露出戏谑的笑容,"要是校方知道他们培养了一个不借助任何道具就能在两分钟内变成另一个人的奇才,不知会作何感想?"

起身之前,何夕已经通过各种渠道了解了常正信求学时的一些概况,比如成绩、租住地、节假日里喜欢上哪里消磨、有没有女朋友等等,以至于常青儿都忍不住抗议要求尊重一下常正信的隐私。

"那些无关紧要的事情就不必查了吧?"她扯着尖尖的嗓门试图保

护自己的弟弟。

"问题是,你怎么知道那些事无关紧要?"何夕反驳的话一向精练,却一向有效,总是顶得常青儿哑口无言。

卡文先生的秃头从电脑屏幕前抬起来,"找到了。常正信是一个比较普通的学生,没有什么特别的地方。"

"是这样,"何夕信口开河,"常正信现在被提名参选中国十大杰出青年,我们想在他的母校,也就是贵校,找一些不同寻常的经历,作为他的事迹。"

"哦,我再看看。他专业上成绩好像一般,嗯,在选修的古生物学专业上表现不错。你知道,我校的古生物研究所是有世界知名度的。这对你们有用吗?他的论文是雷恩教授评审通过的。我看看,对了,雷恩教授今天没有课程安排,应该在家里。"

……

"常正信?"雷恩教授有些拗口地念叨着这个名字,"你们确定他是我的学生?"

常青儿也觉得他们一行有些唐突了,"他只是在这所大学读书。他不喜欢自己的制药专业,却对古生物学颇感兴趣,而您是这方面的权威,所以我们猜测他可能会与您有较多的联系。"

雷恩蹙眉良久,摇了摇头,"也许他听过我的课吧,见了面我大概能认识,但现在实在想不起这个名字。其实你们东方人来我校留学,一般都是选择诸如计算机、财会、法律等实用性很强的学科,很少会选我这个专业的。"

"其实我倒是一直对这门学科非常感兴趣,只可惜当年家里没钱供我。"何夕突然说。

"这倒是实话。"雷恩笑了笑,"这样的超冷门专业,的确只有少数从不为就业发愁的有钱有闲的人才会就读。就连我的女儿露茜,"他朝窗外努努嘴,"对我的工作也是毫无兴趣,不过,也许今后我有机会培养一下我的小外孙。哈哈哈。"雷恩说着,爽朗地大笑起来。

何夕顺着雷恩的目光看出去,室外小花园里一个容貌秀丽的红衣女子正在修剪蔷薇,她的左手轻抚着隆起的腹部,脸上挂着恬静满足的笑容。

从雷恩的住所出来,何夕准备找常正信的房东了解些情况。他们已经了解到常正信那几年基本上是住在同一所房子里。何夕让常青儿开车,他想抽空打个盹儿。就在刚要放下座椅靠背时,他眼角的余光从后视镜里发现了情况。

"我们被跟踪了。别往后看,往前开就行。"何夕不动声色地对常青儿说。

"哪儿?是谁?我怎么看不到?"常青儿惊慌地瞟了一眼后视镜,在她看来一切如常。

何夕没好气地指着前方说:"如果你也能察觉的话,他们就只能改行开出租车了。"

"不知道会是些什么人?"铁银倒是很镇定。同何夕在一起时间长了,这样的场面他早已见惯不惊。

"看来是有人知道我们在调查常正信,本来应该小心点才是。"何夕嘴里叹气,神色却显得很兴奋,对手的出现让他觉得和真相的距离正在缩短。

"我们要不要改变今天的计划?"铁银问道。

"不用,反正别人已经注意到我们了。"

4.

戴维丝太太的房子是一座历史久远的古宅,院落宽敞,外墙上爬满了翠绿的植物。她是一位退休护士,大约七十岁,体态微胖,皮肤白皙，十年前就一直独居。得知这行人的来意后，她并没有显得太意外，仿佛知道会有这么一天似的。她从一个资料柜中取出写有常正信名字的信封，看了何夕一眼，又把信封放回了原处。

"常的确有些与众不同。"戴维丝太太陷入了回忆，"我的房子是继承我叔父的，不算巨宅，但面积也不小了。由于我一个人住不了这么宽敞的房子，所以一直都是将底层作为出租房的。这里本来就偏僻，附近大学的学生是我比较欢迎的租客。以前都是十多个学生分别租住在底楼的房间里。常来的时候正好是新学期开始，常要求我退掉别人的合约，违约的钱由他负责，因为他要一个人租下所有的房间，包括地下室。看得出他很有钱，但我实在想不出一个人怎么会需要这么多的房间，而且还要加上地下室。但常从来不回答这些问题，所以我也就没有追问了，反正对我来说只要有人租房就行。"

"他总是一个人住吗？有没有带别的人来？"何夕插话道。

"这也是我比较迷惑的地方。虽然我并不想关心别人的私事，但他的确从来没有带过女朋友之类的人来。倒是每隔些日子就有几位男士来访，而且每次并不总是相同的人，但衣着打扮却差不多。怎么说呢，虽然现在许多人在穿着上都比较守旧，但他们这些人实在是守旧得过分了，都不过二三十岁的人，却总是一身黑衣，连里面的衬衣都像是只有一种灰色。"

"我的老天，正信不会加入什么同志协会了吧？"常青儿脱口而出。

"应该不是的。"戴维丝太太露出笑容，"他们只是在一起讨论问题，都是些我听不明白的东西，有时候声音很大，但多数时候声音很小。我的耳朵本就不好，基本听不清他们说些什么。我的房子比较偏僻，除了他们之外，就没见什么人来了。"

"光这些也说不上有什么奇特啊。"铁银说。

"有件事情一直让我觉得很奇怪。"戴维丝太太接着说，"常入住不久，便要求我更换了功率很大的电表，那几乎是一个工厂才需要的容量。"

何夕立刻来了兴趣,"这么说,他是在生产什么东西吗?"

"我从来没有看到他往外运送过产品,所以肯定不是在办厂。他只是运来过一些箱子,然后在离开时又带走了那些箱子。在他租房期间,我从没进过地下室。"

"我们能到他租住的房屋看看吗?"何夕问道。

"这恐怕不行,现在住着房客呢,我是不能随便进入他们房间的。"

"那地下室呢?"

戴维丝太太稍稍迟疑了一下,"这倒是可以,不过里面空空的什么也没有,现在只放着我自己的一些杂物。"

古宅的地底阴冷而潮湿,一些粗大的立柱支撑着幽暗的屋顶。何夕注意到,与通常的地下室相比,这里的高度有些不同寻常。常青儿或许感到有点冷,瑟缩地抱着肩膀。

"我看层高至少有五米吧。"铁锒也注意到了这点,他用力喊了一声,回声激荡。

一截剪断的电缆十分醒目地挂在离地几米的墙壁上,看来这是常正信留在这里的唯一痕迹。就算这里曾经发生过什么,从眼前的情形看也无从知晓了。何夕在四处仔细地搜索,十分钟后,他不得不失望地摇了摇头。铁锒深知何夕的观察能力,从他的表情看,想从这里再发掘些什么已是不太可能的事情了。

戴维丝太太突然开口道:"我想起一件事,常刚搬走时,我曾经在角落里捡到过一样东西,是一个形状很怪的小玻璃瓶,我把它放在……放在……"

戴维丝太太的讲述突然中止,她微胖的躯体像一团面似的瘫软倒地。何夕和铁锒的第一个反应都是像箭一般蹿向地下室的出口。前方一个黑影正急速地逃走,何夕和铁锒的百米速度都是运动健将级的,只几秒钟时间,他们同那个黑影之间的距离已缩短到二十米之内。但就在这时,那个黑影突然蹿向旁边的树林,然后何夕和铁锒便见到了令他们永生难忘的一幕:那个黑影居然在树丛之间荡起了秋千,就像一只长臂猿,只几个起落便甩开二人,越过高高的铁围栏消失在茫茫夜色之中。

铁银转头看着何夕,表情有些发傻,不过话还说得清楚:"人猿泰山到欧洲来干什么?"

戴维丝太太显然已经不治,致她于死命的是一颗普通的鹅卵石,大约两厘米见方,就嵌在她额头的左侧。看到这一幕,何夕才明白自己有些大意了,不过他的确没料到会发展到这一步,现在看来事情越来越不简单了。

常青儿正准备打电话报警,何夕果断地制止了她:"等一下我们出去用公用电话报警,否则会被警方缠住的。"

"戴维丝太太最后说的那个东西到底会在哪儿呢?"常青儿焦急地环顾四周,"要不再找找看。"

"不用了吧,这里何夕已经搜寻过了,他都没有发现那个东西。"铁银抱着膀子说,样子看上去有些不耐烦,但说的却是大实话。

"我想我知道那个东西在哪儿了。"何夕突然开口道,他径直朝地下室出口奔去,留下铁银和常青儿两人面面相觑。

何夕再次出现时,手上拿着一个很小的瓶子。他是在一个信封里找到的。

"既然戴维丝太太知道这是常正信遗留的东西,她自然会把它妥善地保存好。"何夕用一句话就解开了常青儿眼里的疑问,然后就拿着尺子比划起来。瓶子是六棱柱形,边长0.5厘米,高度1厘米,虽然透明,但并不是普通玻璃,而像是一种轻质的、强度远高于玻璃的高分子材料。瓶子的顶部和底部都镶嵌着金属片,在顶部还开着两个直径约1毫米的小孔,但被类似胶垫的东西密封着,里面装有半瓶透明液体。

"我实在看不出这东西是干什么用的。"铁银满脸不解。

何夕仔细端详着小瓶,也是一脸的迷惑,"到现在为止我只觉得这像是一个容器。"

"这我也看得出来啊。"常青儿插话道,"那两个小孔肯定就是注入和取出液体用的。"

何夕赞同地点头,"不过,我还看出这东西应该不止一个,而是数量庞大的一组。"

"这样说没什么根据吧?"铁锒说,"它完全可能就是一个孤立的配件。"

"你们注意到它的形状没有?像这种六棱柱形状的造型,在加工上比正方体之类难度要大许多,容量也没有明显的增大,除非是有什么特别的考虑,否则不会随便做成这个样子。"

"对啊,大量六棱柱体拼合在一起是最能节约材料和提高支撑强度的,就像蜂巢的结构。"铁锒恍然大悟。

"那我们不妨假设一下,在古宅的地下室里曾经有过数量庞大的这种小瓶子,可常正信到底在干什么呢?还记得在常家书房里,常正信曾经说过:'看,那些瓶子。'"何夕眉头紧锁,"还有,我们见到的那个黑影又是什么呢?"

"我从来没见过那么猛的人,他简直就是在树上飞。"铁锒抓挠着头皮。

"常青儿,看来要麻烦你联系一下,我们现在需要一间设施齐全的实验室。"何夕带头往外走,"现在我们还是赶紧离开吧。"

5.

常氏集团在瑞士并没有产业,但有生意伙伴。十个小时之后,何夕已经有了一间工作室。这是一家制药公司的实验室,鉴于瑞士制药业的水平,这间实验室的配置在这颗星球上大约算是顶级的了。不过,何夕很快便发现其实有些小题大做,因为从容器里取出的液体成分实在非常单纯。

经测算，每千克这种液体中大约含有23克的氯元素、12克的钠元素、9克硫元素、3克镁元素，以及不到1克的钙和钾，剩下的就是一些微量元素和水了。现在实验室里就是这么一个化验结果，连同三张愁眉不展的脸。怎么说呢，它的成分太普通了，就像是随便从太平洋某处汲取的一滴水。当然这只是一个比喻，因为它和通常的海水之间还是有些不同的，比如硫和镁的含量稍高一些，但没有什么本质的区别，就像是在某个特殊地域采集的一滴海水。地球上这种地方有的是，比如海底烟囱附近或是像红海之类的特殊海域。

"看来我们有方向了。"铁银先开口，"我想应该拿它同世界各地的海水成分进行比对，确定一下这些海水他们是从什么地方运来的。等会儿我到专业网站上查询一下。如果他们曾经运送过大量海水，肯定会留下线索的。"

"可我弟弟拿这些海水来干什么呢？"常青儿皱着眉，"他从小就对化学不感兴趣，本来我父亲是希望他在制药业有所发展的，但他一直不喜欢这个专业。"

"我倒是觉得整个事件越来越有意思了。"何夕脸上掠过一丝奇怪的表情，望着铁银说，"虽然并没太多依据，但我有种预感，你很可能查询不到匹配的结果。"

"你是说，这可能不是海水？那我可以扩大范围，顺带查一下各个内陆湖的数据，应该能找到接近的结果吧。"

"但愿你是对的。"何夕若有所思，"也许是我想得太多了。"

"难道你有什么猜测吗？"常青儿追问道。

"我只是在想……"何夕的口气有些古怪，"那个能在树上飞的人是怎么回事。"

"也许他是个受雇于人的高手。"常青儿道，"就像是那些从事极限运动的跑酷运动员。"

"我见过跑酷。但……"何夕看了铁银一眼，"你觉得他是在跑酷吗？"

铁银脸上的神情变得凝重起来，"我有些明白你的意思了。"

常青儿着急地叫嚷起来:"你们在说些什么啊?"

铁银苦笑了一下,"我是说,世界上没有人能够像那个家伙那样跑酷,他在树上跳跃的样子不会输给一只长臂猿。"

"你们的意思是……他不是人?"常青儿的眼睛瞪得比平时大了一圈。

"我只是觉得他在地上跑的时候肯定是个人,在树上跳的时候绝对不是人。"何夕说。

6.

享誉世界的瑞士风光的确名不虚传。铁银今天要查对神秘液体的来路,至少要大半天的时间,常青儿耐不住等待要游览名胜,以何夕一向的绅士做派当然只能陪同侍驾。直到这时,何夕才领教了像常青儿这样的女人有多难伺候。首先,由于出身和见识的原因,她的眼光的确独到,对于一般的寻常景色基本不屑一顾,总是四处寻找出奇的风光;同时,由于做事一向泼辣干练,常青儿对于入眼的景色每每又不甘于远望,只要有可能就非得亲到跟前一睹究竟不可。这就苦了何夕了,不仅手里大包小包提着,还得逢山开路遇水架桥,要不是仗着身体强壮早累趴了,只得在心里宽慰自己:幸好常大小姐只是在郊外踏青,而不是游览瑞吉山或皮拉图斯山。

现在终于上到一处坡顶,放眼望去一条平坦的小径徐缓下行,看来前面再无险途。何夕长出口气,这时,他眼角的余光突然发现斜上方十来米高处有团粉色的影子,几乎是电光石火之间,何夕将左手的包一把甩到了肩上——但迟了,他没能挡住常青儿的视线。

"好漂亮的花儿啊。"常青儿叫嚷起来,"你看那儿,我从来没有见过那么粉的蔷薇。"

说到这儿常青儿不再开口,转头热切地看着何夕。何夕望着她绯红的脸颊,微微带汗的几缕发丝在风中颤抖,只得在心里叹口气,认命地放下手里的包,开始朝山壁攀援。提包口儿张开了,可以看到里面已经放了一些"很紫的玫瑰"、"又漂亮又光滑的鹅卵石",以及"好青翠的树叶"。

"只要一枝就够了,还有,别伤了它的根!"常青儿对着坡上的何夕喊,看来她并不贪心。就在这时,一条粗壮的手臂搭在了她的肩膀上。

……

"我们谈谈吧,何夕先生。"来者是四个身披黑袍头戴黑巾只露出两眼的人,说话的是其中个头最高的一位。他说英语,只是口音有些怪。

何夕看了一眼被反缚双手的常青儿,放弃了反抗的念头,"你们想谈什么?"

"你们不觉得自己闯到不该去的地方了吗?"

"我只是想帮助这位女士的弟弟,他的家人很担心。"何夕斟酌着用词,他还摸不准对方的意图。

"我们调查过你,知道你的一些传奇故事。老实说我们很尊敬你,我们并不打算与你为敌。这样吧,如果我们保证以后不再和常正信联系,也就是说,他不必再要求他的父亲给我们公司投资,你能否能就此罢手?"

"我们不需要和他谈判!"旁边个子较矮、手臂显得稍有些长的黑袍人插话道,何夕觉得他的目光就像两把充满戾气的匕首,亮得刺人,"常正信会配合我们的。眼下这个家伙交给我收拾好了。"

"现在是我在说话。"高个儿黑袍人声音高亢,"难道你要违背我的命令吗?"

那人不情愿地退后一步不吱声了,尽管眼里依然恨恨不已。

"我好像根本没有选择的余地。"何夕笑了笑,"现在常青儿还在你们手里,我们俩可不想出什么意外。不过,你能兑现你的承诺吗?"

"这不成问题。我们是商人,商人想多得到一些投资也是正常的吧。现在惹出了这么多麻烦,我们也是得不偿失,所以你不必怀疑我们的诚意。"

"那好吧,我们明天就离开瑞士。现在,请将这位女士的手交给我吧。"

"这样最好。哈哈哈。"高个儿黑袍人满意地大笑几声。常青儿的双手被松开了,她呻吟一声倒在何夕臂弯里,身体仍止不住地发抖。四个黑袍人几乎像出现时一样转瞬之间消失在黄昏的峡谷里,四周只闻冷风的呜咽。

7.

四川南部,守苑。

从瑞士回来已过半月。这段时间何夕回绝了所有应酬,独自一人留在这处能让他心绪平静的地方,想一些只有他自己知道的事情。铁银和常青儿天天打电话,但何夕一直说还不到时候。直到前天上午,他突然请铁银和常青儿今天过来,算起来他们应该快到了。

黄昏的湖畔充满了静谧的美,夕阳洒落的光子碎屑在水面上跳着金色的舞蹈。所谓"湖"其实是一个有些拔高的说法,眼前的这一汪水称作池塘也许更加贴切。何夕伫立在一株水杉树旁凝视着跳荡的水面,像是痴了。

"想什么呢?"铁银和常青儿不知什么时候已经站在了一旁,当然,与这句问候相伴的照例是铁银重重的拳头。

"阳光下的池塘很美,不是吗?"何夕的声音与平时不太一样。

"还行吧。"常青儿环视了一下四周,"可没瑞士的风景好。"

"你们看过法布尔的书吗?"

"就是写《昆虫记》的那个博物学家嘛。"铁锒咧嘴一笑,"以前看过,觉得很好玩儿。一个大人像孩子一样天天对着小虫子用功,不过他真是观察得很仔细。我记得有一篇写松毛虫的,他发现松毛虫习惯一条紧跟着一条前进,于是他故意让一队虫子绕成圆圈,结果那些松毛虫居然接连几天在原地转圈,直到饿晕为止。当时,我边看这一段,边想象着一队又胖又笨的松毛虫转圈,肚子都笑痛了。"

"还有这么好玩儿的书啊!以后我一定要找来看。"常青儿插话道。

"我现在屋里就有一本。不过,我最喜欢的是法布尔笔下的池塘,那是个充满生命之美的地方。"何夕的眼神变得有些迷蒙,"我觉得当这个世界上有了阳光有了池塘之后,所有后续的发展其实都是顺理成章的事情。阳光下的池塘是唯一关键的章节,故事到此已经达到高潮,结局也早就注定,后面的那些蓝藻、草履虫、小麦、剑齿虎、孔子、英格兰、晶体管、美国共和党等等,其实都只是旁枝末节的附录罢了。"

"你在说什么啊?乱七八糟的。"铁锒挠了挠头,和常青儿面面相觑。

"好,还是说正题吧。"何夕招呼二人坐下,品尝他最喜欢的龙都香茗,"常青儿,我前天说的事情办好了吗?"

"还说呢。一连那么多天谁都不理,突然打个电话来居然让我去悄悄收集我弟弟脱落的脚皮。"常青儿忍不住发着牢骚,"这叫什么事儿啊。"

"你没办吗?"何夕有些沉不住气,他实在没把握摸透这女人的脾气。

"哪儿敢啊,是大侦探的命令嘛。"常青儿调皮地一笑,"那些脚皮都送到你指定的中国科学院病毒研究所去了,他们保证结果出来后马上同你联系。可你为什么要这么做呢?"

何夕沉默了几秒钟,"知道我当时为什么答应离开瑞士吗?"

"问题已经解决了啊。那些人不就是想通过我弟弟得到常氏集团的投资吗？现在他们放弃了。这种事在生意场上很常见，只不过他们的手段比较过分罢了。你帮我们查清了问题，我父亲很感激你，特意委托我这次来一定要邀请你到家里做客呢。我父亲说了，"常青儿脸上突然微微一红，"常家的大门永远都对你敞开。"

"是啊，问题已经解决了。"何夕低声说道，"我都没有想到会这么快就办到了。可是……"

"可是什么？"

"与我以前经历过的一些事件相比，这件事起初显得非常诡异，但调查起来却非常顺利，真相仿佛一下子就浮现出来了。只是其中还有一些疑点没有得到解释。比如说，常正信变脸那次……"

"我分析这应该是一种魔术。"铁银插话道，"就像当年大卫表演的一些节目，直到现在都还没有人说得清楚其中的奥妙。"

"可是我不这样想。"何夕摇摇头，"那些人花费了那么多精力，设计了那么多圈套，最后却轻描淡写地放弃了事，这不符合常理。"

"他们不是说因为不愿意与你为敌吗？"常青儿提醒道。

"你太抬举我了。"何夕苦笑，"我没有那么大的影响力。我问你，你们常氏集团有多少资产？常正信名下又有多少？他们本来已经完全控制了常正信，巨大的利益已是唾手可得，现在为什么会主动放弃？"

"你这么一讲，我也觉得有些奇怪了。"常青儿不自信地嗫嚅道。

"所以我分析，他们的承诺只是拖延时间的权宜之计，他们似乎……在等待着什么事件的发生。也许到时候这个故事才会真正开始。"

"你把我都说糊涂了。"铁银显得一头雾水。

"我现在也说不大好，就算是直觉吧。不过我想，事情的真相总会弄清楚的。"

这时，何夕的电话突然响起来。"是我，崔则元。"一个穿着白色工作服的人出现在电话屏幕上。

"结果出来了?"何夕的语气显得很兴奋。

"我不明白你为什么要给我们大家开这个玩笑。"崔则元的表情很严肃,"那位女士说你要求我们在最短时间内给出结果,我的助手放弃了休假,没想到结果却是个恶作剧,虽然我们是朋友,但这也太过分了点吧?"

"等等。"何夕有些发懵,他没想到一上来就劈头盖脸挨了顿训,"我只是拿份人体样品给你检测一下DNA序列,这是你的本行啊,怎么就过分了?"

"可你拿给我的根本不是什么人体样本啊!虽然它看起来和人体脱落的皮肤一模一样。我不知道你玩的是什么魔术,可里面根本就不包含DNA,听清楚了吗?它里面没有脱氧核糖核酸,没有双螺旋结构,连蛋白质都没有!它根本就不是人体样本,甚至也不是任何生物样本!"

"啊?"何夕转头看着常青儿,"你确定拿的是你弟弟的脚皮吗?"

"我当然确定。"常青儿委屈地叫起来。

何夕蹙紧了眉,良久之后从椅子上起身道:"走吧,我们该出发了。"

"到哪儿去啊?"铁锒问道。

"去看看那件不是样本的样本。"何夕有些恼火地捏了捏拳头,"看来故事终于开始了。"

8.

湖北省武汉市,中国科学院病毒研究所。

在崔则元看来,何夕近来大概是有些不正常。大家相交多年,还从来没有像现在这样话不投机。说起来,崔则元走上现在这条路还跟何夕有点关系，中学时代他正是受了何夕的影响才对生物学产生了浓厚的兴趣。不过后来崔则元才知道，对何夕来说生物学只是一个普通爱好罢了，何夕后来并没有像其他人一样升入正规的大学，他根本就放弃了考试，一个人不知跑到什么地方逍遥去了。在差不多七八年的时间里，所有人都同何夕失去了联系，等何夕重新回到原来的圈子里时，早先那个面色苍白、略显青涩的少年已经变得皮肤黝黑、目光灼人了。关于那几年的经历，何夕从来没有正面回答过别人的询问，被人问得实在急了，就说是到"阿尔西亚山"参禅去了——这时，只有少数相关专业人士能立刻从这句话听出何夕是在胡诌，因为虽然的确是有一座"阿尔西亚山"，但却是在火星上。

虽然崔则元认定何夕这次是在胡闹，但凭多年的经验他深知何夕的狡辩本事，所以并不敢太大意。崔则元至今还记得多年前的一件小事，当时几个朋友对何夕那与众不同的往左斜梳的发型产生了兴趣，于是借机追问何夕为什么总是特立独行，连头发都和大多数人弄得不一样。结果何夕只一句话便让大家乖乖闭上了嘴："你们照镜子欣赏时头发不全是往左梳的吗？这说明往左梳才好看。"

这次让崔则元觉得不对劲儿的是何夕居然要求他们重做实验，以便从那些根本不是生物材料的样品里面找出"也许隐藏了的DNA"。

"开什么玩笑？！"崔则元嚷嚷道，"你不会怀疑我们的技术吧？我们这里可是全亚洲最好的生物实验室。明明是你拿来的样品有问题。"

何夕正在电脑上打游戏，这是他休息的一种方式。屏幕上是古老的任天堂游戏超级玛丽，那个采蘑菇的小人儿正起劲地蹦跶着。超级玛丽是何夕儿时的一种鼻祖级游戏机上的经典，现在何夕是通过电脑上的模拟器来玩儿。也许是童年时的印象太深，直到现在何夕也只喜欢这些画面简单但却充满无穷乐趣的游戏，他觉得这才是游戏的精髓。听到崔则元的话，何夕有些恋恋不舍地关掉程序，开口道："可常青儿向我保证这的确是人体皮肤样本。"

崔则元不客气地反诘:"女朋友说得总是对的,是吧?"他这句话立刻让一旁的常青儿羞红了脸,迅速低下头。

"那你们分析出样品到底是什么了吗?"铁银恰到好处地转开话题。

"老实说我们也正在伤脑筋。虽然我们知道这不是生物材料,但也没搞清它到底是什么东西。"崔则元困惑地挠着头,"我从来没有见过这种东西。它像是一种全新的高分子聚合物,它的元素构成同蛋白质相似,也是碳、氢、氧、氮等的化合物,但各元素的比例完全不对,而且分子量很大。"

"这么说它是一种高分子化合物?"何夕沉思着,"可怎么会来自常正信的身体?"

崔则元简直无语了,他脸上的表情已经代替他下了结论:感情真的会让人变蠢,即便是像何夕这样的所谓聪明人。"我再最后强调一次啊,它不可能来自人体。"

"会不会常正信的体表覆盖了这样一种特殊材料?"铁银突然开口说出自己的推测。

"这倒很有可能。"崔则元表示赞同。一旁的常青儿也忙不迭地点头。

一丝神秘的笑意在何夕脸上浮现开来,"虽然这个解释看起来很不错,但我不这样认为。这样吧,还是麻烦你们再做一次实验。"何夕转头对常青儿说,"你弟弟应该快来了吧?我们到机场接他。"

"你为什么要我骗他说是来武汉旅游,我不能说实话吗?"常青儿不解地问。

"常正信知道得应该比我们多一些,我们必须有所防备。"何夕转头看着崔则元,"到时打麻醉剂手脚可得快点儿。"

"哎,我们不能违背当事人的意志采集样本——这是有法律规定的。"崔则元听出了其中的奥妙,急忙发表声明,"违法的事情我不能做。"

"违法的事你做得来吗?你以为是个人就能犯法吗?那得具备必要的才能,比如像我和铁锒这样的。"何夕面有得色地拍了一下胸脯。

"那也不行。如果你们不能保证事情合法,我是不会配合的。"崔则元很是坚持。

何夕同铁锒对视一眼,露出招牌坏笑。他从上衣口袋里拿出张纸递给崔则元。

"这也能拿到?!"崔则元看着部里面的大红印章,隐隐觉得事情越来越不简单。

"所以说,崔则元同志,执行命令吧。"何夕"语重心长"地说。

9.

常正信已经进入了深度麻醉状态。何夕端详着常正信的脸,他特别注意观察常正信的皮肤,但无论他怎么仔细,也没能看出什么特别的地方。这次的样本是七个,分别采集自常正信不同的组织部位。此前,崔则元还从来没有从一个人身上采集过这么多样本,因为按照DNA鉴定的原理,采集一个样本就足够了;但是何夕坚持要这么做,尽管他无法说出理由。不过,崔则元已经感觉到这本来就是一件不合常理的事,那么应对的方法也应该不合常理。

检测结果对崔则元来说完全是一场灾难。

"这不可能!"崔则元面色苍白,同众多以技术立身的人一样,他一向有着稳定的心理素质,但他现在面对的是超出他全部想象力的事件。七件样品中,有六件样品的结果同第一次实验是一样的,只有一件样品表现出了人体生物学特征。如果按照这个结果来看,常正信基本上就不是人类。但这怎么可能?每件样品都是崔则元亲自采集的,为了彻底驳倒何夕他甚至没让助手帮忙。

"你们明白吗？他根本不是人类。"崔则元大叫道，"你们明白吗？"

"那他是什么，另一种生物？"铁锒的面色同样苍白。之前的结果还可能是因为常青儿拿错了样本，但现在却是由最严格的实验做出的结论。

"不，他甚至不是生物体。"崔则元的语调变得有些恐怖，"你们明白我的意思吗？所有生命的基石都是核酸，也就是DNA或RNA，从病毒到野草到大象再到人类，核酸的编码决定蛋白质性质。可他体内没有核酸，我不知道他是由什么构成的。"

"你们胡说！"是常青儿的声音，"虽然正信近来是有些古怪，但我敢肯定他就是我的亲弟弟。我不管你们的什么科学实验，我只相信自己的感觉。他就是我的弟弟。"

"不是还有一份样品的结果正常吗？"何夕倒是很冷静。

"对对，是这样的。"崔则元看了一眼电脑屏幕上的结论，"那份样本取自脊髓。它部分正常，像是一份混合体，就是说它表现了部分人类特征，而且我拿这份样本同常青儿的DNA数据作过比对。如果单以这份样本来看，可以判断他们具有姐弟关系。"

"脊髓。"何夕念叨了一声，"那另外几份样品都分别取自哪里？"

"肌肉组织、皮肤组织、肝脏、血液以及腺体组织。"

"这么说，常正信身体的绝大部分都出了问题。"

"我不知道该怎么描述。"崔则元几乎无法控制自己的情绪，"他的生理机能都很正常，在显微镜下他身体的每一个细胞都充满活力；但从严格意义上讲，他的确不应该被称作人类。"崔则元点击一下键盘，屏幕上立刻显出电子显微镜下一群活细胞的图像，"这是取自肝脏的部分。"崔则元补充道。

"难道他是机器人？"铁锒分析道，"或者说是一种复合型的机器人，因为他毕竟还有少部分人类的成分。"

"但是你们知道我的感觉吗？"何夕凝视着屏幕，"崔则元你是专家，你能看出这群肝脏细胞同正常人肝脏细胞的区别吗？"

"说实话我不能。"崔则元无奈地承认,"你们看这里,液体在流动,线粒体在燃烧,葡萄糖酵解成丙酮酸,并在三羧酸循环中释放出大量的三磷酸腺苷,由此提供生命必需的能量。一切都井然有序,井井有条。"

"这也正是我的感觉。"何夕的声音变得有些古怪,仿佛是在宣示什么,"所以它们不可能是机器,它们是生命。"

"可它们没有DNA,不可能是生物体!"崔则元近乎绝望地想要捍卫自己的信念,虽然他感到自己心中那座曾经坚不可摧的大厦正在何夕的宣告下坍塌。

"我没说它们是生物体啊。"何夕淡淡地纠正道,"我只是说它们是生命。"

10.

北京,某地。

"你们怀疑这可能是一起生化事件的前奏。"齐怀远中将在聆听了十分钟后发言。他大约五十岁,身形瘦削,目光中闪烁着军人特有的坚毅。

"这正是我们求助于军方的原因。本来事情的起因只是有人企图非法获取他人的资金,但现在看来问题远不止于此。有一种奇怪的技术出现了。"何夕尽量让语气平缓。他同齐怀远并不是初识,他们曾在以前的一次突发事件中打过交道,何夕在其中发挥了重要的作用,虽然出于可以理解的原因,这一点在军方档案中没有任何记录。

"他们的目的是什么?"

"现在还不知道,但这个世界至少已经有了一些怪异的个体。我知道其中一个人能像猿猴一样在树上跳跃,并且能用一颗小石子轻取他人性命;另一个则能够随意改变自己的相貌。"

"听起来就像是神话。"齐怀远目光深邃,如果对方不是何夕的话,他早就对这番奇谈怪论嗤之以鼻了,"那你要我们做什么?"

"尽可能地给予我们帮助。"

"在苏黎世我们没有太多力量,你知道那里并不是热点地区。"

"但是你可以动用其他的力量,包括盟友。我是说,包括你能动用的一切力量。"

"有这个必要吗? 现在事情的真相还没有弄清,也许这只是一个局部的事件。"

"或许你还不清楚我的意思。"何夕正色道,"如果你看到过那些细胞,如果你从生命的角度上来看问题,你就会意识到这是一个多么严重的事件。"

"有多严重?"齐怀远被何夕严肃的语气感染了。

"一般的生化事件,往往是某种致病微生物参与其中,导致一定数量的人群受到感染并出现病理特征;而现在我们面对的却是一种未知的现象,准确地说,我们见到了一种此前地球上根本不存在的生命现象。"

"对不起,你的话我理解起来有些困难。"

"在我们的世界上存在着几百万个物种,如果加上那些曾经存在但现在灭绝了的,数量则更为庞大。从几微米的病毒到高达百米的美洲红杉,从深海巨乌贼到南极地衣孕育的孢子,生物界按门、纲、目、科、属、种的规律分成了各个不同的类别。生物体之间无论是外形还是功能都存在着巨大的差异,但是从根本上说,所有生物都具有同一性,即它们都具有相同的遗传物质类型,它们之间的差异只是DNA或RNA的编码不同罢了。明白我的意思吗? 我们不仅和猿猴来自同一个祖先,从最根本的意义上讲,我们同你窗台上栽的那种云南茶花也来自同一个祖先。但是,这次我们却见到了一种完全另类的生命。"

"你是说我们可能遭遇了外星生物的入侵吗？"齐怀远的声音有些颤抖，这在他的军人生涯中是绝无仅有的事情。

"现在我还不知道这到底是一次怎样的事件。"何夕的语气沉重而无奈，"但愿我们能早些知道事情的真相。我们需要时间，但愿我们有足够的时间。现在你明白我为什么请求你动用所有力量了吗？"

"是的，我明白了。"齐怀远拿起了旁边的红色电话。

11.

像往常一样，苏珊在快餐店点了一份牛肉馅饼和一杯咖啡。今天是周日，这个时候客人还不多。一位头发花白的老人坐在窗户边悠闲地品着红茶。两个学生模样的女孩在窃窃私语，不时发出低低的笑声。苏珊拿着汤匙慢慢地搅动着，回想着出门时女儿艾米丽稚嫩的笑声。作为一位单身母亲，四岁的女儿几乎就意味着她的一切。苏珊感觉自己的手心很干爽，这是她觉得安全的表现。哪怕是潜意识里有一丝危险的警告，她的手心都会变得潮乎乎的，这是只有苏珊自己才知道的秘密，包括当年在特工训练营里的那些教官也不知道这一点。就在这时，她看到了那个人，虽然和照片并不完全一样，但苏珊的直觉告诉她就是这个人了。

"和这位女士一样。"来人一边对侍者说着话一边坐下来，他摘下墨镜，现出灼人的目光。来人正是何夕。

"他们给我的照片上你没有胡须。"苏珊点点头，算是打个招呼。

"是粘上去的。"何夕笑了笑，"苏黎世有认识我的人。"

"我接到的命令只有一条，就是执行你的一切命令。"苏珊的声音很低。

"我需要查询今年四月十三日一批货物的流动路径,我知道它们发运的起始地点。"何夕在地图上指明了一个点。

"时间有些久了,不知道沿途的监控录像保留是否还齐全。"

"并不需要齐全,只要有一个大概的路线图能帮助我们推测货物的去向就可以了。"

"这应该能办到。我明天给你结果。"苏珊突然努了下嘴,"不是说就你一个人吗?那边一直朝我们看的人是谁?"

何夕悚然回头,虽然隔着几排座位,何夕还是一眼就认出了靠着帽子遮遮掩掩的常青儿。常青儿大概也意识到自己已经暴露,有些不好意思地冲他笑了笑。

"是你的搭档?"苏珊仿佛看出点什么。

"算是吧。"何夕低头啜饮咖啡。

"那我先走一步。"苏珊起身,"但愿我能尽快给你带来好消息。"

何夕慢腾腾地踱到常青儿的座位旁,"这边有新的生意需要常大小姐亲自打理吗?"

"就是就是。"常青儿忙不迭地借坡下驴,"碰到你真是好巧啊。"

"事情办完了吗?如果差不多了还是早些回去吧。"

常青儿抬眼看着何夕,黑白分明的眸子里闪过一丝委屈,"我知道自己帮不了什么忙,可是,我真的很担心你。所以……"

何夕在心里叹口气,老实说,近段时间以来,这位有别于一般富家小姐的常青儿已经在他心里留下了印迹,但他知道这没有太大意义,这种温馨平凡的情感是像他这样的人可望而不可即。每个人的现在其实都源自他的过去,一些事情虽然已经成为过去但却永远不会消逝。就像多年前那海边古堡里阴冷的风声,这么久了还一直在何夕的耳边回响。

"你知道我们面对的是些什么人吗?"何夕尽力使自己的声音显得冷漠,"你留在这里只会让我分心。"

"我能照顾自己。你是在帮助我弟弟,我不能袖手旁观。"

"我以前为你们所做的只不过是商业行为,是我的工作罢了,你们也已经付了足够的报酬。我现在已经不是在帮你的弟弟了,我接受了另外的委托。所以请你立刻回去吧,不要妨碍我的工作。"何夕抛下这句话后,头也不回地离开了。

12.

贝克斯盐矿位于日内瓦湖以东,总长度超过五十公里,从公元1684年一直开采至今。一年前有个神秘人士买下了盐矿的部分废弃区,苏珊调查的结果表明,常正信运走的货物大部分正是运到了这里。贝克斯盐矿已经部分开发成了旅游景点,但废弃区却终年人迹罕至。

从望远镜里看去,一个守夜人模样的老人斜倚在躺椅上,像是睡着了。何夕和苏珊没费什么劲儿便潜到了山脚,现在是夜里十一点,从外面看去,山壁上的入口一片漆黑,也听不到什么声音。旁边惨白的路灯光照在草地上,一棵被锯得光秃秃的梧桐树在地上投下古怪的黑影。

"我进去了,你留在这里。"何夕吩咐苏珊,他收拾着开锁器具。洞外的轻松很可能意味着里面加倍的危险。

"随时保持联系。"苏珊手里紧握着一支枪,声音微微有些颤抖。

何夕点点头,急速地从门口融进了黑暗之中。苏珊警惕地四下张望,然后退守到那棵梧桐树下,借助树的阴影潜伏着。苏珊对这个位置感到满意,周围很空旷,便于她观察,而在昏暗的路灯下没有人会注意到这里潜伏着一个人。但不知怎的,苏珊突然感到手心里满是汗水,她觉得似乎有什么事情不对劲儿。几乎就在这种感觉生出的同时,苏珊感到一个铁钳样的东西扼住了自己的咽喉。在意识即将离开身体之前的一刹那,苏珊终于在挣扎中目睹了欲置自己于死地的究竟是什么东西……

一张鬼脸!这是苏珊脑海中涌现的最后一个意识。

"啊——"一声凄厉的惨叫在黑暗中响起,是常青儿的声音。何夕从入口冲出来,映入他眼帘的是昏厥倒地的常青儿。

……

"你醒了。"何夕关切地望着常青儿,"喝口水吧。"

"鬼脸!我看到一张鬼脸!"常青儿显然还没有从惊吓中缓过来。

"什么鬼脸?"

"是一张长在树上的鬼脸。"常青儿的眼睛里充满了恐惧,"太可怕了。"

"树上的脸?"何夕沉吟着,突然失声叫道,"是那棵梧桐树。我出来的时候,那棵树和苏珊都不见了。我知道了,那根本就不是一棵树,那是一个人!守夜的老人只是一个摆设,他才是真正的警卫!"

"对不起,我悄悄跟踪了你。"常青儿嗫嚅着说,"我只是担心你。"

"看来这一次是你救了我。如果不是你突然出现打乱了对方的计划,我也许已经在毫不知情的情况下被暗算了。可是苏珊……"何夕难过地低下了头。

"你说那棵树其实是人?这怎么可能?"

"我想那也许应该叫做拟态。想想常正信吧,他曾经在几分钟时间里不借助道具变成另外一个人,使得所有人都无法分辨。我不认为那是什么魔术。今天我们显然遇到了一个能力更加强大的人,他甚至能拟态成植物。现在我都不知道究竟什么地方是安全的,也许这个房间里的某株盆景……"

"别吓我。"常青儿身子发抖,紧张地四下张望着。

"没事的,我已经检查过了。"何夕怜惜地抚着常青儿的额头,"你休息一下。"

13.

苏珊只是受了点轻伤。警方第二天上午发现一辆车撞在了公路护栏上,昏迷的苏珊就在后排位置上,前排位置上有一摊血,但司机不见了。医生检查的结果是,她身体没什么大碍。看来,绑架者的驾驶技术不怎么好。

"很抱歉,让你担心了。"苏珊躺在病床上,面容有些憔悴。一个粉嘟嘟的小女孩紧紧依偎在她身上,大大的眼睛里流露出惊惶之色,那是她的女儿艾米丽。苏珊充满爱怜地紧握着艾米丽的手。

"是我没有考虑周全。你先休息,别想那么多。"何夕安慰道。这时他的电话突然响了,电话屏幕上铁锒显得心神不宁,他的第一句话便是:"常正信死了。"

何夕悚然一惊,这已经是事件里的第二名死者了。

"是这样的,这些天他本来一直留在病毒所的实验室,情绪也比较稳定。但从前天开始他就强烈要求出去,我们当然没有答应。结果今天早上他突然强行逃跑,还抢了警卫人员的枪。就在我们试图劝说他放弃行动时,他突然冲到了马路上,一辆货车刚好经过……"

何夕沉默了,他感觉眼前仿佛出现了一个巨大的黑影,而且这个黑影还在不断地逼近,即将吞噬一切。

"你怎么了?"铁锒关切地问道。

"噢,没什么。"何夕摇了摇头,"你马上让崔则元他们再对常正信作一次全面的DNA检测,还是从以前的那些身体部位取样。"

"什么意思?"

"先别问这么多,照着做吧。我预感到我们离真相更近了。"

"发生了什么事?"苏珊撑起身子,"我可以帮忙吗?我已经没什么事了。"

"没什么。"何夕不想吓着艾米丽,"你先休息吧。"

"我真的没什么了。"苏珊执意下床,"有了这次的经验我知道该怎么做,那些家伙不会再得手了。我现在就能继续工作。"

"那好吧,这次我们白天去。"何夕敬佩地看了一眼这个坚强的女人。

但他们晚了一步,一个小时后映入他们眼帘的是已经炸成了废墟的矿场入口。

14.

"常正信的DNA检测结果出来了。"电话屏幕上铁锒神情严肃。

"我猜想脊髓部分也一定完全变性了。"何夕先发表看法。

"正是这样。可见在常正信身体上发生的是一个渐变的过程。"

"现在可以理解那次他伪装常近南时的表现了,当时那种东西还没有完全控制住他,所以他在最后一刻改变了命令。"

"我还是不明白他身上到底发生了什么事情,难道是一种病毒感染吗?可崔则元说,这种东西根本不是生物材料。"

"我想很快就会知道答案了。对了,关于那些海水你调查得怎样了?"

"说实话我正头疼呢。我找遍了全球各处的水文资料,都没发现和它成分相符的地方。比较接近的是黑海的海水,但差异也不小。真不知道常正信是从哪里搞来的这些海水。"

"记得我曾说过你可能找不到匹配的结果吗?因为……"

"因为什么?"铁锒嚷嚷道。

"因为你没有时间机器。"何夕没头没脑地说完这句话便挂断了电话,留下铁银一个人兀自在电话那头发呆。

"那我们下一步怎么办?"苏珊正擦拭着她喜欢的P990,这款出自德国瓦尔特公司的手枪是她从不离身的爱物。

"我们的大方向应该没有问题,"何夕皱眉思索,"但是一定有什么地方被忽略了。这个组织虽然神秘,但时间上不像是成立了很久。常正信到戴维丝太太那里租房,是他到瑞士第三年的事情。"

"你有什么新想法吗?"

"让我想想。"何夕的神情突然一变,"我现在要出去一趟,你先赶到贝克斯盐矿去等我。"

"那里不是已经被毁掉了吗?"

"总之你先到那里去,再等我的通知。"

雷恩刚上车,一个黑洞洞的枪口就从后座对准了他的后脑勺。

"教授您这么急是去哪儿呢?"何夕似笑非笑地问,"是贝克斯盐矿吗?"

"你是什么意思?我想起来了,你是那天那个中国人。"

"记忆力不错。但我们不止见过那一面,还有郊外那一次呢。"

"我不明白你在说什么。"

"当时你改变了说话的语调,身上又罩着黑袍,我完全没有认出你。直到几小时前我才受另外一件事的启发,想起你当时的笑声,当时你很得意,人在得意的时候会疏于伪装的。你成功地改变了语气,但笑声暴露了你。"

"是吗?"雷恩镇定了些,"那启发你的又是什么事情呢?"

"是我发现你撒了一个不起眼的谎。我查过常正信的资料,他选修的古生物研究论文获得了当年的最高分。专业上表现这样优秀的学生你却说想不起这个人了,这符合逻辑吗?除非当时你是想刻意掩饰什么。还有,我们刚与你接触就被人注意到了,结果导致戴维丝太太死于非命。"

"这些只是你的推测。"

"不用狡辩了。虽然我还不知道你在那个组织里居于什么位置，但至少你能带我进到贝克斯盐矿去，我想看看里面究竟发生了什么事情。"

这时何夕的电话响了，是苏珊，"我已经到了盐矿，但这里的确是一片废墟，我不知道你派我来干什么。"

"我马上就到。听着，雷恩教授会带我们进去的，他现在和我在一起。"何夕挂断了电话，对雷恩说，"需要我帮你带路吗？你应该知道我杀过人的，而且不妨告诉你，我还杀错过人，并且不止一个。"

"好吧。"雷恩嘟囔一声，无奈地发动了汽车。

15.

事实证明，何夕这次动粗很有效。

雷恩表现得很配合，他从汽车尾箱里找出两件黑袍给何夕和苏珊披上，然后引领他们从另一个伪装得极其隐蔽的入口进入了矿场。通道里不时有人擦肩而过，每个人都非常恭敬地向雷恩致意，可见雷恩在这个组织里一定地位尊崇。

在最后一道门前站着一名警卫，何夕立刻意识到这个人他见过不止一次，因为他有一双明显异于常人、特别长且粗壮的手臂。

"教授您好。"那人挺了挺腰板。何夕注意到他手里握着一把石子，眼前不禁浮现出戴维丝太太的死状。

"把门打开。注意警戒。"雷恩下了命令。三个人进去后雷恩按下开关，厚重的合金门缓缓合上。

眼前的景象让何夕有些发晕。

盐矿里存放的不是盐,而是一些瓶子——很小但是很多,多到难以计数,在一排排的柜架上密密麻麻地重叠铺陈。无数这样的瓶子组合成一个巨大的阵列,顺着甬道延展开去,直到超出视线。瓶子的高墙向上连接到矿井的顶部,让置身其中的人倍感自身之渺小。

"你们应该感到幸福,能够目睹这个世界上最伟大的奇迹。"雷恩显得很镇定。

"我在数这里有多少个瓶子。"何夕的语气很平静。

"你一辈子都数不完的。我来告诉你吧,整个系统的瓶子数量是十亿。"雷恩露出笑容,"这些六棱小瓶的排列方式类似蜂巢,真是一个巨大的巢。老实说如果一个人做了件了不起的事情却没有人欣赏也很无趣,所以今天让你们参观一下也不错。"

"但是这些瓶子里面好像没什么动静。"

"当然,现在这里只是一个伟大的遗迹,它们的使命已经完成了。"

"什么使命?"

"那是一种你们永远无法理解的使命。是上帝借由我的手来完成的使命。每个瓶子里装有大约一毫升的液体,而十亿个瓶子里液体的成分都是不同的,由计算机在很宽泛的范围里按一定算法随机配制。有些瓶子里的液体成分非常奇特,但谁又真正知道生命会选择怎样的环境呢。每个小瓶每秒钟里大约发生十次放电现象,那是我们制造的微型闪电。那是一幕多么壮观的景象啊,无数的闪电将整个地下矿场变得比白昼还要明亮。每个瓶子里其实都是一种可能的原始行星环境。从理论上讲,这里存放着十亿颗各不相同的行星。你明白我的意思吗?"

"我明白了,许多年前米勒等人就曾经做过这样的事情,他们模仿原始地球的海洋成分,然后通过持续的电击,最终从无机物中产生了氨基酸等构建生命的有机物质。你是在重复他们的工作吧。"

"不是重复,我所做的工作远远地超越了他们。"雷恩的脸上满是得意的神色,"他们仅仅设计了一种可能的行星环境,而我从一开始就站在比他们高出百倍的地方,我做的是他们连做梦都无法想象的事情。"

"其实我猜到了你在做什么。"

"不可能。"

"你是在制造更高位数的生命。"何夕的眼中闪现出洞悉的意味,"我说的对吗?"

五秒钟的沉默之后,雷恩不禁拍了拍手,"你真让我吃惊,居然能够看出其中的真相。你是怎么猜到的?"

"很多人认为常正信能够不借助任何工具改变容貌是一种魔术,但我意识到这可能是一种不可思议的生命现象,是一种超级拟态现象。"何夕注视着雷恩,"而你那位能在树上纵跳自如的下属更坚定了我的信念。然后是奇异的瓶子,它的六棱形状暗示着数量的庞大。加上瓶子里与原始海洋类似的液体成分,还有常正信身体里的奇异成分,这些线索的共同作用最终把我引到了这里。"

"你真应该做我的同行。"雷恩眼里闪过一丝欣赏的光芒,"我承认你猜对了。"

"那你成功了吗?"

"你认为呢?"

"应该是部分成功了吧。至少我亲眼看到了一些奇怪的人以及他们奇特的表现。这么说,他们真的是另一种生命吗?"

"人们都说DNA或RNA是生命的基石,其实DNA是由鸟嘌呤、腺嘌呤、胸腺嘧啶和胞嘧啶四种碱基编码而成,每三个碱基为一组,每组碱基的排列组合对应一种氨基酸,并最终决定蛋白质的性质。碱基才是构成地球生命的终极基础。DNA不过是一段代码,四种碱基就相当于数字0、1、2、3,它们在双螺旋上的排列组合方式决定了蛋白质的构成,进而决定了地球上千万种生物多姿多彩的表现。从某种意义上讲,地球上的所有生命都不过是一段各不相同的四进制程序代码罢了。"

"那你发现的究竟是什么呢?"

"那是一次极其偶然的事件。其实当时我的实验远没有达到现有的规模,行星瓶的数量不过只有一千个。我永远记得那个编号为637069的行星瓶,它是孕育新型生命的摇篮。没有人能在事先预料到我们的实验会有什么结果,就算在我内心深处曾经有过朦胧的构想,但这一事件也超出了哪怕是最大胆的假设。不过,我很快就意识到什么事情发生了,X光衍射结果表明,有一种呈三螺旋结构的超级类核酸物质出现了。你应该知道,在X光衍射图像下,DNA的双螺旋结构呈现为'X'形,而超级核酸的三螺旋结构呈现出清晰的'※'形。当时我的感觉简直无法用语言形容。"

"那是成功的感觉,对吧?"何夕理解地点点头,"这是好事啊,凭借它,没什么人能和你争夺诺贝尔生物与医学奖。"

"我曾经这样想过。但是,我想到了更多。超级核酸的出现,意味着八进制的生命诞生了。在四进制生命中,氨基酸进入编码的最大可能数目是64种,而在八进制生命中,氨基酸进入编码的最大数目是512种,这是多么巨大的飞跃!由此产生的全新的蛋白质种类更是呈现爆炸式的扩张。直到此时此刻,生命才真正达到了无所不能。"

"不过,按照人类现在的标准,这些新的核酸和蛋白质都不能定性为生物材料。"何夕插话道,"比如我的一位生物学专家朋友就认定常正信不是人类,甚至不是生物体。"

"这很正常,就好比 Windows 操作系统的程序无法在 DOS 操作系统下运行一样,虽然前者肯定高级得多。如果 DOS 系统有知的话,它一定会认为所有的 Windows 程序都不能称作程序,而是一堆不可理解的无意义的乱码。"

"你说得不无道理。"何夕若有所思地点点头,"那后来呢?"

"我们以那个行星瓶为蓝本,将规模扩大到了十亿。多亏了像常正信这样的人的帮助,当时,戴维丝太太的地下室里有两亿个行星瓶,是我们一个重要的节点。最初诞生的超级核酸是极不稳定的,直到一年之后,你应该能算出来这其实就相当于自然界里十亿年的时间,稳定的超级核酸产生了。然后,我在一种普通的病毒上植入了超级核酸,我称之为'※病毒',也可称为'星病毒'。"

何夕倒吸了一口凉气,他觉得自己的背脊有些发麻,"你知道自己在做什么吗?"

"我当时只是想做个验证。我想知道超级核酸会表达出怎样的生命现象。也许你会说我的好奇心太重,但现在看来我当时的行为更像是一种宿命。其实我想,在宇宙中八进制生命迟早会自行诞生,所需的不过是更长的时间罢了。四十亿年前地球逐渐冷却,然后大约经过五亿年四进制生命诞生了,从此,你们这些低级的四进制生命体就占据了这颗星球,而八进制生命的演化进程就此搁置。现在好了,看看四周吧,我创造了这个大自然要用十亿年才能完成的奇迹,现在该是你们让位的时候了。超级核酸自有其强大的生命力,从它诞生之时起就影响着周围的一切。有时我感觉根本不是我创造了它,而是它找到了我。它在冥冥中借用我的大脑,借用我的手,创造了它自己,从十亿年后来到了现在。"雷恩的神情变得有些恍惚,"它是那么奇妙,拥有那么不可思议的魔力。"

"你这样说让人很难理解。"

雷恩脸上显出高深莫测的笑容,里面还夹杂着一丝不屑,"在宇宙万物中,没有比生命更神秘的东西了。生命诞生之初是那样的孱弱,一丝紫外线、一点高温都能彻底消灭它;但是,在冥冥天意的指引下,生命却能占据一颗颗星球。你看看我们脚下这个直径一万两千公里的小石子,它的大气成分、土壤构成、地底矿藏、温度湿度等等无一不是几十亿年来生命活动的结果,生命的发展甚至将最终改变整个宇宙的面貌。你永远无法理解我面对超级核酸时的心情,因为你对生命没有我这种敬畏。"

"但你恰恰没有表现出对生命应有的敬畏。"何夕打断雷恩的话,

"没有人可以扮演造物主的角色,你创造了新的生命,但你打算怎样对待这个世界上原有的生命呢?"

一丝尴尬的表情自雷恩脸上飞快地掠过,他没想到何夕一句话就说透了自己隐藏很深的心思,"老实说我很尊重你,在低级生命里你应该算是佼佼者了。如果你能够与我们合作的话,肯定会对我们的计划有所帮助。在宇宙的生命法则里永远是强者生存,你应该识时务。让我来回答你的问题,原有的生命可以被改造。超级核酸拥有远胜过地球生命的生命力。它有一种强大的生存欲望,被植入核酸的'星病毒'在极短的时间里就迅速改变了整个病毒种群的基因构成,原有的种群根本无法与之抗衡;而且,超级核酸对四进制生命体的感染和改造是全方位的,植物、动物、微生物,无一例外。我说这些就是希望你能与我们合作。"

"这是绝不可能的,"何夕冷笑一声,"而且我还要阻止你。快告诉我'星病毒'在什么地方?"

"这么说你真的拒绝我的提议了?其实我不想强迫你,你最好与我们合作。"雷恩脸上闪过一丝诡异的神色。

"你别忘了现在是我说了算。"何夕晃了晃手里的枪,他觉得雷恩大概是急昏了头。但雷恩奇怪的话让他心里一沉,的确,雷恩为何毫无保留地说出真相?而且,今天的事情似乎过于顺利了些……何夕猛地想起一件事,他下意识地回头看着苏珊。

"对不起,何夕先生。"说话的人是苏珊,她手里的P990寒光四射。

"这么说,在这两天里发生了一些我不知道的事情。"何夕喃喃自语。

雷恩上前轻揽住苏珊的腰肢,"你怎么就没有看出来我和苏珊已经是同类了?当你找到苏珊的时候,她已经注射了'星病毒'。我们告诉了她真相,后来的一切都是顺理成章的,而下一个接受改造的人就是你。"

苏珊脸上的表情很平静,她十分利落地将何夕铐在栏杆上,"我选择忠于自己的种族；而且，地球生命很快就会全部升级成八进制生命。到时候我们就都是一样的了。"

"你不是很想知道'星病毒'在哪里吗？我来告诉你吧。"雷恩得意地大笑，"我已经以协助研究的名义将装有特殊样本的盒子送到了全世界的七家研究所，再过十个小时它们就会自动打开，释放出'星病毒'。它们与注射用的病毒不同，被它们感染的个体将具有高度传染性，不仅在人与人之间，也在人与其他生物之间传播。伟大的超级生命体将从研究所的每一个人开始传播，以几何级数在短时间内占据这颗星球的每一个角落。这个世界上没有任何一种药物能够清除'星病毒'的感染。不，这不是什么感染，而是生命的升华。是八进制生命对地球低级生命的一次崭新升级。那是多么美妙的时刻啊！"

"你不能这样做。"何夕的声音已经沙哑，雷恩的话让他不寒而栗。

"我当然可以这么做，就像人们都喜欢把自己的电脑升级成高位数一样；而且，升级后你如果怀旧的话还可以随时模拟四进制生命，你可以扮演任何你喜欢的低位数生命形象，这难道不好吗？"

"不是这样的，"何夕试着作最后的努力，"生命不应该分出高低贵贱。每个生命体都是独一无二的个体，它有自己的尊严。你这样的做法其实是对原有个体的灭绝，你难道不明白吗？想想看吧，你觉得自己还是原来的雷恩吗？你的灵魂已经被超级核酸控制了，你成了它的傀儡，成了行尸走肉，这和毁灭有什么区别？还有苏珊，你觉得还有自我吗？问问自己的内心，以前的那个苏珊到哪儿去了？别忘了，艾米丽还等着你，快醒醒吧。"

一丝复杂的神色自雷恩眼里一闪而过，"你不要白费心机来说服我了。我多年来的心愿就要实现，人类即将迎来伟大的新生命时代。也许你现在还不理解我，但是你很快就会认同我了。"一丝奇怪的笑容自雷恩脸上浮现，他的手里多了一支样式复杂的注射器。

"'星病毒'已臻于完美，你的运气很好，整个过程相较于以前已经大大缩短，没有任何痛苦，超级生命将完成对你全身细胞的升级。你会毫无知觉地睡上一觉，但醒来后你会发现自己已经脱胎换骨了，那是一种无比美妙的感觉。"雷恩慢慢逼近。

何夕徒劳地挣扎着，手铐在他的手腕上勒出了血痕。一种从未感受过的绝望攫住了他的心，不仅因为自己即将成为异种，也因为人类将要面临的命运。以何夕的知识他当然明白雷恩说的是对的，醒来之后他自己也将异化为雷恩的帮凶，任何生命体的心智都是从属于自身的物种的，就像一只蟑螂永远只会从蟑螂的角度思考问题一样——假如它能够思考的话。但那是多么可怕的后果啊，从某种意义上讲甚至超过死亡。汗水从何夕的额头上滑下，他绝望地闭上了眼睛。

一声沉闷的枪响。

何夕睁开眼。雷恩捂住胸口缓缓倒地，惊骇莫名地望着苏珊。

苏珊凝望着何夕，目光里有奇异的光芒闪动，"你让我想到了我的女儿。她是这个世界上独一无二的珍宝，我不能容许任何东西来替代她。谢谢你。"

"应该说谢谢的是我，还有这个世界上的所有人。"何夕撑起身子，苏珊帮他打开了手铐。

"你们阻止不了我的。"雷恩的口中溢出血沫，他的脸部扭曲得有些狰狞。

"你快走，我坚持不了多久。"苏珊痛苦地指着自己的头，"它们就要完全控制我了，我感觉得到。那边还有一条安全的通道能出去，你一定要阻止雷恩的计划。"

"你不和我一起走吗？"

"不。"苏珊的脸变得惨白，看得出她正在用尽全身力气挣扎，"我留下来处理一切。"

"我要带你走。"何夕坚持道。

"你快走！"苏珊突然举起枪，脸上的痛苦之色越发明显，"你知道,我已经不是从前的苏珊了,我随时可能会杀了你的。你快走啊,趁我还能控制自己!"

何夕默然退后,进入通道前他突然听到苏珊最后喊了一声:"告诉艾米丽,说我永远爱她。"

"我会的。"何夕应道,没有回头。

二十分钟后,随着一声剧烈的爆炸,贝克斯矿场的一隅连同天才雷恩一起埋在了地底深处,为他陪葬的是十亿颗小小的行星。

尾 声

一个月之后。中国武汉。

销毁"星病毒"的仪式最终选在了中科院病毒研究所。实际上,在这一个月里,世界各国专家争论的焦点是究竟应不应该销毁它。但是,谨慎的一方最终占据了上风,现在,七个潘多拉盒子已经并排地摆放在熔炉边上。

"真想亲眼看看里面那东西长什么模样。还有,它们到底是怎么诞生出来的。"崔则元小声嘀咕道。

"估计在座的这些人十之八九都有这想法。"何夕总结道。他至今没有对任何人吐露过其中具体的技术原理,因为他对这个世界上会不会再产生雷恩这样集智慧和疯狂于一身的天才实在没把握。

"谁让咱们是干这一行的呢?这一个月心里都快痒死了。"崔则元忍不住叹气。

来自联合国卫生组织的高级官员已经讲完了话,按照安排,下一个环节是由他亲手摁下开关将七个盒子送进熔炉。但是,他突然停下了悬在空中的右手,开口道:"我提议由何夕先生来完成这最后一个环节,因为正是他的努力才阻止了这场可能毁灭整个地球生物圈的灾难。"

何夕仓促起身上台，一时间他竟不知该从何说起。他仿佛又听到了莽撞无知的常正信那惊惶的嘶喊，看到了地底深窟中苏珊那难以描摹的最后一瞥。

"站在这里我想到了雷恩教授，他原本和在座的各位一样，是一位优秀的科学家。我一直忘不了雷恩临死前说的那些话。他居然能够接受所谓高级生命对自身的替代，虽然他称之为升级。我想，地球上那些比我们人类更低级的生物恐怕不会这样做，因为它们所遵循的本能法则严格禁止这种做法，只有自诩为万物之灵的人类才具有这种不同寻常的超越本能的思想。雷恩教授运用他的天才智慧将本应在十亿年后才可能诞生的生命体带到了现在，但他真正明白这意味着什么吗？就像我，虽然我遵照自己的选择阻止了雷恩，但我想除了上帝之外，其实并没有谁能够判断我的对错。是不是我们人类这种智慧生物把生命的进步看得过于透彻了？生命也许并不只是碳和氢，也并不只是碱基对的数学排列组合。"何夕停顿了一下，"生命是有禁区的。"

四下里一片长久的沉默。何夕摁下开关，七个盒子滑进熔炉，幻化成一簇夺人心魄的妖异火焰。

十亿年后它还会回来。何夕在心里说道。

后记：

因为有朋友对文中的十亿年时间概念提出了疑问，在此做些说明。在十亿种行星环境下做一年的实验确实等价于在一种行星环境下做十亿年的实验。比如现在有许多科研机构都在用实验验证质子的寿命。其中一个很有名的实验是在美国俄亥俄州的克里夫莱德一个地下550米（避免宇宙射线干扰）的盐矿中进行，方法是将7000吨的水（约有 10^{33} 个质子）灌进矿中，在周围安装了 2048 个光电管检测观察有无质子衰变产生的切伦科夫辐射。经过 250 天观察，没有发现质子的衰变。这意味着质子寿命的下限至少为 1.5×10^{32} 年。本文中关于行星瓶的设计用到的也正是相同的原理。

（本文获 2009 年中国科幻银河奖）

达尔文陷阱

楔 子

入夜的乌兰巴托街头依然有几分热闹。黄头发阿金斜倚在收银台旁边,百无聊赖地扫视着超市门外来来往往的红男绿女。来此打拼已快四年,面对这片以歌舞奔放著称的土地,阿金的内心早已经变得麻木。当地人对中国人并不友好,阿金关心的只是超市的生意。还有一个小时就要打烊了,今天的营业情况不太理想,这多少影响了他的心情。阿金的确有些心不在焉,直到他站起来伸懒腰时才注意到了右边货架下蜷缩着的那个小小身体。

是一个五六岁的小男孩,长着白净得有些透明的圆脸,一头黑发微微卷曲。乌兰巴托在这个季节里的气温很低,但男孩身上的衣物却很单薄。他从短寐中惊醒,目光显得有些迷茫。

"谁带你来的?你的父母呢?"阿金用蒙语问道。

男孩显然没听懂阿金的话,只是本能地摇了摇头。阿金觉得这男孩整个儿都给人一种反应很迟钝、甚至有些呆滞的感觉。

阿金试着用英语重复了一遍问话,但男孩依然无动于衷。阿金放弃了,打算找电话报警。这时,男孩的目光被货架上的食物所吸引,他的鼻孔翕动,有些贪婪地吸着气。阿金这才注意到男孩满脸疲惫,脸色苍白得有些过分,他想男孩大概是饿了。阿金取下一块面包递给男孩,但让他意外的是,男孩接过面包嗅了一下便扔在了一旁。阿金刚想发火,男孩却径直从货架上取下一袋牛奶插入吸管大口吮吸起来,伴随着这个举动,男孩脸上的疲惫减少了些,但依然没有一丝血色。

阿金宽容地笑了笑,又取了一袋牛奶递给男孩。男孩伸出手来,阿金突然注意到男孩手臂的内侧布满了针眼,他几乎本能地抓住男孩的手想看个究竟,就在这时,阿金发现了一件更加古怪的事情——

阿金怔住了,他不明白发生了什么事情。他无法描述自己的感觉,男孩的手臂很纤细很柔软,同别的小男孩差不多,除了一点:手臂一片冰凉。阿金觉得自己握住的就像是一截刚从冷水里捞上来的橡胶棒,他本能地将手搭在男孩的额头上,结果那里也是冰冰凉的。这时,男孩突然轻声说:"谢谢。"

"你会汉语?你是华人?"阿金惊叫道。

这时,忽然从门口传来一阵杂乱的脚步声。"找到了,他在这里!妈的,一眨眼的工夫他就从车里跑出来了!"一声高亢的喊叫让阿金回过神来,一个高大的蒙古人带着满身酒气从门口径直闯进来,粗鲁地一把拉着男孩的手就往外走。

"哎,你是谁?"阿金做了个阻拦的动作,"你是他的家人吗?"

"当然是!"那人有点不耐烦地回答。这时,可以看到门外另有两个人在往这边赶过来。

"可是,他根本听不懂蒙语。还有,他好像生病了。"

"他没病!"

"可是他身体一片冰凉。"阿金有些发怵地说,他曾经吃过当地人的亏。喝了酒的当地人常有拿中国人撒气的时候,他们知道漂泊在外的中国人大多软弱可欺。

蒙古人回过头来盯着阿金,"你还知道些什么?"

"我是说,他的体温不对。你知道吗?我握着他手的时候,感觉像是握着一条蛇。这很不对劲儿，我还从来没有遇到过这样的怪事情。应该送他去医院或者报警……"

阿金的建议没能说完，因为一把锋利的蒙古刀在截断他身体内无数血管的同时，也截断了他的话。阿金没有在这起事件中死去，是因为几位顾客正巧走进超市，惊扰了行凶者进一步的行动。这个既非抢劫也非谋杀的案件没有引起多大重视，在警方档案里，它被归入偶然犯罪，在这个崇尚饮酒的国家里有许多类似案件。虽然卷宗记录了事件中出现过一个体温异于常人的小男孩，但所有人私下里都认为，这是当事人在极度紧张情况下出现的幻觉。

1.

车窗外划过浅丘地区特有的片片小山坡，正是草长莺飞的早春时节，不时有大片金黄的油菜地映入眼帘。但开车的人显然没有欣赏风光的心情，他身形瘦削，双眉紧蹙，显出心事重重的样子。在一旁的副驾驶座上斜放着一个信封，一张照片从没有封口的信封里滑落出来，那是一个四十来岁的美丽女人，虽然微笑着，但却无法掩饰脸上那仿佛固有的忧郁。

兰天羽赶到"守园"的时候，何夕正在修补一根受损的渔竿。何夕经常垂钓，但与其他人以此为乐不同，何夕钓鱼的目的和几万年前的老祖宗一样纯粹，完全是生活所需。在"守园"，许多事情都必须自己动手，有时候他还要侍弄几块菜地。何夕从兰天羽的口气里断定这是一件非常棘手的事情，不然以兰天羽的实力不会显得如此惊慌失措。其实兰天羽基本上都在说同一句话："请你一定要救救韦洁如。"

韦洁如，何夕在心里念叨着这个名字，端详着兰天羽手里的照片。兰天羽从几千里之外赶来求助，这个人对他来说肯定非常重要。

"韦洁如是我的表妹,我们从小一块儿长大。"兰天羽顾不得一路的疲惫,"那时我们两家人住在雅加达。小时候在表兄妹里,我和韦洁如的感情是最好的。后来我们全家离开了印尼,她则留在了那里。要不是因为近亲的话,她也许就是我的妻子了。"

"她现在的具体情况你知道吗?"何夕问。

"不知道。"兰天羽痛苦地低下头,"其实我很久没见到她了。"

"那她有什么特点?"何夕字斟句酌地说,"就是说她有什么与众不同的地方?"

"多年前,她家在当地经营着一些企业,但洁如从小就不喜欢生意上的事,而是对研究一些奇奇怪怪的事情感兴趣。"

"都是些什么事情?"何夕来了兴致。

"我也搞不太懂,她还在很小的时候就经常说些奇怪的话。比如她说这个世界的设计充满失误,应该更有效率地运行才对。她还说生命进化的历程太随机了,以至于漏洞太多。"

"这样啊,不过也不算太奇怪。"何夕若有所思,"后来呢?"

"她没有接手家里的生意,现在是印尼巴扎扎朗大学的教授,研究方向好像是热带生物。这是她选择的道路,能从事自己喜欢的事情,我也为她感到高兴。"

何夕理解地点点头,"她出了什么事?"

"她失踪了。家里人报了案,但是警方查不到线索。一个多月前,有人把她从学校接走了,开始还同家里联系过,说正在蒙古从事一项重要工作,后来就彻底失去了音信。"

"蒙古?"何夕若有所思地重复了一句,"韦洁如不是研究热带生物的吗?这个季节蒙古还是冰天雪地,她去那里干什么呢?"

"我也不知道。"兰天羽显然方寸已乱。

何夕叹了口气,轻轻抚弄着手里的渔竿,"就凭这些资料我很难帮上忙,感觉这是一件常规的人口失踪案件,要说找人的话,警察更在行。"

何夕说的是实话,这不算是什么奇特事件,由警方来解决效率会更高。何夕一向认为朋友间应该有话直说,他认为这次兰天羽来找自己帮忙的确是有点病急乱投医。当然这也不能怪兰天羽,所谓关心则乱罢了。

"请你一定要帮帮她!洁如的一生已经够坎坷了,我不想她再受到伤害!"兰天羽听出了何夕的拒绝,他有些失控地嘶喊道。

何夕眉毛微挑,"她以前遭遇过什么事情?"

兰天羽低下头,脸上现出极度的哀伤,显然很不情愿提及往事,"当年她才十多岁,在一场骚乱中,她的父母——也就是我的舅舅和舅妈——被当地暴徒砍死,她本人也……遭到强暴。"兰天羽眼里涌出泪水,身体止不住地颤抖,看来即便时隔多年,这件事情仍然让他无法平静地叙述,"当时我和父母正好在国外,否则也难逃厄运。"

何夕没有开口说话,良久,一声脆响传来,他右手两指间那根伽马精工生产的可以承受数十斤大鱼重量的纳米渔竿突然从中断开了。

2.

雅加达街头人头攒动,兰天羽焦急地看着手表,何夕已经独自消失了三个小时,这里是约定的会合地点。兰天羽完全不明白何夕在做什么。昨天他专门赶到苏门答腊去参观那条世界上最大的叫做"桂花"的蟒蛇,现在又玩儿起了失踪。

这时,一辆插满彩旗的敞篷车在人群簇拥下缓缓而过,车上一位身着红衫、身躯微胖的男子脸上带着和蔼的笑容向四周频频点头招手,口里轮流用爪哇语和印尼语问候着路人。兰天羽猛觉肩头被人拍了一下,回头一看,正是何夕,他身上背着一个大包,一副要出远门的样子。

"怎么,你好像认识车上这个人?"何夕问,他看着横幅上的字不明就里。

"他叫山迪昂万,以前住在我家附近,当年他父亲就在韦洁如家的橡胶园里做工。"兰天羽低声道,"没想到他现在已经是橡胶业巨头了,而且还领导着一个叫'纯粹印尼'的政党。"

"他在说些什么?"何夕随口问道。

"他说这是一个伟大的国家,爪哇人是世界上最正统、最优秀的种族。而且,"兰天羽迟疑了一下接着说,"他语气中很排斥华人。"

何夕看了看四周皮肤黝黑、颧骨高耸的狂热人群,不置可否地笑笑,"我看也就是为了拉选票嚷嚷几句罢了,好多政治家都喜欢玩儿这一套。我只觉得他的姓名很拗口。"

"这不是姓名,他是爪哇族人。爪哇族几乎占印尼总人口的一半,自古以来他们没有姓只有名。"看来,兰天羽知道的东西不少。

"真有意思。那他们比当年的日本人还落后一大截,至少日本人后来自己还发明了'田中'、'渡边'之类奇奇怪怪的姓。"何夕大大咧咧地说。

兰天羽急忙拉住何夕的臂弯,"小声点,他的政党排斥华人,如果他们听到这些话你就走不了了。"

"好了,咱们别理会这些新纳粹了。"何夕转身招呼计程车,"该赶路了。"

小巽他群岛是由两个构造板块碰撞时形成的火山群,位于爪哇岛以东的印度洋和帝汶海之间,绝大部分属于印度尼西亚。科莫多国家公园由科莫多岛和瑞音克岛及附近的小岛组成。科莫多岛四周普遍都是悬崖峭壁,岛上有着成片的棕榈树林和广阔的草地。

"我们为什么不去蒙古?韦洁如最后的落脚点在那边啊。"兰天羽对四下的热带风光视若无睹。

"我不是说了吗?铁琅已经赶过去了,他一有消息就会跟我们联系的。"何夕走得很快,似乎身上背着的超重负荷对他没什么影响。

"可我们来这里做什么?"兰天羽茫然四顾,科莫多岛上植被茂密,湿度很高,虽然背包交给了何夕,但经过一路跋涉,兰天羽依然累得够呛。

"嘘——"何夕突然停下脚步,仰头望向树上。兰天羽顺着他的目光看去,一道鸭子大小的黑影急速地一晃而过,躲进了浓荫遮蔽中。

"那是什么东西?"兰天羽悚然道。

"喏,就是它。你忘了这里是科莫多国家公园了,我们当然就是来看科莫多巨蜥的。"

"巨蜥怎么在树上?在电视里我看到那家伙都是待在地面上的。"

"科莫多巨蜥在小的时候有很多天敌,一般都生活在树上,等到成年之后才会在地上生活。"

"你好像什么都知道。"兰天羽没好气地说,"可是能不能说明一下,我们为什么要来看这些大壁虎?"

"因为我看到了韦洁如的笔记……"

"韦洁如的笔记?"兰天羽惊叫道,"在哪儿?你怎么得到的?"

何夕摇摇头,"你以为我满世界乱跑是为什么?我们刚到雅加达我就去了韦洁如的住处,结果运气不错,我找到了她的一本工作笔记。"何夕沉静下来,语气变得幽微,"老实说,看了她的笔记后,我很想见到她本人。"

兰天羽接过何夕递过来的一个蓝皮本子急切地翻看起来,几分钟后,他迷惑地抬起头把本子递还回去,"里面好像尽是些生物学方面的研究资料,我看不太懂。"

何夕理解地笑笑,"老实说我一直对热带生物感兴趣,本子里前面的大部分我基本能看懂,但后面的部分我确实不明白她想说些什么。你看这段话:'生命体的生存从本质上讲是一种逆熵而行的行为,所以生命体自身是一团逆天而行的物质集合。它从系统外攫取负熵,用来有序排列自身体内的原子,并向外界排出无效序列。'你能明白吗?"

兰天羽茫然地摇摇头,"我连前面的很多都搞不懂。"

"其实这段话还不算艰深,我想她大概是说,生命体是从外界摄取能量用于自身运行。关键是下面这句:'而在进化的巨力下,生命体将这个过程演进到了难以想象的地步。我认为进化过度的现象无所不在,这严重地加剧了负熵的耗减,对自然造成莫大损伤,称之为进化灾难也不为过。在这种灾难中,起最重要作用的正是对生命而言最根本的元素。'老实说,我看到这里完全跟不上韦洁如的思想了。"何夕翻过几页,"还有这里:'人类的参与更是将这个过程推进到了史无前例的地步,在进化选择的强大力量干预下,整个人类的历史也因之而充斥着暴力、欺诈、伤害和丑恶,企盼上苍能听我苦祷赐我力量,将这一切终结。'"

何夕停下来,这段让人不明就里但却感到莫名触动的话让他无法平静。兰天羽插话道:"我想这也许只是韦洁如在平时生发的一些感慨吧,她一个手无寸铁的弱女子又能改变什么?"

何夕摇摇头,他翻到笔记最后一页,赫然映入眼帘的是几个朱红如血的字:**我在地狱里永夜歌唱**。

"看到这几个字你有什么感觉?"何夕直视着兰天羽。

"我……说不太明白,我突然觉得她变得有点陌生。"兰天羽喃喃地道,"也许我不够了解她。"

"我不认为能写下这些文字的人所说的话会是随便说说的。"何夕收好笔记,"我还注意到一件事,你这个表妹的专业虽然是热带生物,但她绝大部分的精力只是放在两种生物上。"

"哪两种?"兰天羽回忆着笔记里的内容,里面至少出现过几十种生物的学名。

"蛇和蜥蜴。"何夕大步向前,"我调查到韦洁如在这座岛上有一间实验室,我们先去那里。"

3.

观光车有完善的安全措施,因为现在已经进入成年巨蜥生活的区域了,虽然科莫多巨蜥极少主动攻击人类,但谁也不敢拿性命冒险,要知道,死于巨蜥之口是一个可能长达几周的漫长病亡过程。

"其实这个时候的它们没有什么危险。"司机兼导游是个亚齐族人,在印尼也算少数民族,说一口比较流利的汉语。眼前这两个人在他看来是好主顾,在小费上毫不吝啬,让他差点以为他们是日本人。看在钱的分儿上,他提起热情指着不远处几只躺在阳光下的巨蜥说:"它们前天刚饱餐了一头牛,接下来六七天里都不会想进食。"

"气温这么高,它们怎么不躲到树荫下?"兰天羽挥手抹汗。

"如果不依靠太阳的热度,它们无法消化食物。"何夕解释道。导游微微点头,看来这个说法比较靠谱。

兰天羽纳闷儿地挠了挠头,"什么意思?因为它们是冷血动物吗?"

"只能说你猜得基本正确。"何夕接着说,"像蛇和蜥蜴这样的冷血动物,它们体内的消化系统必须依靠阳光的热力才能发挥正常功效,否则食物会在体内腐败。不过,并不是所有的冷血动物都这样,比如鱼类就不需要,它们体内的酶对温度没这种要求。"

兰天羽点点头算是明白了,而那个导游则一脸惊奇地望着何夕。

"不是说爬行动物在进化史上比鱼类高级吗?我看,在这一点上它们比不上鱼。"兰天羽忙着下结论,"它们还真成了靠天吃饭了,要是吃饱了,连着几天不出太阳会不会肠穿肚烂而死?"

何夕淡淡一笑,"我小时候养过的一条蛇就是那样死的。"

看来,韦洁如的这个野外实验室其实还扮演着一个观察哨的角色,出于安全考虑,架子搭得比较高。毕竟是野外,门禁系统不算强大,突破它只花费了何夕几分钟时间。

室内虽然不算太大,但布置得井井有条,一张床靠在角落里,一张书桌紧挨床头。何夕想象着在无数个冷清的夜晚,一个柔弱女子独自守着一盏孤灯,支撑她的不过是内心里的一丝信念。不知为什么,何夕心里陡然划过那句话:我在地狱里永夜歌唱。

令人失望的是,这里居然没什么资料,甚至找不到一页纸。在柜架上摆放着一排直径约五厘米粗细的玻璃瓶,瓶子上标着一些动物名称:科莫多巨蜥、亚马逊森蚺、新西兰鬣蜥、西伯利亚狼、倭水牛、鲔鱼等等。不过,瓶子里面装着的东西却似乎没什么区别,全是黑糊糊一团。何夕打开背包,将这些玻璃瓶悉数收进,对周围的设备倒是并未过多留意。

"你不能把这里搞乱。"兰天羽大急,"韦洁如回来可能还要用到这些东西。"

"放心。"何夕大大咧咧地说道,"我只是用一下,以后会还回来的。我主要是不熟悉如何使用这里的设备,不然也不必带走它们了。"

"看来洁如把资料全带走了,"兰天羽颓然坐下,"没什么文字线索。"

"是吗?"何夕若有所思地四下巡视着,"我倒是有点发现。至少我敢肯定,有别的人比我们先到一步。资料应该不是韦洁如带走的,否则不会搜得像现在这么干净。"

"那个导游怎么不见了?"兰天羽突然嚷道,"我们叫他在外面等着的。"

"糟糕。"何夕暗忖不好,连忙拉着兰天羽朝室外冲去。

兰天羽挣扎着说:"外面有巨蜥。"

"这个世界上最凶残的物种并不是科莫多龙。"何夕拉着兰天羽一路狂奔,没跑多远,就听见身后传来混合着印尼语和爪哇语的喧嚣的吵嚷声。仗着树林浓密,何夕停下来示意兰天羽噤声。只听得乱糟糟的人群从不远处经过,渐渐远去。

"我们也走吧。"良久之后,兰天羽轻声提醒道。

"往哪儿走?三米长的巨蜥你能对付几只?它们的尾巴能一下打死水牛。如果被这些家伙咬上一口,你全身的血液就会在几小时内生出几百个品种的高毒性脓菌,这种超级败血症根本无药可救。"何夕露出狡黠的坏笑,"我们只能回实验室待着,那里现在应该又安全了。待会儿搭其他游客的车出去。"

4.

万隆是印尼仅次于雅加达和泗水的第三大城市,巴扎扎朗大学就坐落在这里。

"中国人对这座城市是最耳熟能详的。"何夕四下眺望着街景,"小时候的课本里都提到过万隆会议。中国一位著名的领导人在这里发表了一次著名的讲话。"

兰天羽注视着街道上忙碌的人群,"但你知不知道在万隆还有一个全印尼家喻户晓的故事,是关于一个华人的,叫做《没见过太阳的人》。"

"有点意思,说来听听。"

"这是一个真实的故事,所谓太阳是指万隆本地的太阳。说是有一个华人,现在也没人清楚他到底姓什么叫什么,只知道他每天清晨天不亮就出发到雅加达做工,晚上天黑后才回来。就这样直到死,他一辈子也没有见过一天万隆的太阳。"

"有这样的事?"何夕问得有些多余。

"我都说了这是一个真实的故事。他只是千万华人的一个写照。"兰天羽声音低回,"我和韦洁如的祖辈们都是那样的人。他们辛勤劳作,给这个国家带来了巨大的财富,但他们中的很多人最终却受到了戕害。每当这个国家遭逢危机的时候,占人口百分之五的华裔就首当其冲,成为社会的出气筒。那种时候,这里就是华人的地狱。"

何夕沉默了,他当然知道兰天羽指的什么事。在韦洁如经历的那次事件中,华裔死亡一千五百多人,后来还是靠澳大利亚出动维和力量才平定了骚乱。

吴俊仁是韦洁如的同事,看得出来这段时间他也关心着韦洁如的状况。"凡是我知道的都会告诉你们,只要能早日找到韦洁如。"这个瘦高个中年男人显得有些憔悴。

"这些标本瓶麻烦你做一个检测,看看里面都是些什么。"何夕本能地觉得这个男人是足以信赖的,"你看,这些瓶子上除了标明物种名称之外,还有一个各不相同的数字,在'新西兰鬣蜥'上标的是'3',在'森蚺'上标的是'23',在'鲔鱼'上标的是'15',在'倭水牛'上标的是'2',我想知道这些数字代表什么意思。另,你能否告诉我们一些关于韦洁如的事情?"

吴俊仁的神情变得有些恍惚,"怎么说呢?韦洁如是一位优秀的生物学家,取得的成就远远超过周围的人。不过我想,也许这并不是因为她更聪明,而是她付出了远超于别人的努力。实际上,在这个领域的多数人和我一样,只是把研究当做一种职业,但韦洁如显然倾注了更多的东西在里面。"

"什么东西?"何夕急切地问。

"我也不知道说得准不准确,应该是有点类似于信仰之类的东西吧。这使得她可以投入超出旁人几倍的精力,她可以在荒无人烟的小岛独自待上几个月,或者是一个人一连几周都在研究所的实验室里吃住。有时候我实在不忍心她这样劳累,想帮帮她,但老实说,我确实吃不了那样的苦,所以只坚持了很短的时间。"

何夕和兰天羽对视一眼,心里都涌起一种难以言说的感情。韦洁如就像置身于迷雾森林里的精灵,她的内心不知埋藏着多少不为人知的秘密。

这时,何夕的电话突然响了,何夕接听几句后脸色骤然一变,"你先守在那里,我们马上赶到乌兰巴托。"

5.

兰天羽这些天紧绷的神经终于抵受不住了,从新加坡樟宜机场一上飞机,他吃了点感冒药后便沉沉睡去。何夕虽然也感到疲倦,但那些林林总总的信息却顽固地在脑子里飘来飘去,他觉得自己就像进入了一片浓雾中的森林,前方仿佛有依稀的光亮,但更多的却是混沌和迷茫。

兰天羽侧过身,口里嘟哝道:"快到了吗?"

"你醒了?"何夕关切地问,兰天羽的脸色看上去好些了,"刚才广播说还有一个小时就到。你这一觉可睡舒服了。"

兰天羽猛地撑起身,想到离韦洁如更近了,他的感冒也似乎好了许多。

一见面,铁琅照例给了何夕一记直拳,他的神色有些疲惫,可能没休息好。何夕破例没还手,蹙眉问道:"怎么一下飞机就闻到这么股怪味?"

"今天风向不大对头。在乌兰巴托的冬天,你总会闻到这股味道,那是住在市区周围的人在烧煤取暖。"铁琅解释道,"蒙古人只需两个小时就能搭好一座蒙古包,现在蒙古国一半以上的人都住在乌兰巴托。你待会儿在市区就能看到,那些外来人口搭建的临时房屋已经将这座城市包围了。这也算当地特色。"

"有韦洁如的消息吗?"兰天羽直奔主题。

铁琅指着身边一个开车的身材壮硕的男子说:"这位吉仁泰先生

是朋友介绍的,这几天他一直和我一起调查这件事。"

"这没什么,大家都是中国人,帮忙是应该的。"吉仁泰嗓音高亢,估计是唱蒙古长调的好手,"根据我们的调查,韦洁如可能在特勒尔济。"

"那是什么地方?"何夕问。

"特勒尔济是蒙古近年发现的煤矿区,起初是国有的,现在已经私有化了。大部分产权属于一位叫赤那的人。矿区里有不少中国工人。"

"现在好像哪里都少不了中国人。"铁琅带点兴奋地说。

"也许吧。"吉仁泰的语气很平淡,"其实大多数中国人在这里也只是比国内多挣一点钱而已。当地人很不友好,最好不要单独外出。"

何夕喟然靠在座位上。

"我们现在是去特勒尔济煤矿区吗?"兰天羽问。

"是的,还有几百公里路程。"吉仁泰说,"一个多月前发生了一桩离奇的伤害案件,受害人阿金来自二连浩特,是我的老乡。他亲口告诉我说,他见到了一个周身冰凉、体温异于常人的男孩。"

"周身冰凉?"何夕惊叫一声,"那男孩在哪儿?"

"被那些袭击阿金的人带走了,警方根本没有认真调查这起案子,他们没把这当回事。铁琅来找我的时候,我们正在私下里调查这件事,我们要自己讨回公道,结果发现韦洁如当时就和那些人在一起,他们最后的落脚点就是特勒尔济矿区。"

"韦洁如和那些人在一起,岂不是很危险?"兰天羽方寸大乱。

"应该不至于。"何夕很镇定,"韦洁如说过是到蒙古从事研究,也许那些人想从韦洁如那里得到什么。"

"我也这样认为。"铁琅开口道,"那个矿区肯定有古怪。我去过一趟,那里的管理严得过分。那个叫赤那的人是蒙古有名的富商,而且好像还在一个叫什么'白色口十字'的组织里身居高层,总之很有背景。"

"白色口十字"？何夕悚然一惊，这是蒙古国有名的新纳粹组织，鼓吹民族主义和血统论，尤其排斥华人。"现在只能从特勒尔济矿区查起了。"何夕若有所思地看向车窗外，"我希望那个结果能快些传过来。"

"什么结果？"铁琅急切地问。

"一个能将这些线索连起来的结果。"何夕没头没脑地说了一句。巨大的疲倦袭来，何夕放弃抵抗，靠着椅背沉沉睡去。

6.

特勒尔济矿区位于蒙古中部城市宗莫德附近，这里是当年康熙皇帝平定噶尔丹叛乱时的古战场。公元1696年，清朝将军费扬古派前锋都统硕岱、副都统阿南达在此击溃噶尔丹，并追击至特勒尔济山口。此战为清朝平定噶尔丹叛乱中的决定性战役，此后，噶尔丹再也没有力量与清军正面交锋，远逃极北不知所终。

趴在荒地里潜伏两个小时对何夕来说是小菜一碟，但对仁吉泰来说就有些吃不消了。不远处是特勒尔济矿区的一个转运区，明亮的光柱循环扫射着整个区域。

"妈的，一个煤矿搞得跟集中营似的，这个地方肯定有问题！"仁吉泰低声咒骂道。

"人会来吗？"何夕也有些焦急。

"说好了的。估计是有事耽搁，看这阵势要出来也不容易。"仁吉泰声音突然高了些，"那边过来个人。"

来人除了衣服上划了几道豁口，还不算太狼狈，脸上满是庆幸的神色。"这位是张林，"仁吉泰介绍道，"也是我老乡，一个星期前专门进到矿区里调查那帮人下落的。"

张林一把抓过仁吉泰手里的水壶大口大口地灌着,过了半天才长长地舒口气。

"这位是何夕先生,不是外人。"仁吉泰拍了拍张林的肩膀,"查到什么没有?"

"特勒尔济最近可能要发生什么事。"张林说,"几天前他们开始对中国籍工人加强了管理,专门排查了工人的情况,像我这样的都被找去谈了话,要求我们平时只能待在指定岗位,不得随意走动。"

"不过这也算不上什么大事啊。"何夕思索着说,他有些迟疑地问张林,"你想想看最近有没有这种情况,就是平时本来一直在某个地方干活的人突然看不到了?"

张林回忆了一下,"这么说我倒是想起来,是有这种事。从前天开始,一个与我间隔几个工作位的矿工就没来了,好像说是回国探亲去了。但我记得原先聊天时,他曾经说过现在已经没有什么亲人了。"

仁吉泰看了眼黑瘦的张林,"这些天辛苦了,等事情办完后我请你吃烤全羊。"

张林笑了笑,"说起来这矿区里就存有几千只羊呢,但我们的伙食差得要命,老板太抠了。"

"你说什么,几千只羊?"何夕突然插话。

"是啊,这几天我亲眼看见运过来的,兴许还不止这个数。喏,就关在转运站的设备仓库里。"张林指着三十米外的一排房子说,"我也有些纳闷儿,看那房子应该装不了那么多羊的。"

何夕和仁吉泰面面相觑,他们俩的脸色变得有些发白。

张林的鼻翼翕动,"是有股羊圈的味道啊,你们没闻到吗?"他的声音突然颤抖起来,一种诡异的感觉浮上心头。是的,几千只羊就在区区三十米开外的房子里,还能闻到它们散发的气味,但是这里也……太安静了。

这时,何夕突然拿起电话接听,他的脸上闪过阴晴不定的神色。

"什么事?"仁吉泰问。

"印尼那边的调查有新发现。我们先回酒店。"

电脑屏幕上滑过一排排的数据。

"这是些什么东西啊?"仁吉泰在一旁大摇其头,在他看来,完全不明白这些数字代表什么。

何夕与铁琅却是凝神注视,生怕漏掉了重要的情况。

"吴俊仁检测出那些瓶子里都是动物的胃容物样本。"何夕下了结论,"看来韦洁如是在研究那些生物的食物结构。"

"那瓶子上标的数字和这些数据有关系吗?"兰天羽插话道,当天的经历实在太惊险,令他记忆犹新。

"吴俊仁已经做了比较,他分析出那些数字的大小似乎对应着胃容物蛋白质的含量高低,但比例却不完全吻合。"何夕点点头,"你们看,按胃容物蛋白质含量从低到高的顺序来看,这些数字的排列完全正确,但是却不符合比例,存在一个小的偏移,比如科莫多龙的胃容物标号为21,蛋白质含量19%,倭水牛的胃容物标号为1,蛋白质含量为1.2%。吴俊仁对这些标本全部做了这样的运算,结果所有标本都存在这个微小的误差,而且这个小的差异表现没有明显规律,就像是一个混沌的扰动,吴俊仁对此也无法解释。"

"会不会是这个数字并没有对应着蛋白质,而是对应着别的什么成分?"铁琅分析道。

何夕很肯定地说:"不会的。按这个思路,其他的成分吴俊仁也考虑过,比如说碳水化合物或者维生素等,但完全对不上号。只有蛋白质含量显示出了与数字标号的关联,但这个没有规律的差异又怎么解释呢?"

"我们还是先想想怎么找到韦洁如吧。"兰天羽有些着急地开口,他看不出何夕有什么必要为一些莫名其妙的事情耽误时间,"这些无关紧要的事情可不可以等以后再说?"

何夕理解地拍拍兰天羽的肩膀,"我们现在做的这些事情正是找到韦洁如的关键所在。"

"什么意思?"兰天羽不解。

"我们必须要知道韦洁如在黑夜里吟唱的是一支什么样的旋律。"何夕突然没头没脑地说了一句。

7.

冰碴儿在靴底传来破碎的声音。两道黑影矫健地穿行在空地中,做出一连串标准的军事动作,躲避四处扫动的灯柱。

"看来这些库房已经被改造过了。"铁琅打量着结实的合金门,"采煤设备肯定不用这么夸张的,居然用的以色列DDS的门禁。这里也就是个羊圈,就算跑几只也损失不了几个钱啊,搞不懂这些有钱人在想什么。"

"看来是防止外人进去。"何夕猫着身子紧张操作,便携式计算机的屏幕上快速滚过串串代码,二十分钟之后,终于响起了攻破密码的滴答声。

何夕和铁琅一进门就僵住了。在仓库里搭建着层层叠叠的笼子,难以计数的蒙古羊就倒伏在里面,一动不动,姿势千奇百怪。

"这么多死羊?"铁琅打了个冷战,"看来我们闯进了一个坟墓。"

何夕打开红外眼镜,"它们没有死,还活着。它们的平均体温比环境大约高半度左右,在红外眼镜下有微小差异。既然有温度差异,就说明有新陈代谢存在。"

"那它们现在这样算什么?"

何夕咧嘴一笑,"我觉得是在冬眠。"

"冬眠?就像冬天的熊那样?"铁琅吃惊地问。

"不一样。"何夕摇摇头,"熊冬眠时体温只降低十摄氏度左右,现在这些羊的情况和熊完全不同,体温和环境基本一致,还不到七摄氏度,新陈代谢水平几乎完全停止,倒是和蛇类的情况很相像。"

"像蛇?"铁琅盯着那些雕塑一样的生灵,如果不凭借仪器,谁也看不出这些还是活物。

何夕深吸口气,"你还没明白吗?对这个草原国度来说,我们现在看到的是一桩非常了不起的奇迹。"

铁琅立时明白了何夕的意思。的确,多少年来牧人们都在为牲畜的越冬而发愁,不要说增重,能靠着积攒的大量饲草让骨瘦如柴的牲畜活到春季就算是老天保佑了。但现在让牲畜冬眠却使问题迎刃而解,也许只有何夕所说的"奇迹"这个词才能够恰当地形容这件事情的意义。铁琅一时间觉得头竟然有些晕。

"我现在有点明白韦洁如到底在做什么了。"何夕从震惊中恢复过来,"她付出那么多心血看来是值得的。"

"这是件好事啊。但为什么搞得这么古怪?"铁琅不解地问,"这样的成就是可以造福全世界的。"

"说明其中还有一些我们不知道的原因。"何夕淡淡地说,这时他的耳机里突然传出监控警报声,"外面好像有人正在接近这里,我们赶快出去。"

"根据情报,以前这里是没有人巡逻的。"铁琅在山包后看着那些停留在仓库入口处的人员说,"看来他们加强了戒备,我们下一步去哪儿?"铁琅小声问道,"我觉得那个赤那透着一股神秘,赤那以前是牧场主,近来取得了不少矿山的经营权,特勒尔济只是他的部分产业,这种急速的扩张背后肯定有玄机。"

但是铁琅发现何夕好像没有听他说话,而是目光飘忽地看着远处,不知在想什么。"原来是这样。"何夕突然轻呼一声,"对,应该是这样。"

"你说什么?"铁琅不明就里地问,"你在听我说话吗?"

何夕没有搭话,自顾自地拿出便携计算机演算起来。过了几分钟，他吁出一口气说："尤里卡。"

听到这个词，铁琅立即知道何夕有了发现。当年阿基米德在浴盆里洗澡，突然来了灵感发现了浮力定律，就惊喜地叫了一声"尤里卡"，意思是：找到办法了！

"原来，那些标本上面标的数字并不是蛋白质比例，而是氮元素的占比序列。虽然这两者存在正向关联关系，但毕竟有所区别；现在将数据换算到氮元素，一切都完美吻合了，误差不到百分之一。"

"这能说明什么？我觉得两者应该算是一回事啊。"铁琅插话道，"谁都知道蛋白质的重要构成成分就是氮。"

"在韦洁如的笔记里提到过一种她称为进化过度的现象，她认为有某种对生命而言最根本的元素推动了这种现象的发展。现在我想她指的应该就是氮元素。"何夕不紧不慢地说。

铁琅的表情有些发呆，"我不明白这是什么意思。"

"我也不明白。"何夕摇摇头，"我知道的不比你多多少。这里是转运区，三公里之外就是特勒尔济煤矿的核心所在地。那里应该有我们想知道的答案。"

8.

"张林又传回了新的情况。"仁吉泰急匆匆地进门来。

"什么事？"何夕问。

"有一个片区长今天欺压中国工人，他和几个人看不惯，一起把那个家伙揍了一顿，算是出了口气。"仁吉泰语速很快，"那人还被捆着，但现在张林他们不知道该怎么办。"仁吉泰摇摇头，"这个张林也太冲动了点，看来只能让他先撤回来了。"

何夕愣了几秒钟，一丝亮光从他眼里闪现出来，"我们也可以利用这次意外。你让张林给那个家伙多拍几个角度的照片传过来。"

十分钟后,何夕仔细审视手机上发来的照片,"这个家伙个子倒是和我差不多,长得真像中国人。"

"他本来就是中国人,名叫李青。"仁吉泰有些诧异地说,"这个煤矿的中国工人占多数,有不少中层管理人员是中国人,但他们对中国工人比蒙古人还凶狠。"

何夕和铁琅对望一眼,一时无语。看来鲁迅先生在多年以前就批判过的劣根性,直到今天仍然像一道无法摆脱的诅咒般缠绕着这个经历坎坷的民族,这个李青不过是又一个证明罢了。

"现在开始制作硅胶面具,时间是紧了点,但达到八九分的相似度应该没问题。"何夕开始摆弄设备,铁琅自然密切配合。一个多小时后,何夕在镜子前戴上面具左右端详道:"我的脸型稍宽了点,不过应该能混过去的。"

铁琅点点头,"我的身高差太多,也只有你去了。你会的蒙古话不多,一定要多加小心。"

何夕转头看着铁琅,"你今天再去查一下转运区的仓库,有情况就通知我。"

"就是那个羊圈吗?"铁琅有些意外,"上次不是看过了吗?"

"当时有人来打断了调查,不知怎么回事,我总觉得里面说不定还藏有什么秘密。发现什么就马上联系我。"

何夕也知道此去风险难料,他朝着屋里一群人点点头,递给吉仁泰一张纸条,"记住这个电话。如果明天这个时候我还没有消息,你们就打电话寻求帮助。"

兰天羽突然开口:"我们不需要打那个电话。我相信你。"

铁琅却是不置一词,只照例在何夕的前胸捶了一拳。

从井下出来,何夕望着灰蒙蒙的天空立刻开始大口呼吸,他在井下待的时间并不长,只是去取李青的工作牌。到了井下,何夕才知道这个蒙古国排得上号的矿区条件有多糟，中国工人在这种恶劣的环境下工作，只是为了比在国内多挣那么一点点。何夕不禁想起兰天羽说过，在印尼有越来越多的中国劳工从事建筑以及橡胶园种植等很多当地人嫌弃的行业。何夕一直记得兰天羽当时的一句感叹："相比在所谓的世界强国里被人轻看，在这些弹丸小国里中国人的一些境遇其实更加令人难过。希望有一天这一切都会成为过去。"

办公区散布着几幢启用不久的建筑，都是只有几层的楼房。何夕夹着一个袋子埋头赶路，就像一位急着传送文件的职员，一路上尽量不引起别人的注意。然后，何夕停在了一幢灰白色的建筑前，这里看上去同刚刚经过的几处地方并没有什么不同，但何夕眼里却突然显出一丝兴奋的光。他目不斜视地进门，穿过门厅径直上楼，到了顶层直接右拐，他眼睛的余光可以看见左边走廊上转悠着几名警卫。何夕迅速推开一间贮藏室的门，现在他只能从顶上的通风道进到守备森严的左边走廊。

通风道里也设置了监控，虽然不至于不可逾越，不过也给何夕增加了一点麻烦，但这样严密的防备也让何夕确信自己正在往正确的方向前进。刚才让他驻足的是某种气味，何夕判断至少有苯酚和氯仿两种东西存在，何夕想不出在一个矿区的办公区里这两样东西有什么用途，但他却知道它们是DNA萃取工艺中经常用到的。何夕看看表，已是晚上七点。通风道下方的房间已是空无一人。通过夜视镜，何夕确定这里是一间设备完善的实验室，不时有一些动物的叫声突然撕破寂静，在黑暗中听起来有些瘆人。

何夕在一个通风口处停下来。下面亮着灯，是一间稍小的实验室，角落里摆放着一张简易的午休床，一个白衣女子正坐在上面看书。何夕端详着这个狭小的通风口，小心地取下上面的隔栅。何夕探出右手，接着，他的身体开始拼命地扭动。

白衣女子吃惊地回过头来，何夕这才发现韦洁如比照片上显得更瘦也更美，某种朦胧的光在她眼里浮动着。实际上，她整个人都给人一种不大真实的感觉。韦洁如的紧张只持续了一瞬间,很快她便恢复了镇定,一语不发地看着闯入者。

"我以为你会尖叫。"何夕只露出了半边身体,悬在半空中有些尴尬地开口道。

"如果有用我会的,但实验室之间保持着完备的隔离,外面听不到这里的声音。"韦洁如淡淡地说,她看了眼何夕胸前的工作牌,"你是中国人?"

"这个牌子是借用的。我叫何夕,是兰天羽的朋友。"

"哦。那你是想带我走吗?"韦洁如仍然是那种淡淡的口吻,仿佛早料到会发生这种事情。一时间,何夕有些怀疑这个世界上还有什么事情能让这个女人挂怀。

何夕翻身落到地上,脸上露出了苦笑,"那些监控虽然没能阻止我进来,但想带你出去却是不可能的。至少这个通风口你是无论如何也穿不过去的。"

韦洁如看了眼通风口,"要不是亲眼所见,谁都不会相信居然有人能穿过这个孔,这是瑜伽术吗?"

"这是中国道家的柔身术,和你说的瑜伽术差不多吧。不过,我看你好像并不怎么吃惊。"

"别忘了我是一名生物学家。动物界有的是变形大师,你刚才的举动虽然神奇,但比起章鱼来还差得很远。"

"你的亲人很担心你。不过,我看你现在的情况不算糟糕。"

"我的研究资助方要求我暂时不能跟外界联系,等这里的事情忙完之后我会同他们联系的。"韦洁如优雅地抚弄着长发。

"什么事情?"何夕似笑非笑地问,"那群冬眠的羊已经足以让你在科学史上留名千载了。"

韦洁如急促地抬起头,"你看到那些羊了?"

何夕点点头,"不过,你的目标恐怕不止是让绵羊冬眠吧?虽然这已经是相当了不起的成就了。我猜你想要改变的东西其实是——"何夕停顿了一下,"进化的方向。"

韦洁如第一次显出震惊的表情,"你到底是什么人?你想知道什么?"

何夕的神情变得古怪,"我想知道是一首什么样的歌让你在地狱里永夜歌唱。"

韦洁如如遭雷击般颓然坐下。

9.

一缕轻雾在瓷杯上缭绕,韦洁如出神地望着这缕雾气,"这是四川峨眉山的明前花茶,多少年来我和家里人都喜欢喝。说起来,我还没有到过中国呢,虽然家谱里明确地记载着我们的根在那里,但实际上那里对我们来说更像是一个没有什么意义的空洞概念。也许我和那里的联系就只是这杯茶了。我们的一切,包括灾难和痛苦都和那里没有什么关系了。"

"我知道你的感受。"何夕的心里一阵难过,"那些作恶的人一定会遭到报应的。"

"报应?"韦洁如突然有些失态地大笑起来,声音撞击在墙壁上竟然带有金属的铿锵,"在他们的教义里,杀死低贱的华人是积累功德,将会得到神的奖赏,何来报应?"大笑中,泪水抑制不住地从韦洁如眼里淌出,而与此同时,她的身体剧烈地颤抖着,几乎像要栽倒。

何夕急忙扶住韦洁如,他的肩膀立刻被滚烫的泪水打湿了,一时间,何夕感到在怀里啜泣的是一个失散多年的与自己血肉相连的姐妹。

良久之后,韦洁如平静下来,"让你见笑了。我已经许多年没有哭过了,没想到今天这样失态。这个世界每天都在上演着无数悲惨的事件,相比之下,我的故事其实普通得很。"

"无数悲惨的事?"何夕问,"你指的什么?"

韦洁如摇摇头,"你不会明白的。"她的声音变得幽微,"世上的生命从降生之日起便是堕入无边苦海,永远得不到解脱。"

"你好像受了佛教的很多影响。"何夕斟酌着说,"苦难的经历往往会把人带入这个方向。不过,我也觉得佛陀说的一些话的确很有道理,可以助人开悟解脱。"

"佛陀?"韦洁如冷冷地哼了一声,"那些问题恐怕连佛陀自己也无法开解吧。"

"你指什么?"何夕没料到韦洁如竟然这样讲。

"你听过一个故事吗?"韦洁如的声音变得和她的人一样有些不真实,"两个和尚在山路上遇到一只白羊哀哀求救,在它身后跟着一大两幼三头饿虎。小和尚正要杀虎救羊,老和尚却说羊吃草虎吃羊物性本来如此,虎何罪之有?小和尚说那我只救羊不杀虎,老和尚说三头饿虎多日未食随时有倒毙之虞,救羊同杀虎无异。小和尚血气上涌说,那我今日效法摩诃萨青,舍了这身皮囊救下此羊总可以吧。老和尚却猛然掌掴小和尚道,此三虎并不曾食人,你今日妄自舍身让它们知道人肉滋味,却害得日后不知有多少乡民要死于虎吻。"

"那怎么办?"何夕忍不住插话,

"小和尚也是这么问的。结果老和尚说了一句:佛曰不可说。我想,佛自己也的确是不知道该说什么吧。"

何夕倒吸了口气,这个简单的故事却让他陡然有种惊心动魄的感觉,如果换作自己面临这样的选择,恐怕也只能是"不可说"吧。

"这的确是个怪圈。"何夕说,"我想生命本身就诞生在这样的怪圈之中。"

韦洁如的眼睛亮了一下,有些诧异地盯着何夕。

"你的笔记对我有所启发。"何夕笑了笑,"生命本质上就是一团从外界攫取能量用以构建自身秩序的物质,而热力学定律注定了这是以外部秩序的丧失为代价的。园子里的一株草一朵花很对称很有秩序很美丽，但羊要生存就必须把花和草咀嚼成无秩序的一团混乱物质咽到胃里。"何夕的眼睛变得很亮，"在你的野外实验室里，我找到了一些标本，我想你重点研究的是生物的氮元素代谢吧。"

韦洁如难以掩饰自己的震惊，"说实话我真的怀疑你是我的同行。"

"我算不上，我只是对你的专业有些兴趣。"何夕解释道，"你在笔记里说自然界的进化已经过度，而且由于人类的参与，这个过程愈演愈烈。老实说，这些观点我理解起来感到有些吃力。"

"地球生命的自然进化说起来有三十八亿年的历史，但实际上生命一直称得上平静地度过了三十亿年，直到六亿年前生命现象依然低级而简单，当时所有的生物都还是单细胞状态。我们现在所习惯的那种弱肉强食、适者生存的进化场面实际上是从寒武纪生命大爆炸之后才开始的。在那之前的三十亿年里，生命体甚至还没有长出严格意义上的嘴巴，但后来短短三亿年里进化的力量便造就出了邓氏鱼每平方厘米五吨咬合力的恐怖下颚。"

"这很正常啊。就像猎豹和羚羊一个追一个跑，经过几万个世代，它们的速度自然越来越快。"

"这的确就是自然选择的力量。人们都说适者生存，其实称为弱者毁灭更准确。一只羚羊真正的敌人并不是猎豹，在羚羊的一生中并没有几次机会单独与一头猎豹较量，实际上很可能就只是最后的那一次而已。但它却会千百次地与同类竞技，筹码便是自己的生命。"韦洁如的脸庞上泛起异样的光彩，"捕猎者选择对象时同样遵循着铁的规则，总是选择羊群里最弱的一只，否则它的生命也不会长久。就平均能力来看，没有任何一只羚羊能战胜猎豹，但在这种比拼生死时速的竞赛里，规则并不是冠军获奖，而是最后一名受到惩罚。所以，羚羊从来就没有打算战胜猎豹，它只需要占胜任何一个同类就行。也就是说，同类的优秀是它的噩梦，它真正意义上的敌人是群体里的另一只，即使那只羊是它的同胞兄妹。"

"萨特当年说过一句'他人即地狱',他说这句话时,人类已经在地球上占据了食物链的最顶端。"何夕幽幽开口,"看来这句话其实对任何层次的生物群落都适用,虽然它们并不能理解这句话。"

"这很难说。"韦洁如打断何夕,"也许羚羊早就明白这个道理了。"

这下轮到何夕吃惊了,"这个说法太牵强了吧。"

"羚羊虽然是一种弱小的动物,但头上那对锋利的角却是可怕的武器,可你看到过羚羊用角对抗猎豹吗?"

何夕茫然地摇头,他有些明白韦洁如的意思了。

"作为生物学家,我也从来没有看到过羚羊用角来对付猎豹,但却无数次地看到它们与同类用角进行殊死格斗,实际上可以说,那对锋利的角本来就是为了同类厮杀才进化而来的。不仅羚羊如此,所有生物都会把自己杀伤力最大的武器施加在同类身上。我在求学时看过一个纪录片,拍摄的是非洲某个狮群的故事。原先的狮王战败身死之后,继任的狮王四处搜寻并屠杀老狮王留下的幼崽。画面上,幼狮拼命逃跑,当时我们一帮同学都忘记了这是影片,全都大喊着'快跑啊快跑啊'。当最后一头小狮子也被咬死之后,除了教授之外,我们每个人都流下了泪水。教授对我们说,这就是自然进化的铁律,为了让母狮尽快发情产下自己的后代,雄狮选择了这种做法。从自然选择的角度来看,这也是唯一正确的做法,因为那些不这样做的'仁慈的'雄狮难以留下自己的后代,它们早已被进化的力量淘汰。"

"这听起来的确很残忍,我知道有些人类部族以前也有杀婴的习俗,进入文明时代之后才杜绝了这种现象。"何夕点头道。

"文明……"韦洁如低叹一声,"人类对付狮虎等异类用的不过是猎枪罢了,而对付同类却动用了原子弹这种来自地狱的武器。其实这一切的根源都出自达尔文发现的那个自然选择,它就像是水面上时刻准备吞噬一切的巨大旋涡,生命一旦掉进这个陷阱便万劫不复,所以它们选择了拼命奔跑。"

"但也正是自然选择让这个世界变得多姿多彩,甚至我们人类能成为智能生物也是拜进化所赐。没有自然选择,说不定你我现在还是一洼水坑里的原虫。"何夕忍不住提醒道。

"我没有否定自然选择的作用,但这种力量过度发展会导致无法控制的结果。自从越过造物主的防线之后,加上人类的参与,谁也无法预料进化会把世界带向何方。"

"造物主的防线?"何夕陡然一怔,短短时间里,韦洁如带给他的意外太多了,他觉得眼前这个女人浑身都笼罩着一层迷雾。

10.

"这是我提出的一个概念。"韦洁如保持着淡然的口吻,"自然界早就设立了一道防线,这道防线就是氮元素。生命现象的基础元素无疑是碳,所以有人称我们是碳基生命,但构成蛋白质的最核心元素是氮。氮很不活泼,只有通过硝化作用转变成离子才能被植物吸收。能够完成这一转变的除了闪电和宇宙线辐射之外,就是一些极特殊的微生物。对植物来说获取碳非常容易,但获得氮却是很困难的事情,而到动物出现后,这个问题更是成了一个瓶颈。所以,它就像是一道奇特的防线。"

"动物不是以植物为食吗?只要植物里有氮就行了啊。"

"动物的生理多样性远远超过植物,这实际上依赖于蛋白质的多样性。一般草本植物的总体蛋白质含量低于百分之一,而一头牛的身体蛋白质含量可达百分之二十,所以动物对氮元素的需求量远大于植物。史前有一种恐龙,身长超过五十米,体重超过一百三十吨,在原野上行走的时候,每一步都会使大地颤抖,就像地震一样,所以学界将它命名为'震龙'。如此巨大的身体决定了它们食量惊人,但是它却长着很小的脑袋和嘴,也就是说它的嘴根本跟不上身躯的演变。根据推测,它每天必须要用二十三个小时的时间来进食,为了进食,它几乎连睡觉的时间都没有。你觉得这种生物能算是成功吗?"

"我不知道。"何夕老实地回答,"不过也许震龙自己喜欢这样。"

"从进化角度来看,震龙算不上成功,庞大的身躯大大降低了它们适应环境的能力,实际上震龙很快就灭绝了。那个时代的草食恐龙都长着一具庞大的身躯,传统的解释是防御天敌,但实际上,肉食恐龙肯定会随之变得巨大,这种防御方式作用非常有限,得不偿失。其实真正的原因很简单,这一切都是迫不得已的结果。"

"迫不得已的结果?"何夕重复了一句。

"我说过植物对氮的需求远低于动物,结果那些恐龙为了从植物中获得足够的氮只能选择增加食量。但满足了氮的需求之后,它们却摄入了超出需要五倍以上的碳水化合物,这些多余能量在当时只能通过进化出庞大身躯来承受,所以它们的身体其实是一种无奈的畸形副产品。有一个司空见惯的现象不知你是否注意到了?世上所有的蛇都是肉食动物。我想,如果蛇选择吃草的话,它们也极有可能进化成巨无霸,重蹈远古祖先的覆辙。"

"如果生物当初一直不越过这道防线会是什么结果?"何夕突然插话。

韦洁如稍稍愣了一下,"只能大致判断在那种情况下,生物特别是动物的多样性会大幅减少,动物的行动将变得更迟缓,高级智能的产生也将遥遥无期。总之,那将是一幅显得有些平淡的世界图像。"

"也就是说,造物主原本不希望生物圈多姿多彩?"何夕疑惑地问。

"你肯定知道那个'奥卡姆剃刀原则'吧?"

"知道,我记得大意是说,如果有两个理论能得出同样的结论,那么更简单的理论是正确的。也有人把它概括成简单就是真实。用这个原则可以解释恒星为什么是球形,也可以解释基本粒子的性质。"

"这个原则在众多领域都取得了巨大的成功,一直被奉为科学界的无上法则之一。但我在研究中却发现它遇到了挑战,进化似乎有一种偏向复杂的趋势,最成功的生命往往是最复杂的,比如人类的大脑就是已知宇宙中最复杂的事物。'奥卡姆剃刀原则'无疑是正确的,但因为达尔文陷阱的可怕威胁,生命最终竟然超越了这个原本左右着全部物理世界的法则。自然界并没有先知先觉的设计者,氮元素防线体现的是负熵的节约,对任何生物圈来说,负熵都是一个有限的值。根据我的研究,生命在氮元素防线以内处于可控状态,一旦突破这道防线就会失去制约,谁也无法预料生命将去向何方。这就像人类虽然千万年来一直争战不休,但地球生物圈作为整体仍是安全的,而一旦到了使用原子武器的地步,情况就截然不同了。其实我的很多同行都认为,当地球上产生了人类这种智能生物时,这颗星球的结局就几乎注定了,它很可能在将来某一天被自己孕育出的智慧生命毁灭。"

何夕沉默了几秒钟,"那你所说的防线突破事件发生在什么时候?"

"三叠纪晚期,距今约两亿年。听起来很长,但在地球三十八亿年的生命史中只占百分之五。当时出现了摩根兽那样的原始恒温动物,它们选择了一种简单而奇特的方法来解决巨型恐龙面临的难题:升高体温从而将多余的百分之八十的碳水化合物燃烧掉。这件事情称得上宇宙中的划时代事件,虽然这种事情在宇宙中可能发生过不止一次。"

"有这么夸张吗?"何夕有些难以置信地问。

韦洁如的脸上浮现出一丝敬畏,"虽然我们平常提起宇宙时指的是时间和空间,就像中国古人所说的'古往今来曰宇,四方上下曰宙',但相比于时空,能量才是宇宙中至高无上的存在。大爆炸理论已经阐明,包括时空在内的整个宇宙本身其实都是能量的产物,所以能量节约法则一直是宇宙中先验的存在,但现在这个法则却被一种叫做恒温动物的事物打破了,它们为了生存,居然学会了抛弃能量,所以我称之为划时代事件绝不为过。而且,在地球上采取这种做法的还不止是恒温动物。"

"还会有别的生物吗?"何夕喃喃低语,他觉得今天在韦洁如面前,自己的脑子似乎有点不够用了。

韦洁如补充道:"某些昆虫为了相似的目的采取了另外的方法来处理这种'多余'的能量,最有名的便是蚜虫不断将大量含糖的蜜露排出体外。"

"可一般性的解释是它为了吸引蚂蚁的保护。"何夕插话道。

"这个解释是典型的本末倒置,那只是附带获得的效果。一些种类的树蝉也喷出大量蜜液,它们可并不需要别的生物保护。"

"可是有一点,恒温动物的确有生存上的优势啊,它们受环境影响更小,可以在变温动物无法生存的极端地区生存,比如说两极地区。"何夕忍不住辩驳道。

"在两极地区,即使是现在也只生存着总量不到万分之一的地球生物。热带和温带已经提供了足够广阔的生存空间,进入极端地区生存并不是恒温动物产生的目的,而只是这一事件导致的附带结果。"

"但恒温动物有更敏捷的反应和运动速度,这总是优势吧。有些昆虫在清晨甚至不能飞行,必须等到阳光晒暖身体后才能动弹。还有像鳄鱼和蛇等都需要阳光帮助消化。"

"所有的鱼类都是变温动物,你听说过需要暖身后才能运动和消化的鱼吗?要知道,有些寒带鲔鱼的游泳速度可以超过猎豹。"韦洁如脸上露出颇有深意的笑容,同何夕的争论让她感到几分惬意,"这只是因为体内酶的功能差异罢了,只要有酶的支持,变温动物一样可以灵活而敏捷。你也许认为哺乳动物比爬行动物成功,其实这更像一个错觉,爬行动物的进化史远远长过哺乳动物,它们能长存至今足以证明它们是成功的。根据测算,变温动物的食物中只有百分之十几转化为热量散发,而恒温动物的这个比例超过百分之七十。有些小体型恒温动物对能量的依赖惊人,小鼩鼱每天要吃超过体重三倍的食物,实际上它根本不能停止进食,否则马上就会死于体温下降。恒温动物一方面'抛弃'着能量,另一方面它们对能量的依赖又远远超过变温动物,生命进化中总是充满这种怪圈和悖论。"

何夕觉得自己已不能说话,一时间他被韦洁如展示的这幅奇异的生命图景彻底震惊了。他的脑海里浮现出一颗在虚空中静静旋转的星球,千奇百怪的亿兆生灵在它的表面聚集成薄膜般的一层,涌动着,嘶喊着,挣扎着。每个角落都潜藏着黑暗的巨手,每时每刻都有无数疲于奔命的个体被拖进无尽渊薮的最深处。隐约中,他似乎领悟到当年庄子为什么在《秋水》篇里向往做一只在泥地里自由甩尾的乌龟。

但是韦洁如似乎不准备放过他,"你看到的那些蒙古羊是第一批被改造成功的实验品,在同样生长速度下,它们的食量是普通绵羊的十分之一。也就是说,在不增加现有饲料的条件下,它们的产量可以提高十倍。而且它们还具有冬眠优势,其实自然界中哺乳动物冬眠并不罕见,比如蝙蝠、黄鼠、旱獭等,主要表现为心率慢至每分钟五六次,呼吸每分钟一次左右,体温比平时降低十摄氏度左右。不过,在这种情况下仍然会消耗相当的能量,比如刺猬经过冬眠后,体重会降低三分之二。但你看到的那些绵羊的冬眠完全是另一回事,它们的新陈代谢几乎停止,就算经过一个冬天,它们的体重也没有多大变化,你应该明白这对畜牧业意味着什么。唯一的缺陷是,那些绵羊在环境温度低于四度时会被冻死,这一点和某些蛇类相似,实际上它们体内的某些基因片段就来自于蛇类。不过,今后这个缺陷应该能够有所改进。"

"说实话,我对你真的很佩服。"何夕由衷地说,"这是可以改变世界的发明。"

"改变世界?"韦洁如神色若有所动,"这个世界上充满了争斗、欺骗、掠夺,善良的人成为牺牲品,穷凶极恶者却享受尊荣。我父母辛苦经营几十年的橡胶园在一夜之间就被抢走,我看着他们被活活打死。"韦洁如的声音变得高亢,一种妖异的光芒从她眼里放射出来,使得她全身散发出一种摄人心魄的气息,就像是一个来自洪荒的女巫,"那时,我还是一个十多岁的小女孩,就守在父母的尸体旁。小女孩的泪水已经流干了,她不知道为什么会发生这种事情,她想是不是因为世界上的橡胶园太少了,或者是世界上的食物太少了,所以人们才会这么野蛮地掠夺和屠杀。那个小女孩接着想,如果世界上能多一些橡胶园,多一些食物,也许她的父母就不会死。"

何夕默默地看着面前这个显得有些喜怒无常的女人,等她再次平静下来之后才开口道:"我理解你的想法,而且我也认为你的成果很伟大。但是无论有什么理由,都不应该将这套理论用于人体实验。"

"你说什么?"韦洁如脸色不悦地打断何夕,"我们的目标只是解决食物和能源问题,我从来没有考虑过将这个成果用于人类。"

这下轮到何夕愕然了,"这么说你不知情。但是我这里有份警方的记录,里面提到过一个没有体温的华人小孩。"

韦洁如接过何夕递来的资料,快速地翻看着,脸上阴晴不定。这时,何夕的电话传来震动,铁琅的头像在屏幕上显现出来,"你没猜错,我在仓库里有非常惊人的发现。"铁琅语气凝重地说,"你还是自己看吧。"

屏幕上换了画面,在微弱的照明下,可以看到地上并列着一排透明的柜子,仿佛一口口小小的棺材。不知怎的,何夕陡然感觉一股寒意从背脊处升起,让他不禁打了个冷战。镜头移近了些,一张张稚嫩的面庞映入画面,他们双眼紧闭,脸色苍白无比。

"我的天,怎么会发生这种事情?!"韦洁如转身撑住桌面,在极度的震惊下,她有些语无伦次,作为业内专家,她完全知道非法人体实验意味着什么,"他竟然欺骗了我,这个无耻的骗子!"

"你是说赤那?"

"不是他。是山迪昂万，一个印尼人。"韦洁如的表情变得复杂，"赤那只是他的合作者，没有掌握核心的技术。"韦洁如知道她无比珍视的科学生涯在此刻被终结了，一丝近于幻灭的神色在韦洁如的眼里浮现，短短几分钟时间，她仿佛苍老了十岁。

"我在印尼见到过这个人，他好像还领导着某个势力庞大的崇尚种族主义的党派。"何夕若有所悟地开口道，"没想到'纯粹印尼党'和'白色口十字组织'这两个相距万里的新纳粹居然搅和在了一起。"

韦洁如镇定了些，"他今天已经到了蒙古，等一会儿就会到这里来。你快走。"韦洁如犹豫了一下，似乎在下着最后的决心。然后，她打开旁边的冰柜，小心地取出两支装着紫色液体的管子递给何夕，"这就是用于生物改造的'蛇心'试剂，加上你们在转运站仓库里拍摄的资料，可以作为指证山迪昂万和赤那的证据。"

"你——"何夕突然一滞，望着眼前陡然变得无比憔悴的韦洁如，他一时间不知道该说些什么，末了，他郑重地点点头说："等到中国更加强大的那天，请你一定来看看，我陪你到峨眉山喝最好的新茶。保重，我的同胞姐妹。"

11.

山迪昂万穿着爪哇人的传统服饰，脸上带着地位尊贵者固有的倨傲。几位随从进门巡视一番之后便自觉出去，只留下山迪昂万和韦洁如。

"怎么他们就一直安排我的首席专家住在这种地方？"山迪昂万露出笑容，伸手轻抚着韦洁如的腰，"很久没说汉语，都有些生疏了。"

韦洁如挪步走开几米，"是我自己要求的，这样我可以随时安排实验。"

"'蛇心'试剂不是已经成功了吗？等到这批绵羊在春天苏醒之后，我们就向全世界公布这个伟大的发现，你的名字将载入人类科学史。"山迪昂万大声说道。

一丝光亮从韦洁如眼中升起，但很快就陨落了，她沉默地看着这个喋喋不休的男人在她面前继续表演，似乎想用目光从他脸上剜下一块肉来。

山迪昂万说话太投入了，没注意到韦洁如的异样，"你现在倒是应该多花些精力来证明我提出的人类起源理论，既然人类在近两百万年前就生活在爪哇岛上，我认为爪哇就是人类的发源地。"

"爪哇人化石的确有一百八十万年的历史，但根据研究，他们是从非洲迁徙来的。而且分子生物学的成果已经证明那一批爪哇人后来完全灭绝了，现代人是数万年前重新由非洲再度迁徙而来的。"

"去他的什么分子生物学！"山迪昂万强横地大叫，"我就是要证明爪哇岛是人类的起源地，爪哇人是最正统最优秀的种族。因为我提出这个观点，已经有越来越多的人支持我的政党，这次选举我已经大幅领先。你要做的就是多找些证据来支持我的观点！"

"我找不到这样的证据。"韦洁如冷冷地说，"我不是政客，更不是宣扬种族主义的纳粹，我只是一个许身科学以求给人们带来福祉的生物学家。"这时，她仿佛想起了什么，突然黯然神伤，"当然，以后不再是了。"

"你什么意思？"山迪昂万狐疑地问。

"你还想骗我吗？"韦洁如悲愤地看着山迪昂万，"你竟然瞒着我进行'蛇心'试剂的人体实验！"

"这从何说起？"山迪昂万打了个哈哈，"再说没有你的参与，我怎么能办到这样的事？"

"你还想骗我多久？我已经亲眼看到了证据。我身边的那些助手都是你安插的，他们都是你的爪牙！"韦洁如愤怒地说。

"别说得这么难听。我承认是做了几次实验，只是因为知道你会反对才暂时瞒着你的。"山迪昂万知道再否认也没有什么意义,脸上却是一副满不在乎的神情。

"你明明知道'蛇心'试剂现在的失败率超过百分之二十,用于人体实验和故意杀人有什么区别?你毁了我,你知道吗?你毁了我无比珍视的科学生命!"韦洁如痛哭出声,满头乌发痛苦地颤抖着,"而且现阶段'蛇心'试剂对恒温动物的改造会导致思维迟钝,根本就不适用于人类。"

"既然你都知道了,我也不用再瞒你。实验中是死了几个华人小孩,算他们命不好。不过也成功了十多例,现在他们和那群绵羊一起正接受冬眠实验。以后他们将会在赤那的牧场工作。想想看吧,他们要求极低,而且头脑简单听从指挥,到了冬天就和绵羊一起冬眠,连那点微不足道的饭钱都省了。赤那兄弟非常满意。"

"那几个孩子是怎么死的?"韦洁如反而平静下来。

"还能怎样?你知道对'蛇心'试剂剂量的把握一直是个难题,稍有差池就会造成心脏冷凝破碎,结果那几个小孩就死喽。"山迪昂万语气轻松,仿佛在讲一个笑话,"都是在印尼各地找来的华人孤儿,没引起任何麻烦。"

韦洁如眼前一阵发黑,她感到自己仿佛正在堕入无尽的深渊,"你是个魔鬼,你毁了我的心血,也毁了我!"

"别忘了我也救过你的命。虽然二十年前是我强暴了你,但也是我把你藏了起来,否则你早被人杀死了……"

"你不要再说了,求求你不要再说了!"韦洁如捂住耳朵,脸色苍白如纸。

山迪昂万舔舔嘴唇,沉浸在得意的往事中,"那时候你只有十多岁,每天穿着洁白的衣服坐在漂亮的小汽车里,像仙女一般从我面前经过。你一定没有注意到有一个浑身脏兮兮的男孩每天都盯着你看。那个男孩看着你,还有你的漂亮房子和车子,心里疯狂涌动着有朝一日占有这一切的欲望。没想到这一切来得那么快,那天早晨,当我看到满街的人群,我就醒悟到梦寐以求的时刻终于到了。当时我的亲戚们正在接管你家的橡胶园,我第一时间冲到了你面前,那时你刚刚在床上醒来,看到我突然出现你还以为自己在做梦呢。哈哈哈!"

"是的,那个早晨……"韦洁如抓扯着头发喃喃地道,"我失去了一切。"

"本来就是我们的东西!我们只是拿回来。"山迪昂万激动地说。

"你胡说!那些财富是我们祖祖辈辈创造积累的,他们就和万隆那个没有见过太阳的人一样,在这块土地上辛苦了一辈子!"韦洁如大声说,"我们的财富是干净的!"

山迪昂万语气一滞,"这是我们的土地,你们这些外来的猪猡凭什么过着比我们还好的生活?知道我为什么用华人小孩做实验吗?就是因为'蛇心'试剂会让人思维变迟钝!我承认你们的确很聪明,所以处处压制着我们。现在有了'蛇心'试剂,正好可以改造你们。忘了说一点,华人还特别吃苦耐劳,那些我们干不了的活儿你们都愿意干,这才是你们的优点。以后在我的橡胶园里,将全是一群又听话又能吃苦的华人劳工,那是一幅多么美好的图景。不仅在我的橡胶园,还有赤那的牧场和煤矿里,都会遍布这样的劳工,我们的生产成本会大大降低,我将成为世界上最富有的人!"

"你疯了。"韦洁如强撑着不让自己倒下,山迪昂万描绘的图景让她不寒而栗,"我要揭发你。"

"你没有机会的。"山迪昂万发出骇人的笑声,"我会很小心地保守所有的秘密。其实就算今后偶尔有人发现个别改造后的劳工也没什么,因为你的研究是超越时代的,人们只会认为他是得了一种体温调节失控的奇怪疾病。有谁会真正关心他们的遭遇呢?所以你放心吧,谁都奈何不了我的。"

山迪昂万狞笑着趋身上前,"好久没见你了,怪想的。"他猛地将韦洁如扑倒在沙发上。

"干什么？放开我！"韦洁如愤怒地大叫。

山迪昂万亢奋得面容都有些扭曲，"华人的皮肤好细腻啊，比象牙还白。不要徒劳地反抗，你知道外面听不到的。我说过，这个世界上谁都奈何不了我。哈哈哈！"

"是吗？"一个冰冷的声音突然在山迪昂万背后响起，他猛然回头，正好看见何夕罩着寒霜的脸。

"你是谁？你怎么进来的？"山迪昂万斜眼瞄着门口的方向。

"你知道我是一个华人就可以了。"何夕语气比他的面容还冷，"现在该我劝你不要作徒劳的反抗了。说吧，死之前你还有什么遗言？"

山迪昂万的脸立刻变得惨白，他本能地感到眼前这个人不是在说笑。死？这个极其陌生的词突然间变得好近，他觉得自己背上不由自主地冒出一层冷汗。"我们可以谈谈，你知道我有很多钱。真的，很多很多，你开个价出来。"山迪昂万有些结巴地说。

"这可太好了，我不杀穷人的。"何夕露出残酷的笑容。

"不，不。"山迪昂万努力在脸上挤出谄媚的笑，"杀了我对你没有好处的，你是在吓唬我，你不会杀我的，对吧？"

"是吗？"伴着何夕的反问，山迪昂万立刻感到自己的腿脚膝盖很奇怪地向后弯折，巨大的痛楚让他差点晕过去。

何夕抽回脚，"这是替那些暴尸街头的华人还给你们的。"

山迪昂万跪在了地上，他拼命抱住伤腿，终于意识到眼前这个人同他见惯的那些柔弱可欺的华人完全不一样，这是一尊无所顾忌的魔神，"求你放过我，我不想死。"他转头朝着韦洁如，"你帮我求求他，那些橡胶园我不要了，都还给你。快帮我求求他呀！"

韦洁如别过头，脸上满是厌恶的神情。

"那些华人哀求的时候你放过他们了吗？"何夕眼睛通红须发喷张，伴随着又一声惨叫，山迪昂万的右脸颊骨立刻变得粉碎，"这是替那些躺在柜子里的孩子还给你的！"

山迪昂万已经不能说话,只是"呜呜"地大叫,眼里露出极度的恐惧,他看着何夕的目光仿佛看到了来自地狱的恶灵。

"不过有一点你倒是没说错。"何夕居然露出了一丝笑容,"我不会杀人的。我怎么能杀人呢?那是野蛮人和你这样的纳粹才干的事,我是文明人。这里是实验室,我只是想做个实验罢了。"

这时,山迪昂万突然看见自己的左臂上扎进了一支针管,他脸上立刻泛起一阵死灰。山迪昂万迸出最后的力气拼命挣扎,针管里的东西他再熟悉不过了。

"听说这种试剂好像不太可靠,是吧?而且剂量也很难掌握。不过你的心脏比那些可怜的小孩子强壮多了,而且你的血统这么纯正,这么优秀,保证不会发生任何问题。如果出现什么不良反应,只能算是意外。"何夕死死控制住山迪昂万,脸上保持着残酷的笑容,"或者按照我们的说法叫做——报应。你们一直认为我们软弱善良,没想到还有像我这样的人吧?知道我为什么这样做吗?我来告诉你理由吧。这个理由真是太古老了,两千多年前它第一次被提出来的时候,你的祖先还没学会穿裤子。"

何夕的声音变得凝重而响亮,那是一个年代久远的宣言:"犯我强汉者——虽远必诛。"

伴着这句话,山迪昂万感到一股冰冷到极点的寒意沿着手臂的血管周游全身,迅速传到左胸包围了那曾经鲜活跳动的所在,他甚至听到了自己心脏被冻结后迸裂发出的让他肝胆俱碎的"咔嚓"声。山迪昂万的喉咙里发出绝望到极点的嘶吼,大股大股的黑血从他口里涌出,最后,嘶吼变成了痛苦的呜咽和喘息。

何夕目不转睛地看着山迪昂万眼里的恐惧渐渐消失,最终变成一片死灰。他松开手,山迪昂万的身体像失去支撑的麻袋般瘫软倒地。

尾 声

五个月后。

大群穿着制服的军警在特勒尔济矿区的各个办公地点穿梭往来,手里抱着大量的物证材料。国际组织连同蒙古国相关机构对特勒尔济煤矿采取的联合检查行动已接近尾声。这次,中国政府一改长期的隐忍态度,凭借手中掌握的证据极其强硬地向联合国提请核查生化实验行动,并最终获得采纳。

何夕和兰天羽站在特勒尔济海拔最高的山顶上,眺望着一览无余的北方远处。蒙古高原的夏季强风拂过大地,发出恢宏的声音。青黄相间的草地向着无穷无尽的天边延展开去,显露出同样无穷无尽的生机。

"我还能见到韦洁如吗?"兰天羽问。

"我不知道,调查报告说几个月前她就失踪了,没有人知道她去了哪里。"何夕平和地回答,"不过有牧民说,在遥远的并不太适合放牧的北边,曾经见到过一位白衣长发的女子,放牧着某种特别适应贫瘠草地的绵羊,一些漂亮的少男少女簇拥在她的身边。"

"这个结局挺好。"兰天羽声音低沉地说。

"当然,"何夕幽幽地说,"谁说不是呢?"

两个人不再说话,在他们极目眺望的北方远处,天似穹庐,笼盖四野。

后　记

科幻，在路上

　　已经记不清有多少次被人问到为什么会选择科幻写作，我的回答几乎每次都是相同的两个字：爱好。这个回答有些空泛，基本上无法满足提问者的好奇心，但这就是真实的情况，在中国目前的环境下，正是内心的热爱，支持着作者、读者与科幻相守至今。

　　进入这个圈子是在1991年，即使除去中间因为各种原因同科幻疏远的几年，也是一段不短的时间，不知不觉间，自己已从"新军"变成"老人"。早年作品的青涩与年龄堪成正比，当初作品能够问世，纯粹是科幻世界杂志社几位可敬的师长提携后进。这次整理作品时本想作大改动，但后来觉得这是当年自己真实思想的体现，还是尽量保持原貌吧，算是一段时光的纪念。

　　如果从鲁迅、梁启超翻译凡尔纳的作品算起，中国科幻之路已经超过了一百年，即便从顾均正先生创作《和平的梦》算起也有七十多年了，在这期间，真正称得上辉煌的时段非常有限，更多的时候处于萧条或是低谷,这实在值得我们深思。有人认为,进入新世纪后,中国的科幻创作及科幻理念都有了巨大的创新和发展,但情况真的如此吗?一篇名为《美英科幻小说的题材》的论文列举了十六种科幻小说:太空、生物和环境、战争和兵器、过去和未来的历史、噩梦和警示、大灾难和世界末日、超越时空、技术和技术制品、城市和文明、机器人和超机器人、机制思维、超能力、进化畸形、性和性异常、污染问题、反科幻题材。这篇论文出自中国学者之手,虽然比英国科幻学者布里安·阿什的分类少了三种,但已足以让我在第一次看到时感慨良多。中国科幻历经坎坷,有着自己的"黄金时代"、"蹉跎岁月"以及所谓的"新时期",但细数这个过程中的所有作品,却都没有超出上面那个清单的樊篱——这还是一篇发表于三十年前的论文(布里安的清单在时间上要更早)。

也许现在可以解释我的感慨从何而来了,一个以想象力、创新以及所谓"科学内核"为最根本生命力的文学类型竟然早就被划定了疆域,这正是科幻"难"之所在。科幻创作真的很难,个中滋味局外人殊难理解。许多人在触碰到这个困难之后退却了,这跟才情关系不大,更像是一种本能反应。比如,《那多手记》的作者那多和《昆仑》的作者凤歌都可谓才华横溢,但他们在科幻面前却都浅尝辄止,转投到自己更能驾驭的领域(灵异和武侠),同时他们也在不同场合感叹过科幻创作之"难"。正是这种困难,导致优秀科幻作家和作品的产生成为了小概率事件。不过,我对这一点的看法倒是比较简单:虽然超越这个所谓的"幻想的疆域"极其困难,但没有什么绝对的必要。在文学中,有些主题本来就具有永恒性(比如爱情),所以会被冠以"母题"的称谓。科幻小说也不必为创新而创新,有了相当数量的作品为基石后,突破便是一件自然而然的事情。

身处信息时代,资讯的传播和普及越来越快,读者的眼界已经变得非常开阔,这就必然让许多擅长"掉书袋"的作者感到压力巨大。没有自己的思考、没有独立见解的作品,已经越来越不可能获得读者的青睐。人物、情节、场面当然极为重要,没有这些不可能成就佳作,但可以肯定地说,这些东西的的确确不是科幻的根和魂。而另一方面,科幻虽然披着想象力的五彩霓裳,但在现实中却已经变得无比世俗(标准说法是市场化),实际上,现在评价一部科幻小说成功与否,最重要的标志就是能否登上畅销书排行榜。我在多年前的一次访谈中说过,如果对中国科幻的未来作一个乐观的估计,那就是畅销书和影视的结合;科幻若不能大举进入公众视野,就根本谈不上发挥影响。现在中国有相当一部分人对科幻的态度非常奇怪,一方面在影院里由衷地感叹科幻营造出的超越现实百倍的壮丽(不仅仅指感官画面),一方面却在思想上将科幻小说划归儿童文学的范畴。这就是现实——虽然矛盾,但在现实面前,包括科幻作家在内的任何人都无法对抗而只能遵从,否则就会成为曲高和寡的"伤心者"。但我们可以在这个现实的铁壁前寻找丝丝潜在的狭缝,塞进一些我们真正想表达的东西。塞的东西多了,狭缝就会松动开裂,直到变成一扇可以依稀看见远方壮丽风景的窗户。窗户进一步扩展,便可以变成铁壁上的一道门,让我们得以跳出井圈,拥抱另一个广袤无垠的世界。

这将是一个漫长的过程,脚下黑暗泥泞的道路会一直陪伴我们。而在平凡世界的尽头,遥远的星光会对我们展露出永恒的诱惑。

科幻,在路上。